HEYNE

Das Buch

Billy Halleck, ein guter Ehemann und Vater, ist ein erfolgreicher New Yorker Anwalt, der mit seiner Familie in Fairview, Connecticut, lebt. Er schätzt – wie seine Nachbarn – Geld, Sex und gutes Essen. Gutes Essen so sehr, dass er 50 Pfund Übergewicht hat.
Dann fährt Billy in einem Moment der Unachtsamkeit eine alte Zigeunerin tot. Und wird, als er vor Gericht straflos davonkommt, von ihrem Vater verflucht. »Dünner«, flüstert der uralte Mann und streicht dem dicken Anwalt fast zärtlich mit einem Finger über die Wange. Und Billy nimmt ab, so viel er auch isst. Seine anfängliche Freude darüber verwandelt sich in Angst und Schrecken, als er sich immer mehr dahinschwinden sieht. Und schließlich ist er so verzweifelt, dass er sich auf ein letztes gefährliches Spiel einlässt.

Der Autor

Bevor Bestsellerautor Stephen King mit *Carrie* der Durchbruch gelang, schrieb er zwei Romane: *Amok* (01/12391) in seinem letzten Jahr auf der Highschool und *Todesmarsch* (01/12395) in seinem ersten auf dem College. *Menschenjagd* (01/12390) folgte 1974 und ein Jahr später *Sprengstoff* (01/12394), als Reaktion auf den Tod seiner Mutter.
Diese vier Bücher wurden von 1977-1981 unter dem Pseudonym Richard Bachman veröffentlicht. 1984 folgte *Fluch* (01/12392) und 1996 schließlich *Regulator* (01/12393).
Stephen King lebt mit seiner Frau in Bangor im US-Bundesstaat Maine, dem Schauplatz vieler seiner Romane. Richard Bachman ist tot, aber in einer Kiste im Keller seines Bauernhauses in New Hampshire liegt vielleicht noch ein Manuskript ...

STEPHEN KING

FLUCH

Roman

Aus dem Amerikanischen
von Nora Jensen und Jochen Stremmel

WILHELM HEYNE VERLAG
MÜNCHEN

HEYNE ALLGEMEINE REIHE
Nr. 01/12392

Titel der Originalausgabe
THINNER

Überarbeitete Neuausgabe

Umwelthinweis:
Dieses Buch wurde auf
chlor- und säurefreiem Papier gedruckt.

Taschenbuchausgabe 09/2003
Copyright © 1984 by Richard Bachman
Copyright © der deutschsprachigen Ausgabe 1985
by Wilhelm Heyne Verlag GmbH & Co. KG, München
Copyright © dieser Ausgabe 2003
by Ullstein Heyne List GmbH & Co. KG, München
Der Wilhelm Heyne Verlag ist ein Verlag
der Ullstein Heyne List GmbH & Co. KG
Printed in Germany 2003
Umschlagillustrationen und Umschlaggestaltung:
Hauptmann und Kampa Werbeagentur, München-Zürich
Satz: Leingärtner, Nabburg
Druck und Bindung: Elsnerdruck, Berlin

ISBN 3-453-20986-9

Was es bedeutet,
Bachman zu sein

von Stephen King

Das ist meine zweite Einführung zu den so genannten
Bachman-Büchern – ein Ausdruck, der (zumindest in meinen Augen) die ersten unter dem Namen Richard Bachman veröffentlichten Romane bezeichnet, die als Ta-
schenbucherstausgaben im Signet-Verlag erschienen sind.
Meine erste Einführung war nicht besonders gut; sie liest
sich für mich als Paradefall von Autor-Verschleierung.
Aber das ist nicht erstaunlich. Als sie geschrieben wurde,
war Bachmans Alter Ego (mit anderen Worten: ich) nicht in
einer Stimmung, die ich als kontemplativ oder analytisch
bezeichnen würde; ich fühlte mich im Grunde beraubt.
Bachman war nicht als kurzfristiges Pseudonym gedacht;
er sollte eigentlich ein langes Leben haben, und als mein
Name in Zusammenhang mit seinem genannt wurde, war
ich überrascht, aufgebracht und verärgert. Das ist kein
Geisteszustand, der dem Schreiben guter Essays förderlich
ist. Diesmal gelingt es mir vielleicht ein bisschen besser.

Das Wichtigste, was ich über Richard Bachman sagen
kann, ist vermutlich der Umstand, dass *er real wurde*.
Natürlich nicht ganz und gar (sagte er mit einem nervösen
Lächeln); ich schreibe dies ja nicht in einer Art Wahnvorstellung. Es sei denn … nun ja … vielleicht doch. Wahnvor-
stellungen sind schließlich etwas, worin Romanschriftstel-
ler ihre Leser zu bestärken versuchen, zumindest während
sie das Buch aufgeschlagen vor sich haben, und der Autor
ist kaum immun gegen diesen Zustand einer … wie soll ich
es nennen? Wie hört sich »gelenkte Wahnvorstellung« an?

Auf jeden Fall begann Richard Bachman seine berufliche Laufbahn nicht als Wahnvorstellung, sondern als ein Zufluchtsort, wo ich einige Frühwerke veröffentlichen konnte, an denen Leser meiner Ansicht nach Gefallen finden konnten. Dann wurde er allmählich größer und lebendiger, wie es die Geschöpfe der Einbildungskraft eines Schriftstellers häufig tun. Ich fing an, mir sein Leben auf dem Bauernhof vorzustellen... seine Frau, die wunderschöne Claudia Inez Bachman... seine einsamen Vormittage in New Hampshire, die er damit verbringt, seine Kühe zu melken, in den Wald zu gehen und über seine Geschichten nachzudenken... während er seine Abende schreibend verbringt, immer mit einem Glas Whiskey neben seiner Olivetti-Schreibmaschine. Ich kannte mal einen Schriftsteller, der zu sagen pflegte, der Roman oder die Geschichte, woran er gerade schrieb, »lege einige Pfunde zu«, wenn er gut damit vorankam. Auf ganz ähnliche Weise begann mein Pseudonym einige Pfunde zuzulegen.

Als seine Tarnung aufgeflogen war, starb Richard Bachman. In den wenigen Interviews, die ich mich aus diesem Anlass zu geben verpflichtet fühlte, machte ich mich ein bisschen lustig darüber und sagte, er wäre an Pseudonymkrebs gestorben, aber eigentlich hat ihn der Schock umgebracht: die Erfahrung, dass dich die Leute manchmal nicht in Ruhe lassen. Um es ein wenig emphatischer (aber keineswegs ungenau) zu formulieren: Bachman war die Vampirseite meiner Existenz, die vom Sonnenlicht der Enthüllung getötet wurde. Meine dadurch ausgelösten Gefühle waren verworren genug (und *fruchtbar* genug), um ein Buch entstehen zu lassen (und zwar ein Buch von Stephen King): *The Dark Half*. Es handelt von einem Schriftsteller, dessen Pseudonym George Stark tatsächlich zum Leben erwacht. Diesen Roman hat meine Frau immer verabscheut, vielleicht weil der Traum, ein Schriftsteller zu sein, für Thad Beaumont die Realität seiner menschlichen Existenz überwältigt; in Thads Fall schlägt wahnhaftes Denken Rationalität vollkommen aus dem Feld, und das hat furchtbare Konsequenzen.

Dieses Problem hatte ich allerdings nicht. Wirklich nicht. Ich ließ Bachman hinter mir, und obwohl es mir Leid tat, dass er sterben musste, würde ich lügen, wenn ich nicht zugäbe, dass ich auch ein wenig erleichtert war.

Die ersten vier Bachman-Bücher wurden von einem jungen Mann geschrieben, der voller Zorn und Energie und ernstlich vernarrt in die Kunst und Technik des Schreibens war. Sie wurden nicht von vornherein als Bachman-Bücher geschrieben (Bachman war schließlich noch nicht erfunden worden), aber in einem bachmanesken Geisteszustand: von einer tief sitzenden Wut erfüllt, sexuell frustriert, auf verrückte Weise gut gelaunt und von Verzweiflung zerfressen. Ben Richards, der magere, schwindsüchtige Protagonist von *Menschenjagd* (er ist ungefähr so weit von der im Film durch Arnold Schwarzenegger verkörperten Figur entfernt wie überhaupt möglich), knallt mit seinem entführten Flugzeug gegen den Wolkenkratzer von Network Games, nimmt seinen eigenen Tod in Kauf, reißt aber Hunderte (vielleicht Tausende) von leitenden Free-Vee-Angestellten mit in diesen Tod: Das ist Richard Bachmans Version von einem Happy End. Die anderen Romane Bachmans enden sogar noch trostloser. Stephen King hat immer gewusst, dass die Guten nicht immer gewinnen (siehe *Cujo*, *Friedhof der Kuscheltiere* und – vielleicht – *Christine*), aber er hat auch begriffen, dass sie es meistens tun. Im wirklichen Leben gewinnen die Guten jeden Tag. Um diese Siege wird meistens nicht viel Aufhebens gemacht (mit der Schlagzeile MANN KOMMT ERNEUT SICHER VON DER ARBEIT NACH HAUSE würde man nicht viele Zeitungen verkaufen), aber sie sind nichtsdestoweniger real … und Romane sollten die Realität widerspiegeln.

Und dennoch …

In der ersten Fassung von *The Dark Half* ließ ich Thad Beaumont Donald E. Westlake zitieren, einen sehr humorvollen Schriftsteller, der eine Reihe von sehr düsteren Kriminalromanen unter dem Pseudonym Richard Stark veröffentlicht hat. Als er einmal gebeten wurde, die Dichotomie zwischen Westlake und Stark zu erklären, sagte er: »Westlake-Geschichten schreibe ich an sonnigen Tagen. Wenn es regnet, bin ich Stark.« Ich glaube nicht, dass diese Sätze es bis in die letzte Version von *The Dark Half* geschafft haben, aber ich habe sie immer vorzüglich gefunden (und eine besondere Beziehung zu ihnen entwickelt, wie man neuerdings gern zu sagen pflegt). Bachman – eine fiktive Figur, die mit jedem unter ihrem Namen publizierten Buch realer für mich wurde – ist ein Regentage-Typ vom Scheitel bis zur Sohle.

Die Guten gewinnen meistens, Mut triumphiert in der Regel über Furcht, der Familienhund fängt sich so gut wie nie die Tollwut ein; das sind Dinge, die ich mit fünfundzwanzig wusste, und es sind Dinge, die ich jetzt noch weiß, im Alter von 25 x 2. Aber ich weiß auch etwas anderes: Es gibt einen Ort in uns, wo es praktisch die ganze Zeit regnet, die Schatten immer lang und der Wald voller Ungeheuer ist. Es ist gut, eine Stimme zu haben, in der die Schrecken eines solchen Orts artikuliert und seine geographische Lage teilweise beschrieben werden können, ohne den Sonnenschein und die Klarheit zu verleugnen, die einen derart großen Teil unseres gewöhnlichen Lebens erfüllen.

In *Der Fluch* sprach Bachman zum ersten Mal selbst – es war der erste der frühen Bachman-Romane, der seinen Namen auf der ersten Fassung trug, und nicht meinen –, und es kam mir wirklich unfair vor, dass er ausgerechnet in dem Moment, in dem er mit seiner eigenen Stimme zu sprechen begann, irrtümlich für mich gehalten wurde. Und der Eindruck, dass es sich um einen Fehler handelte, drängte sich mir einfach auf, weil Bachman allmählich zu einer Art Es für mich geworden war; er sagte jene Dinge, die ich nicht sagen konnte, und die Vorstellung, die er von sich dort draußen auf seinem Bauernhof in New Hampshire hatte – kein Bestseller-Autor, dessen Name auf einer blöden *Forbes*-Liste erscheint von Leuten aus der Unterhaltungsindustrie mit mehr Geld auf dem Konto, als gut für sie ist, oder dessen Gesicht in der *Today*-Show auftaucht oder der Miniaturrollen in Filmen spielt –, wie er in aller Ruhe seine Bücher schreibt, gestattete ihm, auf eine Weise zu denken, wie ich nicht denken, und auf eine Weise zu sprechen, wie ich nicht sprechen konnte. Und dann kam es zu diesen Zeitungsmeldungen, in denen stand: »Bachman ist in Wirklichkeit King«, und es gab niemanden – nicht einmal mich –, der den Toten verteidigt oder auf den offensichtlichen Umstand hingewiesen hätte, dass King in Wirklichkeit auch Bachman war, zumindest eine gewisse Zeit.

Ich hielt es damals für unfair, und ich halte es heute für unfair, aber manchmal spielt dir das Leben einen kleinen Streich, das ist alles. Ich beschloss, Bachman aus meinen Gedanken und meinem Leben zu verbannen, und einige Jahre gelang mir das auch. Aber als ich einen Roman (einen *Stephen-King*-Roman) namens *Desperation* schrieb, tauchte Richard Bachman plötzlich wieder in meinem Leben auf.

Zu der Zeit arbeitete ich auf einem Wang dedizierten Textverarbeitungssystem; die Anlage sah aus wie das Visiphon in einer alten Flash-Gordon-Folge. Angeschlossen war sie an einen unwesentlich moderneren Laserdrucker, und von Zeit zu Zeit, wenn mir eine Idee durch den Kopf schoss, schrieb ich einen Satz oder einen möglichen Titel auf ein Stück Papier und klebte es an die Seite des Druckers. Als ich ungefähr drei Viertel von *Desperation* geschrieben hatte, klebte ein Stück Papier mit einem einzigen Wort darauf am Drucker: *Regulator*. Ich hatte eine großartige Idee für einen Roman gehabt, etwas, das mit Spielsachen, Schusswaffen, Fernsehen und der Welt der Vorstädte zu tun hatte. Ich wusste nicht, ob ich ihn je schreiben würde – aus vielen dieser »Drucker-Notizen« ist nie etwas geworden –, aber es war definitiv cool, darüber nachzudenken.

Dann kam mir an einem regnerischen Tag (einem Tag ganz nach Richard Starks Geschmack) noch eine Idee, als ich in unsere Zufahrt hineinfuhr. Ich weiß nicht, woher sie kam; sie hatte nichts mit dem belanglosen Zeug zu tun, das mir zu dieser Zeit durch den Kopf ging. Die Idee bestand darin, die Figuren aus *Desperation* zu nehmen und sie in *Regulator* zu versetzen. In einigen Fällen, dachte ich, könnten sie dieselben Leute spielen; in anderen würden sie sich ändern; in keinem Fall würden sie dieselben Dinge tun oder auf dieselbe Weise reagieren, weil die unterschiedlichen Geschichten verschiedene Vorgehensweisen erforderlich machen würden. Es wäre so, dachte ich, als ob die Mitglieder eines Repertoire-Ensembles in zwei verschiedenen Stücken spielten.

Dann schoss mir eine noch aufregendere Idee durch den Kopf. Wenn ich das Konzept des Repertoire-Ensembles bei den Figuren benutzen konnte, dann konnte ich es genauso gut bei dem Plot anwenden – ich konnte eine ganze Menge der Elemente von *Desperation* in einer völlig neuen Anordnung arrangieren und eine Art Spiegelwelt erschaffen. Ich wusste, noch bevor ich mich daranmachte, dass viele Kritiker diese Doppelung als Trick bezeichnen würden … und damit lägen sie nicht einmal ganz falsch. Aber, so dachte ich, es könnte ein guter Trick sein. Vielleicht sogar ein erhellender Trick, einer der die Kraft und die Vielseitigkeit einer Erzählung veranschaulicht, ihre so gut wie grenzenlose Fähigkeit, ein paar Grundelemente in zahllosen erfreulichen Variationen durchzuspielen, ihren spitzbübischen Charme.

Aber die beiden Bücher durften nicht genau gleich *klingen*, und sie durften nicht das Gleiche *bedeuten*, genauso wenig, wie ein Stück von Edward Albee und eins von William Inge gleich klingen und das Gleiche bedeuten dürfen, selbst wenn sie an aufeinander folgenden Abenden von den gleichen Schauspielern aufgeführt werden. Wie konnte ich nur eine andere Stimme erschaffen?

Zunächst dachte ich, das könnte ich nicht und es wäre am besten, die Idee dem Reuben-Goldberg-Mülleimer anzuvertrauen, den ich in meinem Hinterkopf stehen habe – der mit dem Schild INTERESSANTE, ABER UNDURCHFÜHRBARE VORHABEN. Dann fiel mir ein, dass mir die Antwort schon die ganze Zeit auf der Zunge lag: Richard Bachman konnte *Regulator* schreiben. Seine Stimme klang oberflächlich gesehen genauso wie meine, aber darunter bestand ein himmelweiter Unterschied – sagen wir, der Unterschied zwischen Sonnenschein und Regen. Und der Blick, mit dem er seine Mitmenschen bedachte, war immer von meinem verschieden, gleichzeitig lustiger und kälter (Bart Dawes in *Sprengstoff*, mein Lieblingsroman unter den frühen Bachman-Büchern, ist ein ausgezeichnetes Beispiel).

Natürlich war Bachman tot, das hatte ich ja selbst bekannt gegeben, aber der Tod ist im Grunde kein großes Problem für einen Schriftsteller – fragen Sie einfach Paul Sheldon, der Misery Chastain für Annie Wilkes wieder zum Leben erweckte, oder Arthur Conan Doyle, der Sherlock Holmes aus den Reichenbach-Fällen auftauchen ließ, als seine Fans im ganzen Britischen Weltreich ihn lautstark zurückforderten. Ohnehin ließ ich Richard Bachman nicht mehr von den Toten auferstehen; ich stellte mir lediglich eine Kiste mit vergessenen Manuskripten in seinem Keller vor, in der *Regulator* zuoberst lag. Und dann transkribierte ich das Buch, das Bachman schon geschrieben hatte.

Diese Transkription war ein bisschen zäher … aber sie war zugleich ungeheuer erfrischend. Es war wundervoll, Bachmans Stimme wieder zu hören, und das, was ich mir davon erhofft hatte, geschah tatsächlich: Ein Buch kam zum Vorschein, das eine Art Zwilling des Buchs war, das ich unter meinem eigenen Namen geschrieben hatte (und die beiden Bücher wurden ziemlich buchstäblich direkt hintereinander geschrieben: Das King-Buch wurde genau an dem Tag fertig, bevor ich mit dem Bachman-Buch begann). Sie ähneln sich nicht mehr, als King und Bachman sich ähneln. *Desperation* handelt von Gott; *Regulator* handelt vom Fernsehen. Das heißt vermutlich, dass sie beide von höheren Mächten handeln, aber sie sind gleichwohl sehr unterschiedlich.

Die Bedeutung, Bachman zu sein, lag für mich immer darin, eine gute Stimme und eine einleuchtende Perspektive zu finden, die von meiner ein wenig verschieden war. Nicht *wirklich* verschieden; ich bin nicht schizophren genug, das zu glauben. Aber ich glaube, dass es bestimmte Tricks gibt, die wir alle benutzen, um unsere Perspektive und unsere Wahrnehmung zu verändern – um uns auf eine neue Weise zu sehen, indem wir andere Sachen anziehen und uns eine neue Frisur verpassen –, und dass solche Tricks sehr nützlich sein können, eine Methode, alte Strategien, wie man sein Leben führt, das Leben wahrnimmt und schöpferisch tätig ist, mit neuem Leben zu erfüllen. Ich mache keine dieser Bemerkungen, um anzudeuten, dass ich in den Bachman-Büchern großartige Dinge vollbracht habe, und sie sollen bestimmt nicht als Argumente für eine besondere künstlerische Leistung dienen. Aber ich liebe das, was ich tue, so sehr, dass ich ungern zu einem routinierten Langweiler würde, wenn ich es verhindern kann. Bachman war für mich eine Methode, mit deren Hilfe ich versucht habe, meine Technik aufzufrischen, und die mich davor bewahrt hat, zu bequem und behäbig zu werden.

Diese frühen Bücher zeigen, wie ich hoffe, eine gewisse Entwicklung der Bachman-Persona, und ich hoffe, sie zeigen außerdem das Wesen dieser Persona. Richard Bachman, ein düsterer Charakter, verzweifelt sogar, wenn er lacht (eigentlich vor allem dann verzweifelt, wenn er lacht), er ist kein Bursche, der ich die ganze Zeit sein möchte, selbst wenn er noch am Leben wäre … aber es ist gut, diese Möglichkeit zu haben, dieses Fenster zur Welt, auch wenn es vielleicht polarisiert ist. Trotzdem machen meine Leser, wenn sie seine Bücher lesen, vielleicht die Entdeckung, dass Dick Bachman eine Eigenschaft mit Thad Beaumonts Alter Ego, George Stark, gemeinsam hat: Er ist kein sehr netter Typ.

Und ich frage mich, ob es irgendwelche anderen guten Manuskripte, die vollendet sind oder kurz vor der Vollendung stehen, in der Kiste gibt, die von der verwitweten Mrs. Bachman im Keller ihres Bauernhauses in New Hampshire gefunden wurde.

Manchmal frage ich mich das *wirklich*.

Stephen King
Lovell, Maine
16. April 1996

1. Kapitel: 246

»Dünner«, flüstert der alte Zigeuner mit der verfaulenden Nase William Halleck zu, als er mit seiner Frau Heidi aus dem Gerichtsgebäude tritt. Nur dieses eine Wort, ausgestoßen mit der klebrigen Süße seines Atems. Und bevor Halleck zurückweichen kann, streckt der alte Zigeuner die Hand aus und streichelt seine Wange mit einem gekrümmten Finger. Seine Lippen öffnen sich wie eine Wunde und geben ein paar Zahnstummel preis, die aus seinen Kiefern herausragen. Sie sind schwarz und grün. Die Zunge schlängelt sich dazwischen hindurch und gleitet nach außen, um über seine grinsend verzogenen Lippen zu schlüpfen.

Dünner.

Billy Halleck musste gerade in dem äußerst passenden Augenblick daran denken, als er um sieben Uhr morgens, ein Handtuch um seine Taille geschlungen, auf der Waage stand. Aus dem Erdgeschoss zog der Duft von Eiern und gebratenem Speck herauf. Er musste den Hals leicht vorrecken, um die Zahlen auf der Skala lesen zu können. Nein … er musste sich etwas mehr als nur leicht vorbeugen. Er musste sich ganz schön strecken. Er war ein dicker Mann. Zu dick, wie Dr. Houston ihm in fröhlichem Ton gesagt hatte. *Falls es Ihnen noch niemand gesagt hat, möchte ich Sie davon in Kenntnis setzen,* hatte er ihn nach der letzten Routineuntersuchung gewarnt. *Ein Mann in Ihrem Alter, mit Ihrem Einkommen und Ihren Gewohnheiten nähert sich grob gerechnet mit 38 dem Herzinfarkt, Billy. Sie sollten etwas abnehmen.*

Aber dieser Morgen brachte Erfreuliches. Er hatte drei Pfund abgenommen, von 249 auf 246.

Nun ja … eigentlich hatte die Waage das letzte Mal, als er den Mut aufgebracht hatte, sich auf sie zu stellen und ge-

15

nau hinzusehen, 251 Pfund angezeigt, aber da hatte er seine Hose angehabt mit dem Kleingeld in den Taschen, ganz zu schweigen von dem Schlüsselbund und seinem Schweizer Armeemesser. Und die Waage im oberen Badezimmer zeigte immer etwas zu viel an. Das sagte ihm ein sicheres Gefühl.

Als Kind in New York hatte er gehört, dass Zigeuner die Gabe der Prophezeiung besitzen. Vielleicht war dies der Beweis dafür. Er versuchte zu lachen, brachte aber nur ein klägliches und nicht gerade strahlendes Lächeln zustande; es war noch zu früh, um über Zigeuner zu lachen. Die Zeit würde vergehen, und man würde die Dinge wieder in nüchternem Licht sehen. Er war alt genug, um das zu wissen. Doch im Augenblick wurde ihm beim Gedanken an Zigeuner in seinem viel zu großen Bauch speiübel, und er hoffte von ganzem Herzen, dass er nie wieder einen zu Gesicht bekäme. Von nun an würde er bei den Handleseübungen auf den Partys passen und sich aufs Ouija-Brett beschränken. Wenn überhaupt.

»Billy?« Das kam von unten.

»Ich komme!«

Er zog sich an und stellte dabei mit unterschwelliger Verzweiflung fest, dass seine Hose um die Taille wieder enger saß, obwohl er doch drei Pfund abgenommen hatte. Er hatte genau um 00:01 am Neujahrsmorgen mit dem Rauchen aufgehört, aber er hatte dafür bezahlt. Mannomann, er hatte dafür bezahlt. Mit offenem Hemdkragen, die Krawatte lose um den Hals geschlungen, ging er nach unten. Linda, seine vierzehnjährige Tochter, huschte gerade mit wippendem Röckchen und ihrem sexy mit einem Samtband hochgebundenen Pferdeschwanz zur Haustür hinaus. Unter einem Arm trug sie ihre Schulbücher. In der anderen Hand raschelten fröhlich zwei purpurn-weiße Cheerleader-Bommel.

»Wiedersehn, Dad!«

»Schönen Tag, Lin.«

Er setzte sich an den Tisch und griff zum *Wall Street Journal*.

»Liebling«, sagte Heidi.

»Meine Liebe«, sagte er feierlich und legte das *Journal* mit der Titelseite nach unten neben die drehbare Tischmenage.

Sie trug das Frühstück auf: einen dampfenden Berg Rührei, ein Rosinenbrötchen und fünf Scheiben knusprig gebratenen Bauernspeck. Gutes Essen. Sie kuschelte sich ihm gegenüber auf den anderen Stuhl in der Frühstücksecke und zündete sich eine Vantage 100 an. Im Januar und Februar hatte es Spannungen gegeben – zu viele »Diskussionen«, die nur verkleidete Auseinandersetzungen gewesen waren, zu viele Nächte, in denen sie schließlich Rücken an Rücken eingeschlafen waren. Doch sie hatten einen *modus vivendi* gefunden: Sie hatte damit aufgehört, ihn ständig wegen seines Gewichts zu kritisieren, und er hatte damit aufgehört, ihre anderthalb Packungen Zigaretten pro Tag zu bemängeln. Es hatte für einen angenehmen Frühling gereicht. Und abgesehen von der Aussöhnung zwischen ihnen hatten sich weitere angenehme Dinge ereignet. Zunächst einmal war Halleck befördert worden. Die Anwaltskanzlei *Greely, Penschley und Kinder* hieß nun *Greely, Penschley, Kinder und Halleck*. Heidis Mutter hatte endlich ihre schon lange im Raum schwebende Drohung wahr gemacht und war zurück nach Virginia gezogen. Linda war zu guter Letzt doch noch in das Jugendteam der Cheerleaders aufgenommen worden, und das war für Billy der größte Segen; es hatte Zeiten gegeben, in denen er fürchtete, dass Lindas theatralische Auftritte ihn in einen Nervenzusammenbruch treiben würden. Alles war ganz großartig gelaufen.

Dann waren die Zigeuner in die Stadt gekommen.

»Dünner«, hatte der alte Zigeuner gesagt, und was zum Teufel war mit seiner Nase los gewesen? Syphilis? Krebs? Oder etwas viel Schlimmeres – wie Lepra? Und überhaupt, warum kannst

du nicht einfach damit aufhören? Warum lässt du es nicht einfach auf sich beruhen?

»Du musst immer daran denken, nicht wahr?«, fragte Heidi plötzlich – so plötzlich, dass Halleck zusammenzuckte. »*Billy*, es war nicht deine Schuld. Das hat der Richter gesagt.«

»Ich habe gar nicht darüber nachgedacht.«

»Und worüber *hast* du nachgedacht?«

»Das *Journal*«, sagte er. »Hier steht, dass das Baugeschäft wieder rückläufig ist.«

Richtig, nicht seine Schuld; so hatte es der Richter gesagt. Richter Rossington. Cary, für seine Freunde.

Freunde wie mich, dachte Halleck. *Habe manche Runde Golf mit dem alten Cary Rossington zusammen gespielt, wie du sehr wohl weißt, Heidi. Bei unserer Silvesterparty vor zwei Jahren, das Jahr, in dem ich eigentlich vorhatte, das Rauchen aufzugeben, und es dann doch nicht getan habe, wer hat denn da beim traditionellen Neujahrskuss deine ach-so-begrapschbaren Titten begrapscht? Na rate mal, wer? Bei meiner Seele, es war der gute alte Cary Rossington, so wahr ich atme und lebe!*

Ja. Der gute alte Cary Rossington, vor dem Billy schon mehr als ein Dutzend kommunale Rechtsfälle vertreten hatte. Der gute alte Cary Rossington, mit dem Billy manchmal unten im Club Poker gespielt hatte. Der gute alte Cary Rossington, der sich nicht selbst für befangen erklärt hatte, als sein guter, alter Golf-und-Poker-Kumpel Billy Halleck (Cary klopfte ihn manchmal auf den Rücken und rief: ›Na, wie hängen sie denn so, Big Bill?‹) vor ihm im Gericht erschien, diesmal nicht, um einen bestimmten Punkt des Kommunalrechts auszuführen, sondern unter Anklage wegen fahrlässiger Tötung.

Und als Cary Rossington sich nicht für befangen erklärt hatte, wer hat ihn da ausgebuht, liebe Kinder? Wer in dieser ganzen fairen Stadt Fairview war der Buh-Schreier? Na, niemand, der war's! Niemand hat ihn ausgebuht! Was waren das schließlich auch für Leute? Doch nur eine Bande dreckiger Zigeuner! Je eher sie aus Fairview raus waren und sich in ihren alten Kombiwagen mit den Aufklebern der National Rifle Association auf den hinteren Stoßstangen auf den Weg machten, je eher man die Rückseiten ihrer selbst gezimmerten Wohnmobile und Campingwagen sah, desto besser. Je eher, desto –

– *dünner.*

Heidi drückte ihre Zigarette aus und sagte: »Scheiß auf dein Baugeschäft. Ich kenne dich besser.«

Das nahm Billy an. Und er nahm an, dass auch sie darüber nachgedacht hatte. Sie sah so alt aus, wie sie war – fünfunddreißig –, und das war selten. Sie hatten sehr, sehr jung geheiratet, und er konnte sich immer noch an den Vertreter erinnern, der eines Tages, als sie drei Jahre verheiratet waren, an die Tür kam, um Staubsauger zu verkaufen. Er hatte die zweiundzwanzigjährige Heidi Halleck angesehen und sie höflich gefragt: »Ist deine Mutter zu Hause, Schätzchen?«

»Es schadet meinem Appetit nicht«, sagte er, und das war zweifellos wahr. Angst oder keine Angst, er hatte die Rühreier vertilgt, und von dem Speck war nichts mehr zu sehen. Er trank die Hälfte seines Orangensafts und schenkte ihr sein gewohntes breites Billy-Halleck-Grinsen. Sie versuchte zurückzulächeln, aber irgendwie gelang ihr das nicht ganz. Er stellte sich vor, dass sie ein Schild trüge: MEIN LÄCHLER IST VORÜBERGEHEND AUSSER BETRIEB.

Er griff über den Tisch und nahm ihre Hand. »Heidi, es ist alles in Ordnung. Und selbst wenn nicht, es ist vorbei.«

»Ich weiß. Ich weiß.«

»Wird Linda –?«

»Nein. Nicht mehr. Sie sagt ... sie sagt, ihre Freundinnen wären sehr loyal.«

Nachdem es passiert war, hatte ihre Tochter etwa eine Woche lang eine schwere Zeit durchmachen müssen. Sie war entweder in Tränen aufgelöst oder den Tränen sehr nahe aus der Schule nach Hause gekommen. Sie hatte aufgehört zu essen. Ihre Akne war wieder ausgebrochen. Halleck, entschlossen, nicht übertrieben zu reagieren, hatte ihre Klassenlehrerin, den Vizedirektor und Lindas geliebte Miss Nearing, ihre Turn- und Cheerleading-Lehrerin, aufgesucht. Er ermittelte (ah, was für ein schönes Juristenwort), dass es sich hauptsächlich um Hänseleien handelte – so grob und unkomisch, wie die meisten Hänseleien in der Junior Highschool nun mal waren, und mit Sicherheit geschmacklos, wenn man die Umstände bedachte, aber was konnte man von einer Altersgruppe erwarten, die Witze mit toten Babys für den Höhepunkt des Geistreichtums hielten?

Er hatte Linda zu einem Spaziergang auf dem Lantern Drive überredet. Am Lantern Drive standen geschmackvolle, weitab von der Straße liegende Häuser, Häuser, die am Straßenanfang grob geschätzt 75 000 Dollar wert waren und langsam in die 200 000-Dollar-Klasse mit Hallenbad und Sauna aufstiegen, wenn man ans Country-Club-Ende der Straße kam.

Linda hatte ihre alten Madrasshorts angehabt, die an einer Naht mittlerweile eingerissen waren ... und Halleck war aufgefallen, dass ihre fohlengleichen Beine jetzt so lang waren, dass der Gummizug ihres gelben Baumwollhöschens zu sehen war. Er hatte ganz plötzlich eine Mischung aus Bedauern und Schrecken verspürt. Sie wurde erwachsen. Er nahm an, sie wusste, dass die Shorts ihr zu klein und obendrein völlig abgetragen waren, aber er vermutete, dass sie sie angezogen hatte, weil sie die Verbindung zu einer tröstlicheren Kindheit herstellten, einer Kindheit, in der Daddys sich nicht vor Gericht verantworten und eine Verhandlung über sich ergehen lassen mussten (egal, wie abgekartet diese Verhandlung auch gewesen sein mochte, wenn der alte Golfkumpel, dieser betrunkene Tittengrapscher, der sich an deiner Frau vergriffen hatte, den Hammer schwang), eine Kindheit, in der die

20

Schulkameraden während der vierten Stunde, wenn man gerade am Fußballfeld Lunch aß, nicht auf einen zugeschossen kamen, um zu fragen, wie viele Punkte dein Daddy denn nun für das Umnieten der alten Lady bekommen hatte.

Du verstehst doch, dass es ein Unfall war, nicht wahr, Linda?

Sie nickt, ohne ihn anzusehen. Ja, Daddy.

Sie kam zwischen zwei Autos hervorgerannt. Sie hat überhaupt nicht nach links und rechts geguckt. Ich hatte keine Zeit mehr, zu bremsen. Absolut keine Zeit mehr.

Daddy, ich will das nicht hören.

Ich weiß. Und ich will nicht darüber reden. Aber du hörst es doch. In der Schule.

Sie sieht ihn ängstlich an. Daddy, du bist doch nicht –

In deine Schule gegangen? Doch. Aber erst um halb vier. Gestern Nachmittag. Es waren überhaupt keine Kinder mehr da, wenigstens soweit ich sehen konnte. Es wird niemand erfahren.

Sie entspannt sich. Ein wenig.

Ich habe gehört, dass die anderen Kinder ganz schön rau mit dir umgesprungen sind. Das tut mir Leid.

Es war gar nicht so schlimm, sagt sie und fasst nach seiner Hand. Doch ihr Gesicht – der frische Ausbruch wütend aussehender Pickel auf ihrer Stirn – erzählt eine andere Geschichte. Die Pickel sagen, dass sie allerdings rau mit ihr umgesprungen sind. Einen Vater zu haben, der festgenommen wurde, ist eine Situation, die nicht gerade von Judy Blume in ihrer Teenager-Zeitschrift behandelt wird (obwohl sie auch das vermutlich irgendwann tun wird).

Ich habe auch gehört, dass du dich ziemlich gut gehalten hättest, sagt Billy Halleck. Du hast dir nicht viel draus gemacht. Denn wenn sie einmal merken, dass sie deinen wunden Punkt gefunden haben ...

Yeah, ich weiß, sagt sie niedergeschlagen.

Miss Nearing hat gesagt, sie wäre ganz besonders stolz auf dich, sagt er. Das ist eine kleine Lüge. Miss Nearing hatte nicht

genau das gesagt, aber sie hatte ganz sicher gut von Linda ge-
sprochen, was Billy Halleck fast genauso viel bedeutet wie seiner
Tochter. Und es wirkt. Ihre Augen leuchten auf, und sie sieht
Halleck zum ersten Mal ins Gesicht.

Hat sie das gesagt?

Das hat sie gesagt, bestätigt Halleck. Die Lüge geht ihm leicht
und überzeugend über die Lippen. Warum nicht? Er hat in letz-
ter Zeit eine Menge Lügen erzählt.

Sie drückt seine Hand und lächelt ihn dankbar an.

Sie werden ziemlich bald damit aufhören, Lin. Sie werden
einen anderen Knochen finden, auf dem sie rumkauen können.
Ein Mädchen wird schwanger werden, oder ein Lehrer bekommt
einen Nervenzusammenbruch, oder irgendein Junge wird dabei
erwischt, wenn er Haschisch oder Kokain verkauft. Dann wird
das Interesse an dir erlahmen. Klar?

Sie wirft plötzlich die Arme um ihn und drückt sich ganz fest
an ihn. Er stellt fest, dass sie wohl doch noch nicht so schnell er-
wachsen wird und dass nicht alle Lügen schlecht sind. Ich hab
dich lieb, Daddy, sagt sie.

Ich liebe dich auch, Lin.

Er nimmt sie auch fest in die Arme, und plötzlich dreht je-
mand den großen Stereoverstärker hinter seiner Stirn ganz laut
auf. Und wieder hört er das doppelte dumpfe Geräusch: das erste,
als die vordere Stoßstange des Achtundneunzigers die alte Zi-
geunerin mit dem knallroten Kopftuch über den zotteligen Haa-
ren streift, das zweite, als die schweren Vorderreifen über ihren
Körper rollen.

Heidi schreit.

Und sie nimmt ihre Hand aus seinem Schoß.

Halleck presst seine Tochter noch fester an sich. Er spürt eine
Gänsehaut am ganzen Körper.

»Noch etwas Rührei?«, fragte Heidi, seine Träumerei un-
terbrechend.

»Nein. Nein, danke.« Etwas schuldbewusst blickte er auf
seinen sauberen Teller hinunter: Egal, wie schlecht die Dinge

auch standen, es wurde niemals so schlecht, dass er deswegen seinen Schlaf oder seinen Appetit verloren hätte.

»Bist du sicher, dass du …?«

»Okay bist?« Er lächelte. »Ich bin okay, du bist okay, Linda ist okay. Wie heißt es so schön in den Seifenopern? Der Albtraum ist vorüber – können wir jetzt bitte unser normales Leben wieder aufnehmen?«

»Das ist eine nette Idee.« Dieses Mal erwiderte sie sein Lächeln mit einem echten – und plötzlich war sie wieder unter dreißig. Sie strahlte. »Möchtest du noch den Rest Speck? Es sind noch zwei Scheiben übrig.«

»Nein«, sagte er und dachte daran, wie sein Hosengürtel ihn in der Taille kniff (*ha, ha, welche Taille denn?*, meldete sich ein kleiner, nicht gerade komischer Don Rickles in seinem Kopf – *das letzte Mal, dass du eine Taille hattest, muss so um 1978 gewesen sein, du Eishockeypuck*), wie er morgens den Bauch hatte einziehen müssen, um die Hose zumachen zu können. Dann fiel ihm die Waage wieder ein, und er sagte: »Ich werde eine nehmen. Ich hab drei Pfund abgenommen.«

Sie war schon trotz seines ursprünglichen Neins an den Herd getreten – *manchmal kennt sie mich so gut, dass es schon fast deprimierend ist*, dachte er. Jetzt drehte sie sich um. »Du denkst also doch noch darüber nach.«

»Nein, tue ich *nicht*«, sagte er verärgert. »Darf ein Mann nicht mal in Frieden drei Pfund abnehmen? Du sagst doch dauernd, du hättest mich gern ein bisschen …«

dünner

»… ein bisschen weniger dick.« Jetzt hatte sie ihn wieder dazu gebracht, an den Zigeuner zu denken. *Verdammt noch mal!* An die zerfressene Nase des Zigeuners und an das Gefühl, als dieser schuppige Finger seine Wange gestreift hatte, an den Augenblick, bevor er reagieren konnte und zurückgewichen war – so, wie man vor einer Spinne zurückweicht oder vor ekligen Käfern unter einem verrotteten Baumstamm.

Sie brachte ihm den Speck und küsste ihn auf die Schläfe. »Entschuldige bitte. Mach du nur weiter und nimm ab. Aber solltest du's nicht tun, denk dran, was Mr. Rogers sagt –«

»– ich mag dich genauso, wie du bist«, beendeten sie den Satz gemeinsam.

Er tippte mit dem Finger auf das umgedrehte *Journal*, aber das war im Augenblick einfach zu deprimierend. Er stand auf, ging nach draußen und fand die *New York Times* im Blumenbeet. Der Zeitungsjunge warf sie immer ins Blumenbeet, hatte seine Rechnung am Wochenende niemals in Ordnung und vergaß dauernd Billys Nachnamen. Billy hatte sich mehr als einmal gefragt, ob es möglich wäre, dass ein zwölfjähriges Kind ein Opfer des Alzheimer-Syndroms wurde.

Er nahm die Zeitung mit hinein, schlug die Sportseite auf und aß den Speck auf. Er war ganz in die Spielergebnisse vertieft, als Heidi ihm noch ein halbes Muffin mit golden geschmolzener Butter brachte.

Halleck aß es auf, fast ohne sich dessen bewusst zu sein.

2. Kapitel: 245

Am Vormittag nahm in der Stadt ein Schadensersatzprozess, der sich schon über drei Jahre hingezogen hatte – und Billy hatte eigentlich erwartet, dass er sich in der einen oder anderen Form gut und gerne noch über die nächsten drei oder vier Jahre hinziehen würde –, ein unerwartetes und erfreuliches Ende, als der Kläger sich in einer Sitzungspause des Gerichts zu einem Vergleich in einer verblüffenden Höhe bereit erklärte. Halleck verlor keine Zeit, besagten Kläger, einen Farbenfabrikanten aus Schenectady, und seinen Mandanten ins Richterzimmer zu führen, um eine entsprechende Willenserklärung unterzeichnen zu lassen. Der Anwalt des Klägers beobachtete mit offensichtlicher Bestürzung und Unglauben, wie sein Mandant, der Präsident der Good Luck Paint Company, seinen Namen auf sechs Kopien der Erklärung kritzelte, und die Glatze des Gerichtsschreibers glänzte matt, während er Kopie für Kopie beglaubigte. Billy saß ganz ruhig da, die Hände im Schoß gefaltet, und hatte das Gefühl, in der New Yorker Lotterie gewonnen zu haben. Um die Mittagszeit war die Sache so gut wie gegessen.

Billy führte seinen Mandanten zum Essen ins O'Lunneys, bestellte ein Wasserglas voll Chivas für den Mandanten und einen Martini für sich selbst und rief Heidi zu Hause an.

»Mohonk«, sagte er, als sie sich meldete. Mohonk war ein weitläufiges Feriengebiet im Norden des Staates New York, in dem sie vor langer, langer Zeit ihre Flitterwochen – ein Geschenk von Heidis Eltern – verbracht hatten. Sie hatten sich auf Anhieb in diesen Ort verliebt und inzwischen zweimal ihren Urlaub dort verbracht.

»Was?«

»Mohonk«, wiederholte er. »Wenn du nicht mitkommen willst, frage ich Jillian im Büro.«

»Das wirst du *nicht tun!* Billy, was hat das zu bedeuten?«

»Willst du nun hinfahren oder nicht?«

»*Natürlich* will ich! Dieses Wochenende?«

»Morgen, falls du Mrs. Bean dazu kriegst, ab und zu nach Linda zu sehen und dafür zu sorgen, dass die Wäsche erledigt wird und keine Orgien vor dem Fernseher in unserem Wohnzimmer veranstaltet werden. Und falls –«

Doch erst einmal übertönte Heidis Aufschrei seine Erklärungen. »Dein Prozess, Billy! Was ist mit den Farbdämpfen und den Nervenzusammenbrüchen und den psychotischen Anfällen und …«

»Canley ist zu einem Vergleich bereit. Das heißt, Canley *hat* sich bereits verglichen. Nach rund vierzehn Jahren blödsinnigen Vorstandsverlautbarungen und langen Rechtsgutachten, die exakt nichts bedeuteten, hat dein Ehemann endlich einen Fall für die Guten gewonnen. Klar und eindeutig und ohne jeden Zweifel. Der Canley-Prozess ist abgeschlossen, und ich fühle mich wie der Kaiser von China.«

»Billy! Wahnsinn!« Wieder ein Aufschrei, diesmal so laut, dass die Stimme im Hörer ganz verzerrt klang. Billy hielt ihn grinsend vom Ohr weg. »Wie viel kriegt dein Typ?«

Billy nannte ihr die Summe, und jetzt musste er den Hörer beinahe fünf Sekunden lang vom Ohr weghalten.

»Glaubst du, Linda würde es uns übel nehmen, wenn wir mal fünf Tage frei nehmen?«

»Wenn sie bis ein Uhr aufbleiben und sich die späten Filme im Pay-TV ansehen und Georgia Deever einladen darf, damit sie sich über Jungs unterhalten und sich mit meinen Schokoladenkeksen voll stopfen können? Willst du mich auf den Arm nehmen? Wird es um diese Jahreszeit kalt dort oben sein, Billy? Soll ich deine grüne Strickjacke einpacken? Willst du lieber deinen Parka oder deine Jeansjacke mitnehmen? Oder beides? Glaubst du –?«

Er sagte ihr, dass sie das selbst entscheiden solle, und ging zu seinem Mandanten zurück. Der Mandant hatte seinen Chivas zur Hälfte geleert und wollte Polenwitze erzählen. Der Mandant sah aus, als wäre er von einem Hammer getroffen worden. Halleck trank seinen Martini und lauschte mit halbem Ohr den üblichen Witzen über polnische Schreiner und polnische Restaurants, während seine Gedanken fröhlich zu anderen Themen wanderten. Dieser Prozess könnte weitreichende Konsequenzen haben; es war noch zu früh zu sagen, dass er seine Karriere beeinflussen würde, aber es könnte sein. Es könnte durchaus sein. Nicht schlecht für die Art Fall, den große Kanzleien als Wohltätigkeitsarbeit übernehmen. Es könnte bedeuten, dass –

– beim ersten dumpfen Geräusch ruckt Heidi nach vorn, und einen Moment lang drückt sie hart zu; er nimmt dunkel einen Schmerz in seinem Unterleib wahr. Der Ruck ist so hart, dass Heidis Sitzgurt blockiert. Blut spritzt hoch – drei pfenniggroße Tropfen – und klatscht wie roter Regen an die Windschutzscheibe. Sie hat nicht einmal mehr Zeit zu schreien; sie wird später schreien. Er hat nicht mehr die Zeit, sich auch nur andeutungsweise über den Unfall klar zu werden. Das setzt erst mit dem zweiten dumpfen Geräusch ein. Und er –

– trank den Rest seines Martinis in einem Schluck aus. Tränen traten ihm in die Augen.

»Alles in Ordnung mit Ihnen?«, fragte der Mandant, David Duganfield mit Namen.

»Dermaßen in Ordnung, dass Sie es nicht glauben würden«, sagte Billy und griff über den Tisch, um Duganfields Hand zu drücken. »Herzlichen Glückwunsch, David.« Er wollte nicht mehr an den Unfall denken, wollte nicht mehr an den alten Zigeuner mit der abfaulenden Nase denken. Er gehörte zu den Guten; diese Tatsache kam deutlich in Duganfields kräftigem Händedruck und seinem müden, leicht törichten Lächeln zum Ausdruck.

»Vielen Dank, Mann«, sagte Duganfield. »Vielen herzlichen Dank.« Plötzlich beugte er sich über den Tisch und umarmte Billy Halleck ungeschickt. Billy erwiderte die Umarmung. Doch als Duganfields Arme sich um seinen Hals schlangen, streifte eine Hand leicht über seine Wange, und er musste sofort wieder an das unheimliche Streicheln des alten Zigeuners denken.

Er hat mich angefasst, dachte Halleck, und trotz der herzlichen Umarmung seines Klienten fing er an zu zittern.

Auf dem Heimweg versuchte er, an Duganfield zu denken – Duganfield war eine gute Sache, um jetzt darüber nachzudenken –, aber als er über die Triborough Bridge fuhr, ertappte er sich dabei, dass er gar nicht an Duganfield, sondern an Ginelli dachte.

Duganfield und er hatten fast den ganzen Nachmittag bei O'Lunney's verbracht, aber eigentlich hätte Billy seinen Klienten lieber zu den Three Brothers geführt. Es war das Restaurant, an dem Richard Ginelli eine informelle, stille Teilhaberschaft hielt. Es war jetzt schon Jahre her, dass er tatsächlich bei den Brothers gegessen hatte – angesichts von Ginellis Reputation wäre das nämlich nicht sehr klug gewesen –, aber immer noch dachte er zuerst an die Brothers. Billy hatte dort manche gute Mahlzeit eingenommen und immer viel Spaß dabei gehabt, obwohl Heidi sich nie viel aus dem Lokal oder aus Ginelli gemacht hatte. Billy nahm an, dass Ginelli ihr Angst machte.

Er fuhr gerade auf dem New York Thruway an der Ausfahrt Gun Hill Road vorbei, als seine Gedanken ähnlich vorhersagbar zu dem alten Zigeuner zurückkehrten, wie ein Pferd in seinen Stall zurückgeht.

Ginelli war's, an den du als Erstes gedacht hast. Nachdem du an jenem Tag nach Hause gekommen warst und Heidi heulend am Küchentisch saß, da hast du als Erstes an Ginelli gedacht. »Hey, Rich, ich hab heute eine alte Lady umgebracht. Kann ich in die Stadt kommen, um mit dir darüber zu reden?«

Aber Heidi war nebenan, und Heidi hätte das nicht verstanden. Billys Hand hatte eine Weile über dem Hörer gehangen und war dann runtergefallen. Ihm war mit plötzlicher Klarheit bewusst geworden, dass er ein angesehener Anwalt aus Connecticut war, dem, wenn die Dinge haarig wurden, nur ein Mensch einfiel, den er anrufen könnte: ein New Yorker Gangster, der es sich offensichtlich im Laufe der Jahre zur Gewohnheit gemacht hatte, die Konkurrenz über den Haufen zu schießen.

Ginelli war ein hoch gewachsener Mann, sah nicht umwerfend gut aus, hatte aber eine natürliche Art, so dass er in jeder Kleidung irgendwie elegant wirkte. Er hatte eine kräftige, freundliche Stimme – nicht die Art von Stimme, mit der man sofort Drogenhandel, Prostitution und Mord assoziierte. Aber er hatte mit allen drei zu tun, wenn man seiner Polizeiakte Glauben schenkte. Und es war Ginellis Stimme gewesen, die Billy an diesem schrecklichen Nachmittag, nachdem Duncan Hopley, der Polizeichef von Fairview, ihn hatte laufen lassen, sehr gerne gehört hätte.

»– oder den ganzen Tag da rumsitzen?«

»Was?« Billy zuckte zusammen. Ihm wurde plötzlich klar, dass er vor einer der wenigen Kabinen an der Rye-Mautstelle stand, die tatsächlich mit einem Beamten besetzt war.

»Ich habe gesagt, wollen Sie nun bezahlen oder den –?«

»Schon gut«, sagte Billy und gab dem Mann eine Dollarnote. Er nahm das Wechselgeld in Empfang und fuhr weiter. Schon fast in Connecticut, noch neunzehn Ausfahrten bis zu Heidi. Dann ab nach Mohonk. Duganfield funktionierte nicht so recht als Ablenkung; versuchen wir's also mal mit Mohonk. Vergessen wir die alte Zigeunerin und den alten Zigeuner einfach mal für eine Weile, was meinst du?

Aber seine Gedanken wanderten unweigerlich zu Ginelli zurück.

Billy hatte ihn durch die Kanzlei kennen gelernt, die vor sieben Jahren eine Rechtsangelegenheit für Ginelli erledigt hatte – eine Firmengründungssache. Billy, damals noch ein sehr junger Junioranwalt der Kanzlei, hatte den Auftrag bekommen. Keiner der Seniorpartner hätte sich diesen Fall auch nur durchgesehen. Schon damals war Rich Ginellis Reputation sehr schlecht gewesen. Billy hatte Kirk Penschley nie gefragt, warum die Kanzlei Ginelli überhaupt als Mandanten angenommen hatte; man hätte ihm ja doch nur gesagt, dass er seine Arbeit machen und die politischen Entscheidungen den Älteren überlassen solle. Er vermutete, dass Ginelli etwas über eine Leiche im Schrank von irgendjemandem wusste; er war ein Mann, der seine Ohren aufsperrte.

Billy hatte seine dreimonatige Arbeit im Auftrag der Three Brothers Associates, Inc., mit der Einstellung begonnen, dass er den Mann, für den er arbeiten sollte, sicher nicht mögen, vielleicht sogar fürchten würde. Stattdessen fühlte er sich zu ihm hingezogen. Ginelli war ein charismatischer Mann, es machte Spaß, mit ihm zusammen zu sein. Mehr noch, er behandelte Billy mit einem Respekt und einer Zuvorkommenheit, die ihm in der eigenen Kanzlei während der nächsten vier Jahre nicht zuteil werden würden.

Billy wurde vor der Norwalk-Mautstelle entsprechend langsamer, warf fünfunddreißig Cent ein und reihte sich dann wieder in den Verkehr ein. Ohne darüber nachzudenken, beugte er sich vor und öffnete das Handschuhfach. Unter den Landkarten und der Betriebsanleitung fand er zwei Twinkies. Er riss die Verpackung von dem einen auf und aß es gierig. Dabei fielen einige Krümel auf seine Weste.

Seine Arbeit für Ginelli war schon lange erledigt gewesen, als eine Grand Jury in New York den Mann beschuldigte, im Rahmen eines Drogenkriegs eine Reihe von Hinrichtungen im Stil der Unterwelt angeordnet zu haben. Die Anklage des New York Superior Court war im Herbst 1980 auf dem Schreibtisch ihrer Kanzlei gelandet. Im Frühjahr 1981 hatte sie sich in Luft aufgelöst, hauptsächlich weil unter den Belastungszeugen eine Sterblichkeitsrate von fünfzig Prozent aufgetreten war. Einer war zusammen mit zwei von drei Detectives, die zu seiner Bewachung eingeteilt waren, in seinem Wagen in die Luft geflogen. Ein anderer war mit einem abgebrochenen Regenschirmgriff durch den Hals gestochen worden, als er sich in einem der Schuhputzerstühle in der Grand Central Station die Schuhe putzen lassen wollte. Die beiden anderen hatten dann gar nicht so überraschend beschlossen, dass sie sich nicht länger sicher sein könnten, ob es Richie »Der Hammer« Ginelli gewesen war, den sie dabei belauscht hatten, als er den Auftrag erteilt hatte, einen Drogenbaron aus Brooklyn namens Richovsky umzubringen.

Westport. Southport. Bald zu Hause. Er lehnte sich wieder hinüber und wühlte im Handschuhfach… Aha! Da war noch eine halb volle Schachtel Erdnüsse von der letzten Flugreise übrig geblieben. Muffig, aber essbar. Billy Halleck verputzte sie, ohne mehr von ihnen zu schmecken, als er von den Twinkies geschmeckt hatte.

Im Laufe der Jahre hatten Ginelli und er sich regelmäßig Weihnachtskarten geschrieben und sich dann und wann zum Essen verabredet, für gewöhnlich bei den Three Brothers. Infolge dessen, was Ginelli beharrlich als »meine juristischen Probleme« bezeichnete, waren die Essen weniger geworden, bis sie ganz aufhörten. Daran war zum Teil Heidi schuld gewesen – was Ginelli betraf, hatte sie sich in eine Meckerziege der Weltklasse verwandelt –, aber zum Teil hatte es auch an Ginelli selbst gelegen.

»Du solltest lieber eine Zeit lang nicht mehr herkommen«, hatte er zu Billy gesagt.

»Was? Wieso?«, hatte Billy unschuldig darauf erwidert, als hätten er und Heidi sich nicht gerade in der Nacht davor genau darüber gestritten.

»Weil ich in den Augen der Öffentlichkeit ein Gangster bin«, hatte Ginelli geantwortet. »Junge Anwälte, die sich mit Gangstern anfreunden, machen nicht Karriere, William, doch das ist's, worauf es wirklich ankommt – halte deine Weste rein und mach Karriere!«

»So, das ist also alles, worauf's ankommt, wie?«

Ginelli hatte daraufhin eigenartig gelächelt. »Nun... es gibt noch ein paar andere Sachen.«

»Zum Beispiel?«

»William, ich hoffe, du wirst es nie herausfinden müssen. Komm ab und zu mal auf einen Espresso vorbei. Wir werden miteinander plaudern und lachen. Ich will damit sagen, lass wieder mal von dir hören.«

Und so hatte er von sich hören lassen, hatte von Zeit zu Zeit vorbeigeschaut (wobei er allerdings, während er die Ausfahrt Fairview nahm, zugeben musste, dass die Abstände immer größer geworden waren). Und als er sich in der Situation befand, sich wegen fahrlässiger Tötung vor Gericht verantworten zu müssen, war ihm als Allererstes Ginelli eingefallen.

Aber der gute alte Titten grapschende Cary Rossington hatte diese Sache ja in die Hand genommen, flüsterte eine Stimme in seinem Kopf. *Warum denkst du also jetzt an Ginelli? Mohonk – daran solltest du jetzt denken. Und an David Duganfield, den Beweis dafür, dass die netten Kerle nicht immer als Letzte durchs Ziel laufen. Und darüber, dass du noch ein paar Pfund abnehmen könntest.*

Doch als er in die Zufahrt einbog, stellte er fest, dass er an etwas dachte, das er ihm einmal gesagt hatte: *William, ich hoffe, du wirst es nie herausfinden müssen.*

Was herausfinden?, fragte Billy sich, und dann stürmte Heidi ihm aus der Haustür entgegen, um ihm einen Kuss zu geben, und er vergaß alles für eine Weile.

3. Kapitel: Mohonk

Es war ihre dritte Nacht in Mohonk, und sie hatten sich gerade geliebt. Es war das sechste Mal innerhalb von drei Tagen gewesen, eine Schwindel erregende Abwechslung gegenüber ihrem üblichen gemessenen Zwei-mal-die-Woche-Rhythmus. Billy lag neben ihr und genoss es, ihre Wärme zu spüren, genoss den Duft ihres Parfums – Anaïs Anaïs –, vermischt mit ihrem sauberen Schweiß und dem Geruch ihres Geschlechts. Einen Moment lang stellte der Gedanke eine grauenhafte Querverbindung her, und er sah die Zigeunerin vor sich, genau in dem Augenblick, bevor der Olds sie erwischte. Einen Moment lang hörte er, wie eine Flasche Perrier zerschellte. Dann war die Vision verschwunden.

Er drehte sich zu seiner Frau um und zog sie fest an sich.

Sie umfasste ihn mit einem Arm, und ihre freie Hand glitt seinen Oberschenkel hinauf. »Weißt du was«, sagte sie. »Wenn ich noch einmal so komme, dass meine Gehirnzellen rausfliegen, dann werde ich bald nicht mehr viel übrig haben.«

»Das ist ein Mythos«, sagte Billy grinsend.

»Dass einem beim Kommen die Gehirnzellen absterben?«

»Nee, das ist wahr. Der Mythos besteht darin, dass man diese Zellen für immer *verlieren* würde. Diejenigen, die absterben, wachsen wieder nach.«

»Yeah, das sagst *du*, das sagst *du*.«

Sie kuschelte sich näher an ihn. Ihre Hand wanderte von seinem Schenkel herauf, berührte seinen Penis sanft, liebevoll, spielte mit einem Büschel seiner Schamhaare (letztes Jahr war er traurig überrascht gewesen, als er feststellte, dass er dort unten an der Stelle, die sein Vater immer

Adamsdickicht genannt hatte, schon die ersten grauen Fäden bekommen hatte) und glitt dann den Hügel seines unteren Bauches herauf.

Sie stützte sich plötzlich auf ihren Ellbogen, wodurch sie ihn leicht erschreckte. Er war noch nicht eingeschlafen, aber er war gerade am Wegdösen gewesen.

»Du hast *wirklich* abgenommen!«

»Was?«

»Billy Halleck, du bist *magerer* geworden!«

Er klopfte sich auf den Bauch, den er manchmal das Haus nannte, das Budweiser gebaut hatte, und lachte. »Nicht gerade viel. Ich sehe immer noch wie der einzige Mann der Welt aus, der im siebten Monat schwanger ist.«

»Du bist immer noch dick, aber nicht so dick, wie du vorher warst. Ich *weiß* es. Ich kann es doch sehen. Wann hast du dich das letzte Mal gewogen?«

Er dachte nach. Es war an dem Morgen gewesen, an dem der Canley-Prozess zu Ende gegangen war. Damals war er auf 221 Pfund runtergewesen. »Ich habe dir doch erzählt, dass ich drei Pfund verloren hätte, erinnerst du dich?«

»Na gut. Du wirst dich morgen früh als Erstes wieder wiegen«, sagte sie.

»Keine Waage im Badezimmer«, sagte Billy ruhig.

»Mach keine Witze.«

»Nein. Mohonk ist ein *kultivierter* Ort.«

»Wir werden eine finden.«

Billy döste langsam ein. »Klar, wenn du willst.«

»Ich will.«

Sie ist eine gute Ehefrau gewesen, dachte er. Während der letzten fünf Jahre, in denen sein ständiges Zunehmen immer auffälliger geworden war, hatte er verschiedene Male eine Diät und / oder ein Fitnessprogramm angekündigt. Die Diäten zeichneten sich durch eine Menge Schummeleien aus. Ein oder zwei Hotdogs am Nachmittag, um den Yoghurtlunch zu ergänzen, oder vielleicht ein oder zwei hastig hinuntergeschlungene Hamburger am Samstagnachmittag, während Heidi an irgendeiner Auktion oder einem Flohmarkt teilnahm. Ein- oder zweimal hatte er sich sogar zu einem der grässlichen heißen Sandwiches herabgelassen, die in einer kleinen Imbissstube eine Meile die Straße runter erhältlich waren. Das Fleisch in diesen Sandwiches sah aus wie getoastete Hauttransplantate, wenn die Mikrowelle sie durchgezogen hatte, und doch konnte er sich nicht daran erinnern, dass er irgendwann einmal eine Portion ungegessen weggeworfen hätte. Er mochte sein Bier gern, klar, zugegeben, aber mehr noch mochte er sein Essen. Eine Dover-Seezunge in einem der besseren New Yorker Restaurants war eine feine Sache, aber wenn er nachts länger aufblieb und sich die Mets im Fernsehen ansah, reichte ihm auch eine Tüte Doritos mit etwas Muschel-Dip zum Hineintunken.

Seine Fitnessprogramme dauerten meistens eine Woche, dann kam ihm sein Arbeitsplan dazwischen, oder er verlor einfach das Interesse daran. Im Keller brütete ein Satz Hanteln still in einer Ecke vor sich hin und setzte Spinnweben und Rost an. Jedes Mal, wenn er hinunterging, schienen sie ihn vorwurfsvoll anzusehen. Er versuchte, sie nicht anzusehen.

Dann zog er seinen Bauch noch stärker ein als sonst und verkündete Heidi gegenüber dreist, er hätte zwölf Pfund abgenommen und wöge jetzt nur noch 236. Und sie nickte und sagte ihm, wie sehr sie sich freue, *natürlich* könne sie den Unterschied sogar sehen; und die ganze Zeit wusste sie, was los war, weil sie die leere(n) Doritotüte(n) im Mülleimer fand. Und seit in Connecticut ein Recyclinggesetz für Flaschen und Konservendosen verabschiedet worden war, wurden die leeren Dosen in der Speisekammer ebenso zur Quelle für Schuldgefühle wie die unbenutzten Hanteln im Keller.

Sie sah ihn, wenn er schlief; schlimmer noch, sie sah ihn, wenn er pinkelte. Man konnte beim Pinkeln einfach nicht den Bauch einziehen. Er hatte es mal probiert, es war schlicht unmöglich. Sie wusste, dass er nur drei, im Höchstfalle vier Pfund abgenommen hatte. Du konntest deine Frau an der Nase herumführen, wenn es um eine andere Frau ging – zumindest eine Zeit lang –, aber nicht, wenn es um dein Gewicht ging. Eine Frau, die dieses Gewicht von Zeit zu Zeit nachts auf sich spürte, wusste, was du wogst. Aber sie lächelte und sagte: *Natürlich siehst du besser aus, Liebling.* Zum Teil war das vielleicht gar nicht bewundernswert – es hielt ihn davon ab, ihre Zigaretten zu kritisieren –, aber er war nicht so töricht zu glauben, dass es nur daran läge, oder auch nur zum größten Teil. Es war ihre Art, ihm seine Selbstachtung zu erhalten.

»Billy?«

»Was ist?« Zum zweiten Mal aus dem Schlaf geschreckt, blickte er leicht belustigt und leicht verärgert zu ihr hinüber.

»Fühlst du dich ganz wohl?«

»Mir geht es gut. Was soll dieser ›Fühlst-du-dich-ganz-wohl‹-Unsinn?«

»Nun ja … manchmal … es heißt, dass ein nicht geplanter Gewichtsverlust ein Symptom für etwas sein kann.«

»Ich fühle mich *großartig*. Und wenn du mich jetzt nicht schlafen lässt, werde ich es dir beweisen, indem ich mir dich gleich noch mal vornehme.«

»Nur zu.«

Er stöhnte auf. Sie lachte. Kurz darauf waren sie eingeschlafen. In seinem Traum kamen Heidi und er gerade aus dem Supermarkt, nur diesmal *wusste* er, dass er sich in einem Traum befand, er *wusste*, was gleich passieren würde, und er wollte ihr sagen, dass sie mit dem, was sie gerade tat, aufhören solle, dass er seine volle Aufmerksamkeit auf das Fahren konzentrieren müsse, denn gleich würde eine alte Zigeunerin zwischen zwei geparkten Wagen hervorgeschossen kommen – zwischen einem gelben Subaru und einem dunkelgrünen Firebird, um genau zu sein –, und diese alte Frau würde eine billige Kinderhaarspange aus Plastik in ihren krausen grauen Haaren tragen, und sie würde nirgendwo anders hinsehen als geradeaus. Er wollte Heidi sagen, dass dies seine Chance wäre, alles rückgängig zu machen, es zu ändern, es richtig zu machen.

Aber er konnte nicht sprechen. Die angenehme Erregung erwachte wieder bei der anfangs nur verspielten Berührung ihrer Finger. Dann wurden sie fordernder (sein Penis wurde steif, während er schlief, und er drehte den Kopf leicht, während er im Traum das metallische Klicken hörte, als sein Reißverschluss langsam geöffnet wurde); die Erregung vermischte sich mit dem unangenehmen Gefühl von furchtbarer Unausweichlichkeit. Jetzt sah er wieder den gelben Subaru vor sich, der hinter dem dunkelgrünen Firebird mit den weißen Rennstreifen geparkt war. Und zwischen ihnen einen Augenblick lang eine Erscheinung, viel farbenfroher und lebendiger in ihrer heidnischen Buntheit als sämtliche Graffitiwände, die je in Detroit oder Toyota Village besprayt worden waren. Er versuchte zu schreien *Hör auf, Heidi! Da ist sie! Ich werde sie wieder töten, wenn du nicht damit aufhörst! Bitte, o Gott, nein! Guter Gott, bitte, nein!*

Doch die Gestalt trat zwischen den beiden Wagen hervor. Halleck versuchte, den Fuß vom Gaspedal zu nehmen und auf die Bremse zu treten, aber der Fuß schien wie durch eine entsetzliche, unwiderstehliche Kraft am Pedal festzukleben. *Der Sekundenkleber der Unausweichlichkeit*, dachte er voller Hektik und versuchte, das Steuer herumzureißen, aber das Steuer bewegte sich auch nicht. Es war total blockiert. So machte er sich innerlich auf den Zusammenprall gefasst, und dann drehte sich der Kopf der Zigeunerin, und es war nicht die alte Frau, o nein, es war der alte Mann mit der abfaulenden Nase. Nur hatte er jetzt keine Augen mehr. Genau in dem Moment, als der Olds ihn erfasste und überfuhr, sah Halleck die leeren, starrenden Augenhöhlen. Die Lippen des alten Zigeuners öffne-

37

ten sich nun zu einem obszönen Grinsen – ein uralter Halbmond unter dem Horroranblick seiner verrotteten Nase.

Dann: *Rumms/rumms*.

Eine von vielen Runzeln überzogene Hand, die Finger mit heidnischen Ringen aus geschlagenem Metall geschmückt, wedelte schlaff über der Motorhaube des Olds. Drei Blutstropfen spritzten an die Windschutzscheibe. Halleck war sich vage bewusst, dass Heidis Hand sich schmerzhaft um sein erigiertes Glied krampfte und den Orgasmus zurückhielt, der durch den Schock ausgelöst worden war, einen plötzlichen, furchtbaren Freuden-Schmerz erzeugend....

Und unter sich hörte er das Flüstern des alten Zigeuners durch den Teppichboden seines teuren Wagens aufsteigen, gedämpft, aber deutlich: »*Dünner.*«

Er wurde mit einem Ruck wach, drehte sich zum Fenster und hätte fast geschrien. Der Mond stand als helle Sichel über den Catskills, und einen Augenblick lang glaubte er, er sähe den alten Zigeuner, der mit leicht geneigtem Kopf durch ihr Schlafzimmerfenster spähte, die Augen zwei schillernde Sterne im schwarzen Nachthimmel über dem Staat New York, sein Grinsen irgendwie von innen erleuchtet, ein kaltes Licht strömte heraus, so kalt wie das Licht, das von einem Weckglas voller Glühwürmchen ausgeht, kalt wie die Sumpfbrüder, die er als Kind manchmal in North Carolina gesehen hatte – altes, kaltes Licht, ein Mond in der Form eines uralten Grinsens, eines Grinsens, das auf Rache sinnt.

Billy holte zitternd Luft, presste die Augen ganz fest zu und machte sie wieder auf. Jetzt war der Mond wieder nur der Mond. Er legte sich auf den Rücken und war drei Minuten später eingeschlafen.

Der nächste Tag war hell und klar, und Billy gab endlich nach und versprach Heidi, den Labyrinthpfad mit ihr hinaufzuklettern. Die Umgebung von Mohonk war mit Kletterpfaden gespickt, die in den Schwierigkeitsgraden von leicht bis äußerst schwer rangierten. Der Labyrinthpfad wurde mit »mittelschwer« bewertet, und Heidi und er waren in ihren Flitterwochen zweimal hinaufgestiegen. Er erinnerte sich, wie viel Spaß es ihm gemacht hatte, die steilen Hänge hinaufzuklettern, während Heidi direkt hinter ihm lachte und ihn aufforderte, he, Transuse, mach schneller. Er erinnerte sich daran, wie er mit seiner jungen Frau durch die engen, höhlenartigen Stellen im felsigen Teil gekrochen war und an der schmalsten Stelle geheimnisvoll in ihr Ohr geflüstert hatte: »Spürst du's, wie der Boden schwankt?« Es war dort sehr eng gewesen, aber sie hatte es trotzdem fertig gebracht, ihn ganz schön kräftig auf den Hintern zu schlagen.

Halleck konnte vor sich selbst (aber auf gar keinen Fall vor Heidi) zugeben, dass es gerade diese engen Felsenpassagen waren, die ihm heute Angst machten. In den Flitterwochen war er rank und schlank gewesen, ein Junge noch, und immer noch gut in Form dank mehrerer Sommer, die er in Holzfällercamps im Westen von Massachusetts verbracht hatte. Heute war er sechzehn Jahre älter und sehr viel schwerer. Und außerdem, wie der fröhliche alte Dr. Houston ihn freundlicherweise informiert hatte, auf dem besten Weg zu einem Herzinfarkt. Die Vorstellung, auf halber Höhe des Berges einen Herzinfarkt zu bekommen, war zwar unangenehm, aber im Augenblick nicht vorrangig; es schien ihm wahrscheinlicher, in einem der engen Felsnadelöhre stecken zu bleiben, durch die der Pfad sich zum Gipfel hinaufschlängelte. Er wusste noch, dass sie damals an mindestens vier Stellen hatten kriechen müssen.

Er wollte nicht in einer dieser Stellen stecken bleiben.

Oder ... wie wäre das, Leute? Der alte Billy Halleck bleibt in einer von diesen dunklen Kriechstellen stecken und kriegt *dann* seinen Herzanfall! Heyyy! Zwei auf einen Streich!

Doch schließlich versprach er, es zu versuchen, unter der Bedingung, dass sie allein weiterklettern solle, wenn sich herausstellen sollte, dass er für den Gipfel einfach nicht genug Kondition hätte, und dass sie vorher nach New Paltz führen, um ihm ein Paar Freizeitschuhe zu kaufen. Heidi stimmte beiden Bedingungen bereitwillig zu.

In New Paltz musste Halleck feststellen, dass »Freizeitschuhe« inzwischen passé waren. Niemand wollte auch nur zugeben, das Wort schon mal gehört zu haben. Also kaufte er ein Paar scharfe silber-grüne Berg- und Wanderschuhe von Nike und freute sich im Stillen, wie bequem sie sich an seinen Füßen anfühlten. Das veranlasste ihn zu der Feststellung, dass er seit… wie lange?… fünf? sechs?… Jahren keine Leinenschuhe mehr besaß. Klang unwahrscheinlich, aber es war wahr.

Heidi bewunderte die Schuhe und sagte ihm nochmals, dass er tatsächlich so aussähe, als hätte er abgenommen. Vor dem Schuhgeschäft stand eine Waage, eine von denen, die einem gleichzeitig das Gewicht anzeigten und das Schicksal prophezeiten. Halleck hatte so eine seit seiner Kindheit nicht mehr gesehen.

»Spring rauf, mein Held«, sagte Heidi. »Ich habe einen Penny.«

Halleck zögerte einen Augenblick, er war irgendwie nervös.

»Nun mach schon. Ich möchte sehen, wie viel du abgenommen hast!«

»Heidi, diese Dinger zeigen doch nie das genaue Gewicht an, das weißt du.«

»Ich will es ja nur ungefähr wissen. Komm, Billy – sei kein Frosch.«

Er gab ihr zögernd das Päckchen mit den neuen Schuhen und stieg auf die Waage. Sie warf den Penny in den Schlitz. Er hörte ein Klicken, und dann zogen sich zwei gebogene, silbern schimmernde Metallplatten zurück. Hinter der oberen war sein Gewicht angezeigt; hinter der unteren gab die Maschine ihre Vorstellung von seinem Schicksal preis. Halleck zog vor Überraschung scharf die Luft ein.

»Ich *wusste* es!«, sagte Heidi neben ihm. In ihrer Stimme lag eine Spur Zweifel, so als wüsste sie nicht so recht, ob sie sich freuen oder wundern sollte. »Ich *wusste*, dass du dünner geworden bist!«

Wenn sie gehört hatte, wie er überrascht nach Luft schnappte, dachte Halleck später, hatte sie das ohne Zweifel auf die Zahl bezogen, auf der der rote Zeiger stehen geblieben war – trotz seiner vollständigen Bekleidung mit dem Schweizer Armeemesser in der Kordhose, trotz des herzhaften Mohonk-Frühstücks, das seinen Bauch füllte, deutete dieser Zeiger exakt auf 232. Er hatte seit dem Tag, an dem Canley den außergerichtlichen Vergleich abgeschlossen hatte, vierzehn Pfund abgenommen.

Aber es war nicht das Gewicht, das ihn hatte nach Luft schnappen lassen, es war die Weissagung gewesen. Die untere Metallplatte war nicht zurückgewichen, um ihm zu offenbaren: IHRE FINANZIELLE LAGE WIRD SICH BALD VERBESSERN oder ALTE FREUNDE KOMMEN SIE BESUCHEN oder TREFFEN SIE KEINE ÜBERSTÜRZTEN ENTSCHEIDUNGEN.

Sie hatte nur ein einziges schwarzes Wort offenbart: »DÜNNER.«

4. Kapitel: 227

Auf dem Heimweg nach Fairview schwiegen sie die meiste Zeit. Heidi fuhr bis ungefähr fünfzehn Meilen vor New York, wo der Verkehr stärker wurde. Dann bog sie auf einen Raststättenparkplatz und überließ Billy das Steuer für den Rest des Weges. Es gab keinen Grund, warum er nicht fahren sollte; es stimmte, die alte Frau war getötet worden, ein Arm fast vom Körper abgerissen, ihr Becken pulverisiert, der Schädel zersplittert wie eine Ming-Vase, die auf einen Marmorfußboden geworfen worden war, aber Billy Halleck hatte keinen einzigen Punkt in seinem Connecticut-Führerschein verloren. Dafür hatte der gute alte Titten grapschende Cary Rossington schon gesorgt.

»Hast du mich gehört, Billy?«

Er warf ihr einen kurzen Blick zu und richtete die Augen dann wieder auf die Straße. Er fuhr jetzt besser. Obwohl er seine Hupe nicht häufiger benutzte als vorher, obwohl er nicht öfter schrie oder heftiger mit den Armen wedelte als sonst, fielen ihm seine eigenen Fahrfehler und die der anderen viel mehr auf als jemals zuvor. Und er hatte für beides weniger Nachsicht übrig. Eine alte Frau zu töten wirkte wahre Wunder, was deine Konzentration betraf. Es tat absolut nichts für die Selbstachtung, es verursachte grauenvolle Träume, aber es erhöhte die Konzentrationsfähigkeit gewaltig.

»Entschuldige, ich hab gerade geträumt.«

»Ich habe gesagt, ich danke dir für die herrlichen Tage.«

Sie lächelte und berührte kurz seinen Arm. Es *waren* herrliche Tage gewesen – zumindest für Heidi. Zweifellos hatte Heidi das alles hinter sich gelassen – die Zigeunerin, die Anhörung vor Gericht, auf Grund deren die Anklage fallen gelassen wurde, den alten Zigeuner mit der abfaulenden Nase. Für Heidi war das alles nur noch eine unangenehme Erinnerung, so wie Billys Freundschaft mit dem spaghettifressenden Gangster aus New York. Aber sie hatte etwas anderes auf der Seele; ein kurzer Seitenblick bestätigte das. Das Lächeln war verschwunden, sie sah ihn jetzt ernst an. Um die Augen zeigten sich winzige Fältchen.

»Bitte sehr«, sagte er. »Mit dir immer, Baby.«

»Und wenn wir nach Hause kommen –«

»Werde ich dich wieder bespringen!«, rief er mit falscher Begeisterung und brachte sogar ein lüsternes Lachen zustande. Aber im Grunde glaubte er nicht, dass er ihn hochkriegen würde, nicht einmal, wenn die Dallas Cowgirls in von Frederick's of Hollywood entworfener Reizwäsche an ihm vorbeimarschierten. Das hatte nichts damit zu tun, wie oft sie sich in Mohonk geliebt hatten; es war diese verdammte Weissagung. DÜNNER. Bestimmt hatte die Waage das überhaupt nicht angezeigt – es war seine Einbildung. Aber es war ihm nicht wie eine Einbildung *vorgekommen*, verdammt; es war so real gewesen wie die Schlagzeile der *New York Times*. Und eben diese Realität war das Schreckliche daran, denn *niemand* käme auf die Idee, DÜNNER für eine Weissagung zu halten. Selbst IHR SCHICKSAL IST ES, BALD GEWICHT ZU VERLIEREN wäre nicht wirklich besser. Die Autoren dieser Weissagungen befassten sich mehr mit langen Reisen oder Besuchen von alten Freunden.

Ergo, er hatte eine Halluzination gehabt.

Ja, so ist es.

Ergo, er hatte wahrscheinlich nicht mehr alle Tassen im Schrank.

Na hör mal, ist das fair?

Fair genug. Wenn deine Einbildungskraft über die Stränge schlägt, ist das keine gute Nachricht.

»Wenn du willst, kannst du mich bespringen«, sagte Heidi, »aber mir ist es erst mal wichtiger, dass du *unsere* Badezimmerwaage bespringst –«

»Hör auf, Heidi! Ich habe ein bisschen abgenommen, keine große Sache!«

»Ich bin sehr stolz darauf, dass du abgenommen hast, Billy, aber wir sind die letzten fünf Tage immer zusammen gewesen, und ich will verflixt sein, wenn ich weiß, *wie* du das machst.«

Diesmal blickte er sie länger an, aber sie weigerte sich zurückzublicken; sie starrte mit über der Brust verschränkten Armen geradeaus durch die Windschutzscheibe.

»Heidi …«

»Du isst genauso viel wie immer. Vielleicht sogar mehr. Die Bergluft muss deinen Motor richtig in Schwung gebracht haben.«

»Warum redest du drum herum?«, fragte er und bremste ab, um vierzig Cents in den Korb an der Rye-Mautstelle zu werfen. Er hatte die Lippen zu dünnen, weißen Linien zusammengepresst, sein Herz schlug zu schnell, und plötzlich war er wütend auf sie. »Du willst mir doch eigentlich sagen, dass ich ein großes, dickes Mastschwein sei. Sag es doch ohne Umschweife, wenn du willst, Heidi. Ich kann es schon ertragen, zum Teufel noch mal.«

»Das habe ich nicht gemeint!«, rief sie. »Warum willst du mir wehtun, Billy? Nach der schönen Zeit, die wir verbracht haben?«

Diesmal musste er nicht zur Seite sehen, um zu wissen, dass sie den Tränen nahe war. Ihre zitternde Stimme sagte genug. Sie tat ihm Leid, aber das änderte nichts an seiner Wut. Und an der Angst, die unmittelbar darunter lag.

»Ich wollte dich nicht kränken«, sagte er und umfasste das Lenkrad so fest, dass seine Knöchel weiß hervortraten. »Das will ich nie. Aber es ist doch *gut*, wenn ich an Gewicht verliere, Heidi, warum willst du immer weiter auf dem Thema herumreiten?«

»Es ist nicht immer gut!«, schrie sie so laut, dass er aufschreckte und den Wagen leicht ins Schlingern brachte. »Es ist nicht immer gut, und das weißt du genau!«

Jetzt weinte sie wirklich und durchwühlte ihre Handtasche in ihrer halb ärgerlich machenden, halb gewinnenden Art auf der Suche nach einem Kleenex. Er reichte ihr sein Taschentuch, und sie betupfte sich damit die Augen.

»Du kannst sagen, was du willst, du kannst gemein zu mir sein, du kannst mich auch ins Kreuzverhör nehmen, wenn du willst, Billy, du kannst alles Schöne verderben, das wir gerade zusammen erlebt haben, aber ich liebe dich, und ich werde das sagen, was ich sagen muss. Wenn jemand abnimmt, obwohl er keine Diät hält, kann das bedeuten, dass er krank ist. Es ist eines der sieben Warnzeichen für Krebs.« Sie hielt ihm das Taschentuch hin. Seine Hand berührte ihre, als er es entgegennahm. Ihre Finger waren sehr kalt.

Nun ja, jetzt war das Wort draußen. Krebs. Gott wusste, dass dieses Wort mehr als einmal in seinem Kopf hochgeschnellt war, seit er auf der Jahrmarktswaage vor dem Schuhgeschäft gestanden hatte. Es war vor ihm hochgeschnellt, wie der schmutzige Ballon eines bösen Clowns, und er hatte sich davon abgewandt, wie man sich von den Stadtstreicherinnen abwandte, die, sich langsam vor und zurück wiegend, in ihren eigenartigen kleinen, verdreckten Ecken vor der Grand Central Station saßen ... oder wie man sich von den herumtollenden Zigeunerkindern abwandte, die zusammen mit der anderen Zigeunerbagage gekommen waren. Die Zigeunerkinder sangen mit hellen Stimmen, die zugleich monoton und auf seltsame Weise lieblich klangen. Die Zigeunerkinder liefen auf ihren Händen und brachten es irgendwie fertig, mit ihren nackten, schmutzigen Zehen Tamburine zu halten. Die Zigeunerkinder jonglierten. Die Zigeunerkinder stellten die Frisbee Champions der Stadt in den Schatten, indem sie zwei oder drei dieser rotierenden Plastikscheiben gleichzeitig auf ihren Fingern, Daumen, ja, auf ihren Nasen tanzen ließen. Und während sie all diese Dinge taten, lachten sie. Alle schienen sie zu schielen oder Hautkrankheiten oder Ha-

senscharten zu haben. Wenn man sich plötzlich so einer komischen Kombination von Beweglichkeit und Hässlichkeit
gegenübersah, was konnte man da anderes tun als sich abwenden? Bettelweiber, Zigeunerkinder und Krebs. Selbst
der verwirrende Lauf seiner Gedanken machte ihm Angst.

Trotzdem, es war vielleicht besser, das Wort jetzt draußen zu haben.

»Mir geht es gut«, wiederholte er nun vielleicht zum
sechsten Mal, seit Heidi ihn in jener Nacht gefragt hatte, ob
er sich auch ganz wohl fühle. Und verdammt noch mal, es
stimmte auch! »Außerdem habe ich mich in letzter Zeit
viel bewegt.«

Auch das stimmte… zumindest für die letzten fünf
Tage. Sie hatten den Labyrinthpfad gemeinsam bestiegen,
und obwohl er den ganzen Weg über tief durchatmen und
an den engsten Stellen den Bauch einziehen musste, war er
niemals ernsthaft in Gefahr gewesen, stecken zu bleiben.
Heidi war es, der langsam die Puste ausgegangen war und
die zweimal um eine Rast hatte bitten müssen. Diplomatisch hatte er ihre Zigaretten nicht erwähnt.

»Ich bin sicher, dass es dir gut geht«, sagte sie jetzt, »und
das ist ausgezeichnet. Aber eine Untersuchung würde dir
nicht schaden. Du hast dich seit über achtzehn Monaten
nicht mehr untersuchen lassen, und ich bin sicher, Dr.
Houston wird dich schon vermissen.«

»Ich glaube, er ist ein kleiner Drogenfreak«, murmelte
Halleck.

»Ein kleiner was?«

»Ach, nichts.«

»Aber ich sage dir, Billy, du kannst nicht einfach durch
etwas sportliche Betätigung fast zwanzig Pfund in zwei
Wochen abnehmen.«

»Ich bin nicht krank!«

»Dann tu mir einfach einen Gefallen.«

Den Rest des Wegs nach Fairview schwiegen sie. Billy
hätte Heidi gern an sich gezogen und ihr gesagt, klar, in

46

Ordnung, er würde tun, was sie wünschte. Doch ihm war ein Gedanke gekommen. Ein äußerst absurder Gedanke. Absurd, aber nichtsdestoweniger gruselig.

Vielleicht haben die Zigeuner einen neuen Stil bei ihren Flüchen – wie steht's denn mit dieser Möglichkeit, Freunde und Nachbarn? Früher haben sie dich in einen Werwolf verwandelt oder nachts einen Dämon geschickt, der dir den Kopf abriss oder irgendwas in der Richtung, aber alles verändert sich, nicht wahr? Was wäre denn, wenn der Alte mich angefasst und mir Krebs verpasst hat? Sie hat Recht, es ist eines der Anzeichen – zwanzig Pfund einfach so abzunehmen ist genauso, als wenn der Kanarienvogel der Bergleute tot von der Stange fällt. Lungenkrebs ... Leukämie ... Melanome.

Es war verrückt, aber der Gedanke ließ sich nicht mehr verdrängen: *Was wäre denn, wenn er mich angefasst und mir Krebs verpasst hat?*

Linda begrüßte sie mit überschwänglichen Umarmungen und holte zu beider Erstaunen eine wohlgeratene Lasagne aus dem Backofen, die sie ihnen auf Papptellern servierte, wobei sie den Lasagnespezialisten *par excellence*, den Kater Garfield, der auf ihnen abgebildet war, unter den Nudeln begrub. Sie erkundigte sich, wie die zweiten Flitterwochen gewesen wären (»Ein Ausdruck, der gleich neben der zweiten Kindheit rangiert«, bemerkte Halleck trocken Heidi gegenüber, nachdem das Geschirr gespült war und Linda mit zwei Freundinnen abgeflogen war, um eine Partie *Im Land der fantastischen Drachen* zu spielen, die schon fast ein Jahr dauerte), doch bevor sie mit der Erzählung über den Ausflug richtig beginnen konnten, rief sie plötzlich: »Oh, dabei fällt mir ein!«, und berichtete während der übrigen Mahlzeit Horror- und Wundergeschichten aus der Fairview Junior High, die für sie von größerem Interesse waren als für Halleck und seine Frau. Trotzdem versuchten die beiden, aufmerksam zuzuhören. Schließlich waren sie fast eine Woche weg gewesen.

Als sie hinausrannte, gab sie Billy einen schmatzenden Kuss auf die Wange und rief: »Wiedersehen, Bohnenstange!«

Billy sah ihr nach, als sie aufs Fahrrad stieg und mit wehendem Pferdeschwanz die Auffahrt hinunterfuhr. Dann drehte er sich verblüfft zu Heidi um.

»Wirst du jetzt bitte auf mich hören?«, fragte sie.

»Du hast es ihr erzählt. Du hast sie vorher angerufen und ihr aufgetragen, das zu sagen. Eine weibliche Verschwörung.«

»Nein.«

Er musterte ihr Gesicht und nickte müde. »Nein, wohl doch nicht.«

Heidi zerrte ihn die Treppe hinauf, bis er schließlich nackt bis auf das Handtuch um seine Hüfte im Badezimmer stand. Plötzlich hatte er ein starkes Gefühl von *déjà vu* – die zeitliche Verschiebung war so total, dass ihm leicht übel wurde. Die Szene war eine fast genaue Wiederholung des Morgens, an dem er mit einem Handtuch aus demselben taubenblauen Set um die Hüfte auf genau dieser Waage gestanden hatte. Es fehlte nur der Duft von gebratenem Speck und Eiern, der aus dem Erdgeschoss heraufzog. Alles andere war exakt gleich.

Nein. Nein, das stimmte nicht. Ein Sachverhalt hatte sich merklich verändert.

An jenem Morgen hatte er sich vorbeugen müssen, um die schlechte Nachricht auf der Digitalanzeige lesen zu können. An jenem Morgen war ihm sein Bauch im Weg gewesen.

Der Bauch war zwar immer noch da, aber er war kleiner. Es war gar keine Frage, er konnte jetzt gerade an sich heruntersehen und die Zahlen ablesen.

Die Digitalanzeige stand auf 229.

»Jetzt reicht's«, sagte Heidi kategorisch. »Ich werde dir einen Termin bei Dr. Houston besorgen.«

»Die Waage ist falsch eingestellt«, sagte Halleck schwach.

»Sie hat schon immer zu wenig angezeigt. Deshalb mag ich sie ja so gerne.«

Sie sah ihm kalt in die Augen. »Komm mir nicht mit diesem Scheiß, mein Freund. Die ganzen letzten fünf Jahre hast du dich darüber beklagt, dass sie zu viel anzeigt, und wir wissen es beide.« Im grellen Badezimmerlicht sah er deutlich, wie besorgt sie war. Die Haut über ihren Wangenknochen schimmerte durchsichtig.

»Bleib, wo du bist«, sagte sie schließlich und ging aus dem Bad.

»Heidi?«

»Rühr dich nicht von der Stelle!«, rief sie zurück und lief die Treppe hinunter.

Ein paar Minuten später kehrte sie mit einem ungeöffneten Zuckerpaket zurück. »Nettogewicht: 10 Pfund«, besagte die Aufschrift. Sie stellte es auf die Waage. Die Digitalanzeige schwankte einen Augenblick hin und her und entschied sich dann für ein klares rotes 012.

»Das hab ich mir gedacht«, sagte Heidi grimmig. »Ich wiege mich doch auch hier, Billy. Sie zeigt nicht zu wenig an und hat das auch nie getan. Es ist genauso, wie du immer gesagt hast, sie zeigt zu viel an. Es war keine bloße Meckerei, und wir haben es beide gewusst. Jemand, der an Übergewicht leidet, *mag* eine ungenaue Waage, weil sie die unangenehmen Tatsachen verschleiert. Wenn –«

»Heidi –«

»Wenn diese Waage bei dir zwo-neunundzwanzig anzeigt, heißt das, dass du in Wirklichkeit nur zwo-siebenundzwanzig wiegst. Jetzt lass mich –«

»Heidi –«

»Lass mich einen Termin für dich ausmachen.«

Er zögerte, blickte auf seine bloßen Füße hinunter und schüttelte den Kopf.

»*Billy!*«

»Ich werde es selbst tun«, sagte er.

»Wann?«

»Mittwoch. Ich werde es am Mittwoch tun. Houston geht jeden Mittwochnachmittag in den Golfclub und spielt neun Löcher.« *Manchmal spielt er mit dem unnachahmlichen, Titten grapschenden, Ehefrauen küssenden Cary Rossington.* »Ich werde es persönlich mit ihm ausmachen.«

»Warum rufst du ihn nicht heute Abend an? Warum nicht jetzt gleich?«

»Heidi«, sagte er. »Jetzt ist es genug.« Etwas in seinem Gesicht musste sie überzeugt haben, nicht weiter in ihn zu dringen, und sie erwähnte das Thema den ganzen Abend nicht mehr.

5. Kapitel: 221

Sonntag, Montag, Dienstag.

Billy hielt sich absichtlich von der Waage im oberen Bad fern. Er griff bei seinen Mahlzeiten herzhaft zu, obwohl er keinen großen Hunger hatte, was in seinem Erwachsenenleben nur selten vorgekommen war. Er versteckte seine Kräcker- und Kekstüten nicht mehr hinter den Konservendosen in der Speisekammer. Am Sonntag, während der beiden Spiele der Yankees gegen die Red Sox, verspeiste er eine ganze Packung Ritz-Kräcker mit Munster-Käse und Peperoni. Am Montagvormittag, während der Arbeit, kaute er eine Tüte karamellisiertes Popcorn und am Nachmittag eine Tüte Kartoffelchips – eines von beiden oder vielleicht auch die Kombination führte zu entsetzlichen Blähungen, die von nachmittags um vier bis neun Uhr abends anhielten. Noch ehe die Nachrichten vorbei waren, marschierte Linda aus dem Fernsehzimmer und verkündete, dass sie erst zurückkäme, wenn Gasmasken ausgeteilt würden. Billy grinste schuldbewusst, verließ aber seinen Platz nicht. Seine Erfahrung mit Blähungen hatte ihn gelehrt, dass es überhaupt nichts nützte, zum Furzen hinauszugehen. Es war so, als wären die fauligen Dinger mit unsichtbaren Gummibändern an dir befestigt. Sie folgten dir überallhin.

Später am Abend, als sie sich im Home Box Office ... *Und Gerechtigkeit für alle* ansahen, aßen Heidi und er fast einen ganzen Käsekuchen von Sara Lee auf.

Am Dienstag bog er auf dem Heimweg bei Norwalk vom Connecticut Turnpike ab, um beim Burger King zwei Whopper mit Käse mitzunehmen. Er fing an, sie genauso zu essen, wie er alles aß, wenn er fuhr, indem er sich einfach durch sie hindurcharbeitete, sie zwischen den Zähnen zerstampfte und sie Bissen für Bissen hinunterschlang ...

Als er Westport hinter sich gelassen hatte, kam er zur Besinnung.

Sein Verstand schien sich einen Augenblick lang von seinem Körper zu trennen – es war kein *Denken*, keine Reflektion; es war eine *Trennung*. Ihm fiel seine leichte Übelkeit wieder ein, die er an dem Abend, als er und Heidi aus Mohonk zurückgekommen waren, auf der Waage im Badezimmer verspürt hatte. Er stellte fest, dass sich ihm eine völlig neue Dimension seines Bewusstseins eröffnet hatte. Es fühlte sich so an, als hätte er eine Art Astralpräsenz hinzugewonnen – einen kognitiven Anhalter, der ihn eingehend studierte. Und was würde dieser Anhalter sehen? Höchstwahrscheinlich etwas, das eher lächerlich als schrecklich war. Einen beinahe siebenunddreißigjährigen Mann mit Bally-Schuhen an den Füßen und weichen Kontaktlinsen von Bausch & Lomb in den Augen, einen Mann in einem dreiteiligen Anzug, der gut sechshundert Dollar gekostet hatte. Einen übergewichtigen sechsunddreißigjährigen Durchschnittsamerikaner, weiß, hinter dem Steuer seines Oldsmobile Ninety-Eight, Baujahr 1981, der einen riesigen Hamburger verschlang, während Mayonnaise und zerkleinerte Salatblätter auf seine anthrazitfarbene Weste tropften. Man konnte darüber lachen, bis man in Tränen ausbrach. Oder bis man schrie.

Er warf den Rest des zweiten Cheeseburgers aus dem Fenster und betrachtete angeekelt und leicht verzweifelt die schleimige Mischung aus Sauce und Bratensaft an seinen Fingern. Und dann tat er das unter diesen Umständen einzig Vernünftige: Er lachte. Und er versprach sich: Nie wieder. Die Fresserei hat ein Ende.

Als er an diesem Abend vor dem Kamin saß und das *Wall Street Journal* las, kam Linda zu ihm, um ihm einen Gutenachtkuss zu geben. Sie lehnte sich ein bisschen zurück und sagte plötzlich: »Daddy, langsam siehst du aus wie Silvester Stallone.«

»Oh, Himmel«, sagte Halleck und verdrehte die Augen. Und dann lachten beide.

Billy Halleck entdeckte, dass seine Wiegeprozedur allmählich die Form eines primitiven Rituals angenommen hatte. Wann das passiert war? Er wusste es nicht mehr. Als Junge war er einfach ab und zu mal auf die Waage gesprungen, hatte einen beiläufigen Blick auf den Zeiger geworfen und war wieder heruntergestiegen. Aber zu irgendeinem Zeitpunkt in der Periode, als er sich von 190 Pfund zu einem Gewicht hinaufgearbeitet hatte, das, so unwahrscheinlich das auch klang, fast ein Achtel einer Tonne ausmachte, hatte er mit diesem Ritual begonnen.

Ritual, so ein Quatsch, sagte er sich. *Eine Gewohnheit. Ja, eine Gewohnheit, das ist alles. Basta.*

Ritual, antwortete eine Stimme in einer tieferen Bewusstseinsschicht flüsternd, unwiderruflich. Er war Agnostiker und hatte seit seinem neunzehnten Lebensjahr keine Kirche mehr von innen gesehen, aber er erkannte ein Ritual, wenn er es sah, und seine Wiegeprozedur hatte fast die Form eines Kniefalls. *Sieh her, Gott, ich mache es jedes Mal genau gleich, also halte diesen jungen weißen Anwalt mit Aufstiegschancen gesund, bewahre ihn vor einem Herzinfarkt oder Herzschlag, der ihn, wie jede Versicherungsstatistik in der Welt besagt, im Alter von siebenundvierzig erwarten wird. Wir bitten dich im Namen des Cholesterins und der vielfach gesättigten Fettsäuren. Amen.*

Das Ritual beginnt im Schlafzimmer. Zieh deine Sachen aus. Streif den dunkelgrünen Frotteebademantel über. Wirf die schmutzige Wäsche in den Wäscheschacht. Wenn der Anzug nur ein oder zwei Tage getragen worden ist und er keine sichtbaren Flecken aufweist, häng ihn ordentlich in den Schrank zurück.

Geh den Flur bis zum Badezimmer hinunter. Betritt das Bad mit Achtung, Ehrfurcht, Zögern. Dies ist der Beichtstuhl, in dem man sich seinem Gewicht und demzufolge auch seinem Schicksal stellen muss. Leg den Bademantel ab. Häng ihn auf den Haken neben der Dusche. Entleere die Blase. Wenn ein Stuhlgang möglich erscheint – auch nur *entfernt* möglich –, versuch dein Glück. Er hatte überhaupt keine Vorstellung davon, wie viel so ein durchschnittlicher Stuhlgang wog, aber das Prinzip hatte eine unerschütterliche Logik: So viel Ballast über Bord werfen, wie irgend möglich.

Heidi hatte ihn bei diesem Ritual beobachtet und einmal sarkastisch gefragt, ob sie ihm zum nächsten Geburtstag eine Straußenfeder schenken sollte. Damit könne er sich dann im Hals kitzeln und sich ein- bis zweimal übergeben, bevor er sich wog. Billy hatte ihr gesagt, sie sollte nicht so klugscheißerisch sein... aber später am Abend hatte er sich dabei ertappt, wie er darüber nachdachte, dass die Idee tatsächlich eine gewisse Attraktivität besaß.

Am Mittwochmorgen warf Halleck sein Ritual zum ersten Mal seit Jahren über den Haufen. Am Mittwochmorgen wurde Halleck zum Häretiker. Vielleicht auch noch etwas Extremeres, denn er stellte seine gesamte Prozedur auf den Kopf wie ein Teufelsanbeter, der eine religiöse Zeremonie absichtlich pervertiert, indem er Kreuze verkehrt herum aufhängt und das Vaterunser rückwärts aufsagt.

Er zog sich an, füllte seine Taschen mit sämtlichem Kleingeld, das er finden konnte (und mit seinem Schweizer Armeemesser natürlich), stieg in seine klobigsten, schwersten Schuhe und aß ein gigantisches Frühstück, wobei er seine drückende Blase heroisch ignorierte. Er verschlang zwei Spiegeleier, vier Scheiben gebratenen Speck, Toast und zwei Hörnchen. Dazu trank er Orangensaft und eine Tasse Kaffee (drei Stückchen Zucker).

Mit diesem gesamten in ihm herumschwappenden Zeug machte Halleck sich grimmig auf den Weg ins Badezimmer. Er blieb einen Augenblick stehen und betrachtete die Waage. Ihr Anblick war schon früher keine Freude gewesen, aber jetzt war er noch weniger angenehm.

Er stählte sich innerlich und stieg hinauf.

221.

Das kann nicht stimmen! Sein Herz raste. *Verdammt noch mal, nein! Da muss irgendwas verdammt schief laufen! Irgendwas –*

»Hör auf!«, flüsterte Halleck heiser. Er wich vor der Waage zurück wie jemand vor einem Hund, der möglicherweise gleich zubeißen wird. Er legte seinen Handrücken an die Lippen und rieb ihn langsam hin und her.

»Billy?«, rief Heidi die Treppe hinauf.

Halleck wandte sich nach links. Aus dem Spiegel starrte ihm sein weißes Gesicht entgegen. Er hatte jetzt dunkelrote Flecken unter den Augen, die er noch nie gesehen hatte, und die Falten auf seiner Stirn wirkten viel tiefer.

Krebs, dachte er wieder und vermischte das Wort mit dem, das er den alten Zigeuner wieder sagen hörte.

»Billy? Bist du oben?«

Klar, Krebs. Jede Wette, das ist es. Er hat mich irgendwie verflucht. Das alte Weib war seine Frau… oder seine Schwester vielleicht … und er hat mich verflucht. Ob das möglich ist? Kann es so etwas geben? Könnte es möglich sein, dass der Krebs gerade meine Eingeweide zerfrisst, mich von innen her auffrisst, genauso wie seine Nase …?

Er stieß einen kleinen, entsetzten Schrei aus. Das Gesicht des Mannes im Spiegel war krank vor Angst. Es war das Gesicht eines hageren Invaliden. In diesem Augenblick war Halleck fest davon überzeugt: Er hatte Krebs, er war davon zerfressen.

»*Bil-liiie!*«

»Ja, hier bin ich.« Seine Stimme klang fest. Beinahe.

»Gott, ich rufe dich schon eine Ewigkeit!«

»Tut mir Leid.« *Komm ja nicht rauf, Heidi. Du darfst mich nicht so sehen, sonst wirst du mich noch vor dem Zwölfuhrläuten in die verdammte Mayo-Klinik stecken. Bleib da unten, wo du hingehörst. Bitte.*

55

»Du wirst doch nicht vergessen, den Termin mit Dr. Houston zu machen, nicht wahr?«

»*Nein*«, sagte er. »Ich werde es heute Nachmittag tun.«

»Danke, Liebling«, rief sie leise herauf und zog sich erfreulicherweise wieder zurück.

Halleck urinierte und wusch sich Gesicht und Hände. Als er das Gefühl hatte, dass er – mehr oder weniger – wieder wie er selbst aussah, ging er die Treppe hinunter. Er versuchte zu pfeifen.

Er hatte noch nie in seinem Leben so viel Angst gehabt.

6. Kapitel: 217

»*Wie viel* Gewicht?«, fragte Dr. Houston. Halleck, entschlossen, nun, da er dem Mann direkt gegenübersaß, ehrlich zu sein, berichtete, dass er innerhalb von drei Wochen knapp dreißig Pfund abgenommen hätte. »*Donnerwetter!*«, sagte Houston.

»Heidi macht sich ein wenig Sorgen. Sie wissen ja, wie Frauen –«

»Sie hat Recht, sich Sorgen zu machen«, sagte Houston. Michael Houston war der Prototyp eines Bewohners von Fairview: der gut aussehende Arzt mit weißem Haar und Malibu-Sonnenbräune. Wenn man ihn so an einem der sonnenbeschirmten Tische sitzen sah, die die äußere Bar des Country Clubs umsäumten, wirkte er wie eine jüngere Version von Dr. med. Marcus Welby. Im Augenblick saßen Halleck und er in dieser Bar am Swimmingpool, die auch das Wasserloch genannt wurde. Houston hatte eine rote Golfhose an, die von einem glänzenden weißen Gürtel gehalten wurde. An den Füßen trug er weiße Golfschuhe. Sein Hemd war von Lacoste, die Uhr eine Rolex. Er trank eine Piña Colada. Einer seiner Standardwitze war es, sie als »Penis Coladas« zu bezeichnen. Seine Frau und er hatten zwei unheimlich schöne Kinder und wohnten in einer der größeren Villen am Lantern Drive, nur einen Sprung vom Country Club entfernt, womit Jenny Houston angab, wenn sie betrunken war. Das bedeutete nämlich, dass das Haus weit über hundertfünfzig Riesen gekostet haben musste. Houston fuhr einen viertürigen braunen Mercedes, sie einen Cadillac Cimarron, der aussah wie ein Rolls-Royce mit Hämorrhoiden. Ihre Kinder gingen auf eine Privatschule in Westport. Laut Fairview-Klatsch – der der Wahrheit meistens ziemlich nahe kam – hatten Michael und Jenny Houston sich auf einen *modus vivendi* geeinigt: Er war ein notorischer Schürzenjäger, und sie fing schon nachmittags um drei mit ihren Whiskey Sours an. *Eben eine typische Fairview-Familie,* dachte Halleck, und plötzlich erfasste ihn eine tiefe Müdigkeit neben seiner Angst. Er kannte diese Leute zu gut oder glaubte es wenigstens, was auf dasselbe hinauslief.

Er blickte auf seine eigenen glänzend weißen Schuhe hinunter: *Wem willst du eigentlich was vormachen? Du trägst das Stammesabzeichen.*

»Ich möchte Sie morgen in meiner Praxis sehen«, sagte Houston.

»Ich habe eine Verhandlung –«

»Vergessen Sie Ihre Verhandlung. Das hier ist wichtiger. Inzwischen erzählen Sie mir mal, ob Sie irgendwelche Blutungen hatten. Im Mund? Im Darm?«

»Nein.«

»Sind Ihnen irgendwelche Blutungen an der Kopfhaut aufgefallen, wenn Sie sich gekämmt haben?«

»Nein.«

»Wie steht es mit Kratzern, die nicht heilen wollen? Oder Schorf, der einfach abfällt und sich dann nachbildet?«

»Nichts.«

»Großartig«, sagte Houston. »Übrigens habe ich heute zweiundvierzig Schläge gespielt. Was meinen Sie?«

»Ich meine, Sie werden noch zwei Jahre brauchen, bis Sie sich zum Masters anmelden können«, sagte Billy.

Houston lachte. Der Kellner trat an ihren Tisch. Houston bestellte sich noch eine Penis Colada und Halleck ein Miller. *Miller Lite,* hätte er fast zu dem Kellner gesagt – die Macht der Gewohnheit –, aber er bremste sich rechtzeitig. Er brauchte ein Diätbier jetzt genauso, wie er … na ja, wie er Blutungen im Darm brauchte.

Michael Houston beugte sich vor. Sein Blick war ernst, und Halleck spürte diese Furcht wieder wie eine glatte, sehr dünne Stahlnadel, die mit vorsichtigen Stichen den Umfang seines Magens ausmaß. Ihm wurde elend bei dem Gefühl, dass etwas in seinem Leben sich verändert hatte, und zwar nicht zum Guten. Nein, ganz und gar nicht zum Guten. Er hatte jetzt große Angst. Die Rache des Zigeuners.

Houston fixierte Billys Augen mit seinem ernsten Blick, und Billy hörte ihn sagen: *Die Chance, dass Sie Krebs haben, liegt bei fünf zu sechs, Billy. Ich brauche nicht mal eine Röntgenuntersuchung, um das zu sehen. Ist Ihr Testament in Ordnung? Sind Linda und Heidi gut versorgt? Als verhältnismäßig junger Mann denkt man nie daran, dass einem das passieren könne, aber das kann es. Das kann es.*

Mit der ruhigen Stimme, mit der ein Mann wichtige Informationen weitergibt, fragte Houston ihn: »Wie viele Sargträger braucht man, um einen Nigger aus Harlem zu beerdigen?«

Billy schüttelte den Kopf und täuschte ein Lächeln vor.

»Sechs«, sagte Houston. »Vier, um den Sarg zu tragen, und zwei, um das Radio zu tragen.«

Er lachte, und Billy tat so, als lachte er auch. Vor seinem inneren Auge sah er deutlich den Zigeuner vor sich, der draußen vor dem Gerichtsgebäude auf ihn gewartet hatte. Hinter ihm, am Bordstein, hatte ein großer, alter, zum Wohnwagen umgebauter Pickup im Parkverbot gestanden. Die Wand des Aufbaus war mit seltsamen Zeichnungen bemalt, die sich um ein zentrales Bild rankten: eine nicht sehr gute Wiedergabe eines knienden Einhorns mit geneigtem Kopf. Vor ihm stand eine Zigeunerin mit einer Blumengirlande in den Händen. Der alte Mann trug eine grüne Köperweste mit Knöpfen aus Silbermünzen. Als Billy jetzt beobachtete, wie Houston über seinen eigenen Witz lachte und der Alligator auf seinem Hemd die Wellen seiner Heiterkeit abritt, dachte er: *Du kannst dich ja an viel mehr Einzelheiten von diesem Zigeuner erinnern, als du gedacht hast. Du hast gedacht, du könntest dich nur an seine Nase erin-*

59

nern, aber das stimmt ja gar nicht. Du erinnerst dich an fast jede verdammte Kleinigkeit.

Kinder. Im Führerhaus des alten Pickups hatten Kinder gesessen und ihn mit ihren unergründlichen braunen Augen angesehen, Augen, die fast schwarz waren. »Dünner«, hatte der alte Mann zu ihm gesagt, und trotz seiner hornigen Haut war sein Streicheln fast so zärtlich gewesen wie das eines Liebhabers.

Ein Delaware-Nummernschild, dachte Billy plötzlich. *Sein Wagen hatte ein Nummernschild aus Delaware. Und so einen Aufkleber auf der Stoßstange, irgendwas mit …*

Billy hatte eine Gänsehaut auf den Armen und glaubte einen Augenblick lang, schreien zu müssen, wie er einmal eine Frau an diesem Pool hatte schreien hören, weil sie glaubte, dass ihr Kind am Ertrinken sei.

Billy Halleck musste daran denken, wie sie die Zigeuner das erste Mal gesehen hatten. Es war an dem Tag gewesen, an dem sie nach Fairview gekommen waren.

Sie hatten am Rande des Stadtparks von Fairview ihre Wagen abgestellt, und eine Horde Kinder war gleich zum Spielen auf die große Wiese gerannt. Die Zigeunerfrauen standen herum und schwatzten und behielten dabei die Kinder im Auge. Sie waren bunt gekleidet, aber nicht in alte Bauernlumpen, wie man es sich nach den Hollywoodproduktionen der dreißiger und vierziger Jahre vorstellte, sondern in farbenfrohe Sommerkleider. Einige der Frauen trugen wadenlange Leinenhosen, die jüngeren Jordache- oder Calvin-Klein-Jeans. Sie sahen intelligent aus, vital und irgendwie gefährlich.

Ein junger Mann sprang aus einem VW-Bus und fing mit einigen übergroßen Kegeln zu jonglieren an. JEDER BRAUCHT ETWAS, WORAN ER GLAUBT stand auf seinem T-Shirt geschrieben. UND ICH GLAUBE, ICH BRAUCHE JETZT NOCH EIN BIER. Wie von einem Magneten angezogen rannten die Fairview-Kinder auf ihn zu und schrien aufgeregt. Unter dem T-Shirt des jungen Mannes spielten die Muskeln, und auf seiner Brust hüpfte ein riesiges Kruzifix auf und ab. Fairview-Mütter schnappten sich einige der Kinder und trugen sie fort. Andere waren nicht so schnell. Die älteren Stadtkinder näherten sich vorsichtig den Zigeunerkindern, die ihr Spiel unterbrachen und sie beobachteten. *Städter,* sagten ihre dunklen Augen. *Wir sehen euch Stadtkinder überall, wohin wir kommen. Wir kennen eure Augen und eure Frisuren; wir wissen, wie eure Zahnspangen in der Sonne blinken. Wir wissen nicht, wo wir morgen sein werden, aber wir wissen immer, wo ihr sein werdet. Langweilen euch diese ewig gleichen Orte und ewig gleichen Gesichter nicht? Wir glauben, das tun sie. Wir glauben, aus diesem Grund hasst ihr uns auch so.*

Billy, Heidi und Linda Halleck waren an jenem Tag dort gewesen, zwei Tage, bevor Halleck weniger als vierhundert Meter entfernt zuschlagen und die alte Zigeunerin töten würde. Sie hatten ein Picknick gemacht und auf die Band gewartet, die das erste Open-Air-Frühjahrskonzert eröffnen sollte. Die meisten der auf dem Rasen verstreuten Leute waren aus demselben Grund in den Park gekommen, was die Zigeuner zweifellos wussten.

Linda war aufgestanden und hatte sich versonnen den Hintern ihrer Levi's abgewischt, um zu dem jungen Mann hinüberzugehen, der mit den Kegeln jonglierte.

»Linda, bleib hier!«, hatte Heidi scharf gesagt. Sie zupfte am Kragen ihrer Strickjacke, ein Zeichen, dass sie nervös war. Billy nahm an, dass sie es gar nicht bemerkte.

»Warum, Mom? Es ist ein Jahrmarkt … wenigstens *glaube* ich, dass es so was ist.«

»Das sind Zigeuner«, hatte Heidi gesagt. »Geh nicht in ihre Nähe. Sie sind alle Betrüger.«

Linda hatte zuerst ihre Mutter, dann ihren Vater angesehen. Billy zuckte mit den Achseln. Sie stand da und blickte zu den Zigeunern hinüber, sich ihres verdrossenen Gesichtsausdrucks wohl ebenso wenig bewusst, dachte Billy, wie Heidi sich ihrer Hand, die den Kragen jetzt unablässig an ihren Hals rieb.

Der junge Mann warf die Kegel jetzt einen nach dem anderen durch die offene Seitentür in den VW-Bus zurück. Ein dunkelhaariges, lächelndes Mädchen fing sie auf und warf ihm jetzt einzeln fünf Gymnastikkeulen zu. Ihre Schönheit war fast überirdisch. Der junge Mann warf nun die Keulen durch die Luft, wobei er sich eine ab und zu grinsend unter den Arm steckte und laut »Hoy!« rief.

Ein älterer Mann in einem Oshkosh-Latzoverall und einem karierten Hemd teilte Flugblätter aus. Die schöne junge Frau, die die Kegel aufgefangen und die Keulen rausgeworfen hatte, sprang nun leichtfüßig aus dem VW-Bus. Sie hatte eine Staffelei unterm Arm. Als sie sie aufstellte, dachte Billy: *Jetzt wird sie ein paar schlechte Seestücke ausstellen und einige Bilder von Präsident Kennedy.* Doch statt eines Bildes befestigte sie eine Zielscheibe an der Staffelei. Jemand warf ihr aus dem Inneren des Busses eine Schleuder zu.

»Gina!«, rief der jonglierende Jüngling und grinste breit. Dabei zeigte sich, dass seine Zahnreihen erhebliche Lücken aufwiesen. Linda setzte sich abrupt wieder hin. Ihre Vorstellung von Männerschönheit war durch lebenslange Fernseherziehung geprägt, und das gute Aussehen des jungen Mannes war für sie verdorben worden. Heidi hörte auf, an ihrem Kragen herumzufummeln.

Das Mädchen warf dem Jongleur die Schleuder zu, und er ließ eine der Keulen fallen und jonglierte statt ihrer mit der Schleuder weiter. Halleck erinnerte sich daran, dass er gedacht hatte *Das muss unglaublich schwer sein.* Der Junge jonglierte sie drei- oder viermal durch die Luft, warf sie zu dem Mädchen zurück und brachte es irgendwie fertig, die fünfte Keule wieder aufzuheben, ohne die anderen vier dabei fallen zu lassen. Er erntete vereinzelten Applaus. Einige der Städter lächelten – Billy selbst ebenfalls –, aber die meisten blickten misstrauisch drein.

Das Mädchen trat in einiger Entfernung vor die Zielscheibe, holte ein paar Stahlkugeln aus seiner Hemdtasche und schoss dreimal kurz hintereinander genau in die Mitte der Zielscheibe – *plop, plop, plop*. Sofort war sie von Jungen (und einigen Mädchen) umringt, die lauthals bettelten, auch mal schießen zu dürfen. Sie stellte sie geschwind und geschickt in einer Reihe auf wie eine gelernte Kindergärtnerin, die ihre Gruppe für die Pinkelpause organisierte. Zwei Zigeunerjungen in Lindas Alter hüpften aus einem alten Kombiwagen und machten sich daran, die verschossene Munition aus dem Gras aufzusammeln. Sie sahen sich ähnlich wie ein Ei dem anderen, offenbar eineiige Zwillinge. Einer von ihnen trug einen goldenen Ring am rechten Ohr, sein Bruder trug das Gegenstück dazu am linken. *Ob ihre Mutter sie wohl auf diese Weise auseinander hält?*, dachte Billy.

Niemand verkaufte irgendwas. Ziemlich sorgsam, ziemlich offensichtlich gab es niemanden, der irgendwas verkaufte. Keine Madame Azonka, die die Tarot-Karten legte.

Trotzdem tauchte sehr bald ein Polizeiwagen auf, aus dem zwei Beamte stiegen. Einer von ihnen war Hopley, Fairviews Polizeichef, ein auf grobe Weise gut aussehender Mann um die vierzig. Einige Aktivitäten wurden unterbrochen, und weitere Mütter benutzten diese Pause, um ihre faszinierten Kinder am Arm zu fassen und wegzuzerren. Einige der älteren protestierten, und Halleck sah, dass einige der jüngeren Tränen in den Augen hatten.

Hopley begann, mit dem Zigeuner, der als Jongleur fungiert hatte (seine leuchtend rot und blau geringelten Keulen lagen jetzt um seine Füße verstreut), und dem alten Zigeuner in der Oshkosh-Latzhose den Ernst der Lage zu diskutieren. Oshkosh sagte etwas. Hopley schüttelte den Kopf. Dann sagte der Jongleur etwas und fing zu gestikulieren an. Dabei bewegte er sich auf den Streifenbeamten zu, der Hopley begleitete. Die Szene erinnerte Billy an etwas, und einen Augenblick später fiel es ihm ein. Es war, als beobachtete er ein paar Baseballspieler, die mit den Schiedsrichtern über eine knappe Entscheidung stritten.

Oshkosh legte dem Jungen die Hand auf den Arm und zog ihn zwei, drei Schritte zurück, wodurch er den Eindruck noch verstärkte – der Manager, der den jungen Hitzkopf vor einem Platzverweis zu bewahren versucht. Der Junge sagte wieder etwas. Hopley schüttelte wieder den Kopf. Der junge Mann fing an zu brüllen, aber leider stand der Wind schlecht, so dass Billy nur Laute, aber keine Worte unterscheiden konnte.

»Was ist denn da los, Mom?«, fragte Linda fasziniert.

»Nichts, Liebling«, sagte Heidi. Sie war plötzlich eifrig damit beschäftigt, die Reste des Picknicks einzupacken. »Seid ihr mit dem Essen fertig?«

»Ja, danke. Daddy, was geschieht da?«

Einen Moment lag es auf seiner Zunge: *Was du da siehst, ist eine klassische Szene, Linda. Sie steht in einer Reihe mit dem Raub der Sabinerinnen. Diese hier wird Die Vertreibung der Unerwünschten genannt.* Aber er spürte Heidis Augen auf seinem Gesicht. Sie hatte die Lippen zusammengepresst. Offensichtlich meinte sie, dass dies nicht der richtige Augenblick für deplatzierte Scherze war. »Nicht viel«, sagte er. »Nur eine kleine Meinungsverschiedenheit.«

Im Grunde entsprach *nicht viel* der Wahrheit – es wurden keine Hunde losgelassen, keine Schlagstöcke wurden geschwungen, und am Rande des Stadtparks stand keine grüne Minna. In einer fast theatralischen Trotzhandlung schüttelte der junge Zigeuner die Hand des Alten ab, sammelte seine Keulen wieder auf und fing von neuem zu jonglieren an. Aber seine Wut musste seine Reflexe durcheinander gebracht haben, denn jetzt war es eine erbärmliche Vorstellung. Zwei Keulen fielen fast gleichzeitig auf den Boden. Eine traf seinen Fuß, und ein Kind lachte.

Hopleys Partner trat ungeduldig vor. Hopley, der sich durch all das nicht aus der Ruhe bringen ließ, zog ihn mit fast derselben Geste zurück, wie Oshkosh vorher den

Jongleur. Dann lehnte er sich gegen eine Ulme, klemmte die Daumen hinter seinen weiten Gürtel und schaute desinteressiert in die Gegend. Er gab dem anderen Polizisten eine Anweisung, woraufhin dieser ein Notizbuch aus seiner hinteren Hosentasche zog, seinen Daumen befeuchtete, das Buch öffnete und auf den nächsten Wagen zuschlenderte. Es war ein umgebauter Cadillac-Leichenwagen aus den frühen Sechzigerjahren. Er schrieb sich die Nummer auf. Er tat es sehr demonstrativ. Als er mit dem Cadillac fertig war, ging er zu dem VW-Bus hinüber.

Oshkosh trat an Hopley heran und sprach eindringlich auf ihn ein. Hopley zuckte die Achseln und blickte zur anderen Seite. Der Streifenbeamte bewegte sich auf eine alte Fordlimousine zu. Oshkosh ließ Hopley stehen und lief zu dem Jongleur. Er sprach ernst mit ihm, und seine Hände bewegten sich in der warmen Frühlingsluft. Billy Halleck verlor jetzt auch das letzte Interesse an dieser Szene. Er begann die Zigeuner zu übersehen, die den Fehler gemacht hatten, auf ihrem Weg von Da nach Dort in Fairview anzuhalten.

Der Jongleur drehte sich abrupt zu dem VW-Bus um und ließ die bunten Keulen einfach auf den Rasen fallen. (Der Bus stand übrigens genau hinter dem alten Pickup mit dem selbst gebauten Wohnmobilteil, dessen Wände mit dem Einhorn und der Zigeunerin bemalt waren.) Oshkosh beugte sich hinunter, um sie einzusammeln, wobei er besorgt mit Hopley sprach. Hopley zuckte wieder die Achseln, und obwohl Billy Halleck keine telepathischen Fähigkeiten besaß, wusste er so genau, dass Hopley diese Vorstellung genoss, wie er wusste, dass er, Heidi und Linda zum Abendessen Reste essen würden.

Die junge Frau, die die Stahlkugeln mit der Schleuder auf die Zielscheibe geschossen hatte, versuchte mit dem Jongleur zu sprechen, aber er stieß sie ärgerlich fort und kletterte in den VW-Bus. Einen Augenblick stand sie da und sah Oshkosh ratlos an, der mit den Armen voller Keulen auf sie zukam. Dann stieg auch sie in den Bus. Halleck konnte die anderen aus seinem Blickfeld streichen, aber einen Augenblick lang war sie unmöglich zu übersehen. Ihr langes, naturgelocktes Haar trug sie offen. In ungebändigter Fülle floss es auf ihrem Rücken hinunter bis unter die Schulterblätter. Ihre bunt bedruckte Bluse und der gebügelte Rock mit der Kellerfalte mochten von Sears oder J. C. Penney's stammen, aber ihr Körper war so exotisch wie der einer Wildkatze – ein Panther, ein Gepard, ein Schneeleopard. Als sie in den Bus stieg, teilte sich die hintere Falte für einen Augenblick, und er konnte die geschwungene Linie ihres Oberschenkels sehen. In diesem Augenblick hatte er ein unbeschreibliches Verlangen nach ihr und sah sich in der schwärzesten Stunde der Nacht auf ihr liegen. Und dieses Verlangen fühlte sich sehr alt an. Er blickte zu Heidi hinüber. Sie hatte die Lippen jetzt so fest zusammengepresst, dass sie weiß waren. Ihre Augen waren glanzlos wie abgegriffene Münzen. Sie hatte seinen Blick nicht mitbekommen, aber sie hatte die Bewegung der Kellerfalte gesehen, was sie offenbarte, und sie verstand vollkommen.

Der Cop mit dem Notizbuch sah dem Mädchen nach, bis es im Bus verschwunden war. Dann klappte er das Buch zu, steckte es wieder in seine Hosentasche und ging wieder zu Hopley. Die Zigeunerfrauen scheuchten ihre Kinder zu dem Wohnwagen. Oshkosh, immer noch die Keulen in den Armen, ging noch einmal auf Hopley zu, um etwas zu ihm zu sagen. Hopley schüttelte entschieden den Kopf.

Und das war's dann.

Ein zweiter Polizeiwagen kam langsam mit müde blinkendem Blaulicht herangefahren. Oshkosh warf ihm einen Blick zu und ließ dann noch einmal den Blick über den Stadtpark von Fairview mit seinen teuren, sicherheitsgeprüften Spielplatzgeräten und seiner Konzertbühne schweifen. Von den knospenden Bäumen flatterten noch fröhliche Streifen von Kreppapiergirlanden; die Reste vom großen Ostereiersuchen am vergangenen Sonntag.

Oshkosh ging zurück zu seinem eigenen Wagen, der am Kopf der Autoschlange stand. Als der Motor dröhnend ansprang, heulten die anderen fast gleichzeitig auf. Die meisten husteten und röhrten. Halleck hörte eine Menge von Fehlzündungen und sah eine Menge neblig blauer Abgaswolken. Heulend und furzend setzte Oshkoshs Kombi sich in Bewegung. Die anderen schlossen sich ihm ohne Rücksicht auf den Stadtverkehr an und fuhren Richtung Innenstadt am Parkgelände vorbei.

»Sie haben alle Lichter an!«, rief Linda aufgeregt. »Meine Güte, es sieht aus wie eine Beerdigung!«

»Es sind noch zwei Schokoladentörtchen übrig«, sagte Heidi brüsk. »Nimm eins.«

»Ich will keins, ich bin satt. Daddy, werden diese Leute …«

»Du wirst nie einen Sechsundneunziger-Busen kriegen, wenn du nichts isst«, sagte Heidi.

»Ich habe beschlossen, dass ich keinen Sechsundneunziger-Busen brauche«, sagte Linda, ganz Dame von Welt. Billy verlor immer die Fassung, wenn sie das tat. »Heutzutage sind Ärsche in.«

»Linda Joan *Halleck!*«

»Ich nehme eins«, warf Billy ein.

Heidi bedachte ihn mit einem kurzen, geringschätzigen Blick – *Oh, ist es wirklich das, was du willst?* – und warf ihm ein Törtchen in den Schoß. Dann zündete sie sich eine Zigarette an. Schließlich aß Billy beide Kuchen auf. Heidi rauchte während des Konzerts eine halbe Packung Zigaretten und ignorierte Billys ungeschickte Versuche, sie aufzuheitern, geflissentlich. Aber auf dem Heimweg wurde sie wieder freundlicher, und bald waren die Zigeuner vergessen. Wenigstens bis zum Abend.

Als er in Lindas Schlafzimmer kam, um ihr einen Gutenachtkuss zu geben, fragte sie ihn: »Hat die Polizei diese Leute aus der Stadt verjagt, Dad?«

Billy dachte daran, wie er sie gründlich angesehen hatte. Ihre Frage hatte ihn geärgert, und trotzdem hatte er sich absurderweise geschmeichelt gefühlt. Sie ging zu Heidi, um sie zu fragen, wie viele Kalorien in einem Stück Schokoladentorte seien; aber um etwas über die wesentlichen Dinge des Lebens zu erfahren, kam sie zu ihm. Er hatte manchmal das Gefühl, das sei nicht fair.

Er hatte sich auf ihr Bett gesetzt und gedacht, dass sie immer noch sehr jung war und fest davon überzeugt war, immer auf der Seite der Guten zu stehen. Sie könnte verletzt werden. Eine Lüge könnte das vermeiden. Aber Lügen über solche Dinge wie die, die am Nachmittag im Stadtpark von Fairview passiert waren, hatten eine Art, wieder auf die Eltern zurückzufallen und sie zu verfolgen – Billy konnte sich noch sehr deutlich daran erinnern, wie sein Vater ihm erzählt hatte, dass er anfangen würde zu stottern, wenn er masturbierte. Sein Vater war in fast jeder Hinsicht ein guter Mann gewesen, aber diese Lüge hatte Billy ihm nie verziehen. Und Linda hatte ihn schon über einen schweren Parcours geschickt – sie hatten Schwule, oralen Sex, Geschlechtskrankheiten und die Möglichkeit durchgekaut, dass es keinen Gott gäbe. Vater eines Kindes zu sein war nötig gewesen, damit er begriff, wie ermüdend Ehrlichkeit sein kann.

Plötzlich musste er an Ginelli denken. Was würde Ginelli seiner Tochter wohl sagen, wenn er jetzt hier wäre? Man muss die unerwünschten Elemente aus der Stadt heraushalten, meine Süße. Denn das ist es, worauf es wirklich ankommt – *die unerwünschten Elemente aus der Stadt rauszuhalten.*

Aber das war mehr Ehrlichkeit, als er aufbringen konnte.

»Ja, ich glaube, das hat sie getan, Schatz. Es waren Zigeuner. Vagabunden.«

»Mom hat gesagt, sie wären Betrüger.«

»Eine Menge von ihnen verdienen sich Geld mit getürkten Spielen und falschen Prophezeiungen. Wenn sie in eine Stadt wie Fairview kommen, fordert die Polizei sie auf weiterzufahren. Normalerweise spielen sie sich dann auf und tun so, als wären sie beleidigt, aber im Grunde macht es ihnen nichts aus.«

Bing! In seinem Kopf sprang eine kleine Signalflagge in die Höhe. Lüge Nr. 1.

»Sie verteilen Zettel oder hängen Plakate auf, auf denen steht, wo sie zu finden sind – gewöhnlich handeln sie mit einem Farmer oder jemandem, der ein freies Feld außerhalb der Stadt besitzt, einen Preis aus und bleiben ein paar Tage dort. Danach ziehen sie weiter.«

»Warum kommen sie überhaupt hierher? Was tun sie?«

»Hmm … es gibt immer Leute, die sich gern die Zukunft vorhersagen lassen. Und es gibt Glücksspiele. Spiele mit Einsätzen. Normalerweise sind sie tatsächlich getürkt.«

Vielleicht auch eine schnelle, exotische Nummer, dachte Billy. Er sah wieder die aufspringende Kellerfalte vor sich, als das Mädchen in den VW-Bus gestiegen war. *Wie würde sie sich bewegen?* Seine innere Stimme antwortete: *Wie ein Ozean kurz vor dem Ausbruch eines Sturms, genau so.*

»Kaufen die Leute Drogen bei ihnen?«

Heutzutage braucht man keine Zigeuner mehr, um an Drogen heranzukommen, Kind, man kauft sie auf dem Schulhof.

»Haschisch vielleicht«, sagte er. »Oder Opium.«

Er war als Teenager in diese Gegend von Connecticut gekommen und seitdem die ganze Zeit über dort geblieben – in Fairview und in der Nachbarstadt Northport. Er hatte seit beinahe fünfundzwanzig Jahren keine Zigeuner mehr gesehen … nicht, seit er als Kind in North Carolina am Glücksrad fünf Dollar verloren hatte. Es war sein im Verlauf von fast drei Monaten sorgsam erspartes Taschengeld gewesen, von dem er eigentlich ein Geburtstagsgeschenk für seine Mutter kaufen wollte. Sie durften Kinder

69

unter sechzehn eigentlich nicht bei sich spielen lassen, aber wenn man Bargeld bei sich hatte – Münzen oder Scheine –, konnte man jederzeit vortreten und es einsetzen. Einige Dinge änderten sich nie, nahm er an, und dazu gehörte vor allem das alte englische Sprichwort: Wenn Geld spricht, geht *niemand* weiter. Wenn man ihn am Tag zuvor danach gefragt hätte, hätte er wohl die Achseln gezuckt und die Meinung vertreten, dass es vermutlich gar keine herumziehenden Zigeuner mehr gäbe. Doch die fahrenden Leute starben natürlich nie aus. Wurzellos kamen sie in die Stadt und verließen sie auf dieselbe Weise, menschliche Steppenläufer, die alle möglichen Deals machten und wieder aus der Stadt verschwanden, mit unter dem Diktat der Stechuhr verdienten Dollars in ihren schmierigen Portemonnaies, die sie selbst verschmähten. Sie überlebten. Hitler hatte versucht, sie zusammen mit den Juden und den Homosexuellen auszurotten, aber er vermutete, dass sie auch tausend Hitlers überleben würden.

»Ich dachte, der Stadtpark wäre öffentliches Eigentum«, sagte Linda. »Das haben wir wenigstens in der Schule gelernt.«

»In gewisser Weise ist er das«, bestätigte Halleck. »Öffentliches Eigentum bedeutet, dass er sich im Besitz der Stadtbewohner befindet. Der Steuerzahler.«

Bong! Lüge Nr. 2. Die Steuern hatten in New England überhaupt nichts mit öffentlichen Grundstücken, deren Gebrauch oder Besitz zu tun. Siehe *Richards gegen Jerram, New Hampshire,* oder *Baker gegen Olins (der ins Jahr 1835 zurückreichte)* oder …

»Die Steuerzahler«, sagte sie nachdenklich.

»Man braucht eine Genehmigung, um den Stadtpark benutzen zu dürfen.«

Kling! Lüge Nr. 3. Diese Idee war schon 1931 über den Haufen geworfen worden, als eine Gruppe armer Kartoffelbauern während der Depression im Herzen von Lewistown, Maine, eine Ansammlung klappriger Hütten errichtet hatte. Die Stadt hatte sich sofort an Roosevelts Supreme Court gewandt, und es war nicht mal zu einer Verhandlung gekommen. Denn die Kartoffelbauern hatten sich den Pettingill Park als Lagerplatz ausgesucht, und der war öffentliches Eigentum.

»Es ist genauso, wenn der Zirkus kommt«, führte er aus.

»Warum haben die Zigeuner keine Genehmigung bekommen, Dad?« Sie klang jetzt schläfrig. Gott sei Dank.

»Nun ja, vielleicht haben sie's vergessen.«

Keine Chance, Lin. Nicht mehr als ein Schneeball in der Hölle. Nicht in Fairview. Nicht, wenn man den Park vom Lantern Drive und vom Country Club aus sehen kann, nicht, wenn man für diesen Anblick praktisch mitbezahlt hat, genauso wie für die Privatschulen, die Programmieren auf reihenweise brandneuen Apple- oder TRS-80-Computern unterrichten, wie für die relativ saubere Luft und die Nachtruhe. Der Zirkus ist okay. Das Ostereiersuchen ist sogar noch besser. Aber Zigeuner? Hier ist Ihr Hut, was soll die Eile. Wir erkennen Dreck, wenn wir ihn sehen. Nicht, dass wir ihn anfassen würden, Himmel, nein! Wir haben ja Reinmachefrauen und Hausmädchen, die ihn aus unseren Häusern entfernen. Und wenn er sich in unserem Stadtpark zeigt, haben wir Sheriff Hopley.

Doch diese Wahrheiten waren nicht für ein Mädchen auf der Junior High geeignet, dachte Halleck. Diese Wahrheiten lernte man auf der Highschool oder im College. Vielleicht erfuhr man sie von den Freundinnen aus der Studentinnenvereinigung, oder vielleicht kommt es einfach wie eine Kurzwellenübertragung aus dem Weltraum. *Die sind nicht wie wir, Liebes. Bleib ihnen fern.*

»Gute Nacht, Daddy.«

»Gute Nacht, Lin.«

Er gab ihr noch einen Kuss und ging hinaus.

Regen schlug, von einer starken Windbö getrieben, an die Scheibe seines Bürofensters, und Halleck fuhr auf, als wäre er aus dem Schlaf hochgeschreckt. *Die sind nicht wie wir,*

Liebes, dachte er noch einmal und lachte laut in die Stille hinein. Das Geräusch machte ihm Angst. Nur Verrückte lachen in einem leeren Zimmer. Verrückte machen das die ganze Zeit. Das macht sie ja gerade verrückt.

Sind nicht wie wir.

Falls er es nie geglaubt haben sollte, jetzt tat er's.

Jetzt, wo er dünner war.

Halleck beobachtete Houstons Assistentin, die ihm drei Ampullen Blut aus dem linken Arm abnahm und sie dann der Reihe nach in einen Karton stellte. Vorher hatte Houston ihm drei Stuhlpäckchen gegeben und ihn gebeten, sie mit der Post zu schicken. Halleck hatte sie bedrückt eingesteckt und sich dann nach vorne gebeugt. Jedes Mal graute ihm mehr vor der Demütigung als vor der kleinen Unannehmlichkeit. Vor diesem Gefühl, dass man in ihn eindrang. Dem Gefühl der Fülle.

»Ganz ruhig«, sagte Houston und zog sich den Gummihandschuh über. »Solange Sie nicht meine *beiden* Hände auf Ihren Schultern fühlen können, ist alles in Ordnung.«

Er lachte herzlich.

Halleck schloss die Augen.

Houston empfing ihn zwei Tage später – er hätte, so sagte er, darauf gedrungen, dass seine Blutproben vorrangig untersucht würden. Halleck setzte sich in den wie ein Wohnzimmer eingerichteten Raum (Bilder von Ozeanklippern an den Wänden, tiefe Ledersessel, dicker, grauer Wollteppich), in dem Houston seine Konsultationen vornahm. Sein Herz schlug heftig, und er fühlte kalte Schweißtropfen an seinen Schläfen. *Ich werde nicht vor einem Mann weinen, der Niggerwitze erzählt,* sagte er sich grimmig, und das nicht zum ersten Mal. *Wenn ich weinen muss, werde ich aus der Stadt hinausfahren, den Wagen irgendwo parken und es da tun.*

»Es sieht alles gut aus«, sagte Houston milde.

Halleck blinzelte. Seine Angst saß inzwischen so tief, dass er sicher war, sich verhört zu haben. »Was?«

»Es sieht alles gut aus«, wiederholte Houston. »Wenn Sie wollen, können wir noch mehr Tests machen, Billy, aber ich sehe im Augenblick nicht, wozu das gut sein sollte. Ihr Blut sieht sogar besser aus als bei den letzten beiden Untersuchungen. Der Cholesterinspiegel ist gesunken, das Triglycerin ebenso. Sie haben wieder abgenommen – die Schwester hat heute Morgen 217 Pfund eingetragen – aber, was soll ich sagen? Sie sind immer noch fast dreißig Pfund unter Ihrem Idealgewicht, das sollten Sie nicht aus dem Auge verlieren, aber…« Er grinste. »Ich würde Ihr Geheimnis zu gern erfahren.«

»Ich habe keins«, sagte Halleck. Er war verwirrt und zugleich unendlich erleichtert – so hatte er sich bei zwei Gelegenheiten auf dem College gefühlt, als er einen Test bestand, auf den er sich nicht vorbereitet hatte.

»Wir wollen uns mit einem endgültigen Urteil noch etwas zurückhalten, bis wir Ihre Hayman-Reichling-Serie gesehen haben.«

»Meine was?«

»Die Scheißpäckchen«, sagte Houston und lachte herzlich. »Es könnte sich da noch etwas zeigen, aber ganz ehrlich, Billy, das Labor hat dreiundzwanzig verschiedene Tests mit Ihrem Blut durchgeführt, und alle waren positiv. Das ist schon überzeugend.«

Halleck stieß einen langen, zitternden Seufzer aus. »Ich hatte Angst«, sagte er.

»Die Leute, die keine haben, sterben jung«, erwiderte Houston. Er öffnete eine Schreibtischschublade und holte ein kleines Fläschchen daraus hervor, an dessen Kappe ein winziger Löffel an einem Kettchen baumelte. Halleck sah, dass der Löffelgriff wie die Freiheitsstatue geformt war. »Too-de-sweet?«

Halleck schüttelte den Kopf. Er war ganz zufrieden, da zu sitzen, wo er war, die Hände auf dem Bauch – auf seinem *kleiner gewordenen* Bauch – gefaltet, und zuzusehen, wie Fairviews erfolgreichster Familienarzt erst durchs linke, dann durchs rechte Nasenloch Kokain schnupfte. Er stellte das Fläschchen in die Schublade zurück und holte ein weiteres samt einem Päckchen Q-tips daraus hervor. Dann stippte er ein Q-tip in das Fläschchen und benetzte damit beide Nasenlöcher.

»Destilliertes Wasser«, sagte er. »Muss auf meine Stirnhöhlen aufpassen.« Er zwinkerte Billy zu.

Mit dem Scheiß im Hirn hat er vermutlich schon Babys auf Lungenentzündung behandelt, dachte Halleck, aber der Gedanke hatte keine wirkliche Kraft. Im Augenblick konnte er nicht umhin, Houston ein bisschen zu mögen, weil Houston ihm die gute Nachricht mitgeteilt hatte. Im Augenblick wollte er nichts weiter, als hier mit den Händen über dem kleiner gewordenen Bauch gefaltet sitzen und seine Erleichterung auskosten. Er probierte sie aus wie ein neues Fahrrad oder einen neuen Wagen. Es kam ihm vor, als würde er wie neugeboren aus Houstons Praxis heraustreten. Wenn ein Regisseur diese Szene verfilmen würde, würde er sie wohl musikalisch mit Strauss, *Also sprach Zarathustra* untermalen. Bei dem Gedanken musste er zuerst grinsen, dann lachte er laut heraus.

»Lassen Sie mich mitlachen«, sagte Houston. »In dieser traurigen Welt brauchen wir jeden Witz, den wir kriegen können, Billy-Boy.« Er schniefte laut und befeuchtete sich die Nasenlöcher mit einem frischen Q-Tip.

»Ach nichts«, sagte Halleck. »Es ist nur … wissen Sie, ich hatte Angst. Ich war schon drauf und dran, mich mit dem großen K abzufinden. Hab's wenigstens versucht.«

»Nun, vielleicht werden Sie das noch mal tun müssen«, sagte Houston, »aber nicht dieses Jahr. Ich brauche die Laborergebnisse Ihrer Hayman-Reichling-Serie nicht erst zu sehen, um Ihnen das zu versichern. Bei Krebs gibt es bestimmte Anzeichen. Besonders, wenn er schon dreißig

Pfund von Ihnen verzehrt hat, lässt er sich nicht mehr übersehen.«

»Aber ich habe genauso viel gegessen wie vorher. Heidi habe ich gesagt, dass ich mehr trainiert hätte, und das stimmt auch, ein bisschen wenigstens. Aber sie hat darauf geantwortet, dass man nicht einfach dreißig Pfund verlieren könne, indem man sein Trainingsprogramm aufstockt. Sie sagte, das Fett würde dann nur fester, nicht mehr so schwabbelig sein.«

»Das stimmt nun ganz und gar nicht. Die neuesten Versuche haben gezeigt, dass sportliche Betätigung wesentlich wichtiger ist als eine Diät. Aber in Ihrem Fall, bei einem Mann, der ein so großes Übergewicht hat – ich meine, *hatte* – wie Sie, hat sie wohl nicht ganz Unrecht. Man stelle sich einen richtig fetten Mann vor, der seine sportlichen Übungen radikal verdoppelt, und was kriegt er dafür? Den Scherzpreis – eine gute, solide, zweitklassige Thrombose. Nicht ausreichend, um ihn umzubringen; gerade schlimm genug, dass er nie wieder alle achtzehn Löcher spielen oder auf der großen Achterbahn drüben in Seven Flags Over Georgia fahren kann.«

Billy dachte, dass das Kokain Houston sehr redselig machte.

»*Sie* verstehen es nicht«, fuhr er fort, »und *ich* verstehe es auch nicht. Aber in meinem Beruf sehe ich eine Menge Dinge, die ich nicht verstehen kann. Ein Freund von mir ist Neurochirurg in New York. Er rief mich vor drei Jahren mal an mit der Bitte, mir einige außergewöhnliche kraniale Röntgenaufnahmen anzusehen. Ein Student der George-Washington-Universität war mit wahnsinnigen Kopfschmerzen zu ihm gekommen. Mein Kollege dachte, dass das alles sehr nach typischer Migräne klänge – der Junge entsprach exakt dem Persönlichkeitstyp –, aber man will mit diesen Sachen nicht herumpfuschen, weil solche Kopfschmerzen ein Symptom für Hirntumore sind, auch wenn der Patient keine Phantomgerüche wahrnimmt – riecht wie Scheiße oder verfaulte Früchte oder altes Popcorn, was auch immer. Also machte mein Freund eine ganze Röntgenserie und ein EEG von dem Jungen und schickte ihn dann ins Krankenhaus, um eine axiale Gehirntomographie machen zu lassen. Wissen Sie, was sie herausgefunden haben?«

Halleck schüttelte den Kopf.

»Sie fanden heraus, dass dieser Knabe, der den drittbesten Abschluss seines Highschool-Jahrgangs gemacht hatte, der jedes Semester an der George-Washington-Universität auf der Bestenliste stand, fast überhaupt kein Gehirn hatte. Im Zentrum seines Schädels befand sich ein einziges gedrehtes Stück Kortikalgewebe – mein Kollege hat es mir auf den Röntgenaufnahmen gezeigt, sah aus wie eine Vorhangkordel aus Makramee –, und das war alles. Diese Vorhangkordel hat vermutlich alle seine vegetativen Funktionen gesteuert, alles von der Atmung über den Herzrhythmus bis hin zum Orgasmus. Nur ein winziges Seil aus Gehirnmasse. Der Rest des Schädels war mit cerebrospinaler Flüssigkeit gefüllt. Auf eine Weise, die wir nicht begreifen, steuert diese Flüssigkeit sein Denken. Wie dem auch sei, er ist immer noch einer der besten an der Uni, hat immer noch seine Migräne und entspricht immer noch genau dem Migränetyp. Wenn er nicht innerhalb der nächsten zwanzig Jahre an einem Herzinfarkt stirbt, werden die Kopfschmerzen ab vierzig langsam aufhören.«

Houston zog die Schublade wieder auf, holte das Kokain heraus, nahm etwas davon und bot auch Halleck welches an. Halleck schüttelte den Kopf.

»Dann, vor ungefähr fünf Jahren«, fuhr Houston fort, »kam eine alte Dame in meine Praxis, die an starken Zahnfleischschmerzen litt. Inzwischen ist sie gestorben. Ich nenne keine Namen, aber Sie kennen sie. Ich warf einen Blick in ihren Mund, und bei Gott dem Allmächtigen, ich konnte es nicht glauben. Sie hatte fast zehn Jahre zuvor ihre zweiten Zähne verloren – ich meine, diese Puppe ging auf die neunzig zu –, und was sah ich? Einen Haufen neuer Zähne, der da nachwuchs … insgesamt fünf. Kein Wunder, dass sie Zahnfleischschmerzen hatte, Billy! Sie bekam tatsächlich einen dritten Satz Zähne. Und das im Alter von achtundachtzig Jahren!«

»Was haben Sie mit ihr gemacht?«, fragte Halleck. Er hörte nur mit halbem Ohr zu – die Worte rauschten an ihm vorbei, beruhigend – wie weißes Rauschen, wie die einlullende Musik, die einen von der Decke eines Supermarktes berieselt. Ein großer Teil seines Verstands hatte immer noch mit seiner Erleichterung zu tun – Houstons Kokain war gewiss nur eine armselige Droge im Vergleich zum Erleichterungsrausch, den er empfand. Er dachte kurz an den alten Zigeuner mit der abfaulenden Nase, aber das Bild hatte seine dunkle, geheimnisvolle Macht verloren.

»Was ich mit ihr gemacht habe?«, fragte Houston gerade. »Herrgott, was konnte ich denn schon machen? Ich habe ihr ein Mittel verschrieben, das nichts weiter war als eine verstärkte Form von Num-Zit, das Zeug, das man Babys auf das Zahnfleisch reibt, wenn sie ihre Zähne kriegen. Bevor sie starb, hat sie noch drei weitere gekriegt – einen Schneidezahn und zwei Backenzähne.

Ich habe auch noch anderes gesehen, eine Menge. Jeder Arzt sieht alle mögliche merkwürdige Scheiße, die er nicht erklären kann. Aber genug von Ripleys *Believe It or Not*. Es ist nämlich so, dass wir gottverdammt wenig über den menschlichen Stoffwechsel wissen. Es gibt Typen wie diesen Duncan Hopley … Kennen Sie Dunc?«

Halleck nickte. Fairviews Polizeichef, Zigeunervertreiber, der aussah wie ein Clint Eastwood im Provinzligaformat.

»Der frisst, als ob jede Mahlzeit seine letzte wäre«, sagte Houston. »Heiliger Moses, ich habe noch nie einen Mann gesehen, der so reinhaut. Aber er bleibt konstant auf hundertsiebzig Pfund, und da er gut eins fünfundachtzig groß ist, ist sein Gewicht genau richtig. Er hat einen hochfrisierten Stoffwechsel. Er verbrennt seine Kalorien doppelt so schnell wie zum Beispiel, sagen wir mal, Yard Stevens.«

Halleck nickte wieder. Yard Stevens war Besitzer und zugleich sein eigener Angestellter des Heads Up, Fairviews einziger Friseurladen. Er wog um die dreihundert Pfund. Wenn man ihn sah, fragte man sich, ob seine Frau ihm die Schnürsenkel band.

»Yard ist ungefähr genauso groß wie Duncan Hopley«, sagte Houston, »aber wenn ich ihm dann und wann beim Mittagessen zusehe, stochert er in seinem Essen nur herum. Vielleicht ist er einer von den heimlichen Essern. Könnte sein. Aber ich glaube nicht. Er hat ein hungriges *Gesicht*, wenn Sie wissen, was ich meine.«

Billy lächelte leicht und nickte. Er verstand. Yard Stevens sah aus, als »würde ihm sein Essen nicht bekommen«, wie seine Mutter zu sagen pflegte.

»Ich sag Ihnen noch was – obwohl ich damit vermutlich aus der Schule plaudere. Beide Männer rauchen. Yard Stevens behauptet, bei ihm wäre es eine Packung Marlboro Lights am Tag, was wahrscheinlich anderthalb oder vielleicht zwei Packungen bedeutet. Duncan behauptet, pro Tag zwei Schachteln Camel zu rauchen, was bedeuten könnte, dass er drei oder dreieinhalb raucht. Ich meine, haben Sie Duncan schon mal ohne eine Zigarette in der Hand oder im Mund gesehen?«

Billy dachte nach und schüttelte den Kopf. Houston hatte sich inzwischen wieder eine Nase reingezogen. »So, das reicht«, sagte er und schob die Schublade entschlossen zu.

»Jedenfalls haben wir auf der einen Seite Yard, der pro Tag anderthalb Packungen teerarme Zigaretten raucht, und auf der anderen Seite Duncan, der pro Tag drei Packungen schwarze Sargnägel inhaliert – vielleicht mehr. Aber wer ist derjenige, der den Lungenkrebs zu sich einlädt, so dass er ihn von innen her zerfressen kann? Yard Stevens. Warum? Weil sein Stoffwechsel Scheiße ist, und die Geschwindigkeit des Stoffwechsels hängt irgendwie mit Krebs zusammen.

Es gibt Ärzte, die behaupten, dass man Krebs heilen könne, wenn man den genetischen Code knacken könnte. Für einige Krebsarten mag das zutreffen. Aber wir werden ihn nie richtig heilen können, solange wir den Stoffwechsel nicht ganz kapiert haben. Was uns zu Billy Halleck, dem Unglaublichen Schrumpfenden Mann, zurückführt. Oder vielleicht dem Unglaublichen Massen reduzierenden Mann. Nicht *Massen produzierend, sondern* Massen reduzierend.« Houston stieß ein merkwürdiges und ziemlich dummes wieherndes Gelächter aus, und Billy dachte. *Wenn es das ist, was Kokain mit einem macht, bleibe ich vielleicht doch lieber bei meinen Schokoladentörtchen.*

»Sie wissen also nicht, warum ich abnehme?«

»Nein.« Houston schien diese Tatsache Vergnügen zu bereiten. »Aber ich vermute, dass Sie sich selbst dünn denken. Das *gibt* es, wissen Sie. Es kommt sogar ziemlich häufig vor. Jemand kommt in meine Praxis, weil er ernsthaft abnehmen möchte. Normalerweise ist etwas geschehen, das ihm Angst eingeflößt hat – Herzflattern oder ein kleiner Ohnmachtsanfall beim Tennis oder beim Feder- oder Volleyball, irgendwas in der Art. Also verschreibe ich ihm eine sanfte, beruhigende Diät, mit der er über mehrere Monate hinweg zwei bis fünf Pfund pro Woche abnehmen kann. Auf diese Art kann man ohne Stress und Anstrengung zwischen sechzehn und vierzig Pfund verlieren. So weit, so gut. Doch die meisten nehmen viel mehr ab. Sie halten sich strikt an die Diät, aber sie verlieren wesentlich mehr Gewicht, als die Diät allein bewirken könnte. Es ist so, als stünde im Gehirn plötzlich ein Wachposten auf, der dort jahrelang geschlafen hat, und finge an, so etwas Ähnliches wie ›Feuer!‹ zu brüllen. Der Stoffwechsel selbst wird schneller … weil dieser Wachposten ihm klargemacht hat, er müsse noch fünf Pfund rausschaffen, bevor das ganze Haus abbrennt.«

»Na gut«, sagte Billy. Er wollte sich überzeugen lassen. Er hatte sich extra einen Tag freigenommen, und jetzt hatte er keinen sehnlicheren Wunsch, als so schnell wie möglich nach Hause zu fahren, um Heidi zu sagen, dass alles in Ordnung wäre, und sie dann die Treppe hinaufzuführen, um im Nachmittagssonnenlicht, das durch die Schlafzimmerfenster fallen würde, mit ihr ins Bett zu gehen. »Das kauf ich Ihnen ab.«

Houston stand auf, um ihn hinauszubegleiten. Halleck bemerkte amüsiert, dass er weißen Puderstaub unter der Nase hatte.

»Wenn Sie weiter an Gewicht verlieren, werden wir eine totale Stoffwechselanalyse machen lassen«, sagte Houston. »Ich hab Ihnen vielleicht den Eindruck vermittelt, dass diese Tests alle nichts taugen, aber manchmal geben sie uns eine Menge Anhaltspunkte. Doch glaube ich kaum, dass es nötig sein wird. Meine Vermutung geht eher dahin, dass der Gewichtsverlust langsam von selbst aufhören wird – diese Woche fünf Pfund, drei Pfund die nächste, die Woche darauf noch eines –, und dann werden Sie auf die Waage steigen und feststellen, dass Sie wieder ein oder zwei Pfund zugenommen haben.«

»Sie haben mir einen Stein vom Herzen genommen«, sagte Billy und drückte Houston fest die Hand.

Houston lächelte selbstzufrieden, obwohl er eigentlich nicht mehr getan hatte, als Halleck verneinende Antworten zu präsentieren: Nein, er wisse nicht, was mit Halleck los sei, aber nein, es sei kein Krebs. Alle Achtung. »Dafür sind wir da, Billy-Boy.«

Billy-Boy fuhr nach Hause zu seiner Frau.

»Er hat gesagt, dass alles in *Ordnung* ist?«

Halleck nickte.

Sie legte die Arme um ihn und drückte ihn fest an sich. Er spürte, wie ihre Brüste sich verlockend an seinen Körper pressten.

»Willst du mit nach oben kommen?«

Sie sah ihn prüfend an. Das Licht in ihren Augen tanzte. »Mannomann, du bist wirklich gesund, nicht wahr?«

»Jede Wette.«

Sie gingen nach oben und hatten fantastischen Sex. Eines der letzten Male.

Danach schlief Billy ein. Und träumte.

7. Kapitel: Vogeltraum

Der Zigeuner hatte sich in einen riesigen Vogel verwandelt. Einen Geier mit abfaulendem Schnabel. Er zog seine Kreise über Fairview und ließ grobkörnigen, aschengrauen Staub wie Schornsteinruß über die Stadt fallen, der unter seinen dunklen Schwingen hervorzukommen schien ... oder waren es seine Flügelspitzen?

»Dünner«, krächzte der Zigeuner-Geier, während er über den Stadtpark hinwegglitt, über den Village Pub, über Waldenbooks an der Ecke Main und Devon Street, das Esta-Esta, Fairviews mittelmäßiges italienisches Restaurant, über die Post, die Amoco-Tankstelle und Fairviews moderne öffentliche Bibliothek mit den gläsernen Wänden, um schließlich über die Salzmarschen auf die Bucht hinauszufliegen.

Dünner, nur dieses eine Wort, aber Halleck begriff, dass es ein mächtiger Fluch war, denn jeder Mensch in dieser reichen Oberklasse-Vorstadt, deren Bewohner hauptsächlich in New York arbeiteten und auf dem Heimweg noch schnell ein paar Drinks im Club einnahmen, jeder Mensch in dieser hübschen, kleinen New-England-Stadt im Herzen des John-Cheever-Landes, jeder Mensch in Fairview war am Verhungern.

Er ging die Hauptstraße entlang, schneller und schneller, und offenbar war er unsichtbar – die Logik von Träumen richtet sich schließlich nur danach, was der Traum verlangt – und entsetzt von dem, was der Zigeunerfluch angerichtet hatte. Aus Fairview war eine Stadt geworden, in der nur noch Überlebende aus einem Konzentrationslager wohnten. Aus teuren Kinderwagen schrien ihm Babys mit verfallenen Körpern und riesigen Köpfen entgegen. Zwei Damen in exklusiven Modellkleidern taumelten und torkelten aus dem Cherry on Top heraus, Fairviews Version des alten Eissalons. Ihre Gesichter bestanden nur noch aus Wangen- und hervortretenden Stirnknochen, über denen sich wie Perga-

ment glänzende Haut spannte; der Ausschnitt ihrer Kleider fiel in einer grauenhaften Parodie der Verführung von hervorstehenden, von Haut umhüllten Schlüsselbeinen und tief eingefallenen Schulterhöhlungen hinab.

Und da kam ihm Michael Houston entgegen, auf vogelscheuchenähnlichen Beinen torkelnd, den Savile-Row-Anzug um die unglaublich hagere Gestalt flatternd, eine Kokainphiole in einer abgemagerten Hand vor sich hertragend. »Too-de-sweet?«, schrie er Halleck mit der Stimme einer in der Falle gefangenen Ratte an, die den letzten Rest ihres miserablen Lebens herausquiekt. »Too-de-sweet? Es wird Ihren Stoffwechsel ankurbeln, Billy-Boy! Too-de-sweet? Too —«

Mit zunehmendem Grauen sah Halleck, dass die Hand, in der er die Phiole hielt, überhaupt keine Hand mehr war, sondern nur noch klappernde Knochen. Dieser Mann war ein gehendes und redendes Skelett.

Halleck drehte sich um und wollte wegrennen, aber, wie das in Albträumen so ist, er konnte seinen Schritt nicht beschleunigen. Obwohl er sich auf dem Bürgersteig der Hauptstraße befand, hatte er das Gefühl, durch dicken, klebrigen Schlamm zu waten. Jeden Augenblick würde das Skelett, das einst Michael Houston gewesen war, nach ihm greifen und ihn an der Schulter berühren. Vielleicht würde die knochige Hand auch an seiner Kehle herumtasten.

»Too-de-sweet, too-de-sweet, too-de-sweet!«, schrie Houstons durchdringende Rattenstimme. Sie kam näher und näher. Halleck wusste, würde er jetzt den Kopf umdrehen, stünde die furchtbare Erscheinung hinter ihm, nahe, sehr nahe – funkelnde Augen, die aus tiefen, nackten Knochenhöhlen hervorstachen, freigelegte Kieferknochen, die klappernd nach ihm schnappten.

Er sah, wie Yard Stevens aus seinem Heads Up herausstolperte. Sein beiger Friseurkittel flatterte über einer Brust und einem Bauch, die nicht mehr vorhanden waren. Yard krächzte mit einer grauenerregenden Krähenstimme vor sich hin, und als er sich zu Halleck umwandte, sah dieser, dass er überhaupt nicht Yard, sondern Ronald Reagan vor sich hatte. »Wo ist der Rest von mir?«, kreischte er. »Wo ist der Rest von mir? WO IST DER REST VON MIR?«

»Dünner«, flüsterte Michael Houston in Hallecks Ohr, und jetzt geschah das, was er die ganze Zeit befürchtet hatte: Diese Fingerknochen berührten ihn. Sie zupften und zerrten an seinem Ärmel, und Halleck glaubte, dass ihm dieses Gefühl den Verstand rauben würde. »Dünner, viel dünner, tout de suite, too-de-sweet und dünn-de-dünn, sie war seine Frau, Billy-Boy, und du steckst in Schwierigkeiten, oh-Baby, so viel Schwierigkeiten ...«

8. Kapitel: Billys Hose

Billy fuhr aus dem Schlaf hoch. Er atmete heftig und hatte eine Hand auf den Mund gepresst. Heidi lag tief unter der Bettdecke vergraben neben ihm und schlief friedlich. Draußen wehte ein warmer Frühlingswind um den Dachvorsprung.

Halleck musterte schnell und ängstlich seine Umgebung, um sicherzugehen, dass Michael Houston – oder etwa eine Vogelscheuchenversion seiner Person – nicht in einer Ecke des Schlafzimmers auf ihn wartete. Es war nur sein Schlafzimmer, in dem er jeden Winkel kannte. Der Albtraum begann, sich zu verflüchtigen ... aber der Eindruck war noch immer stark genug, dass er zu Heidi hinüberrutschte. Er berührte sie nicht – sie wachte sehr leicht auf –, aber er kam so in ihre Wärmezone und stahl sich einen Teil ihrer Bettdecke.

Nur ein Traum.

Dünner, erwiderte eine Stimme in seinem Innern unerbittlich.

Der Schlaf hüllte ihn wieder ein. Endlich.

Am Morgen nach diesem Albtraum zeigte die Badezimmerwaage 215 Pfund an, und Billy fühlte sich ganz hoffnungsvoll. Nur zwei Pfund. Kokain oder nicht, Houston hatte Recht behalten. Der Prozess verlangsamte sich. Er ging pfeifend die Treppe hinunter und aß drei Spiegeleier und ein halbes Dutzend Bratwürstchen zum Frühstück.

Auf der Fahrt zum Bahnhof tauchte der Albtraum vage wieder auf. Es war mehr ein Gefühl des *déjà vu* als eine eigentliche Erinnerung. Als er am Heads Up vorbeifuhr (das von Frank's Fine Meats und Toys Are Joys eingerahmt war), blickte er aus dem Fenster und erwartete einen Augenblick lang, eine Ansammlung von torkelnden und stolpernden Skeletten auf der Straße zu sehen, so als ob das wohlhabende, vornehme Fairview sich über Nacht in Biafra verwandelt hätte. Aber die Leute auf den Bürgersteigen sahen alle okay aus; besser als okay. Yard Stevens winkte ihm zu, körperlich so substantiell wie immer. Halleck winkte zurück und dachte bei sich: *Dein Stoffwechsel mahnt dich, mit dem Rauchen aufzuhören, Yard!* Er musste darüber lächeln, und als der Zug in die Grand Central Station einfuhr, waren die letzten Fetzen des Albtraums vergessen.

Da seine Sorge über den rapiden Gewichtsverlust sich gelegt hatte, wog Billy sich die nächsten vier Tage nicht und dachte auch nicht länger über die Sache nach ... und dann wäre ihm um ein Haar etwas äußerst Peinliches widerfahren, im Gericht und vor Richter Hilmer Boynton, der nicht mehr Sinn für Humor besaß als die durchschnittliche Landschildkröte. Es war blöd; Stoff eines typischen Schuljungenalbtraums.

Er stand auf, um Einspruch zu erheben, und seine Hose begann ihm runterzurutschen.

Er hatte sich schon halb erhoben, da spürte er, wie sie unaufhaltsam über seine Hüfte und die Pobacken glitt und sich an den Knien sackartig ausbeulte. Sofort setzte er sich wieder hin. In einem Anfall von nahezu totaler Objektivität – einer dieser Augenblicke, die einen unaufgefordert überfallen und oft genug genauso schnell wieder vergessen sind – wurde Halleck klar, dass seine Bewegung wie ein bizarrer Hopser ausgesehen haben musste. William Halleck, Rechtsanwalt, zieht seine Peter-Rabbit-Nummer ab. Er fühlte, wie die Röte in seine Wangen stieg.

»Mr. Halleck, war das ein Einspruch oder eine Blähung?«

Die Zuschauer – Gott sei Dank nur sehr wenige – kicherten.

»Es ist nichts, Euer Ehren«, murmelte Halleck. »Ich ... ich habe meine Meinung geändert.«

Boynton grunzte. Die Verhandlung schleppte sich dahin, und Halleck schwitzte auf seinem Stuhl und fragte sich, wie um alles in der Welt er später aufstehen sollte.

Zehn Minuten später legte der Richter eine Verhandlungspause ein. Halleck blieb an seinem Verteidigertisch sitzen und tat so, als müsse er noch einen Stapel Papiere sortieren. Als der Saal so gut wie leer war, stand er auf, die Hände tief in den Taschen der Anzugjacke vergraben, und hoffte, dass diese Geste leger aussähe. In Wirklichkeit hielt er durch die Taschen seine Hose fest.

Allein in einer Toilettenkabine zog er das Jackett aus und hängte es an einen Haken. Dann blickte er auf seine Hose hinab und zog den Gürtel heraus. Mit geschlossenem Reißverschluss und zugeknöpft rutschte sie ihm bis zu den Knöcheln hinunter. Sein Kleingeld klirrte gedämpft, als die Taschen auf die Fliesen aufschlugen. Er setzte sich auf die Toilette und hielt den Gürtel hoch wie eine Schriftrolle. Es war, als könne er in ihm lesen. Der Gürtel erzählte ihm eine Geschichte, die mehr als beunruhigend war. Er hatte ihn vor zwei Jahren von Linda zum Vatertag geschenkt bekommen. Er hielt sich den Gürtel vor die Nase und spürte, wie sein Herz vor Angst schneller und schneller schlug.

Die tiefste Einkerbung des Niques-Gürtels lag genau hinter dem ersten Loch. Seine Tochter hatte ihn etwas zu klein gekauft, und Halleck erinnerte sich, dass er damals – reuevoll – gedacht hatte, dass dies ein verzeihlicher Optimismus ihrerseits gewesen war. Eine lange Zeit war der Gürtel jedoch ganz angenehm zu tragen gewesen. Erst nachdem er zu rauchen aufgehört hatte, war es immer schwieriger geworden, ihn zu schließen, selbst wenn er das erste Loch benutzte.

Nachdem er mit dem Rauchen aufgehört ... aber bevor er die Zigeunerin überfahren hatte.

Jetzt zeigte der Gürtel weitere Einkerbungen auf: nach dem zweiten Loch ... dem vierten ... und dem fünften ... schließlich nach dem sechsten und letzten.

Mit wachsendem Entsetzen stellte Halleck fest, dass die Einkerbungen hinter den letzten Löchern immer undeutlicher wurden. Sein Gürtel erzählte ihm eine kürzere und wahrere Geschichte, als es Michael Houston gelungen war. Der Gewichtsverlust dauerte immer noch an – und verlangsamte sich ganz und gar nicht; er wurde immer schneller. Er war am letzten Loch des Niques-Gürtels angekommen, von dem er noch vor zwei Monaten geglaubt hatte, dass er ihn in aller Stille als zu klein ablegen müsste. Und jetzt brauchte er ein siebtes Loch, das er nicht hatte.

Er sah auf die Uhr und bemerkte, dass er bald in den Gerichtssaal zurückmusste. Aber es gab Wichtigeres auf der Welt als Richter Boyntons Entscheidung, ob ein Testament nun gerichtlich beglaubigt wurde oder nicht.

Halleck lauschte aufmerksam. In der Herrentoilette war es ganz still. Er hielt die Hose mit einer Hand und trat aus der Kabine. Dann ließ er sie wieder fallen und betrachtete sich dabei in einem der Spiegel, die über den Waschbecken hingen. Er schlug die Hemdzipfel hoch, um einen besseren Blick auf den Bauch werfen zu können, der bis vor kurzem noch sein ganzer Kummer gewesen war.

Ein leiser Laut entschlüpfte seiner Kehle. Das war alles, aber es war genug. Die selektive Wahrnehmung war nicht mehr aufrechtzuerhalten; mit einem Schlag war alles zerstört. Er sah, dass der kleine Spitzbauch, der seinen Wanst ersetzt hatte, nun auch verschwunden war. Die Hose um die Knöchel, das Hemd und die aufgeknöpfte Weste weit über den Brustkorb hinaufgezogen, stand er vor dem Spiegel und konnte trotz dieser lächerlichen Pose den eindeutigen Tatsachen nicht mehr ausweichen. Eindeutige Tatsachen sind, wie immer, Verhandlungssache – das lernte man schnell im Anwaltsberuf –, aber die Metapher, die sich ihm aufdrängte, war mehr als überzeugend; sie war unwiderlegbar. Er sah aus wie ein Kind, das die Sachen seines Vaters angezogen hat. Halleck stand völlig aufgelöst vor dem Waschbecken und dachte hysterisch: *Hat jemand hier Schuhcreme? Ich muss mir einen falschen Schnurrbart ins Gesicht schmieren!*

Er blickte wieder auf seine Hose hinunter, die sich um seine Schuhe bauschte, sah die schwarzen Nylonsocken, die halbwegs seine behaarten Waden bedeckten, und in seiner Kehle stieg ein würgendes, raues Gelächter auf. In diesem Augenblick glaubte er plötzlich, einfach… alles. Der Zigeuner hatte ihn tatsächlich verflucht, aber es war kein Krebs. Krebs wäre viel zu schnell und freundlich gewesen. Es handelte sich um etwas anderes, und die Entwicklung hatte erst begonnen.

Im Geiste hörte er eine Zugführerstimme: *Nächster Halt, Anorexia Nervosa! Bitte alle Fahrgäste nach Anorexia Nervosa aussteigen!*

Geräusche drangen aus seinem Hals, ein Gelächter, das wie Schreien klang. Vielleicht waren es auch Schreie, die wie Gelächter klangen, war das so wichtig?

Mit wem kann ich darüber reden? Mit Heidi? Sie wird mich für verrückt halten.

Aber Halleck war in seinem Leben nie bei klarerem Verstand gewesen.

Die Außentür der Herrentoilette wurde aufgerissen.

Halleck zog sich erschrocken in die Kabine zurück und verriegelte die Tür.

»Billy?« Sein Assistent John Parker.

»Ich bin hier drinnen.«

»Boynton kommt gleich zurück. Alles in Ordnung?«

Halleck hatte die Augen geschlossen. »Mir geht's gut.«

»Haben Sie wirklich Blähungen? Ist es Ihr Magen?«

Yeah, es ist mein Magen, allerdings.

»Ich muss nur kurz eine Ladung loswerden. Ich bin in einer Minute hier raus.«

»Okay.«

Parker ging weg. Hallecks Aufmerksamkeit war ganz und gar von seinem Gürtel in Anspruch genommen. Er konnte nicht in Boyntons Gerichtsverhandlung zurückgehen und die Hose immer noch durch die Taschen festhalten. Was, zum Teufel, sollte er tun?

Plötzlich fiel ihm sein Schweizer Armeemesser ein – das gute alte Armeemesser, das er, bevor er sich wog, immer aus der Hose genommen hatte. In der guten alten Zeit, bevor die Zigeuner nach Fairview gekommen waren.

Keiner hat euch Arschlöcher gebeten, zu uns zu kommen – hättet ihr nicht stattdessen nach Westport oder Stratford fahren können?

Er holte sein Messer aus der Tasche und bohrte schnell ein siebtes Loch in den Gürtel. Es war zerfranst und unschön, aber es erfüllte seinen Zweck. Dann zog er den Gürtel durch die Schlaufen, schnallte ihn fest, streifte das Jackett über und verließ die Kabine. Zum ersten Mal wurde ihm bewusst, wie sehr ihm die Hose um die Beine – seine dünnen Beine – schlackerte. *Ob das auch schon anderen aufgefallen ist?* Eine neue, bohrende Verlegenheit befiel ihn. *Haben sie gesehen, wie schlecht meine Sachen sitzen? Haben sie es gesehen und so getan, als wäre nichts? Haben sie darüber geredet …?*

Er spritzte sich kaltes Wasser ins Gesicht und verließ die Herrentoilette.

Als er den Gerichtssaal betrat, rauschte Richter Boynton gerade mit einem Rascheln seiner schwarzen Robe herein. Er blickte Billy strafend an, der eine matte Entschuldigungsgeste andeutete. Boyntons Gesichtsausdruck blieb unverändert, die Entschuldigung wurde eindeutig abgelehnt. Die Monotonie begann von vorn. Irgendwie schaffte Billy es, den Tag zu überstehen.

In der Nacht, als Heidi und Linda fest schliefen, stellte er sich auf die Waage, sah hinunter und konnte es nicht glauben. Er blickte die Zahlen lange, sehr lange an.

195.

9. Kapitel: 188

Am nächsten Tag fuhr er in die Stadt und kleidete sich neu ein. Den Einkauf erledigte er in fieberhafter Eile, so als ob neue Sachen, Sachen, die ihm gut passten, die Lösung aller Probleme wären. Er kaufte sich auch einen neuen, kleineren Niques-Gürtel. Ihm fiel auf, dass die Leute ihn nicht mehr zu seiner Gewichtsabnahme beglückwünschten. Wann hatte *das* angefangen? Er wusste es nicht.

Er zog die neuen Sachen an. Er fuhr zur Arbeit und kam wieder nach Hause. Er trank zu viel, bediente sich beim Essen zweimal und verzehrte Nahrungsmengen, die er eigentlich gar nicht wollte und die ihm schwer im Magen lagen. Eine Woche verging, und dann passten ihm die Sachen nicht mehr so gut, sondern hingen an ihm herunter.

Er näherte sich der Badezimmerwaage. Sein Herz pochte, seine Augen brannten, und der Kopf schmerzte. Später entdeckte er, dass er sich so stark auf die Unterlippe gebissen hatte, dass sie blutete. Der Anblick der Waage löste kindische Untertöne von Schrecken in ihm aus – sie war zu einem Kobold in seinem Leben geworden. Er stand vielleicht volle drei Minuten vor ihr, kaute auf seiner Unterlippe und spürte weder den Schmerz noch den salzigen Blutgeschmack im Mund. Es war Abend. Unten saß Linda vor dem Fernseher und sah sich *Herzbube mit zwei Damen* an, und Heidi ging am Commodore in seinem Büro die wöchentlichen Haushaltsrechnungen durch.

Mit einer Art Ausfallschritt stieg er auf die Waage.
188.

Er spürte, wie sein Magen sich in einer einzigen, schwindelerregenden Wendung umdrehte. Einen verzweifelten Augenblick lang schien es fast unmöglich, sich nicht zu übergeben. Er kämpfte verbissen dagegen an, um das

Abendessen bei sich zu behalten – jetzt brauchte er jede Nahrung, brauchte diese lebenswichtigen, gesunden Kalorien.

Schließlich ging die Übelkeit vorüber. Er sah auf die geeichte Skala hinunter und musste dumpf daran denken, was Heidi damals gesagt hatte – *sie zeigt nicht zu viel, sie zeigt eher zu wenig an*. Er musste daran denken, dass Michael Houston ihm gesagt hatte, 217 wären immerhin noch dreißig Pfund über seinem Höchstgewicht. *Jetzt nicht mehr, Mikey*, dachte er müde. *Jetzt bin ich ... dünner.*

Er trat von der Waage herunter und empfand nun eine gewisse Erleichterung – die Art von Erleichterung, die ein Gefangener in der Todeszelle empfinden mochte, wenn er um zwei Minuten vor zwölf den Henker und den Priester vor sich stehen sieht, wissend, dass das Ende gekommen ist und dass es keinen Anruf vom Gouverneur geben wird. Natürlich waren noch einige Formalitäten zu erledigen, ja, gewiss, aber das war auch alles. Jetzt wurde es ernst. Wenn er mit den Leuten darüber reden würde, hielten sie ihn sicher für verrückt oder glaubten, er würde sich einen Scherz mit ihnen erlauben – heutzutage glaubte doch keiner mehr an Zigeunerflüche, und vielleicht hatte man es nie getan. Sie waren definitiv außer Mode geraten in einer Welt, die Hunderte von Marines in Särgen aus dem Libanon hatte zurückkehren sehen, in einer Welt, die fünf IRA-Gefangenen dabei zugesehen hatte, wie sie sich zu Tode hungerten, neben anderen zweifelhaften Wundern. Aber nichtsdestotrotz waren sie wahr. Er hatte die Frau des alten Zigeuners mit der abfaulenden Nase getötet, und sein zeitweiliger Golfpartner, der gute alte Titten grapschende Richter Cary Rossington hatte ihn damit durchkommen lassen, ohne ihm auch nur auf die Finger zu klopfen. Folglich hatte der alte Zigeuner beschlossen, seine eigene Art von Gerechtigkeit an einem fetten weißen Rechtsanwalt aus Fairview und seiner Frau zu üben, die den falschen Tag dafür gewählt hatte, ihm zum ersten und einzigen Mal im fahrenden Wagen einen runterzuholen. Die Art von Gerechtigkeit, die ein Mann wie sein zeitweiliger Freund Ginelli vermutlich zu schätzen wüsste.

Halleck schaltete das Badezimmerlicht aus und ging die Treppe hinunter, wobei er sich wie ein Todeskandidat vorkam, der seine letzte Meile zurücklegte. *Keine Augenbinde, Pater ... aber hat jemand 'ne Zigarette für mich?* Er lächelte matt.

Heidi saß an seinem Schreibtisch. Die Rechnungen hatte sie links von sich gestapelt, vor ihr leuchtete der grüne Bildschirm, das Kontobuch klemmte wie ein Notenblatt hinter der Tastatur. Ein ganz normaler Anblick an wenigstens einem der normalen Abende in der ersten Woche eines neuen Monats. Aber sie schrieb keine Schecks aus und rechnete auch keine Zahlenkolonnen zusammen. Sie saß einfach da, eine Zigarette zwischen den Fingern, und als sie sich zu ihm umdrehte, sah Billy so viel Kummer in ihren Augen, dass es ihm einen beinahe körperlichen Schlag versetzte.

Er musste wieder an die selektive Wahrnehmung denken, diese seltsame Fähigkeit, die Dinge, die man nicht sehen wollte, einfach nicht zu sehen ... zum Beispiel die Tatsache, dass man seinen Gürtel enger und enger schnallte, um die viel zu weite Hose noch über der schmaler werdenden Taille halten zu können, oder die dunklen Ringe unter den Augen der eigenen Frau ... oder die verzweifelte Frage, die in diesen Augen lag.

»Ja, ich nehme noch ab«, sagte er.

»Oh, Billy.« Sie atmete mit einem langen, zitternden Seufzer aus. Aber sie sah schon ein wenig besser aus, und Halleck nahm an, sie war froh, dass es jetzt ausgesprochen war. Sie hatte nicht gewagt, es zu erwähnen, genauso wie keiner aus seinem Büro den Mut aufgebracht hatte, ihm offen ins Gesicht zu sagen: *Deine Sachen sehen langsam so aus, als ließest du sie bei Omar, dem Zeltmacher, schneidern, Billy-Boy ... Sag mal, du hast doch nicht irgendein Geschwür oder so was! Jemand hat dich mit dem alten Krebsstab geschlagen, nicht wahr, Billy? Du hast dir einen großen, dicken alten Tumor irgendwo in dir drin angeschafft, ganz schwarz und saftig, so eine Art verrotteter menschlicher Pilz unten in deinen Eingeweiden, der dich langsam trocken saugt?* O nein, niemand sagt so einen Scheiß; sie lassen es dich lieber selbst rausfinden. Eines Tages bist du im Gericht, und du beginnst deine Hose zu verlieren, wenn du aufstehst, um in der besten Perry-Mason-Manier »Einspruch, Euer Ehren!« zu rufen, und niemand hat ein gottverdammtes Wort dazu zu sagen.

»Yeah«, sagte er, und dann lachte er tatsächlich ein wenig, wie um Scham zu überdecken.

»Wie viel?«

»Die Waage oben zeigt an, dass ich auf 188 runter bin.«

»Oh, *Himmel!*«

Er nickte zu ihrer Zigarette hin. »Kann ich eine davon haben?«

»Klar, wenn du willst. Billy, du wirst Linda nichts davon sagen – nicht ein Wort!«

»Ist gar nicht nötig«, sagte er und zündete sich die Zigarette an. Beim ersten Zug wurde ihm schwindelig. Das war ganz gut so; der Schwindel war ein angenehmes Gefühl. Jedenfalls war er besser als das dumpfe Entsetzen, das sich mit dem Ende der selektiven Wahrnehmung eingestellt hatte. »Sie weiß, dass ich immer noch abnehme. Ich sehe es ihrem Gesicht an. Mir ist bis heute Abend gar nicht richtig bewusst geworden, was ich die ganze Zeit gesehen habe.«

»Du musst noch einmal zu Houston gehen«, sagte sie. Sie sah immer noch furchtbar verängstigt aus, aber der verwirrte Ausdruck von Zweifel und Trauer war jetzt aus ihren Augen gewichen. »Diese Stoffwechselanalyse –«

»Heidi, hör mir mal zu«, sagte er … und brach ab.

»Was?«, fragte sie. »Was ist, Billy?«

Einen Augenblick lang war er versucht es ihr zu sagen, ihr alles zu erzählen. Etwas hielt ihn davon ab, und später war er sich nie mehr sicher, was es eigentlich gewesen war … nur, dass er in genau dem Augenblick, während er auf der Kante seines Schreibtisches saß und ihr ins Gesicht sah, während ihre Tochter im Nebenraum fernsah, während er eine von ihren Zigaretten in der Hand hielt, plötzlich einen Anfall von wildem Hass auf sie verspürte.

Die Erinnerung an das, was passiert war – was gerade in dem Augenblick passierte –, als die alte Zigeunerin vor ihnen auf der Straße auftauchte, stand wieder vor seinen Augen. Heidi war zu seinem Sitz herübergerutscht und hatte ihren linken Arm um seine Schulter gelegt … und dann, als ihm noch gar nicht klar war, was da geschah, hatte sie den Reißverschluss seiner Hose heruntergezogen. Er hatte gespürt, wie ihre sanften und ach so geschulten Finger durch den Spalt und dann durch die Öffnung in seiner Unterhose geschlüpft waren.

In seiner Teenagerzeit hatte Billy Halleck gelegentlich (mit schwitzenden Händen und gierigen Augen) die Journale verschlungen, die seine Klassenkameraden als »Streichelbücher« bezeichnet hatten. Und in diesen »Streichelbüchern« war es bisweilen vorgekommen, dass eine »scharfe Braut« ihre »geschulten Finger« um das »steif werdende Glied« eines Mannes legte. Nichts weiter als feuchte Träume in Tiefdruck, natürlich … nur dass hier Heidi, dass hier seine eigene Frau sein eigenes steif werdendes Glied ergriff. Und, verdammt, sie fing an, ihm einen runterzuholen. Er hatte ihr einen erstaunten Blick zugeworfen und ihr wildes Lächeln auf den Lippen gesehen.

»Heidi, was hast du –«

»Schhh. Sag jetzt nichts.«

Was war in sie gefahren? Sie hatte so etwas noch nie zuvor gemacht, und er hätte schwören können, dass ihr so ein Gedanke vorher nie in den Sinn gekommen wäre. Aber sie hatte es getan, und die alte Zigeunerin war hervorgeschossen –

Ach, sag doch die Wahrheit! Wenn dir schon die Schuppen von den Augen fallen, kannst du dich auch gleich den Tatsachen stellen, findest du nicht? Es hat doch keinen Sinn, sich weiter zu belügen; dazu ist es jetzt zu spät. Nur die Fakten, Ma'am.

Na gut, die Fakten. *Faktum* war, dass Heidis unerwartete Aktion ihn ungeheuer erregt hatte, vermutlich, *weil* sie so unerwartet kam. Er hatte mit der rechten Hand zu ihr hinübergelangt, und sie hatte ihren Rock hochgezogen und einen vollkommen normalen, gelben Nylonslip freigelegt. Dieser Slip hatte ihn vorher noch nie erregt, aber jetzt tat er es ... vielleicht war es auch die Geste, mit der sie den Rock hochgezogen hatte. Auch das hatte sie noch nie zuvor getan. *Faktum* war, dass fünfundachtzig Prozent seiner Aufmerksamkeit von der Straße abgelenkt waren. In neun von zehn solcher Situationen wäre die Sache wahrscheinlich trotzdem gut ausgegangen. Unter der Woche waren Fairviews Geschäftsstraßen nicht nur ausgesprochen ruhig, sie waren geradezu verschlafen. Doch lassen wir das mal beiseite. *Faktum* war, dass er sich eben nicht in einer von neun anderen Situationen, sondern in dieser befunden hatte. *Faktum* war, dass die alte Zigeunerin nicht zwischen dem Subaru und dem Firebird mit den Rennstreifen *hervorgeschossen* gekommen war; *Faktum* war, dass sie einfach zwischen den beiden Wagen hervor auf die Straße *gegangen* war. In einer arthritischen Hand mit den Leberflecken hatte sie ein volles Einkaufsnetz gehalten. Es war so eine Netztasche gewesen, wie sie Engländerinnen auf dem Dorf oft mitnehmen, wenn sie auf der Hauptstraße ihre Einkäufe machen. In dem Einkaufsnetz der Zigeunerin hatte eine Packung Duz-Waschpulver gesteckt, daran konnte Halleck sich noch gut erinnern. Sie hatte sich nicht umgesehen, das stimmte schon; aber das finale *Faktum* war, dass Halleck in dem Augenblick nicht schneller als fünfunddreißig Meilen in der Stunde gefahren war, und in dem Augenblick, als die alte Zigeunerin vor seinem Olds aufgetaucht war, war er noch gut fünfzig Meter von ihr entfernt gewesen. Zeit genug, um zu bremsen, wenn man Herr der Lage gewesen wäre. Aber das *Faktum* war leider, dass er sich ganz kurz vor einem explosiven Orgasmus befunden hatte und dass seine gesamte Konzentration bis auf einen winzigen Bruchteil auf seinen Unterleib gerichtet gewesen war, wo Heidis Hand sich entspannte und wieder zusammenzog, wo sie in einem langsamen, köstlichen Rhythmus auf und ab glitt, innehielt, zudrückte und wieder losließ. Seine Reaktion war hoffnungslos langsam gewesen und hoffnungslos spät. Und Heidis Hand hatte sich um seinen Penis verkrampft, hatte den durch den Schock hervorgerufenen Orgasmus erstickt, der sich dann doch in einer endlos langen Sekunde des Schmerzes und eines Vergnügens entladen hatte, das zwar unvermeidlich, aber trotzdem grauenvoll gewesen war.

Das waren die *Fakten*. Halt, Moment mal, Leute! Wartet noch mal einen Augenblick, Freunde und Nachbarn! Es gab da noch zwei weitere *Fakten*, oder etwa nicht? Das erste *Faktum* war, dass er, wenn Heidi sich nicht ausgerechnet diesen Tag ausgesucht hätte, um ein bisschen Autoerotik zu üben, Herr der Situation geblieben wäre und seine Verantwortung als Autofahrer voll erfüllt hätte. Dann hätte der Olds knapp zwei Meter vor der alten Zigeunerin gehalten. Die Reifen hätten zwar so laut gequietscht, dass die Mütter die Kinderwagen ganz schnell an den Straßenrand geschoben hätten, um nachzusehen, was da los wäre. Er hätte vielleicht gerufen: »Warum passen Sie nicht auf, wo sie hinlaufen?«, und die Alte hätte ihn wohl mit dieser besonderen Mischung von Unverständnis und Angst angesehen. Heidi und er hätten ihr wohl nachgeblickt, wie sie über die Straße gewatschelt wäre, beide mit klopfendem Herzen, und Heidi hätte vielleicht ein paar Tränen über die durcheinander geratenen Einkäufe und die Sauerei auf dem Teppichboden im Wagenfond vergossen.

Aber es wäre alles gut gegangen. Es hätte keine Anhörung vor Gericht gegeben, und der alte Zigeuner mit der abfaulenden Nase hätte nicht vor dem Gerichtsgebäude auf ihn gewartet, um ihm über die Wange zu streicheln und ihm einen furchtbaren Fluch ins Ohr zu flüstern. Das war das erste nebensächliche *Faktum*. Das zweite nebensächliche *Faktum*, das aus dem ersten hervorging, war, dass all das direkt auf Heidi zurückgeführt werden konnte. Es war ihre Schuld gewesen, alles. Er hatte sie nicht gebeten, das zu tun, was sie getan hatte; er hatte nicht gesagt: »Hör mal! Wie wär's, wenn du mir einen runterholst, während wir nach Hause fahren, Heidi? Es sind noch drei Meilen, du hast Zeit genug.« Nein. Sie hatte es einfach getan … und, falls sich jemand fragen sollte, ihr Timing war schauderhaft gewesen.

Ja, es war ihre Schuld gewesen, aber das hatte der alte Zigeuner nicht gewusst, und deshalb hatte Halleck den Fluch abbekommen und mittlerweile insgesamt einundsechzig Pfund in kürzester Zeit abgenommen. Und sie saß da und hatte dunkle Ringe unter den Augen, und ihre Haut war viel zu bleich, aber diese dunklen Ringe würden sie nicht *töten*, nicht wahr? Nein. Dito die bleiche Haut. Der alte Zigeuner hatte nicht *sie* angefasst.

Und so ging der Augenblick, in dem er ihr eigentlich seine Ängste eingestehen wollte, in dem er einfach zu ihr hatte sagen wollen: *Ich glaube, ich nehme so viel ab, weil ich verflucht worden bin* – dieser Augenblick ging vorüber. Und der Augenblick des rohen, unverfälschten Hasses, ein emotionaler Felsblock, der aus seinem Unterbewusstsein von einem primitiven Katapult hervorgeschleudert worden war, verging mit ihm.

Hör mir mal zu, hatte er gesagt, und wie eine gute Frau hatte sie ihm darauf geantwortet: *Was ist, Billy?*

»Ich werde Mike Houston noch einmal aufsuchen«, sagte er, was überhaupt nicht das war, was er ursprünglich hatte sagen wollen. »Und sag ihm, er soll mich für die Stoffwechseluntersuchungen anmelden. Wie Einstein zu sagen pflegte: ›Scheiße, was soll's?‹«

»Oh, Billy«, sagte sie und streckte ihre Arme nach ihm aus. Er lehnte sich an sie, und weil ihm ihre Wärme Trost bot, schämte er sich über den flammenden Hass, den er nur Augenblicke vorher gespürt hatte ... doch während der folgenden Tage, als der Fairview-Frühling in seiner üblichen zurückhaltenden und leicht adretten Art in den Fairview-Sommer überging, kam dieser Hass immer wieder in ihm auf, obwohl er tat, was er konnte, um ihn abzuschalten oder zu unterdrücken.

10. Kapitel: 179

Er ließ sich seinen Termin für die Stoffwechseluntersuchungen von Houston geben, der weit weniger optimistisch war, als er hörte, dass Halleck ständig weiter abgenommen und seit der letzten Untersuchung vor einem Monat neunundzwanzig Pfund verloren hatte.

»Es gibt vielleicht immer noch eine völlig normale Erklärung für das alles«, sagte Houston, als er drei Stunden später wieder anrief, um den Termin zu bestätigen und die Informationen durchzugeben, und das verriet Halleck alles, was er zu wissen brauchte. Die »völlig normale Erklärung«, die einmal Houstons absoluter Favorit gewesen war, war nun zum krassen Außenseiter geworden.

»Aha«, sagte er und guckte auf die Stelle hinunter, an der sein Wanst gewesen war. Er hätte nie geglaubt, dass er diesen hervortretenden Bauch einmal vermissen würde, diesen Bauch, der schließlich so dick geworden war, dass er seine eigenen Schuhspitzen nicht mehr sehen konnte. Er hatte sich vorbeugen müssen, um nachzusehen, ob die Schuhe geputzt werden mussten oder nicht. Er hätte es vor allem nicht geglaubt, wenn man es ihm an dem Tag gesagt hätte, an dem er, nach ein paar Drinks zu viel in der Nacht zuvor, die Treppe zum Gerichtssaal hinaufgeklettert war. Er hatte sich verbissen an seine Aktentasche geklammert, kalten Schweiß auf der Stirn gefühlt und sich gefragt, ob der Tag des Herzinfarkts nun gekommen sei, denn ein stechender Schmerz war ihm durch die linke Brusthälfte gefahren, hatte sich schließlich gelöst und war prickelnd den linken Arm hinuntergelaufen. Aber es war wahr; er *vermisste* seinen verdammten Bauch. Auch jetzt konnte er nicht begreifen, dass dieser Bauch auf eine seltsame Art sein *Freund* gewesen war.

»Wenn es noch eine normale Erklärung dafür gibt«, sagte er zu Houston, »wie lautet die?«

»Das werden die Leute von der Klinik Ihnen sagen«, sagte Houston. »Hoffen wir.«

Die Untersuchungen sollten in der Henry-Glassman-Klinik, einem kleinen Privatkrankenhaus in New Jersey, stattfinden. Man wollte ihn für drei Tage dabehalten. Der Kostenvoranschlag für Aufenthalt, Verpflegung und die Testserien, die man mit ihm vorhatte, ließ Halleck innerlich drei Kreuze schlagen, dass er eine vollständige Krankenversicherung abgeschlossen hatte.

»Schicken Sie mir eine Gute-Besserungs-Karte«, sagte er niedergeschlagen und legte auf.

Sein Krankenhaustermin war am 12. Mai – also in einer Woche. In der Zwischenzeit beobachtete er, wie er langsam immer mehr dahinschwand, und versuchte, die Panik in Schach zu halten, die seinen Entschluss, mannhaft zu bleiben, ins Wanken brachte.

»Daddy, du verlierst zu viel Gewicht«, sagte Linda eines Abends beklommen beim Dinner. Halleck, wild entschlossen, nicht nachzugeben, hatte drei dicke Koteletts mit Apfelkompott verdrückt. Und er hatte sich zwei Portionen Kartoffelpüree genommen. Mit Sauce. »Ich finde, wenn das eine Diät ist, solltest du damit aufhören.«

»Sieht das so aus, als ob ich eine Diät machte?«, fragte Halleck und zeigte mit der Gabel, von der noch Sauce tropfte, auf seinen Teller.

Er hatte es sehr sanft gesagt, aber in Lindas Gesicht fing es an zu zucken, und einen Augenblick später floh sie schluchzend, die Serviette vor die Augen gedrückt, vom Tisch.

Halleck blickte seine Frau ratlos an, und sie blickte ebenso ratlos zurück.

Auf diese Art geht die Welt unter, dachte er albern. *Nicht mit einem Knall, sondern einem Dünner.*

»Ich werde mit ihr reden«, sagte er und machte Anstalten aufzustehen.

»Wenn du so, wie du jetzt aussiehst, zu ihr gehst, wirst du sie zu Tode erschrecken«, sagte Heidi, und er spürte wieder eine Woge dieses grellen metallischen Hasses in sich aufsteigen.

186. 183. 181. 180. Es war, als wenn jemand – der alte Zigeuner mit der abfaulenden Nase zum Beispiel – mit einem verrückten übernatürlichen Radiergummi an ihm herumrieb, ihn ausradierte, Pfund für Pfund. Wann hatte er zum letzten Mal 180 Pfund gewogen? Im College? Nein… wahrscheinlich seit seinem Abschluss an der Highschool nicht mehr.

In einer seiner schlaflosen Nächte zwischen dem fünften und dem zwölften Mai fiel ihm plötzlich eine Beschreibung des Voodoo-Zaubers wieder ein, die er einmal gelesen hatte – er funktionierte, weil das Opfer glaubte, dass er funktionierte. Keine große übernatürliche Sache; nur die simple Kraft der Suggestion.

Vielleicht, dachte er, *vielleicht hat Houston Recht. Ich denke mich selbst dünn… weil der alte Zigeuner will, dass ich das tue. Nur kann ich jetzt nicht mehr damit aufhören. Ich könnte eine Million Dollar machen, wenn ich eine Antwort auf dieses Buch von Norman Vincent Peale schriebe… ich könnte es* Die Kraft des negativen Denkens *nennen.*

Doch sein Verstand gab zu bedenken, dass die Idee der Suggestion, zumindest in diesem Fall, ein Haufen Scheiße sei. *Alles, was der Zigeuner zu dir gesagt hat, war »Dünner«. Er hat nicht etwa gesagt: »Mit Hilfe der mir verliehenen Kraft verfluche ich dich, jede Woche zwischen sechs und neun Pfund abzunehmen, bis du stirbst.« Er hat auch nicht gesagt: »Ihnie-mihnie-chili-bihnie, bald wirst du einen neuen Niques-Gürtel brauchen, sonst wirst du deine Einsprüche vor Gericht in Unterhosen erheben.« Teufel, Billy, du hast dich ja nicht mal an das, was er gesagt hat, erinnert, bis das mit dem Abnehmen angefangen hat.*

Vielleicht war das der Augenblick, in dem es mir richtig klar geworden ist, hielt Halleck dagegen. *Aber ...*

Und so tobte der Streit weiter.

Wenn es aber psychologischer Natur *war*, wenn es tatsächlich die Suggestionskraft *war*, dann blieb die Frage, was er dagegen tun konnte. Wie sollte er dagegen ankämpfen? Gab es eine Möglichkeit, wie er sich wieder dick denken konnte? Mal angenommen, er ginge zu einem Hypnotiseur – Teufel, zu einem Psychiater! – und erklärte ihm sein Problem. Der Psychofritze könnte ihn hypnotisieren und ihm einsuggerieren, dass der Fluch des Zigeuners wirkungslos war. Das könnte klappen.

Oder natürlich auch nicht.

Zwei Abende, bevor er sich in der Glassman-Klinik einfinden sollte, wog Billy sich noch einmal und blickte trübsinnig auf die Skala hinab – 179 Pfund. Und während er so auf der Waage stand und auf die schreckliche Zahl hinuntersah, kam ihm auf vollkommen natürliche Weise der Gedanke – wie die Dinge so oft im Bewusstsein auftauchen, wenn das Unterbewusstsein sie tage- und wochenlang durchgekaut hat –, dass der Mensch, mit dem er wirklich über seine Ängste reden sollte, Richter Cary Rossington war.

Rossington war ein Tittengrapscher, wenn er betrunken war, doch nüchtern war er ein verhältnismäßig sympathischer und verständnisvoller Kerl ... bis zu einem gewissen Grad wenigstens. Außerdem war Rossington einigermaßen verschwiegen. Halleck nahm an, dass er möglicherweise auf der einen oder anderen feuchtfröhlichen Party (und zusammen mit allen anderen Konstanten des Universums – dem Sonnenaufgang im Osten, dem Sonnenuntergang im Westen, der Wiederkehr des Halleyschen Kometen – konnte man sicher sein, dass nach einundzwanzig Uhr *irgendwo* in der Stadt Leute Manhattans schlürften, grüne Oliven aus Martinis fischten und, mit großer Wahrscheinlichkeit, die Titten von Frauen anderer Männer angrapschten) sich über die paranoiden Schizo-Ängste ausließe, die der alte Billy Halleck vor Zigeunern und Flüchen entwickelt hatte, aber er vermutete, dass Rossington es sich selbst in angezechtem Zustand gut überlegen würde, ob er die ganze Geschichte ausplaudern sollte. Nicht, dass bei der Verhandlung irgendetwas Illegales geschehen war, es war ein hartes, kompromissloses Schulbuchverfahren gewesen, keine Zeugen waren beeinflusst, kein Beweis war ausgeschlossen worden. Trotzdem, diese Geschichte war ein schlafender Hund, und so gewitzte Kerle wie Cary Rossington pflegten solche Tiere nicht zu treten. Es bestand jederzeit die Chance – nicht wahrscheinlich, aber gut möglich –, dass die Frage nach Rossingtons Versäumnis, sich rechtzeitig für befangen zu erklären, gestellt wurde. Oder auffiel, dass der den Unfall aufnehmende Polizeibeamte sich nicht die Mühe gemacht hatte, Halleck ins Röhrchen blasen zu lassen, nachdem er gesehen hatte, wer der Fahrer (und wer das Opfer) war. Und Rossington hatte vor seinem Richterstuhl aus nicht danach gefragt, warum dieser fundamentale Teil der Unfallaufnahme unterlassen worden wäre. Es gab noch andere Nachforschungen, die er hätte anstellen können, aber nicht angestellt hatte.

Nein, Halleck glaubte seine Geschichte bei Rossington einigermaßen gut aufgehoben; jedenfalls, bis etwas Gras über die Zigeunersache gewachsen war … in fünf, vielleicht auch sieben Jahren. Doch im Augenblick war es dieses Jahr, auf das es Halleck ankam. Wenn er in diesem Tempo weitermachte, würde er, noch bevor der Sommer vorüber war, wie ein Flüchtling aus einem Konzentrationslager aussehen.

Er zog sich schnell wieder an, ging nach unten und holte einen Anorak aus der Garderobe.

»Wohin gehst du?«, fragte Heidi aus der Küche.

»Weg«, sagte Billy. »Ich bin bald wieder zurück.«

Leda Rossington öffnete die Tür und sah Billy an, als ob sie
ihn noch nie gesehen hätte. Das Deckenlicht im Flur hinter
ihr betonte ihre hageren, aristokratischen Wangenknochen. Es fiel auf ihr schwarzes, streng zurückgekämmtes
Haar, das die ersten weißen Strähnen aufwies (*Nein*,
dachte Halleck, *nicht weiß, silbern ... Leda wird niemals etwas
so Plebejisches wie weißes Haar haben*), und auf das rasen-
grüne Dior-Kleid, ein simples kleines Etwas, das vermutlich nicht mehr als fünfzehnhundert Dollar gekostet hatte.

Unter ihrem Blick fühlte er sich ausgesprochen unbehaglich. *Habe ich so viel abgenommen, dass sie mich nicht mehr
erkennt?* Aber selbst bei seinem neuen Verfolgungswahn
hinsichtlich seiner persönlichen Erscheinung fand er das
schwer zu glauben. Sein Gesicht war hagerer geworden,
ein paar neue Kummerfalten hatten sich um seinen Mund
gegraben, die Ringe unter seinen Augen waren aufgrund
seiner Schlaflosigkeit noch dunkler geworden, aber ansons-
ten trug er immer noch dasselbe alte Billy-Halleck-Ge-
sicht. Die dekorative Lampe am Gartentor (das schmiede-
eiserne Replikat einer New Yorker Straßenlaterne von
1880, Horchow Collection, 687 Dollar plus Versandkosten)
warf nur einen schwachen Schimmer bis zur Haustür, vor
der er stand. Und er hatte seinen Anorak an. Sie konnte gar
nicht sehen, wie viel er abgenommen hatte ... oder doch?

»Leda. Ich bin's. Bill Halleck.«

»Ja, natürlich. Hallo, Billy.« Ihre Hand schwebte, halb
zur Faust geballt, immer noch unter ihrem Kinn und strich
in einer eigenartigen, nachdenklichen Geste über ihren
Kehlkopf. Ihr Gesicht war für eine Frau von neunundfünf-
zig bemerkenswert glatt, aber für ihren Hals hatten die Lif-
tings nicht viel tun können. Dort war die Haut locker und
faltig.

Vielleicht ist sie betrunken. Oder ... Er musste daran denken, wie Dr. Houston sorgfältig seine winzigen boliviani-
schen Schneewehen durch die Nase hochzog. *Drogen? Leda
Rossington? Kaum zu glauben bei jemandem, der zwei Sans-*

*Atout mit einem uninteressanten Blatt bieten kann ... und dann
noch gewinnt.* Und infolgedessen: *Sie hat Angst. Sie ist verzweifelt. Was ist hier los? Kann es irgendwie in Zusammenhang
stehen mit dem, was ich durchmache?*

Das war natürlich verrückt... und trotzdem spürte er
ein beinahe fieberhaftes Bedürfnis zu erfahren, warum
Leda Rossington ihre Lippen so zusammenpresste, warum
die Haut unter ihren Augen trotz der schwachen Beleuch-
tung und der besten Kosmetika, die man für Geld kaufen
konnte, genauso schlaff und verfärbt wirkte wie die unter
seinen, warum die Hand, die jetzt am Ausschnitt ihres
Diorkleids herumnestelte, leicht zitterte.

Billy und Leda Rossington sahen sich vollkommen
schweigsam etwa fünfzehn Sekunden lang an ... und dann
sprachen sie genau gleichzeitig.

»Leda, ist Cary –« »Cary ist nicht da, Billy. Er ist –«

Sie brach ab. Er gab ihr durch eine Handbewegung zu
vestehen, sie solle weitersprechen.

»Er wurde nach Minnesota gerufen. Seine Schwester ist
sehr krank.«

»Das ist interessant«, sagte Halleck. »Cary hat nämlich
gar keine Schwester.«

Sie lächelte. Es war der Versuch, das wohlerzogene,
schmerzliche Lächeln aufzusetzen, das höfliche Menschen
für diejenigen übrig haben, die sich unabsichtlich dane-
benbenehmen. Es gelang ihr nicht. Sie zog nur die Lippen
etwas hoch – kein Lächeln, sondern eine Grimasse.

»Habe ich Schwester gesagt? Ach, es ist alles so ermüdend für mich – für *uns*. Ich meinte seinen Bruder. Sein –«

»Leda, Cary ist ein Einzelkind«, sagte Halleck freundlich. »Wir sind an einem feuchtfröhlichen Nachmittag in
der Hastur Lounge unsere gesamte Verwandtschaft durch-
gegangen. Muss so ... hm, vier Jahre her sein. Kurz darauf
ist das Hastur abgebrannt. Heute steht dort dieser Laden
für Drogenzubehör, King in Yellow. Meine Tochter kauft
ihre Jeans immer dort.«

Er wusste nicht, warum er weiterredete. Er hatte das vage Gefühl, dass es sie beruhigen könnte. Doch plötzlich sah er im Flurlicht und im schwachen Lichtschimmer, der von der schmiedeeisernen Laterne auf sie fiel, dass eine einzelne Träne eine schimmernd nasse Spur von ihrem rechten Auge bis zum Mundwinkel auf ihre Wange malte. Und auf dem unteren linken Augenlid glänzte es schon. Als Billy sie ansah, während seine Worte sich verhedderten, als er dann verwirrt aufhörte, blinzelte sie zweimal schnell hintereinander, und die Träne lief über. Auf ihrer linken Wange erschien eine zweite helle Spur.

»Geh weg«, sagte sie. »Bitte, Billy, geh weg. Stell mir keine Fragen. Ich will sie nicht beantworten. In Ordnung?«

Bill sah sie forschend an und entdeckte in ihren in Tränen schwimmenden Augen eine gewisse Unerbittlichkeit. Sie hatte nicht die Absicht, ihm zu sagen, wo Cary war. Aus einem Impuls heraus, den er weder damals noch später begriff, ohne eine Überlegung oder die Hoffnung, etwas für sich dabei zu gewinnen, zog er den Reißverschluss seines Anoraks herunter und hielt die Jacke auf, so als wolle er sich nackt vor ihr präsentieren. Er hörte, wie sie überrascht Luft holte.

»Sieh mich an, Leda«, sagte er. »Ich hab siebzig Pfund abgenommen. Hörst du mich? *Siebzig Pfund!*«

»Das hat nichts mit mir zu tun!«, rief sie mit leiser, rauer Stimme. Ihr Gesicht zeigte eine kränkliche, lehmartige Färbung. Das Rouge stach auf ihren Wangen hervor wie die grellroten Farbkleckse eines Clowns. Ihre Augen waren gerötet. Ihre Lippen gaben die perfekt verkronten Zähne in einem schreckensstarren, höhnischen Grinsen frei.

»Nein, aber ich muss mit Cary sprechen«, bedrängte Halleck sie. Er ging, den Anorak immer noch offen, die Verandatreppe bis zur obersten Stufe hinauf. *Ich muss,* dachte er. *Bisher war ich noch unsicher, aber jetzt weiß ich's.* »Bitte, Leda, sag mir, wo er ist. Ist er hier?«

Sie antwortete ihm mit einer Frage, und einen Augenblick lang konnte er daraufhin nicht mehr atmen. Mit einer tauben Hand klammerte er sich ans Verandageländer.

»Waren es die Zigeuner, Billy?«

Schließlich konnte er wieder einatmen. Er keuchte.

»Wo ist er, Leda?«

»Beantworte zuerst meine Frage. Waren es die Zigeuner?«

Jetzt, da sie da war – die Gelegenheit, es tatsächlich laut auszusprechen –, stellte er fest, dass er um die Worte ringen musste. Er schluckte – schluckte kräftig – und nickte. »Ja. Ich glaube es. Ein Fluch. So etwas wie ein Fluch.« Er unterbrach sich. »Nein, nicht *so etwas wie*. Diese blöden Ausflüchte. Ich glaube, dass ein Zigeunerfluch auf mir liegt.«

Er wartete darauf, dass sie in hämisches Gelächter ausbräche – er hatte diese Reaktion in seinen Träumen so oft gehört –, aber sie ließ nur den Kopf fallen und die Schultern sinken. Sie bot ein solch erschütterndes Bild von Niedergeschlagenheit und Trauer, dass er trotz seines neuerlichen Schreckens ein beinahe schmerzliches Mitleid für sie empfand – für ihre Verwirrung und ihre Angst. Er stieg die letzte Stufe zu ihr hinauf und berührte sie leicht am Arm … und fuhr dann entsetzt zurück, als er den lodernden, hasserfüllten Blick in ihren Augen sah, als sie den Kopf hob. Er trat sofort einen Schritt zurück, blinzelte … und musste sich wieder am Verandageländer festhalten, sonst wäre er die Treppe hinuntergestürzt und auf seinem Hintern gelandet. Ihr Gesichtsausdruck war die vollkommene Entsprechung zu dem Hass, den er erst vor ein paar Nächten sekundenlang Heidi gegenüber verspürt hatte. Er fand es unerklärlich und beängstigend, dass jemand einen solchen Hass gegen ihn richten konnte.

»Es ist deine Schuld!«, fauchte sie ihn an. »Alles deine Schuld. Warum musstest du auch diese blöde Zigeunerfotze überfahren! *Es ist alles deine Schuld!*«

Er sah sie an, unfähig zu sprechen. *Fotze?*, dachte er verwirrt. *Habe ich Leda Rossington gerade »Fotze« sagen hören? Kaum zu glauben, dass sie so einen Ausdruck überhaupt kennt.* Und sein zweiter Gedanke: Du *siehst das ganz falsch, Leda. Es ist Heidis Schuld, nicht meine ... und ihr geht es glänzend. Sie strotzt vor Gesundheit. Sie sticht der Hafer. Sie ist groß in Fahrt. Sie reitet der Teufel. Sie hat ...*

Da veränderte sich Ledas Gesicht: sie sah ihn mit ruhiger, höflicher Ausdruckslosigkeit an.

»Komm rein«, sagte sie.

Sie brachte ihm den gewünschten Martini in einem übergroßen Glas – zwei Oliven und zwei Zwiebelchen waren auf das Cocktailstäbchen gespießt, das ein winziges vergoldetes Schwert war. Oder vielleicht war es massiv Gold. Der Cocktail war sehr stark, aber dagegen hatte Halleck nichts ... obwohl er von seinen Trinkgewohnheiten der letzten drei Wochen her wusste, dass er langsamer machen musste, wenn er nicht bald ausrutschen wollte. Seine Fähigkeit, Alkohol zu vertragen, war parallel mit seinem Gewicht gesunken.

Trotzdem nahm er einen großen Schluck und schloss dankbar die Augen, als der Schnaps in seinem Magen explodierte und Wärme durch seinen ganzen Körper strömte. *Gin. Wunderbarer, kalorienreicher Gin*, dachte er.

»Er *ist* in Minnesota«, sagte sie mürrisch, als sie sich mit ihrem eigenen Martini hinsetzte. Er war, wenn überhaupt, noch größer als seiner. »Aber er besucht keine Verwandten. Er ist in der Mayo-Klinik.«

»In der Mayo –«

»Er ist davon überzeugt, dass er Krebs hat«, fuhr sie fort. »Mike Houston konnte nicht herausfinden, was mit ihm los ist, und die New Yorker Dermatologen auch nicht, aber er ist immer noch davon überzeugt, dass er Krebs hat. Kannst du dir vorstellen, dass er zuerst geglaubt hat, es wäre Herpes? Er hat mir vorgeworfen, dass ich mir bei irgendjemandem Herpes geholt hätte.«

Billy sah verlegen zu Boden, aber das wäre gar nicht nötig gewesen. Sie sah über seine rechte Schulter hinweg, als erzähle sie ihre Geschichte der Wand. Dabei nippte sie mit schnellen, vogelartigen Schlucken an ihrem Glas. Der Pegel sank langsam, aber stetig.

»Als er damit ankam, hab ich ihn ausgelacht. Ich hab gelacht und gesagt: ›Cary, wenn du *das* für einen Herpes hältst, dann weißt du weniger über Geschlechtskrankheiten als ich von der Thermodynamik.‹ Ich hätte nicht lachen dürfen, aber es war eine Möglichkeit… den Druck loszuwerden. Verstehst du das? Den Druck und die Angst. Ach was, Angst, den *Schrecken.*

Mike Houston verschrieb ihm Salben, die nicht halfen, und die Dermatologen gaben ihm Spritzen, die nicht halfen. Ich war diejenige, die an den alten Zigeuner denken musste. Diesen Alten mit der halb zerfressenen Nase. Mir fiel wieder ein, wie er sich am Wochenende nach deiner Verhandlung auf dem Flohmarkt in Raintree plötzlich aus der Menge gelöst hatte, Billy. Er kam aus der Menge direkt auf uns zu und berührte ihn… er hat Cary berührt. Er hat ihm die Hand ans Gesicht gelegt und etwas zu ihm gesagt. Ich habe Cary damals gleich danach gefragt, ich habe ihn später, nachdem es sich ausgebreitet hatte, danach gefragt, doch er wollte es mir nicht sagen. Er schüttelte nur den Kopf.«

Halleck trank gerade seinen zweiten Schluck, als Leda ihr leeres Glas auf dem Tischchen neben sich abstellte.

»Hautkrebs«, sagte sie. »Er ist davon überzeugt, dass es Hautkrebs ist, denn der lässt sich in neunzig von hundert Fällen heilen. Ich weiß, wie sein Verstand funktioniert – wäre ja auch komisch, wenn es nicht so wäre, nicht wahr? Nachdem ich fünfundzwanzig Jahre mit ihm zusammengelebt habe, nachdem ich fünfundzwanzig Jahre lang mit angesehen habe, wie er auf dem Richterstuhl sitzt und Im-

mobiliengeschäfte abwickelt und trinkt und Immobiliengeschäfte abwickelt und den Frauen anderer Männer nach-
stellt und Immobiliengeschäfte abwickelt und… ach,
Scheiße. Und ich sitze hier und überlege mir, was ich wohl
auf seiner Beerdigung sagen würde, vorausgesetzt, jemand
verpasste mir eine Stunde vor dem Gottesdienst eine Dosis
Pentothal. Ich glaube, dabei würde so was herauskommen
wie: ›Er hat eine Menge Land in Connecticut aufgekauft,
auf dem heute Einkaufszentren stehen, und er hat eine
Menge BHs knallen lassen und eine Menge Wild Turkeys
getrunken und mich als reiche Witwe zurückgelassen, und
ich habe die besten Jahre meines Lebens mit ihm verbracht
und besitze mehr beschissene Blackglama-Nerze als ich
je Orgasmen gehabt hätte, also lasst uns endlich hier abhauen und in irgendeine Kneipe vor der Stadt verschwinden, wo wir tanzen können, und nach einer Weile wird
vielleicht jemand betrunken genug sein, um zu vergessen,
dass mein Scheißkinn schon dreimal hinter meinen Scheiß-
ohren festgenäht worden ist – zweimal im beschissenen
Mexico City und einmal im beschissenen Deutschland –,
und endlich mal *meinen* Scheiß-BH knallen lässt. Oh,
Scheiße! Warum erzähl ich dir eigentlich den ganzen
Quatsch? Das Einzige, wovon Männer wie du etwas verstehen, ist Vögeln und mit dem Staatsanwalt Feilschen
und Footballwetten.«

Jetzt weinte sie wieder. Billy Halleck wusste nun, dass
der Drink, den sie gerade genommen hatte, bei weitem
nicht der erste an diesem Abend gewesen war. Er rutschte
unbehaglich auf seinem großen Sessel hin und her und
nahm einen großen Schluck aus seinem Glas. Er fiel mit
trügerischer Wärme in seinen Magen.

»Er ist deshalb so sehr davon überzeugt, dass er Hautkrebs hat, weil er es nicht zulassen kann, so lächerliche, altmodische, abergläubische Dinge aus Dreigro-
schenromanen wie Zigeunerflüche für wahr zu halten.
Aber ganz tief in seinen Augen habe ich es gesehen, Billy.

Im letzten Monat habe ich es oft gesehen. Besonders nachts. Jede Nacht wurde es ein kleines bisschen deutlicher. Ich glaube, das ist einer der Gründe, warum er gegangen ist. Er hat gesehen, dass ich es gesehen habe. Noch einen?«

Billy schüttelte wie betäubt den Kopf und sah ihr nach, als sie an die Bar ging und sich einen frischen Martini mixte. Sie machte extrem einfache Martinis. Sie goss das Glas einfach voll Gin und ließ ein paar Oliven hineinplumpsen. Während sie hinuntersanken, bildeten sich zwei aufsteigende Bläschenspiralen. Selbst von seinem Platz am anderen Ende des Zimmers aus konnte er den Gin riechen.

Was war mit Cary Rossington los? Was war mit ihm geschehen? Ein Teil von Billy Halleck wollte es definitiv nicht wissen. Houston hatte offenbar keine Verbindung zwischen dem, was mit Cary Rossington los war, und dem, was mit Billy los war, hergestellt. Warum sollte er auch? Er wusste ja nichts von den Zigeunern. Außerdem bombardierte Houston sein Gehirn regelmäßig mit großen weißen Torpedos.

Leda kam zurück und setzte sich wieder.

»Wenn er anruft und sagt, dass er zurückkommt«, sagte sie ruhig zu Billy, »dann fahre ich in unser Haus auf Captiva. Es wird dort zu dieser Jahreszeit tierisch heiß sein, aber wenn ich genug Gin habe, werde ich die Temperaturen kaum wahrnehmen. Ich glaube nicht, dass ich es aushalten würde, noch einmal mit ihm allein zu sein. Ich liebe ihn immer noch – ja, auf meine Art tue ich das –, aber ich glaube, ich würde es nicht aushalten. Wenn ich mir vorstelle, dass er im Bett neben mir läge … mir vorstelle, dass er mich … mich *anfassen* könnte …« Sie zitterte. Ein paar Tropfen Gin fielen auf ihr Kleid. Sie trank den Rest in einem Zug aus und schnaubte danach wie ein Pferd, das gerade seinen Durst gelöscht hat.

»Leda, was ist los mit ihm? Was ist passiert?«

»Passiert? *Passiert?* Aber Billy, mein Lieber, ich dachte, dass ich es dir gesagt hätte oder dass du es irgendwoher wüsstest.«

Billy schüttelte den Kopf. Er bekam langsam das Gefühl, dass er gar nichts mehr wusste.

»An seinem Körper wachsen Schuppen. Cary kriegt am ganzen Körper Schuppen.«

Billy starrte sie mit offenem Mund an.

Leda erwiderte seinen Blick mit einem trockenen, amüsierten, entsetzten Lächeln und schüttelte leicht den Kopf.

»Nein – nein, das ist nicht ganz richtig. Seine Haut *verwandelt sich in* Schuppen. Er ist zu einem Fall von umgekehrter Evolution geworden. Ein Jahrmarktsmonster. Er verwandelt sich in einen Fisch oder in ein Reptil.«

Plötzlich lachte sie, ein heiseres, kreischendes Krächzen, das ihm das Blut in den Adern gerinnen ließ: *Sie taumelt am Abgrund des Wahnsinns entlang,* dachte er – und diese Entdeckung ließ ihn noch mehr frösteln. *Sie wird auf jeden Fall nach Captiva fahren, egal was passiert. Sie muss Fairview verlassen, wenn sie bei Verstand bleiben will. Ja.*

Leda schlug sich die Hand vor den Mund und entschuldigte sich, als ob sie gerülpst – oder gekotzt – hätte, anstatt zu lachen. Billy, im Augenblick unfähig, etwas zu sagen, nickte nur und stand auf, um sich nun doch an der Bar einen frischen Drink zu mixen.

Das Sprechen schien ihr nun, da er sie nicht mehr ansah, nun, da er ihr den Rücken zukehrte, leichter zu fallen. Er hielt sich absichtlich länger dort auf.

11. Kapitel:
Die Mühlen der Gerechtigkeit

Cary war wütend – äußerst wütend – darüber gewesen, dass der alte Zigeuner ihn angefasst hatte. Am nächsten Tag war er gleich zu Allen Chalker, Raintrees Polizeichef, gegangen. Chalker, ein alter Pokerkumpel, hatte Verständnis für seinen Unmut gezeigt.

Die Zigeuner wären direkt aus Fairview nach Raintree gekommen, hatte er Cary erzählt. Er hätte erwartet, berichtete er, dass sie von selbst wieder abfahren würden. Sie hätten sich schon seit fünf Tagen in Raintree aufgehalten. Normalerweise reichten ihnen drei Tage – Zeit genug für alle Teenager der Stadt, sich die Zukunft weissagen zu lassen, und für einige verzweifelte impotente Männer sowie die gleiche Menge ebenso verzweifelter Frauen in den Wechseljahren, im Schutz der Dunkelheit ins Lager zu schleichen und Kräutersäfte, Mixturen und seltsame, ölige Salben zu kaufen. Nach drei Tagen erlahmte das Interesse der Stadt an den Fremden immer. Schließlich hatte Chalker vermutet, dass sie noch den Flohmarkt am Sonntag abwarten wollten. Dieses Ereignis fand nur einmal im Jahr statt und zog eine Menge Leute aus allen vier umliegenden Städten an. Anstatt ihre fortdauernde Anwesenheit zum Thema zu machen – Zigeuner, erklärte er, könnten so unangenehm werden wie Wespen, wenn man in ihr Nest stach –, hatte er beschlossen, sie noch die vom Flohmarkt heimfahrenden Kunden bedienen zu lassen. Doch wenn sie am nächsten Montag nicht verschwunden wären, würde er sie zum Weiterziehen veranlassen.

Das war aber nicht mehr nötig gewesen. Am folgenden Montagmorgen war die Bauernkoppel, auf der sie gelagert hatten, leer gefegt bis auf ein paar Reifenspuren, leere Bier-

und Limonadedosen (offenbar hielten die Zigeuner nichts von Connecticuts neuem Leergut-Recycling-Gesetz), die verkohlten Überreste mehrerer kleiner Feuerstellen und drei oder vier zerlumpte Decken, die so verlaust waren, dass der Deputy, den Chalker geschickt hatte, um nach dem Rechten zu sehen, nur mit einem Stock hineingepikst hätte – einem *langen* Stock. Irgendwann zwischen Sonnenuntergang und Sonnenaufgang hatten die Zigeuner das Feld verlassen, Raintree verlassen, Patchin County verlassen … hatten, wie Chalker seinem alten Pokerkumpel Cary Rossington erzählte, soweit er wusste und es ihn kümmerte, den Planeten verlassen. Und ein Glück, dass sie sie los waren.

Am Sonntagnachmittag hatte der alte Zigeuner Carys Gesicht berührt; am Montagvormittag war Cary zu Chalker gegangen, um den Alten anzuzeigen (welche rechtliche Grundlage er dafür gehabt haben könnte, war Leda Rossington nicht ganz klar); am Dienstagmorgen hatte der Kummer begonnen. Nach dem Duschen war Cary nur mit dem Bademantel bekleidet an den Frühstückstisch gekommen und hatte zu ihr gesagt: »Sieh dir das mal an.«

»Das« stellte sich als ein Flecken aufgerauter Haut ein kleines Stück über seinem Solarplexus heraus. Er war eine Spur heller als die Haut in seiner Umgebung, die einen milchkaffeebraunen Ton aufwies. (Golf, Tennis, Schwimmen und regelmäßige UV-Bestrahlung im Winter hielten Carys Bräune ständig unverändert.) Sie fand, dass der raue Fleck gelblich aussähe. Wie die Hornhaut an den Füßen und Fersen, wenn sie bei heißem Wetter etwas austrocknete. Sie hatte die Stelle mit den Fingerspitzen berührt (hier schwankte ihre Stimme etwas) und die Hand schnell wieder zurückgezogen. Die Struktur war rau, beinahe körnig, und erstaunlich hart gewesen. *Gepanzert* – das war das Wort gewesen, das ihr damals ganz unwillkürlich in den Sinn gekommen war.

»Du glaubst doch nicht, dass dieser verdammte Zigeuner mir etwas verpasst hat, oder?«, hatte Cary sie besorgt gefragt. »Scherpilzflechte oder Blasengrind oder so eine verdammte Sache?«

»Liebling, er hat dich im Gesicht berührt und nicht an der Brust«, hatte sie darauf erwidert. »Jetzt zieh dich schnell an, es gibt *brioches* zum Frühstück. Zieh den dunkelgrauen Anzug mit der roten Krawatte an und mach dich dienstagsfein für mich, ja? Was für ein Schatz du bist.«

Zwei Abende später hatte er sie zu sich ins Badezimmer gerufen, und seine Stimme hatte so sehr wie ein Schrei geklungen, dass sie gerannt gekommen war. (*All unsere schlimmsten Offenbarungen erfahren wir im Badezimmer*, dachte Billy.) Cary hatte mit bloßem Oberkörper vor dem Spiegel gestanden und mit weit aufgerissenen Augen hineingestarrt. Sein Rasierapparat summte vergessen in einer Hand weiter.

Der harte gelbliche Hautflecken hatte sich ausgebreitet – er hatte jetzt ungefähr die Form eines Baums angenommen, der seine Äste bis zu den Brustwarzen und seine Wurzeln nach unten bis zum Bauchnabel ausstreckte. Die veränderte Hautstruktur hob sich beinahe zwei Zentimeter über die normale Haut auf seinem Bauch. Sie hatte gesehen, dass sich tiefe Risse hindurchzogen. Manche wirkten tief genug, dass man den Rand eines Zehn-Cent-Stücks hätte hineinschieben können. Da hatte sie zum ersten Mal gedacht, dass er langsam anfinge … schuppig auszusehen. Und dann hatte sie das Gefühl gehabt, dass ihr die Galle hochkäme.

»Was *ist* das?«, schrie er sie fast an. »Leda, was *ist* das?«

»Ich weiß es nicht«, sagte sie und zwang sich dabei, ruhig zu wirken. »Aber so viel ist klar, du musst Michael Houston aufsuchen. Morgen, Cary.«

»Nein, nicht morgen«, sagte er und starrte dabei weiterhin in den Spiegel auf die raue, gelbliche, wie Pfeilspitzen verformte Haut. »Vielleicht ist es morgen besser. Übermorgen, falls es sich nicht gebessert hat, aber nicht morgen.«

»Cary –«

»Gib mir die Niveacreme, Leda.«

Sie hatte ihm die Creme gereicht und war noch eine Weile neben ihm stehen geblieben – aber der Anblick, wie er die weiße Schmiere auf der verhornten gelben Haut verstrichen hatte, das Kratzen, als er mit den Fingernägeln darüberfuhr, das war mehr gewesen, als sie ertragen konnte. Sie war ins Schlafzimmer geflohen. Das wäre das erste Mal gewesen, berichtete sie Halleck, dass sie aufrichtig froh über ihre getrennten Einzelbetten gewesen wäre, aufrichtig froh, dass er jetzt keine Möglichkeit hätte, sich im Schlaf umzudrehen und sie zu … zu berühren. Sie hatte stundenlang wach gelegen und immer wieder das Ritsch-Ratsch seiner Fingernägel gehört, wenn sie auf dieser seltsamen Haut auf und ab fuhren.

Am nächsten Abend erzählte er ihr, es sei besser geworden; und in der Nacht darauf behauptete er sogar, es sei noch besser geworden. Sie hätte die Lüge in seinen Augen wohl erkennen müssen … und dass er mehr sich selbst belog als sie. Selbst in dieser extremen Situation war Cary derselbe selbstsüchtige Hurensohn geblieben, der er ihrer Meinung nach schon immer gewesen war. Aber es hätte nicht nur an Cary gelegen, fügte sie bitter hinzu, sich immer noch nicht von der Bar abwendend, an der sie schon seit einiger Zeit ziellos mit den Gläsern herumhantierte. Über die Jahre hätte sie ihre eigene, hochspezialisierte Sorte von Selbstsucht entwickelt. Sie hatte sich fast genauso stark an diese Illusion geklammert, hatte sie ebenso gebraucht wie er.

Am dritten Abend war er nur in seinen Pyjamahosen ins Schlafzimmer getreten. Sein Blick war sanft gewesen, verletzt und verblüfft. Sie hatte gerade einen Kriminalroman von Dorothy Sayers noch einmal gelesen – das waren für immer und ewig ihre Lieblingsbücher –, und er war ihr, als sie ihn gesehen hatte, einfach aus der Hand gefallen. Sie hätte laut geschrien, erklärte sie Billy, wenn sie nicht das Gefühl gehabt hätte, ihr wäre aller Atem genommen gewesen. Und Billy hatte Zeit, sich zu überlegen, dass keine menschliche Regung wahrhaft einzigartig ist, auch wenn man das gern glauben wollte: Cary Rossington hatte offensichtlich dasselbe Selbsttäuschungsmanöver und das darauf folgende schreckliche Erwachen hinter sich, das er, Billy Halleck, selbst durchgemacht hatte.

Leda hatte gesehen, dass die harte gelbe Hautstruktur (die *Schuppen* – als etwas anderes konnte man sie nun nicht mehr bezeichnen) jetzt Carys gesamte Brust und fast den ganzen Bauch bedeckte. Sie war so dick und hässlich wie Brandnarben. Die Risse zogen sich kreuz und quer hindurch. Sie waren tief und schwarz, in den Spalten in ein zartes Rosarot übergehend, aber sie hatte absolut nicht den Wunsch verspürt, genauer hinzusehen. Wollte man anfangs noch glauben, sie wären so zufällig verstreut wie die Risse eines Bombenkraters, so erzählten die Augen einem beim zweiten Hinsehen eine ganz andere Geschichte. Über jedem Rand hob sich die hornige, gelbe Haut ein Stückchen höher. Schuppen. Keine Fischschuppen, sondern große geriffelte Reptilienschuppen. Wie bei einer Eidechse oder einem Alligator oder einem Leguan.

Der braune obere Bogen seiner linken Brustwarze war noch zu sehen. Der Rest lag unter dem gelbschwarzen Panzer begraben. Die rechte Brustwarze war völlig verschwunden. Ein gebogener Zweig dieses furchtbaren Baumes kroch unter seiner Achsel hindurch auf seinen Rücken zu wie die ausgreifende, unheilvolle Klaue eines unvorstellbaren Ungeheuers. Sein Bauchnabel war verschwunden. Und …

»Er schob seine Pyjamahose ein Stück hinunter«, sagte sie. Sie war jetzt bei ihrem dritten Cocktail angelangt und trank ihn mit den gleichen, vogelartig schnellen Schlückchen wie den ersten. Erneut rannen ihr Tränen übers Gesicht. »In dem Augenblick fand ich meine Stimme wieder. Ich schrie ihn an, er solle damit aufhören, und er hat es auch getan … aber nicht, bevor ich sehen konnte, dass die Baumwurzeln sich in seinen Geschlechtsbereich gegraben hatten. Sie hatten den Penis noch nicht erreicht … das zumindest noch nicht … doch da, wo sie angekommen waren, hatte er seine Schamhaare verloren. Dort waren nur noch diese gelben Schuppen zu sehen.

›Ich dachte, du hättest gesagt, es wäre schon besser‹, sagte ich.

›Das habe ich auch ehrlich geglaubt‹, antwortete er mir. Am nächsten Tag hat er sich dann bei Houston angemeldet.«

Der ihm vermutlich von dem Collegestudenten ohne Gehirn und der alten Lady mit dem dritten Satz Zähne erzählt hat, dachte Halleck. *Und ihm etwas von seinen fantastischen Hirnputzern angeboten hat.*

Eine Woche später hatte Rossington das beste New Yorker Dermatologenteam aufgesucht. Sie wussten sofort, was mit ihm los sei, sagten sie, und eine Kur mit »harten« Gammastrahlen war gefolgt. Die Schuppenhaut breitete sich unterdessen weiter und weiter aus. Es tue nicht weh, hatte Cary ihr berichtet. Er spüre zwar ein leichtes Jucken an der Grenze zwischen seiner alten, normalen Haut und dem abscheulichen Eindringling, aber das wäre auch alles. Die neue Haut wäre absolut gefühllos. Mit dem erschrockenen, schauerlichen Lächeln auf den Lippen, das mittlerweile sein einziger Gesichtsausdruck geworden war, erzählte er ihr, wie er sich neulich eine Zigarette angezündet und sie dann auf seinem Bauch ausgedrückt hätte. Langsam. Er hätte nichts dabei gespürt, keinen Schmerz, gar nichts.

Da hätte sie sich die Ohren zugehalten und geschrien, er solle endlich den Mund halten.

Die Dermatologen hatten Cary informiert, dass sie ein bisschen unsicher wären. Was soll das heißen?, fragte er.

Ihr Kerle habt mir doch erzählt, dass ihr genau wüsstet, was mit mir los ist. Ihr habt gesagt, ihr wärt euch *sicher*. Nun ja, sagten sie, solche Dinge geschehen nun mal. Selten genug, ha, ha, *sehr* selten, aber *jetzt* haben wir die Sache im Griff. Alle neuerlichen Tests, erklärten sie, hätten ihre neuen Schlussfolgerungen bestätigt. Eine Hipovit-Kur – hochwirksame Vitamine für diejenigen, denen das hochdotierte Ärztelatein nicht so geläufig ist – und Hormoninjektionen wären genau das Richtige. Und während diese Behandlung im Gange war, zeigten sich die ersten Schuppen an Carys Hals ... unter seinem Kinn ... und schließlich in seinem Gesicht. Da gaben die Dermatologen endlich zu, dass sie am Ende ihrer Weisheit angelangt waren. Natürlich nur für den Augenblick. Keine Krankheit wie diese sei unheilbar. Moderne Medizin ... Diätkuren ... und murmel, murmel ... gleichfalls bla, bla, bla ...

Cary war nicht mehr bereit, ihr zuzuhören, wenn sie mit ihm über den alten Zigeuner reden wollte. Einmal hatte er sogar die Hand gehoben, als ob er sie schlagen wolle ... und dabei hatte sie die ersten hornigen Hautausbuchtungen auf dem zarten Gewebe zwischen seinem rechten Daumen und Zeigefinger entdeckt.

»*Haut*krebs!«, hatte er sie angeschrien. »Es ist *Haut*krebs, *Haut*krebs, *Haut*krebs! Schweig jetzt, um Himmels willen, still von diesem alten Kaffer!«

Natürlich war er es, der wenigstens vernünftig dachte. Sie war diejenige, die ständig von dämlichen Absurditäten aus dem vierzehnten Jahrhundert faselte ... und doch hatte sie *gewusst*, dass all das von dem alten Zigeuner herrührte, der auf dem Raintree-Flohmarkt plötzlich aus der Menge getreten war und Carys Gesicht berührt hatte. Sie hatte es gewusst, und in seinen Augen hatte sie gesehen, selbst in dem Augenblick, in der er seine Hand gegen sie erhoben hatte, dass *er es ebenfalls wusste*.

Er hatte mit Glenn Petrie ausgemacht, dass dieser ihn während seiner Abwesenheit vertreten sollte. Petrie war entsetzt gewesen, dass sein alter Freund, sein Kollege und Golfpartner, Cary Rossington, plötzlich an Hautkrebs erkrankt war.

Danach, sagte Leda zu Billy Halleck, wären zwei Wochen gefolgt, die sie am liebsten vergessen hätte. Sie könne nur mit Mühe darüber sprechen. Cary hatte die meiste Zeit geschlafen wie ein Toter. Meistens oben im Schlafzimmer, manchmal in seinem großen, dick gepolsterten Sessel im Arbeitszimmer, manchmal auch einfach mit dem Kopf auf den Armen am Küchentisch. Jeden Nachmittag um vier hatte er zu trinken angefangen. Er saß stundenlang mit einer offenen Flasche J. W. Dant Whiskey in einer rauer werdenden, schuppigen Hand vor dem Fernseher, sah sich erst Sitcoms wie *Stacheldraht und Fersengeld* und *Die Hillbilly-Bären* an, danach die regionalen und nationalen Nachrichten, dann Spielshows wie *The Joker's Wild* und *Familienduell*, dann drei Stunden Hauptprogramm, gefolgt von noch mehr Nachrichten, gefolgt von Filmen bis zwei oder drei Uhr morgens. Und die ganze Zeit trank er Whiskey wie Pepsi-Cola direkt aus der Flasche.

In manchen Nächten weinte er. Sie kam ins Wohnzimmer und sah mit an, wie er vor dem Fernseher saß und weinte, während der in ihrem Sony-Fernseher mit dem Großbildschirm eingesperrte Warner Anderson »Sehn wir uns das Videoband an!« mit der Begeisterung eines Mannes rief, der alle seine alten Freundinnen zu einer gemeinsamen Kreuzfahrt nach Aruba einlädt. An anderen Abenden – erfreulicherweise wenigen – tobte er wie Ahab während der letzten Tage der *Pequod*, taumelte und torkelte durch das Haus mit der Whiskeyflasche in einer Hand, die keine richtige Hand mehr war, und schrie, dass er Hautkrebs habe, ob sie ihn verstünde, er habe *einen beschissenen Hautkrebs*, und den hätte er von dieser beschissenen UV-Lampe gekriegt, und er würde diese dreckigen Quacksalber, die ihm das angetan hätten, verklagen, in Grund und Boden würde er sie verklagen, diese Scheißkerle, würde gegen sie prozessieren, bis sie nur noch in scheißefleckigen Unterhosen dastehen könnten. Manchmal, wenn er in dieser Stimmung war, schlug er Sachen kaputt.

»Schließlich begriff ich, dass er diese … diese Anfälle … immer an den Tagen bekam, an denen Mrs. Marley zu uns kam, um das Haus sauber zu machen«, sagte sie trostlos. »Weißt du, er ist immer auf den Speicher gegangen, wenn sie kam. Wenn sie ihn gesehen hätte, wäre die Geschichte in null Komma nichts in der Stadt herumgewesen. Ich glaube, in den Nächten nach diesen Tagen, die er da oben im Dunkeln verbracht hatte, hat er sich am meisten wie ein Ausgestoßener gefühlt. Dann muss er sich wie ein Monster vorgekommen sein.«

»Dann ist er also in die Mayo-Klinik gegangen«, sagte Billy.

»Ja«, sagte sie und sah ihn nach langer Zeit wieder an. Sie wirkte betrunken und entsetzt. »Was wird aus ihm werden, Billy? Was *kann* aus ihm werden?«

Halleck schüttelte den Kopf. Er hatte nicht die geringste Ahnung und außerdem keine Lust, sich über diese Frage mehr Gedanken zu machen als über das berühmte Pressefoto, auf dem ein südvietnamesischer General den angeblichen Vietkong-Kollaborateur in den Kopf schießt. Auf eine seltsame Weise, die er nicht begreifen konnte, hatten diese beiden Sachen etwas miteinander zu tun.

»Hab ich dir schon erzählt, dass er einen Privatjet gechartert hat, um nach Minnesota zu fliegen? Er konnte es nicht mehr ertragen, dass Menschen ihn ansehen. Habe ich dir das erzählt, Billy?«

Er schüttelte wieder seinen Kopf.

»Was wird nun aus ihm werden?«

»Ich weiß es nicht«, sagte Billy und dachte: *Und, nebenbei bemerkt, was soll nun aus mir werden, Leda?*

»Ganz zum Schluss, bevor er endlich aufgegeben hat und weggegangen ist, waren seine beiden Hände zu Klauen geworden. Seine Augen waren zwei ... zwei strahlende, kleine blaue Funken in diesen spitzen, schuppigen Höhlen. Seine Nase ...« Sie stand auf und torkelte auf ihn zu. Dabei stieß sie mit dem Bein an die eine Ecke des Beistelltischs. Sie traf ihn hart genug, dass er ein Stück zur Seite rutschte. *Jetzt spürt sie es nicht,* dachte Halleck, *aber morgen wird sie einen mörderisch schmerzenden blauen Fleck an der Wade haben, und wenn sie Glück hat, wird sie sich fragen, woher der kommen könnte.*

Sie griff nach seiner Hand. Ihre Augen waren große schimmernde Teiche, in denen sich verständnisloses Entsetzen spiegelte. Sie sprach mit einer grauenhaften, heiser atmenden Zuversicht, die ihm einen Schauer über den Nacken jagte. Ihr Atem roch nach unverdautem Gin.

»Er sieht jetzt wie ein Alligator aus«, sagte sie mit einem fast intimen Flüstern. »Ja, genauso sieht er jetzt aus, Billy. Wie etwas, das gerade aus einem Sumpf gekrochen ist und Menschenkleidung angezogen hat. Es war wirklich so, als würde er sich in einen Alligator verwandeln, und ich bin froh, dass er weggegangen ist. *Froh.* Ich glaube, wenn er nicht gegangen wäre, wäre ich gegangen. Ja. Ich hätte einfach eine Tasche gepackt und wäre ... und wäre ...«

Sie beugte sich immer weiter über ihn, und Billy, der dies nicht mehr aushalten konnte, stand abrupt auf. Leda Rossington wankte auf ihren hohen Absätzen zurück, und er schaffte es gerade noch, sie an den Schultern zu packen und aufzufangen ... offenbar hatte auch er zu viel getrunken. Wenn er sie nicht erwischt hätte, wäre sie vermutlich mit dem Kopf an die Ecke der bronzegefassten Glasplatte des gleichen Beistelltischs (*Trifles,* 587 Dollar plus Versandkosten) geschlagen, an der sie sich das Bein gestoßen hatte ... nur wäre sie dann anstatt mit einem blauen Flecken gar nicht mehr aufgewacht. Als er in ihre halb wahnsinnigen Augen blickte, fragte er sich allerdings, ob Leda Rossington den Tod nicht sogar suchte.

»Leda, ich muss gehen.«

»Natürlich«, sagte sie. »Bist nur gekommen, um die harten Fakten zu hören, nicht wahr, Billy-Schatz?«

»Es tut mir Leid«, sagte er. »Es tut mir wirklich Leid, dass das alles passiert ist. Bitte glaub mir.« Und dann hörte er sich noch irrsinnigerweise hinzufügen: »Wenn du mit Cary sprichst, wünsch ihm alles Gute von mir.«

»Es ist ziemlich schwierig, mit ihm zu sprechen«, sagte sie abwesend. »Es geht jetzt nämlich in seinem Mund los. Es macht sein Zahnfleisch immer dicker und überzieht seine Zunge. Ich kann zwar zu ihm sprechen, aber alles, was er zu mir sagt, alle seine Antworten, kommen wie ein – wie ein Grunzen heraus.«

Er ging rückwärts in den Flur, entfernte sich unauffällig von ihr, wollte sie endlich los sein, wollte ihre weiche, erbarmungslos kultivierte Stimme nicht mehr hören, musste ihren grauenhaften, glitzernden Augen entkommen.

»Er wird wirklich einer«, sagte sie. »Ein Alligator, meine ich. Ich nehme an, dass sie ihn bald in ein Bassin stecken müssen… sie werden darauf achten müssen, dass seine Haut feucht bleibt.« Tränen standen in ihren geröteten Augen, und Billy beobachtete, wie der Gin aus ihrem Glas langsam auf ihre Schuhe tropfte.

»Gute Nacht, Leda«, flüsterte er.

»Warum, Billy? Warum hast du diese alte Frau überfahren? Warum hast du dieses Unheil über Cary und mich gebracht? Warum?«

»Leda –«

»Komm in ein paar Wochen noch mal vorbei«, sagte sie. Billy fummelte hinter seinem Rücken wild nach dem Türknauf und behielt mit gewaltiger Willensanstrengung das höfliche Lächeln bei, während sie weiter auf ihn zukam. »Komm doch mal vorbei und lass mich sehen, wie du aussiehst, wenn du weitere vierzig oder fünfzig Pfund abgenommen hast. Ich werde lachen… und lachen… und lachen.«

Endlich fand er den Türknauf. Er drehte ihn. Die kühle Nachtluft strich lindernd über sein erhitztes, gerötetes Gesicht.

»Gute Nacht, Leda. Es tut mir Leid –«

»*Behalt dein Tut-mir-Leid für dich!*«, schrie sie und warf das Martiniglas nach ihm. Es zerschellte am rechten Türpfosten. »Warum musstest du sie auch überfahren, du Mistkerl? Warum hast du all dies über uns gebracht? Warum? Warum? *Warum?*«

Halleck kam bis zur Ecke Lantern Drive und Park Lane und brach erschöpft auf der Bank im Wartehäuschen der Bushaltestelle zusammen. Schüttelfrost überfiel ihn, und sein Hals und Magen schmerzten von beißender Magensäure. Sein Kopf brummte vom Gin.

Ich habe sie überfahren und getötet, dachte er, *und jetzt nehme ich ständig ab, und es hört einfach nicht auf. Cary Rossington, der die Anhörung geleitet hat, hat mich, ohne mir auch nur auf die Finger zu klopfen, gehen lassen, und er ist jetzt in der Mayo-Klinik. Er ist in der Mayo-Klinik, und wenn man seiner Frau Glauben schenken darf, sieht er aus wie jemand, der aus Maurice Sendaks* Alligators All Around *entflohen ist. Wer ist noch daran beteiligt gewesen? Wer hat noch in irgendeiner Weise mit dieser Sache zu tun gehabt, die in den Augen des Zigeuners nach Rache verlangt?*

Er dachte an die beiden Cops, die die Zigeuner vertrieben hatten, als sie in die Stadt gekommen waren ... als sie sich erdreistet hatten, ihre Zigeuner-Kunststücke im Stadtpark vorzuführen. Einer von ihnen war ein Streifenbeamter im Dienst gewesen, der nur ...

Nur Anordnungen befolgt hatte.

Wessen Anordnungen? Nun, die Anordnungen von Fairviews Polizeichef natürlich. Duncan Hopleys Anordnungen.

Die Zigeuner waren vertrieben worden, weil sie keine Erlaubnis hatten, im Stadtpark ihre Tricks vorzuführen. Sie hatten sehr wohl verstanden, dass die Motive für ihre Ausweisung tiefer lagen. Wollte man Zigeuner aus der Stadt haben, gab es eine Fülle von Verordnungen. Landstreicherei. Öffentliches Ärgernis. Spucken auf den Bürgersteig. Such dir eine aus.

Die Zigeuner hatten mit einem Farmer verhandelt, der ein Stückchen westlich außerhalb der Stadt wohnte, einem verbitterten alten Mann namens Arncaster. Solche abgelegenen Farmen gab es überall, und überall gab es einen verbitterten alten Farmer. Die Zigeuner fanden ihn immer. *Ihre Nasen sind darauf trainiert, Typen wie Arncaster herauszuriechen*, dachte Halleck, als er auf der Bank im Wartehäuschen saß und die ersten Tropfen eines Frühlingsregens vereinzelt aufs Dach fielen. *Lediglich eine Frage der Evolution. Dazu braucht man nur zwei Jahrtausende lang immer wieder vertrieben zu werden. Man spricht mit ein paar Leuten, Madame Azonka liest vielleicht ein- oder zweimal umsonst die Karten. Man schnüffelt herum und findet den Namen des Mannes heraus, der ein Grundstück außerhalb der Stadt besitzt, aber auch Schulden hat. Der Mann, der keine große Vorliebe für die Stadt und ihre Verordnungen hegt, der Mann, der den Zutritt zu seinen Obstgärten während der Jagdsaison sperrt, weil er den Rehen lieber seine Äpfel als den Jägern die Rehe gönnt. Man kriegt den Namen heraus und findet den Mann immer, denn auch in den reichsten Städten wohnt zumindest ein solcher Arncaster, manchmal gibt es auch zwei oder drei zur Auswahl.*

Sie stellten ihre Autos und Wohnwagen im Kreis auf, genauso wie ihre Vorfahren vor zweihundert, vierhundert, achthundert Jahren ihre Planwagen und Handkarren im Kreis aufgebaut hatten. Sie erhielten eine Lagerfeuererlaubnis, und nachts gab es viel Gerede und Gelächter, und zweifellos wanderten eine oder zwei Flaschen im Kreis herum.

Das wäre für Hopley alles noch akzeptabel gewesen, dachte Halleck. Das war die Art, wie die Dinge gehandhabt wurden. Diejenigen, die sich für das, was die Zigeuner anzubieten hatten, interessierten, konnten auf der West Fairview Road zu Arncasters Hof hinausfahren, der war wenigstens außer Sichtweite. Der Arncaster-Hof war nun mal ein Schandfleck – wie alle Farmen, die von den Zigeunern aufgesucht wurden. Bald darauf zogen sie dann nach Raintree oder nach Westport weiter, und von dort aus den Augen und aus dem Sinn.

Nur, dass in diesem Fall, nach seinem Unfall also und nachdem der alte Zigeuner lästig geworden und auf den Stufen des Gerichtsgebäudes erschienen war, um Billy Halleck im Gesicht zu berühren, die Art, »wie die Dinge gehandhabt wurden«, nicht mehr gut genug war.

Hopley hatte den Zigeunern zwei Tage Zeit gegeben, wie Halleck sich erinnerte, und als sie keine Anstalten zum Aufbruch machten, hatte er sie in *Bewegung* gesetzt. Zuerst hatte Jim Roberts ihnen die Feuererlaubnis entzogen. Obwohl in der Woche vorher fast jeden Tag einige kräftige Regenschauer niedergegangen waren, sagte Roberts ihnen, dass die Brandgefahr sich stark erhöht hätte. Täte ihm Leid. Und, übrigens, sie sollten doch bitte daran denken, dass die Bestimmungen für Lagerfeuer ebenfalls für Propangasherde, Grill- und Kohlenfeuer gälten.

Als Nächstes machte Hopley einen Stadtspaziergang und besuchte unterwegs die Geschäfte, in denen Lars Arncaster auf Kredit einkaufte – und in denen sein Kredit meistens beträchtlich überzogen war. Dazu gehörten die Eisenwarenhandlung, der Lebensmittelladen an der Raintree Road, der Farmers' Co-Op in Fairview Village und Normies Tankstelle. Vielleicht schaute er auch bei Zachary Marchant in der Connecticut Union Bank rein … die Bank, bei der Arncaster eine Hypothek auf sein Grundstück aufgenommen hatte.

Gehörte alles zum Job. Mit dem einen trank man eine Tasse Kaffee, mit dem anderen aß man einen Happen zu

Mittag – vielleicht etwas Einfaches wie ein paar Würstchen und Limonade von Dave's Dog Wagon –, mit dem dritten traf man sich auf ein Bier. Und bei Sonnenuntergang am nächsten Abend konnte man sicher sein, dass all diejenigen, die auf Grund eines Schuldscheines ein Stück von Arncasters Arsch beanspruchen durften, bei ihm angerufen und nebenbei erwähnt hätten, dass es wirklich *gut* wäre, wenn diese verdammten Zigeuner endlich aus der Stadt verschwänden… dass jeder aufrichtig *dankbar* dafür wäre.

Das Ergebnis war genau das, was Hopley erwartet hatte. Arncaster stiefelte zu den Zigeunern hinaus, zahlte ihnen den Rest des Betrags zurück, den sie für die Platzmiete ausgehandelt hatten, und stellte sich allen Protesten gegenüber, die von ihnen kamen, unerschütterlich taub (Halleck dachte besonders an den jungen Mann mit den Bowlingkegeln, der die Unveränderlichkeit seiner Stellung im Leben offenbar noch nicht begriffen hatte). Es war ja nicht etwa so, dass die Zigeuner einen unterzeichneten Vertrag gehabt hätten, mit dem sie vor Gericht hätten gehen können.

Nüchtern mochte Arncaster ihnen wohl gesagt haben, sie sollten froh sein, dass er ein ehrlicher Mann sei und ihnen den noch nicht in Anspruch genommenen Rest der Platzmiete zurückgezahlt hätte. Betrunken – Arncaster nahm drei Sechserpacks pro Abend zu sich – mochte er wohl ein bisschen mitteilsamer gewesen sein. Es gäbe einflussreiche Leute in der Stadt, die die Zigeuner los sein wollten. Auf ihn sei Druck ausgeübt worden, Druck, dem ein armer Kleinbauer wie er einfach nicht gewachsen sei. Besonders wenn die Hälfte der so genannten »anständigen Bürger« in der Stadt von vornherein das Messer gegen ihn geschliffen habe.

Nicht, dass einer der Zigeuner (von dem Jongleur vielleicht abgesehen, dachte Billy) einen ausführlichen Vortrag gebraucht hätte.

Halleck stand auf und machte sich langsam durch den kalten, strömenden Regen auf den Heimweg. Im Schlafzimmer brannte noch Licht. Heidi wartete auf ihn.

Der Streifenbeamte wohl nicht, der bot keinen Anlass zur Rache. Arncaster auch nicht. Der hatte die Chance gesehen, fünfhundert Dollar bar auf die Hand zu verdienen, und hatte sie weggeschickt, weil er nicht anders konnte.

Duncan Hopley?

Hopley vielleicht. Ein *großes* Vielleicht, korrigierte Billy. In gewisser Weise war Hopley ja nichts weiter als ein abgerichteter Hund, dessen wichtigste Befehle dahin gingen, Fairviews gut geölten Status quo aufrechtzuerhalten. Aber Billy bezweifelte, dass der alte Zigeuner die Dinge mit einer derart blutleer soziologischen Weltsicht betrachten würde, und das nicht nur, weil Hopley sie nach der Verhandlung so wirksam aus der Stadt vertrieben hatte. Vertreiben war eine Sache. Das waren sie gewohnt. Aber Hopleys Unvermögen, einen Unfall ordentlich aufzunehmen, der die alte Frau das Leben gekostet hatte…

Ah, das war etwas ganz anderes, nicht wahr?

Unvermögen, einen Unfall ordentlich aufzunehmen? Dass ich nicht lache, Billy Halleck. Unvermögen ist eine Unterlassungssünde. Was Hopley getan hat, war eine Verschleierung der Unfallursache. Das fing mit dem verdächtigen Versäumen des Alkoholtests an. Es war in jeder Hinsicht eine Vertuschung. Das weißt du, und Cary Rossington hat das auch gewusst.

Der Wind hatte aufgefrischt, und der Regen wurde stärker. Er konnte sehen, dass die Tropfen Krater in den Pfützen aufwarfen. Unter den bernsteinfarbenen Leuchtstoffröhren der Straßenlampen am Lantern Drive wirkte das Wasser seltsam poliert. Über ihm ächzten und knarrten Äste im Wind. Halleck blickte beunruhigt zum Himmel hinauf.

Ich sollte Duncan Hopley besuchen.

Etwas blitzte vor seinem inneren Auge auf, der Funke einer Idee. Dann dachte er wieder an Leda Rossingtons entsetztes, betrunkenes Gesicht... er dachte daran, wie sie gesagt hatte: *Es ist ziemlich schwierig, mit ihm zu sprechen, weißt du... es geht nämlich in seinem Mund los... alles, was er zu mir sagt, kommt wie ein Grunzen heraus...*

Nicht heute Abend. Er hatte genug für heute Abend.

»Wo warst du, Billy?«

Sie lag im Bett. Ein warmer Lichtstrahl fiel aus ihrer Leselampe auf sie. Jetzt legte sie ihr Buch auf die Bettdecke und sah ihn aufmerksam an, und Billy bemerkte wieder die dunkelbraunen Ringe unter ihren Augen. Angesichts dieser dunklen Ringe wurde er nicht gerade von Mitleid überwältigt... zumindest nicht heute Abend.

Einen kurzen Augenblick dachte er daran, ihr zu sagen: *Ich wollte Cary Rossington besuchen, aber da er nicht zu Hause war, lief es darauf hinaus, dass ich ein paar Martinis mit seiner Frau getrunken habe – ein paar furchtbare Drinks, wenn du's genau wissen willst. Du wirst nie erraten, was sie mir erzählt hat, liebe Heidi. Cary Rossington, der dir einmal um Schlag zwölf Uhr an einem Silvesterabend an den Busen gegriffen hat, dieser Cary Rossington verwandelt sich langsam in einen Alligator. Wenn er schließlich stirbt, kann man ihn als brandneues Produkt verwerten: Handtaschen aus echtem Richterleder.*

»Nirgendwo«, sagte er. »Einfach draußen. Bin ein bisschen rumgelaufen. Habe nachgedacht.«

»Du riechst, als wärst du auf dem Heimweg in die Wacholderbüsche gefallen.«

»Bin ich auch, im übertragenen Sinn. Aber es war Andy's Pub, in den ich hineingefallen bin.«

»Wie viele hast du gehabt?«

»Zwei.«

»Riecht eher nach fünf.«

»Heidi, ist das ein Kreuzverhör?«

»Nein, Liebling. Aber ich wünschte, du würdest dir nicht so viel Sorgen machen. Die Ärzte werden schon herausfinden, was mit dir los ist, wenn sie die Stoffwechseltests gemacht haben.«

Sie wandte ihm ihr ernstes, verängstigtes Gesicht zu. »Ich danke Gott dafür, dass es kein Krebs ist.«

Er dachte – und hätte es fast laut ausgesprochen –, dass es ganz nett für sie sein müsste, nicht betroffen zu sein. Es müsste doch ganz nett sein, die verschiedenen Abstufungen des Horrors zu beobachten. Er sagte es zwar nicht, aber seine Gefühle mussten ihm im Gesicht gestanden haben, denn ihr müder, jammervoller Ausdruck verstärkte sich.

»Es tut mir Leid«, sagte sie. »Es ist nur ... weißt du, es ist sehr schwierig, etwas zu sagen, das nicht schief klingt.«

Du weißt es, Baby, dachte er, und wieder blitzte der Hass in ihm auf. Heiß und ätzend. Zusätzlich zum Gin deprimierte er ihn und erzeugte ein körperliches Unwohlsein. Gleich darauf legte er sich wieder, und eine Art Scham erfüllte ihn. Carys Haut verwandelte sich in Gott weiß was. Offenbar etwas, das nur noch für die Raritätenshow in einem Zirkus geeignet schien. Duncan Hopley ging es vielleicht ausgezeichnet, aber möglicherweise erwartete ihn dort noch etwas Schlimmeres. Himmel noch mal, abzunehmen war doch gar nicht so schlecht, oder?

Er zog sich aus und schaltete vorsorglich zuerst ihre Leselampe aus. Dann zog er sie in seine Arme. Sie war zunächst steif wie ein Brett. Als er schon glaubte, dass es heute wohl keinen Zweck hätte, wurde sie weich. Er hörte ihren unterdrückten Schluchzer und dachte unglücklich: Wenn die alten Geschichten Recht hatten, dass in der Not der Edelmut zu finden sei und der Charakter durch Kummer und Elend gebildet würde, leistete er in beidem schlechte Arbeit.

»Heidi, es tut mir Leid«, sagte er.

»Wenn ich doch nur etwas *tun* könnte«, schluchzte sie. »Wenn ich doch nur etwas für dich *tun* könnte, Billy.«

»Das kannst du«, sagte er und berührte ihre Brust.

Sie liebten sich. Er nahm sich innerlich vor: *Diesmal ist es für sie*, und musste dann hinterher feststellen, dass es doch für ihn gewesen war. Anstatt Leda Rossingtons geisterhaftes Gesicht und ihre entsetzten, in der Dunkelheit funkelnden Augen vor sich zu sehen, konnte er schlafen.

Am nächsten Morgen registrierte die Waage 176 Pfund.

12. Kapitel: Duncan Hopley

Er hatte sich für den Klinikaufenthalt ein paar Tage freigeben lassen – Kirk Penschley war nur allzu bereit gewesen, seiner Bitte entgegenzukommen, und hatte Halleck mit einer Wahrheit konfrontiert, der er sich lieber so bald nicht gestellt hätte: Sie wollten ihn los sein. Jetzt, da er statt eines Dreifachkinns nur noch eins aufwies, da seine Jochbeine zum ersten Mal seit Jahren wieder zu sehen waren und auch seine anderen Gesichtsknochen mittlerweile deutlich hervortraten, war er zum Schreckgespenst der Kanzlei geworden.

»Teufel *ja*«, hatte Penschley auf seine Frage geantwortet, noch bevor sie richtig ausgesprochen war. Er hatte die herzliche Tonart angeschlagen, in die Leute sich flüchten, wenn sie genau wissen, dass jemand in ernsthaften Schwierigkeiten steckt, und nichts damit zu tun haben wollen. Er hatte den Blick gesenkt und auf die Stelle gestarrt, an der früher Billys Bauch gesessen hatte. »Nimm dir so viel Zeit, wie du brauchst, Bill.«

»Drei Tage dürften genügen«, hatte Halleck darauf erwidert. Und jetzt rief er Penschley von dem Münzfernsprecher in Barker's Coffee Shop aus an und erklärte ihm, dass er noch ein paar Tage länger freihaben wolle. Ja, länger als drei Tage, richtig – aber vermutlich nicht nur für die Stoffwechseluntersuchungen. Wieder war dieser Funke einer Idee in ihm aufgeblitzt. Er war noch kein Hoffnungsschimmer, das nicht, aber immerhin *etwas*.

»Wie lange?«, fragte Penschley ihn.

»Ich weiß nicht genau«, antwortete Halleck. »Zwei Wochen, einen Monat vielleicht.«

Einen Augenblick wurde es still am anderen Ende, und Halleck wusste, dass Penschley einen Subtext las: *In Wirk-*

134

lichkeit meine ich, Kirk, dass ich nie mehr zurückkomme. Sie haben schließlich doch Krebs bei mir diagnostiziert. Jetzt kommt das Kobalt, kommen die Drogen gegen die Schmerzen, das Interferon, wenn wir es kriegen können, das Laetril, wenn wir uns entschließen können, nach Mexiko abzuhauen. Das nächste Mal, wenn du mich siehst, Kirk, werde ich mit einem Seidenkissen unter dem Kopf in einer langen Kiste liegen.

Und Billy, der in den letzten sechs Wochen vor Angst kaum mehr richtig denken konnte, spürte den ersten schwachen Anflug von Zorn. *Gottverdammt noch mal, das ist nicht das, was ich sage. Jedenfalls jetzt noch nicht.*

»Kein Problem, Bill. Wir werden Ron Baker die Hood-Sache übergeben, und alles andere kann noch eine Weile liegen bleiben.«

Einen Dreck wirst du tun. Gleich heute Nachmittag wirst du damit anfangen, den Mitarbeitern alle anderen Fälle zu übergeben, und was die Hood-Sache betrifft, die hast du Ron Baker schon letzte Woche übertragen. Ron hat mich am Donnerstagnachmittag angerufen und gefragt, wohin Sally die verdammten Con-Gas-Zeugenaussagen gesteckt hat. Deine Vorstellung von liegen bleiben, Kirk, hat hauptsächlich mit Ausschlafen am Sonntagmorgen zu tun. Verarschen kann ich mich selber.

»Ich sehe zu, dass er die Akte bekommt«, sagte Halleck und konnte der Versuchung nicht widerstehen, noch hinzuzufügen: »Ich glaube, die Con-Gas-Aussagen hat er schon gekriegt.«

Nachdenkliche Stille am anderen Ende der Leitung, während Kirk Penschley dies verdaute. Dann: »Also … wenn ich noch irgendwas für dich tun kann …«

»Ja, das kannst du«, sagte Halleck. »Aber es hört sich ein bisschen bekloppt an.«

»Worum geht's?« Penschleys Stimme klang jetzt vorsichtig.

»Erinnerst du dich an meine Schwierigkeiten Anfang dieses Frühlings? An den Unfall?«

»Eh, ja …«

»Die Frau, die ich überfahren habe, war eine Zigeunerin. Hast du das gewusst?«

»Es stand in der Zeitung«, sagte Penschley zögernd.

»Sie gehörte zu einer… einer… Wie nennt man das gleich? Einer Schar, glaube ich. Sie gehörte zu einer Schar von Zigeunern. Sie haben hier außerhalb von Fairview gelagert. Sie hatten mit einem Farmer hier aus der Gegend, der Bargeld brauchen konnte, einen Deal gemacht –«

»Warte mal, warte einen Augenblick«, sagte Kirk Penschley. Seine Stimme war jetzt eine Spur aufgeregter, ganz im Gegensatz zu dem vorherigen offiziellen Trauerton. Billy lächelte. Diese Tonart kannte er, und sie gefiel ihm wesentlich besser. Er sah Penschley vor sich, fünfundvierzig Jahre alt, Glatze, knapp einen Meter sechzig groß, wie er eifrig nach einem gelben Notizblock und einem seiner geliebten Flair Fineliner griff. Wenn er auf Touren kam, war Penschley einer der hellsten, hartnäckigsten Köpfe, die er kannte. »In Ordnung, weiter. Wie hieß dieser Farmer?«

»Arncaster. Lars Arncaster. Nachdem ich die Frau überfahren hatte –«

»Ihr Name?«

Halleck schloss die Augen und versuchte, sich daran zu erinnern. Es war komisch, die ganze Zeit hatte er nichts anderes im Kopf als diese Geschichte, aber an ihren Namen hatte er seit der Anhörung nicht einmal gedacht.

»Lemke«, sagte er schließlich. »Sie hieß Susanna Lemke.«

»L-e-m-p-k-e?«

»Ohne P.«

»Okay.«

»Nach dem Unfall mussten die Zigeuner feststellen, dass sie in Fairview nicht mehr allzu willkommen waren. Ich habe guten Grund zu glauben, dass sie von hier nach Raintree weitergefahren sind. Ich möchte wissen, ob du ihre Spur von da aus weiterverfolgen kannst. Ich möchte herausfinden, wo sie jetzt sind. Die Nachforschungen bezahle ich natürlich aus eigener Tasche.«

»Verdammt richtig, dass du das tun wirst«, sagte Penschley fröhlich. »Nun ja, wenn sie in nördlicher Richtung nach New England weitergezogen sind, werden wir sie wahrscheinlich finden. Aber wenn sie nach Süden über New York nach New Jersey gefahren sind, dann weiß ich es nicht. Denkst du an eine Zivilklage, Billy?«

»Nein«, sagte Halleck. »Aber ich muss mit dem Mann von dieser Frau reden. Falls er das überhaupt ist.«

»Oh«, sagte Penschley, und wieder konnte Billy seine Gedanken so deutlich lesen, als hätte er sie laut ausgesprochen: *Billy Halleck regelt seine Angelegenheiten. Er bringt seine Bücher in Ordnung. Vielleicht will er dem alten Zigeuner einen Scheck geben; vielleicht will er ihm auch nur noch einmal gegenübertreten und sich entschuldigen und dem Mann die Gelegenheit geben, ihm eins aufs Auge zu hauen.*

»Vielen Dank, Kirk«, sagte Halleck.

»Nicht der Rede wert«, sagte Penschley. »Sieh du nur zu, dass du wieder gesund wirst.«

»Ist gut.« Billy legte auf. Sein Kaffee war inzwischen kalt geworden.

Es überraschte ihn nicht besonders, Rand Foxworth, Fairviews stellvertretenden Polizeichef, in Hopleys Büro vorzufinden, von wo aus er die polizeilichen Angelegenheiten der Stadt regelte. Er begrüßte Halleck einigermaßen herzlich, aber in seinen Augen war ein gehetzter Ausdruck. Hallecks geübtes Auge sah sofort, dass viel zu viele Papiere im Eingangskorb auf Foxworths Schreibtisch lagen, und im Ausgangskorb dementsprechend viel zu wenige. Foxworths Uniform war tadellos … aber seine Augen waren blutunterlaufen.

»Dunc hat eine kleine Grippe«, beantwortete er Billys Frage – doch diese Antwort hatte einen seltsamen Klang, so als wäre sie schon viele Male wiederholt worden. »Er ist schon ein paar Tage nicht mehr hier gewesen.«

»Oh«, sagte Halleck. »Eine Grippe.«

»Ja, eine Grippe«, sagte Foxworth, und sein Blick forderte Billy auf, sich selbst einen Reim darauf zu machen.

Die Sprechstundenhilfe erklärte ihm, dass Dr. Houston gerade einen Patienten bei sich habe.

»Es ist dringend. Sagen Sie ihm bitte, dass ich nur eine Frage an ihn habe.«

Es wäre einfacher gewesen, ihn persönlich aufzusuchen, aber Halleck hatte keine Lust, quer durch die ganze Stadt zu fahren. Jetzt stand er in einer Telefonzelle (was vor noch gar nicht so langer Zeit undenkbar gewesen wäre) auf der Straßenseite, die der Polizeiwache gegenüberlag. Endlich kam Houston an den Apparat.

Seine Stimme war kühl, distanziert und mehr als nur ein bisschen verärgert. Halleck, der entweder sehr gut darin wurde, unterschwellige Bedeutungen wahrzunehmen, oder in der Tat allmählich paranoid geworden war, hörte die Botschaft in dem unterkühlten Ton deutlich heraus: *Du bist nicht mehr mein Patient, Billy. Ich spüre da eine Art nicht mehr rückgängig zu machende Degeneration bei dir, die mich sehr, sehr nervös macht. Gib mir etwas, das ich diagnostizieren kann, etwas, wogegen ich dir etwas verschreiben kann, das ist alles, worum ich dich bitte. Wenn du mir das nicht bieten kannst, dann sehe ich keine weitere Geschäftsbasis mehr zwischen uns. Wir haben manch gute Golfpartie zusammen gespielt, aber ich glaube kaum, dass einer von uns beiden sagen würde, wir wären je miteinander befreundet gewesen. Ich besitze einen Sony-Pieper und eine Laborausrüstung im Werte von 200 000 Dollar, dazu eine Auswahl an Medikamenten abrufbereit, eine Liste, die so lang ist ... nun ja, wenn mein Computer sie ausdrucken würde, würde sie sich vom Eingangstor des Country Clubs bis hin zur Kreuzung Lantern Drive und Park Lane erstrecken. Mit all diesen Errungenschaften komme ich mir toll vor. Ich komme mir nützlich vor. Und dann kommst du daher und machst aus mir so etwas wie einen alten Kurpfuscher aus dem siebzehnten Jahrhundert, der nur ein paar Flaschen voller Blutegel gegen zu hohen Blutdruck und einen Schädelbohrer gegen Kopfschmerzen besitzt. Es gefällt mir aber nicht, mich so zu fühlen, lieber Bill. Darüber brauchen wir gar nicht lange zu reden. Hau ab. Ich will mit dir nichts mehr zu tun haben. Ich komme auf deiner Beerdigung vorbei, um dich im Sarg zu sehen ... das heißt, wenn mein Pieper mich nicht gerade wegpiept.*

»Moderne Medizin«, murmelte Halleck.

»Wie bitte? Sie müssen schon ein wenig lauter sprechen, Billy. Ich will Sie ja nicht zu kurz abfertigen, aber meine Assistentin hat sich krank gemeldet, und ich weiß heute gar nicht, wo mir der Kopf steht.«

»Nur eine Frage, Mike«, sagte Halleck. »Was ist mit Duncan Hopley los?«

Vollkommene Stille am anderen Ende der Leitung. Fast zehn Sekunden lang. Dann: »Wie kommen Sie auf die Idee, dass etwas mit ihm los sein könnte?«

»Er war nicht in seinem Büro. Rand Foxworth hat mir erzählt, er hätte eine Grippe, aber Foxworth lügt so, wie alte Leute ficken.«

Eine weitere lange Pause. »Ihnen als Anwalt sollte ich eigentlich nicht erst sagen müssen, dass Sie mich dazu auffordern, meine Schweigepflicht zu verletzen, Billy. Ich könnte meinen Hals damit ganz schön in die Schlinge stecken.«

»Wenn zufällig jemand über das kleine Fläschchen stolpern sollte, das Sie in Ihrer Schreibtischschublade aufbewahren, könnte Ihr Hals ebenfalls in der Schlinge stecken. Eine Schlinge, die so hoch hängt, dass ein Trapezkünstler Höhenangst bekäme.«

Schweigen. Als Houston wieder sprach, war seine Stimme eisig vor Zorn ... aber es schwang auch ein Unterton von Furcht darin mit. »Ist das eine Drohung?«

»Nein«, sagte Halleck müde. »Sie sollen sich nur nicht so zimperlich anstellen, Mike. Sagen Sie mir, was mit Hopley los ist, und Sie haben Ihre Ruhe.«

»Warum wollen Sie das wissen?«

»Herrgott noch mal. Sie sind der lebende Beweis dafür, dass ein Mensch genauso verbohrt sein kann, wie er will, wissen Sie das, Mike?«

»Ich habe nicht die geringste Ahnung, was –«

»Während des letzten Monats haben Sie drei sehr seltsame Krankheiten hier in Fairview erlebt. Sie haben zwischen ihnen keinen Zusammenhang hergestellt. Irgendwie ist das ganz verständlich, schließlich sind alle drei ja auch sehr verschieden. Aber eines haben sie andererseits gemeinsam, ihre Absonderlichkeit nämlich. Ich muss mich doch fragen, ob nicht ein anderer Arzt – einer, der noch nicht das Vergnügen einer täglichen Kokaindosis im Werte von fünfzig Dollar entdeckt hat, um sich damit den Kopf vollzudröhnen – nicht trotz der unterschiedlichen Symptome einen Zusammenhang zwischen ihnen gesehen hätte.«

»Jetzt machen Sie, verdammt noch mal, einen Punkt!«

»Nein, tue ich nicht. Sie haben danach gefragt, warum ich das wissen will, und, bei Gott, ich werde es Ihnen sagen. Ich nehme ständig weiter ab – selbst dann, wenn ich mir jeden Tag über achttausend Kalorien in den Hals stopfe. Cary Rossington hat irgendeine bizarre Hautkrankheit. Seine Frau sagt, dass er sich in eine Art Monster für die Raritätenshow verwandelt. Er ist in der Mayo-Klinik. Jetzt will ich erstens wissen, was mit Duncan Hopley los ist, und zweitens, ob Sie in letzter Zeit noch weitere unerklärliche Fälle in Ihrer Praxis hatten.«

»Billy, es ist überhaupt nicht so, wie Sie denken. Sie scheinen da irgendeine verrückte Idee im Kopf zu haben. Ich weiß nicht, was es ist –«

»Nein, und das macht nichts. Aber ich will eine Antwort. Wenn ich sie nicht von Ihnen bekomme, besorg ich sie mir woanders.«

»Warten Sie einen Augenblick. Wenn wir schon darüber reden müssen, möchte ich lieber ins Büro gehen. Da bin ich ein bisschen ungestörter.«

Ein Klicken in der Leitung, während Houston den Apparat umschaltete. Halleck stand in der Telefonzelle, schwitzte und fragte sich, ob das Houstons Methode war, ihn loszuwerden. Dann ein erneutes Klicken.

»Sind Sie noch dran, Billy?«

»Ja.«

»Na gut.« Die Enttäuschung in seiner Stimme war nicht zu überhören. Irgendwie war sie komisch. Er seufzte. »Duncan Hopley hat eine Art unkontrollierte Akne.«

Halleck stand auf und öffnete die Zellentür. Plötzlich war ihm da drin zu heiß geworden. »*Akne!*«

»Pickel, Mitesser, Ausschlag. Das ist alles. Sind Sie nun zufrieden?«

»Sonst noch jemand?«

»Nein. Und, Billy, ich betrachte Pickel nicht gerade als etwas Absonderliches. Sie haben vorhin ein bisschen geklungen wie ein Roman von Stephen King, aber es ist nicht so. Duncan Hopley hat nur eine vorübergehende Hormonstörung. Und es ist für ihn auch nicht gerade etwas Neues. Seine Hautprobleme gehen bis in die Zeit zurück, als er in der siebten Klasse war.«

»Sehr vernünftig gedacht. Aber wenn man Cary Rossington mit seiner Alligatorhaut und William J. Halleck mit seiner unfreiwilligen Anorexia nervosa wieder in die Gleichung mit hineinnimmt, hört es sich doch ein bisschen wie ein Stephen-King-Roman an, finden Sie nicht?«

Geduldig antwortete Houston: »Sie haben ein Stoffwechselproblem, Bill. Und Cary … ich weiß nicht. Ich habe schon eine Menge –«

»Seltsame Dinge gesehen, ja, ich weiß«, sagte Halleck. War dieser Kokain schnupfende Quatschkopf wirklich zehn Jahre lang sein Hausarzt gewesen? Lieber Gott, war das tatsächlich wahr? »Haben Sie Lars Arncaster in letzter Zeit gesehen?«

»Nein«, antwortete Houston unwillig. »Er gehört nicht zu meinen Patienten. Ich dachte, Sie hätten nur *eine* Frage?«

141

Natürlich ist er nicht dein Patient, dachte Billy ausgelassen. *Er bezahlt seine Rechnungen nicht pünktlich, nicht wahr? Ein Bursche wie du, ein Bursche mit kostspieligen Hobbys, kann es sich nicht leisten, auf Geld zu warten, nicht wahr?*

»Das ist wirklich die letzte Frage«, sagte er. »Wann haben Sie Duncan Hopley zum letzten Mal gesehen?«

»Vor zwei Wochen.«

»Danke.«

»Das nächste Mal melden Sie sich vorher an, Billy«, sagte Houston unfreundlich und legte auf.

Hopley wohnte natürlich nicht am Lantern Drive, aber als Polizeichef verdiente er ganz gut. Er besaß ein adrettes Holzhaus im Kolonialstil in der Ribbonmaker Lane.

Billy parkte seinen Wagen in der Abenddämmerung in der Auffahrt, ging zur Tür und klingelte. Keine Antwort. Er klingelte wieder. Keine Antwort. Er lehnte sich gegen die Klingel. Keine Reaktion. Er lief zur Garage hinüber, schirmte mit beiden Händen das Gesicht ab und spähte durch das Garagentorfenster. Hopleys Wagen, ein konservativer dunkelbrauner Volvo, stand darin. FVW 1 stand auf dem Nummernschild. Es gab keinen zweiten Wagen. Hopley war Junggeselle. Halleck ging zur Haustür zurück und fing an, mit der Faust dagegenzuhämmern. Er hämmerte ungefähr drei Minuten lang, und der Arm wurde ihm schon lahm, als er drinnen eine heisere Stimme brüllen hörte: »Hauen Sie ab! Scheren Sie sich zum Teufel!«

»Lassen Sie mich rein!«, rief Halleck zurück. »Ich muss mit Ihnen reden!«

Es gab keine Antwort. Nach einer Minute fing Halleck wieder an, gegen die Tür zu hämmern. Jetzt hörte er gar keine Reaktion mehr … doch als er abrupt innehielt, vernahm er ein raschelndes Geräusch, als ob sich hinter der Tür jemand bewegte. Er sah Hopley förmlich vor sich, wie er da hinter der Tür stand – hinter der Tür *kauerte* – und darauf wartete, dass der hartnäckige, ungebetene Besucher endlich wegginge und ihn in Frieden ließe. In Frieden, oder was immer in Duncan Hopleys Welt jetzt dafür gelten mochte.

Halleck öffnete seine pochende Faust. »Hopley, ich glaube, dass Sie da hinter der Tür stehen«, sagte er ruhig. »Sie brauchen nichts zu sagen. Hören Sie mir bitte nur zu. Hier ist Billy Halleck. Vor zwei Monaten war ich in einen Unfall verwickelt. Eine alte Zigeunerin lief einfach so über die Straße und –«

Bewegung hinter der Tür, ganz eindeutig jetzt. Ein Scharren und Rascheln.

»Ich habe sie überfahren und dabei getötet. Und jetzt verliere ich Gewicht. Ich mache keine Diät oder so was; ich nehme einfach ab. Bisher ungefähr siebzig Pfund. Wenn das nicht bald aufhört, werde ich als menschliches Skelett in einer Geisterbahn auftreten können.

Cary Rossington – Richter Rossington – hatte bei der vorläufigen Anhörung den Vorsitz. Er hat erklärt, dass es keinen Grund für einen Prozess gäbe. Jetzt hat er eine ganz seltsame Hautkrankheit –«

Halleck glaubte, ein leises, überraschtes Aufatmen zu hören.

»– und er ist jetzt in der Mayo-Klinik. Die Ärzte haben ihm gesagt, dass er keinen Krebs habe, aber sie wüssten auch nicht, *was* es wäre. Rossington will lieber glauben, dass er Krebs *hat*, anstatt zu wissen, was es *wirklich* ist.«

Halleck schluckte. Er spürte ein schmerzendes Kratzen im Hals.

»Es ist ein Zigeunerfluch, Hopley. Ich weiß, wie abwegig das klingt, aber es ist die Wahrheit. Da war ein alter Mann dabei. Er hat mich angefasst, als ich aus dem Gerichtsgebäude herausgekommen bin. Er hat auch Rossington angefasst, als er mit seiner Frau den Flohmarkt in Raintree besucht hat. Hat er Sie auch angefasst, Hopley?«

Ein langes, langes Schweigen … und dann drang ein einziges Wort an Hallecks Ohr. Es kam durch den Briefkastenschlitz wie ein Brief von zu Hause, der voller schlechter Nachrichten steckte.

»Ja ...«

»Wann? Wo?«

Keine Antwort.

»Ich muss mit Ihnen darüber reden«, sagte Billy verzweifelt. »Hopley, ich habe eine Idee. Ich glaube –«

»Sie können überhaupt nichts tun«, flüsterte Hopley. »Es ist alles schon viel zu weit fortgeschritten. Verstehen Sie mich, Halleck? Viel ... zu ... weit.«

Ein Seufzer – pergamenten, entsetzlich.

»Es wäre eine *Chance*!«, sagte Halleck wütend. »Sind Sie schon so weit hinüber, dass es Ihnen gar nichts mehr ausmacht?«

Keine Antwort. Halleck wartete. Er suchte nach noch mehr Worten, nach neuen Argumenten. Er fand keine. Hopley hatte schlichtweg nicht vor, ihn einzulassen. Er hatte sich schon abgewandt, als die Tür geöffnet wurde.

Er blickte auf den schwarzen Spalt zwischen Tür und Rahmen. Wieder hörte er die scharrenden Geräusche, die sich jetzt entfernten. Sie zogen sich in die Dunkelheit der Eingangsdiele zurück. Seine Arme, sein Rücken, seine Schenkel überzogen sich mit einer Gänsehaut. Einen Augenblick lang wollte er am liebsten wegrennen – *Vergiss Hopley. Wenn jemand diesen Zigeuner finden kann, dann ist es Kirk Penschley. Lass Hopley in Frieden, du brauchst ihn nicht. Du brauchst dir nicht anzusehen, was aus ihm geworden ist.*

Halleck unterdrückte diese innere Stimme, griff nach dem Knauf an der Haustür des Polizeichefs von Fairview, schob sie auf und trat ein.

Am anderen Ende der Diele sah er eine undeutliche Silhouette. Auf ihrer linken Seite öffnete sich eine Tür, und die Silhouette ging hindurch. Aus dem Zimmer schimmerte ein trübes Licht auf den Gang und warf für einen Augenblick einen langen, geisterhaften Schatten über den Boden.

Der Schatten krümmte sich und kroch halb die Wand hoch. An dieser Wand hing eine eingerahmte Fotografie von Hopley, die aufgenommen worden war, als die Rotarier von Fairview ihm einen Pokal überreicht hatten. Jetzt lag der missgestaltete Kopf des Schattens wie ein böses Omen über der Fotografie.

Halleck ging durch die Diele. Ihm war unheimlich zumute, da brauchte er sich gar nichts vorzumachen. Halb erwartete er schon, dass jeden Augenblick die Haustür hinter ihm zufallen und von außen abgeschlossen werden würde ... *und dann wird der alte Zigeuner mich von hinten aus den Schatten anspringen und mich packen, genau wie in der großen Schockszene in einem billigen Horrorfilm. Sicher. Komm raus, du Arschloch! Zeig, was du kannst!* Aber sein rasendes Herzklopfen wurde nicht langsamer.

Er bemerkte einen unangenehmen Geruch in Hopleys Haus – faulig, abgestanden, wie langsam vor sich hin gammelndes Fleisch.

Einen Augenblick blieb er vor der offenen Tür stehen. Das Zimmer sah aus wie ein Büro oder ein Wohnzimmer, aber das Licht war so schwach, dass er es nicht mit Sicherheit erkennen konnte.

»Hopley?«

»Kommen Sie rein«, flüsterte die Pergamentstimme.

Billy machte einen Schritt vorwärts.

Es war Hopleys Arbeitszimmer. Er entdeckte mehr Bücher in den Regalen, als er erwartet hätte. Auf dem Boden lag ein türkischer Teppich in warmen Farben. Das Zimmer war klein und, unter anderen Umständen, bestimmt gemütlich und angenehm.

In der Mitte stand ein heller Holztisch mit einer Schreibunterlage, darauf eine Tensor-Lampe, deren Schirm so weit nach unten gezogen war, dass er nur einen Zentimeter über der Unterlage schwebte. So entstand ein brutal konzentrierter Lichtkreis. Der Rest des Raumes war eine kalte Schattenlandschaft.

Hopley selbst war eine große menschenähnliche Gestalt in etwas, das ein Eames-Sessel hätte sein können.

Billy schritt über die Schwelle. In der Ecke sah er einen Stuhl und setzte sich darauf. Ihm war klar, dass er sich die Sitzgelegenheit ausgesucht hatte, die am weitesten von Hopley entfernt war. Er strengte seine Augen an, um ihn deutlicher erkennen zu können. Es war unmöglich. Der Mann war eine bloße Silhouette. Halleck rechnete schon damit, dass Hopley den Lampenschirm so drehte, dass ihn das Licht blendete. Und dann würde Hopley sich wie ein Cop aus einem Film der Schwarzen Serie vorbeugen und ihn anbrüllen. »*Wir wissen, dass Sie es getan haben, McGonigal! Hören Sie auf zu leugnen! Gestehen Sie! Gestehen Sie, und wir lassen Sie 'ne Zigarette 'rauchen! Gestehen Sie, und Sie kriegen ein Glas Eiswasser von uns! Gestehen Sie, und wir lassen Sie aufs Klo gehn!*«

Aber Hopley saß nur zurückgelehnt in seinem Eames-Sessel. Als er seine Beine übereinander schlug, ertönte ein leises Rascheln.

»Also? Sie wollten unbedingt reinkommen. Jetzt sind Sie da. Erzählen Sie Ihre Geschichte, Halleck, und dann machen Sie, dass Sie wegkommen. Sie sind derzeit nicht gerade der Mensch, den ich am liebsten auf dieser Welt sehen möchte.«

»Ich bin auch nicht Leda Rossingtons Liebling«, sagte Billy. »Aber, ehrlich gesagt, mich schert es einen Scheißdreck, was sie von mir hält. Und auch, was Sie von mir denken. Sie glaubt, dass es meine Schuld war. Wahrscheinlich tun Sie das auch.«

»Wie viel hatten Sie denn intus, als Sie sie überfahren haben, Halleck? Ich wette, wenn Tom Rangely Sie in die Tüte hätte blasen lassen, wäre der kleine Ballon direkt zum Himmel hinaufgestiegen.«

»Nichts. Kein Alkohol, keine Drogen«, sagte Billy. Sein Herz raste immer noch, aber jetzt mehr vor Zorn als vor Angst. Jeder Herzschlag jagte ihm einen stechenden Schmerz durch den Schädel. »Wollen Sie wissen, wie es wirklich passiert ist? Meine Frau, mit der ich seit sechzehn Jahren verheiratet bin, hat sich ausgerechnet diesen Tag ausgesucht, um mir im fahrenden Auto einen runterzuholen. So was hat sie vorher noch *nie* getan. Ich habe keinen blassen *Schimmer*, warum sie es gerade an dem Tag tun musste. Während Sie und Leda Rossington – und höchstwahrscheinlich auch Cary Rossington – so sehr damit beschäftigt sind, mir alle Schuld in die Schuhe zu schieben, weil ich am Steuer saß, habe ich mich die ganze Zeit damit befasst, meine Frau zu beschuldigen, weil sie eine Hand in meiner Hose hatte. Und vielleicht sollten wir alle es einfach dem Schicksal oder der Bestimmung oder irgendwas zuschreiben und aufhören, uns mit der Schuldfrage zu beschäftigen.«

Hopley grunzte.

»Oder wollen Sie, dass ich Ihnen schildere, wie ich Tom Rangely auf den Knien angebettelt habe, mich keinen Alkoholtest, keine Blutprobe machen zu lassen? Wie ich an Ihrer Schulter geweint habe, dass Sie die Untersuchung vertuschen und diese Zigeuner endlich aus der Stadt schmeißen sollten?«

Jetzt grunzte Hopley nicht mal mehr. Er war nur ein schweigender, in sich zusammengesunkener Haufen in dem Eames-Sessel.

»Ist es für all diese Spielchen nicht schon ein bisschen spät?«, fragte Billy. Seine Stimme war ganz heiser geworden. Überrascht stellte er fest, dass er den Tränen nahe war. »Meine Frau hat mir einen runtergeholt, richtig. Ich habe die alte Frau überfahren und getötet, richtig. Sie war mindestens fünfzig Meter vom nächsten Zebrastreifen entfernt und kam zwischen zwei geparkten Wagen hervor auf die Straße gelaufen, richtig. Sie haben die Untersuchung vertuscht und die Zigeuner aus der Stadt vertrieben, nachdem Cary Rossington mich rasch wieder rein gewaschen hatte, auch richtig. Und nichts davon hat einen Scheißdreck zu bedeuten! Aber wenn Sie schon da im Dunkeln sitzen und die Schuld verteilen wollen, mein Freund, dann vergessen Sie bitte nicht, sich selbst eine Scheibe davon abzuschneiden.«

»Ein großartiges Plädoyer, Halleck. Wirklich großartig. Haben Sie Spencer Tracy in diesem Film über den Affenprozess gesehen? Den müssen Sie gesehen haben!«

»Leck mich«, sagte Billy und stand auf.

Hopley seufzte. »Setzen Sie sich!«

Billy Halleck blieb unsicher stehen. Zum Teil hätte er seine Wut am liebsten für seine eigenen, nicht so noblen Zwecke ausgenutzt. Dieser Teil drängte ihn, so schnell wie möglich aus dem Haus zu rennen, sein von ihm selbst provoziertes Eingeschnapptsein als Anlass zu nehmen, wegzukommen. Denn die dunkle zusammengesackte Gestalt in dem Eames-Sessel jagte ihm eine solche Angst ein, dass er sich fast in die Hosen machte.

»Spielen Sie sich hier nicht als frömmlerischer Arsch auf«, sagte Hopley. »Setzen Sie sich hin, um Himmels willen.«

Billy setzte sich. Er merkte, dass sein Mund ausgetrocknet war und es in seinen Oberschenkeln kleine Muskeln gab, die unkontrolliert zitterten.

»Sie sollen Ihren Willen haben, Halleck. Ich bin Ihnen ähnlicher, als Sie glauben. Auch ich gebe keinen blassen Furz auf nachträgliche Schuldzuweisungen. Sie haben Recht – ich habe nicht groß nachgedacht. Ich hab's einfach getan. Es war nicht die erste Horde von Herumtreibern, die ich aus der Stadt geworfen habe. Und ich habe auch schon andere kleine kosmetische Eingriffe vorgenommen, wenn einer unserer hoch angesehenen Bürger sich in die Scheiße geritten hatte. Natürlich konnte ich nichts machen, wenn der Betreffende außerhalb der Stadtgrenzen in Schwierigkeiten geraten war ... aber Sie wären überrascht zu hören, wie viele unserer großen Lichter es immer noch nicht gelernt haben, dass man nicht da scheißt, wo man isst.

Aber vielleicht hat Sie das auch gar nicht überrascht.«

Hopley stieß ein pfeifendes, keuchendes Gelächter aus, das Billy eine Gänsehaut über die Arme jagte.

»Gehört alles zum Dienst. Wenn nichts weiter geschehen wäre, dann würden weder Sie noch Cary Rossington noch ich – keiner von uns würde sich noch daran erinnern, dass diese Zigeuner überhaupt existieren.«

Billy öffnete den Mund, um heftig zu protestieren, um Hopley zu erklären, dass er dieses Übelkeit erregende, dumpfe Doppelgeräusch, das er gehört hatte, in seinem ganzen Leben nicht vergessen würde… und dann fielen ihm die vier Tage wieder ein, die er mit Heidi in Mohonk verbracht hatte. Wie hatten sie beide gelacht und gegessen wie die Scheunendrescher, was waren sie gewandert, hatten sich jede Nacht geliebt. Manchmal auch nachmittags. Wie lange nach dem Unfall war das gewesen? Zwei Wochen?

Er machte den Mund wieder zu.

»Was geschehen ist, ist geschehen. Ich glaube, ich habe Sie nur aus dem Grund reingelassen, weil es gut ist, zu wissen, dass noch jemand an das glaubt, was hier passiert, egal wie irrsinnig es auch ist. Aber vielleicht habe ich Sie auch nur reingelassen, weil ich mich einsam fühle. Und ich habe Angst, Halleck. Eine Menge Angst. *Extrem* viel Angst. Geht es Ihnen auch so?«

»Ja«, sagte Billy schlicht.

»Wissen Sie, wovor ich am meisten Angst habe? Ich kann hier ganz schön lange so weiterleben. Das macht mir Angst. Mrs. Callaghee kauft meine Lebensmittel ein und kommt zweimal die Woche, um zu putzen und meine Wäsche zu waschen. Ich hab den Fernseher und lese gerne. Meine Investitionen haben sich im Laufe der Zeit ganz gut amortisiert. Wenn ich mich ein bisschen einschränke, kann ich vermutlich ewig so weitermachen. Und wie viele Gelegenheiten hat ein Mann in meiner Situation schließlich, Geld auszugeben? Soll ich mir eine Yacht kaufen, Halleck?

Mir vielleicht einen Lear-Jet chartern und mit meiner Freundin nach Monte Carlo fliegen, um mir dort im nächsten Monat den Grand Prix anzusehen? Was meinen Sie, Halleck? Auf wie vielen Partys werde ich jetzt noch willkommen sein, wo mir das ganze Gesicht wegrutscht?«

Billy schüttelte benommen den Kopf.

»Also ... ich könnte hier weiter vor mich hin leben, und es würde einfach ... einfach immer weitergehen. So, wie es jetzt schon weitergeht, jeden Tag und jede Nacht. Und das macht mir Angst. Denn es ist falsch, so zu leben. Jeden Tag, an dem ich mich nicht umbringe, jeden Tag, an dem ich hier im Dunkeln sitze und mir Spielshows und Sitcoms ansehe, lacht dieser alte Zigeunerarsch mich aus.«

»Wann ... wann hat er ...?«

»Mich berührt? Vor knapp fünf Wochen, falls das eine Rolle spielt. Ich war nach Milford gefahren, um meine Mutter und meinen Vater zu besuchen. Ich hab sie zum Mittagessen ausgeführt. Weil ich vorher schon ein paar Bier getrunken hatte und dann noch ein paar zum Essen, wollte ich noch kurz aufs Klo, bevor wir wieder gingen. Die Tür war verriegelt. Ich habe gewartet. Dann ging sie auf, und *er* kam heraus. Ein alter Knacker mit einer verfaulten Nase. Er berührte mich an der Wange und sagte irgendwas.«

»Was?«

»Ich hab's nicht verstanden«, sagte Hopley. »Gerade in dem Augenblick hat jemand in der Küche einen ganzen Stapel Teller fallen lassen. Aber ich muss es gar nicht wissen. Ich brauche ja bloß in den Spiegel zu gucken.«

»Sie wissen wohl nicht, ob die Zigeuner gerade in Milford gelagert haben?«

»Zufällig doch. Am nächsten Tag habe ich mich bei der Polizei in Milford danach erkundigt«, sagte Hopley. »Nennen Sie es professionelle Neugier – ich hatte den alten Zigeuner wiedererkannt; so ein Gesicht kann man einfach nicht vergessen, wenn Sie verstehen, was ich meine.«

»Ja«, sagte Billy.

»Sie hatten sich für vier Tage auf einer Farm in East Milford niedergelassen. Dieselbe Art von Handel, wie sie ihn hier mit dieser Hämorrhoide Arncaster abgeschlossen hatten. Der Beamte, mit dem ich gesprochen habe, hat mir gesagt, dass er sie sehr genau im Auge behalten hätte. Offenbar waren sie genau an dem Morgen wieder abgezogen.«

»Nachdem der alte Mann Sie angefasst hatte?«

»Genau.«

»Glauben Sie, er hat irgendwie gewusst, dass Sie dort sein würden? Ich meine, in diesem speziellen Restaurant?«

»Ich bin mit meinen Eltern noch nie dort gewesen«, sagte Hopley. »Es ist ein altes Haus, das gerade renoviert worden ist. Normalerweise gehen wir immer zu einem Mexikaner, der am anderen Ende der Stadt liegt. Meine Mutter hatte die Idee. Sie wollte mal sehen, was sie mit den Teppichen gemacht hatten, mit der Holzvertäfelung und was weiß ich. Sie wissen ja, wie Frauen sind.«

»Sie haben meine Frage nicht beantwortet. Glauben Sie, der Alte hat irgendwie gewusst, dass er Sie dort antreffen würde?«

Die in dem Eames-Sessel zusammengesunkene Gestalt schwieg lange, nachdenklich. »Ja«, sagte Hopley schließlich. »Ja, das glaube ich. Noch irrsinniger, was, Halleck? Wie gut, dass niemand uns zuhört, nicht wahr?«

»Ja«, sagte Billy. »Ist wohl so.« Ein merkwürdiges leises Kichern entfuhr ihm. Es klang wie ein winziger Schrei.

»Also, was ist das für eine Idee, die Sie im Kopf haben, Halleck? Ich schlafe in letzter Zeit nicht viel, aber gewöhnlich fange ich um diese Zeit immer an, mich im Bett herumzuwälzen.«

Als er jetzt aufgefordert wurde, das, was er sich bisher nur im Stillen zurechtgelegt hatte, in Worte zu fassen, kam es Billy plötzlich absurd vor – seine Idee war töricht. Eigentlich war es gar keine richtige Idee, sondern nur ein Traum.

»Die Kanzlei, für die ich arbeite, beschäftigt eine Detektivagentur«, sagte er. »Barton Detective Services, Inc.«

»Von denen hab ich gehört.«

»Sie sollen die besten in dem Geschäft sein. Ich ... Das heißt ...«

Er spürte, dass Hopley Ungeduld ausstrahlte, obwohl der Mann sich überhaupt nicht bewegte. Er raffte zusammen, was an Würde noch in ihm war, und sagte sich, dass er bestimmt genauso gut wie Hopley darüber Bescheid wusste, was mit ihnen passierte, dass er mindestens genauso viel Recht hatte, zu sprechen. Schließlich geschah mit ihm das Gleiche.

»Ich will ihn finden«, sagte Billy. »Ich will ihn zur Rede stellen. Ich will ihm sagen, wie es passiert ist. Ich ... ich glaube, ich möchte reinen Tisch machen. Obwohl ich annehme, wenn er schon in der Lage ist, uns das hier anzutun, dann weiß er es vielleicht sowieso schon.«

»Ja«, sagte Hopley.

Etwas ermutigt fuhr Billy fort: »Aber ich möchte ihm trotzdem meine Sicht der Dinge erklären. Dass es meine Schuld gewesen sei, ja, ich hätte in der Lage sein müssen, rechtzeitig zu bremsen. Und wenn die Dinge so gelaufen wären, wie es sein sollte, *hätte* ich auch rechtzeitig angehalten. Dass es die Schuld meiner Frau gewesen sei, weil sie mit mir das gemacht hat, was sie eben gemacht hat. Dass es Rossingtons Schuld sei, weil der Prozess Augenwischerei war, und Ihre Schuld, weil Sie die Untersuchung nicht korrekt durchgeführt und die Zigeuner aus der Stadt vertrieben haben.«

Billy schluckte.

»Und dann werde ich ihm sagen, dass es auch *ihre* Schuld gewesen sei. Ja. Sie ist *einfach so auf die Straße gelaufen*, Hopley. Na gut, das ist nicht gerade ein Verbrechen, für das man mit der Gaskammer bestraft wird, aber der Grund, warum es gesetzwidrig ist, ist ja gerade der, dass man dabei getötet werden kann, so wie sie getötet worden ist.«

»Das wollen Sie ihm sagen?«

»Ich *will* es ihm nicht sagen, aber ich werde es tun. Sie kam zwischen zwei geparkten Wagen hervor und hat nicht nach rechts oder links gesehen. Im dritten Schuljahr schon werden die Kinder eines Besseren belehrt.«

»Irgendwie kann ich mir nicht vorstellen, dass diese Braut im dritten Schuljahr mit Verkehrserziehung in Berührung gekommen ist«, sagte Hopley. »Irgendwie glaube ich nicht, dass sie überhaupt je in einer dritten Klasse *gewesen* ist, wissen Sie.«

»Dennoch«, sagte Billy störrisch. »Der gesunde Menschenverstand sagt einem doch –«

»Halleck, Sie müssen ganz versessen auf Bestrafung sein«, sagte der Schatten, der Hopley war. »Im Augenblick nehmen Sie ab – wollen Sie versuchen, den Hauptpreis zu bekommen? Vielleicht wird er Ihnen das nächste Mal den Darm verstopfen, oder Ihr Blut auf fünfzig Grad aufheizen, oder –«

»Ich werde nicht einfach in Fairview rumsitzen und abwarten, was passiert!«, sagte Billy wütend. »Vielleicht kann er es wieder rückgängig machen. Haben Sie daran schon mal gedacht, Hopley?«

»Ich hab eine Menge über das Zeug nachgelesen«, sagte Hopley. »Ich glaube, mir war fast vom ersten Augenblick an klar, was los ist. Von dem Augenblick an, als der erste Pickel sich über einer meiner Augenbrauen zeigte. Genau dort haben alle meine Akneanfälle angefangen, als ich auf der Highschool war – und damals hatte ich einige ganz hundsgemeine Anfälle, das kann ich Ihnen sagen. Also, ich hab's nachgelesen. Wie ich schon sagte, ich lese gern. Und ich muss Ihnen sagen, Halleck, es gibt zwar Hunderte von Büchern darüber, wie man einen Fluch oder eine Verwünschung über einen Menschen *ausspricht,* aber nur sehr wenige darüber, wie man sie wieder rückgängig macht.«

»Na gut. Vielleicht kann er's nicht. Vielleicht nicht. *Wahrscheinlich* sogar. Aber ich kann trotzdem zu ihm ge-

153

hen, verdammt noch mal. Ich kann ihm gerade in die Augen sehen und zu ihm sagen: ›Du hast zu wenig Stücke aus der Torte herausgeschnitten, alter Mann. Es fehlt noch eines für meine Frau und eines für *deine* Frau, und wenn wir schon dabei sind, wie wär's mit einem Stück für dich selbst? Wo warst du, als sie einfach so auf die Straße rannte, ohne sich umzugucken, wohin sie lief? Falls sie den Stadtverkehr nicht gewohnt war, dann musst du das doch gewusst haben! Also, wo warst du? Warum warst du nicht zur Stelle, um sie an die Hand zu nehmen und zur nächsten Ampel an der Kreuzung zu führen? Warum –‹«

»Es reicht«, unterbrach ihn Hopley. »Säße ich in der Jury, Sie hätten mich überzeugt, Halleck. Aber Sie vergessen dabei den wichtigsten Faktor, der hier im Spiel ist.«

»Und welcher wäre das?«, fragte Billy steif.

»Die Natur des Menschen. Wir mögen zwar die Opfer von übernatürlichen Kräften geworden sein, aber womit wir es hier eigentlich zu tun haben, das ist die Natur des Menschen. Als Polizeibeamter – Verzeihung, *ehemaliger* Polizeibeamter – könnte ich Ihnen nicht eifriger zustimmen. Es gibt nur verschiedene Grautöne, die ineinander übergehen. Ein grauer Schatten in den nächsthelleren oder nächstdunkleren. Aber Sie glauben doch nicht ernsthaft, dass ihr *Ehemann* Ihnen diesen Scheiß abkaufen wird, oder?«

»Ich weiß es nicht.«

»Aber ich weiß es, Halleck«, sagte Hopley. »*Ich* weiß es. Ich kann die Gedanken des Kerls so gut lesen, dass es mir manchmal so vorkommt, als würde ich mentale Funksignale von ihm empfangen. Sein ganzes Leben war ein einziges Herumziehen. Jedes Mal ist er aus einer Stadt vertrieben worden, sobald die ›anständigen Bürger‹ sich so viel Haschisch und Marihuana beschafft hatten, wie sie wollten, sobald sie alle Zehn-Cent-Stücke, die sie verspielen wollten, am Glücksrad verspielt hatten. Sein ganzes Leben lang hat er gehört, dass man Zigeuner als Schimpfwort benutzt. Die ›anständigen Bürger‹ haben Wurzeln; du hast keine. Dieser Kerl, Halleck, hat gesehen, wie damals, in den dreißiger und vierziger Jahren, seine Zelte zum Spaß angezündet wurden, und vielleicht sind dabei auch alte Leute und Babys mitverbrannt. Er hat mit angesehen, wie seine Töchter oder die Töchter seiner Freunde einfach attackiert und vielleicht vergewaltigt worden sind, denn alle ›anständigen Bürger‹ wissen, dass Zigeuner wie Kaninchen ficken, und auf ein bisschen mehr kommt es nicht an, und selbst wenn, wen kümmert das einen Dreck. Er hat vielleicht gesehen, wie seine Söhne oder die Söhne seiner Freunde so zusammengeschlagen wurden, dass sie knapp mit dem Leben davongekommen sind… und warum? Weil die Väter dieser Kids, die sie verprügelt haben, ein bisschen Geld bei den Glücksspielen verloren hatten. Es ist immer dasselbe. Man kommt in die Stadt, die ›anständigen Bürger‹ nehmen sich, was sie brauchen, und dann wird man wieder verjagt. Manchmal bekommt man obendrein eine Woche auf der ortsansässigen Erbsenfarm oder einen Monat beim Straßenbau aufgebrummt. Und dann, Halleck, zusätzlich zu all dem anderen, kommt der letzte Peitschenhieb: Dieser Spitzenanwalt mit dem Dreifachkinn und den Hängebacken einer Bulldogge überfährt deine Frau auf der Straße. Sie ist siebzig, vielleicht fünfundsiebzig Jahre alt und halb blind, und vielleicht ist sie nur so schnell auf die Straße gerannt, um möglichst bald nach Hause zu kommen, weil sie dringend mal aufs Klo musste und sich sonst in die Hose gemacht hätte. Alte Knochen brechen schnell, alte Knochen sind wie aus Glas. Und du lungerst herum und denkst dir, vielleicht dieses eine Mal, *nur dieses eine Mal,* muss es doch ein wenig Gerechtigkeit geben… ein Augenblick Gerechtigkeit, der ein Leben voller Scheiße aufwiegen soll –«

»Hören Sie auf«, sagte Billy Halleck heiser. »Hören Sie einfach auf damit, ja?« Er strich sich zerstreut über die Wange, weil er annahm, dass er fürchterlich schwitzte.

Aber er hatte keine Schweißtropfen auf den Wangen; es waren Tränen.

»Nein«, sagte Hopley mit bösartiger Herzlichkeit. »Sie haben das alles verdient, und Sie sollen es hören. Ich sage Ihnen ja nicht, dass Sie nicht weitermachen sollten, Halleck – Daniel Webster hat Satans Jury rumgekriegt, also verdammt, ich nehme an, es ist alles möglich. Aber ich glaube, dass Sie sich da an zu viele Illusionen klammern. Dieser Kerl ist *wütend*, Halleck. Der ist *außer sich!* Vielleicht ist er inzwischen völlig Banane, was weiß ich, und in dem Fall würden Sie Ihren Vortrag besser im Irrenhaus von Bridgewater halten. Der Kerl ist auf Rache aus, und wenn einer Rache will, dann schert er sich nicht um die verschiedenen Grautöne. Wenn Ihre Frau und Ihre Kinder bei einem Flugzeugabsturz ums Leben gekommen sind, dann wollen Sie sich auch nicht anhören, wie Stromkreis A Schalter B falsch umgelegt und Fluglotse C sich Virus D eingefangen hat, während Navigator E den falschen Augenblick gewählt hat, um aufs Scheißhaus F zu gehen. Sie wollen nur die Fluglinie auf Schadenersatz verklagen ... oder einfach jemanden mit ihrer Flinte abknallen. Sie werden einen *Sündenbock* haben wollen, Halleck. Sie werden jemandem ganz gewaltig wehtun wollen. Und jetzt tut man uns weh. Schlecht für uns. Gut für ihn. Vielleicht kapiere ich die ganze Sache doch ein bisschen besser als Sie, Halleck.«

Langsam, langsam kroch seine Hand über den Tisch auf den Lampenschirm zu. Er drehte ihn so, dass das Licht auf sein Gesicht fiel. Halleck hörte, wie jemand nach Luft schnappte, und merkte, dass er es gewesen war.

Er hörte Hopleys Stimme wieder: *Was meinen Sie, Halleck? Auf wie vielen Partys werde ich jetzt noch willkommen sein, wo mir das ganze Gesicht wegrutscht?*

Hopleys Gesichtshaut war eine raue, fremdartige Landschaft. Bösartige rote Geschwüre in der Größe von Untertassen wuchsen an seinem Kinn, seinem Hals, auf seinen Armen und auf den Handrücken. Auf seinen Wangen und seiner Stirn brachen kleinere Vulkane von Eiterpusteln auf, und seine Nase war eine Seuchenzone für Mitesser geworden. Gelblicher Eiter quoll hervor und floss in krummen Kanälen zwischen den hervorragenden Hügeln wilden Fleischs dahin. Hier und da tropfte Blut. Grobe, schwarze Haare, Barthaare, wuchsen in Büscheln in ganz verrückten Nestern an seinem Hals und Kinn. Hallecks überforderter, schockierter Verstand machte sich erst nach einer Weile klar, dass in diesem Gesicht, in dem so ein verheerender Aufruhr herrschte, das Rasieren schon seit einiger Zeit unmöglich sein musste. Und hilflos eingebettet in der Mitte dieser tröpfelnden roten Kraterlandschaft waren Hopleys starrende Augen.

Sie sahen Billy Halleck an. Eine endlose Zeit lang, wie es ihm vorkam. Sie lasen seinen Abscheu und sein stummes Entsetzen. Endlich nickte Hopley, so als wäre er befriedigt, und drehte den Lampenschirm wieder nach unten.

»O Gott, Hopley, das tut mir Leid.«

»Das ist nicht nötig«, sagte Hopley, und wieder lag diese merkwürdige Herzlichkeit in seiner Stimme. »Bei Ihnen geht es nur langsamer, aber Sie kommen schon noch dahin. Meine Dienstpistole liegt in der dritten Schublade dieses Schreibtischs. Wenn es zu schlimm wird, werde ich sie gebrauchen, egal, wie es dann auf meinen Kontobüchern aussieht. Gott hasst die Feiglinge, hat mein Vater immer gesagt. Ich wollte, dass Sie mich sehen, Halleck, damit Sie verstehen. Ich weiß, wie er sich fühlt, der alte Zigeuner. Ich würde nämlich keine schönen Plädoyers halten. Ich würde mir nicht erst die Mühe machen, die süße Vernunft walten zu lassen. Ich würde ihn umbringen für das, was er mir angetan hat, Halleck.«

Die furchtbare Gestalt rutschte auf dem Sessel hin und her. Billy hörte, wie Hopley sich mit dem Finger über die Wange kratzte, und dann hörte er das unsagbare, Übelkeit verursachende Geräusch von aufbrechenden Eiterpusteln. *Rossington kriegt einen Panzer am ganzen Körper, Hopley ist am Verrotten, und ich schwinde langsam dahin,* dachte er. *Lieber Gott, mach, dass dies ein Traum ist, lass mich meinetwegen auch verrückt sein ... aber lass dies nicht geschehen.*

»Ich würde ihn ganz langsam umbringen«, sagte Hopley. »Ich will Ihnen die Details ersparen.«

Billy versuchte, etwas zu sagen. Es kam nur ein trockenes Krächzen heraus.

»Ich verstehe, warum Sie so denken, aber ich habe für Ihre Mission nur sehr wenig Hoffnung, Halleck«, sagte Hopley dumpf. »Warum denken Sie stattdessen nicht daran, ihn umzubringen? Warum...?«

Aber Halleck hatte genug. Er floh aus Hopleys dunklem Arbeitszimmer und stieß sich die Hüfte an seinem Schreibtisch. Er hatte Angst, dass Hopley seine furchtbare Hand ausstrecken und ihn berühren würde. Das tat er nicht.

Halleck rannte in die klare Nachtluft hinaus und atmete tief durch. Er hatte den Kopf gesenkt. Seine Oberschenkel zitterten.

13. Kapitel: 172

Während der restlichen Woche dachte er öfter nervös daran, Ginelli bei den Three Brothers anzurufen. Ginelli schien ihm eine Art von Antwort zu sein – was für eine Art von Antwort, das wusste er allerdings nicht. Aber schließlich ließ er es bleiben und fuhr für seine Stoffwechseluntersuchungen in die Glassman-Klinik. Wäre er, wie Hopley, unverheiratet und allein gewesen (Hopley hatte ihn in den letzten Nächten übrigens öfter in seinen Träumen besucht), hätte er die ganze Sache abgeblasen. Aber er musste an Heidi denken... und an Linda – Linda war nun wirklich eine unbeteiligte Zuschauerin, die von alledem nichts verstand. Also fand er sich brav in der Klinik ein und verbarg sein unheimliches Wissen vor den anderen, wie ein Mann eine Drogenabhängigkeit versteckt.

Schließlich war die Klinik ja kein so unangenehmer Ort, und während er sich dort aufhielt, kümmerten sich Kirk Penschley und Barton Detective Services, Inc. um seine Angelegenheiten. Er hoffte es wenigstens.

Er wurde also gestochen und gepikst. Er trank eine fürchterliche, nach Kreide schmeckende Barium-Lösung. Er wurde geröntgt. Man röntgte ihn, unterzog ihn einer Computertomographie, machte ein EEG, ein EKG und eine vollständige Stoffwechselanalyse. Ärzte, die die Klinik besuchten, wurden an ihm vorbeigeführt, als wäre er ein seltenes Tierexemplar in einem Zoo. *Ein Riesenpanda oder vielleicht der letzte Dodo,* dachte Billy, während er mit einem ungelesenen *National Geographic* im Solarium saß. Er hatte Pflaster auf beiden Handrücken, denn man hatte eine Menge Nadeln in ihn hineingestochen.

Am zweiten Morgen in der Klinik, während er die zweite Testrunde über sich ergehen ließ, fiel ihm plötzlich auf, dass er seine Rippen sehen konnte. Zum ersten Mal seit… seit der Highschool? Nein, überhaupt. Seine Knochen stellten sich ihm jetzt vor. Sie zeichneten sich unter seiner Haut ab, traten triumphierend in Erscheinung. Nicht nur der Rettungsring über seinen Hüften war verschwunden, die Schaufeln seiner Beckenknochen waren jetzt ganz deutlich zu sehen. Er legte die Hand auf die Hüfte und fand, dass der Knochen sich knorrig anfühlte, wie die Gangschaltung seines allerersten Wagens, eines Pontiac Jahrgang 1957. Er lachte ein bisschen, und dann stachen ihm die Tränen in die Augen. Das war jetzt alle Tage so. Mal auf, mal ab, heiter bis wolkig, gelegentliche Regenschauer möglich.

Ich würde ihn ganz langsam umbringen, hörte er Hopley wieder sagen. *Ich will Ihnen die Details ersparen.*

Warum eigentlich?, fragte Billy sich, als er sich schlaflos in einem Klinikbett mit den Stützen für Körperbehinderte an den Seiten wälzte. *Sonst hast du mir ja auch nichts erspart.*

Während seines dreitägigen Aufenthalts in der Klinik nahm er sieben Pfund ab. *Nicht viel*, dachte er lakonisch mit seiner eigenen Art von Galgenhumor. *Nicht viel. Weniger als das Gewicht eines mittelgroßen Zuckersacks. Bei diesem Tempo werde ich erst… Donnerwetter!… erst Anfang Oktober zu einem Nichts zusammengeschrumpft sein.*

172, sang er in Gedanken. *Mit 172 wärst du als Boxer nicht mehr in der Schwergewichtsklasse, sondern ein Mittelgewicht… Willst du dich nicht mal im Weltergewicht versuchen, Billy? Im Leichtgewicht? Bantamgewicht? Wie wär's mit dem Fliegengewicht?*

Blumen kamen. Von Heidi. Aus der Kanzlei. Linda schickte ihm ein kleines Biedermeiersträußchen. Auf die Karte hatte sie mit ihrer runden, ausladenden Handschrift geschrieben: *Bitte, werde bald gesund, Daddy – Ich hab dich lieb, Lin.* Billy Halleck weinte, als er das las.

Am dritten Tag durfte er sich wieder anziehen. Er traf sich mit den drei Ärzten, die für seinen Fall zuständig waren. In seinen Jeans und einem T-Shirt mit der Aufschrift MEET ME IN FAIRVIEW fühlte er sich gleich viel weniger verletzlich. Es war erstaunlich, wie viel es ihm bedeutete, aus den gottverdammten Krankenhausklamotten heraus zu sein. Er hörte ihnen aufmerksam zu, dachte an Leda Rossington und verkniff sich ein grimmiges Lächeln.

Sie wussten genau, was ihm fehlte; sie standen ganz und gar nicht vor einem Rätsel. *Au contraire*, sie waren so aufgeregt, dass sie sich fast in die Hosen machten. Nun ja, ein wenig Vorsicht wäre schon angebracht. Sie wüssten vielleicht noch nicht *ganz* genau, was ihm fehlte, noch nicht, aber es handelte sich mit Gewissheit um eine von zwei (eventuell auch drei) Möglichkeiten. Eine davon wäre eine seltene Auszehrungskrankheit, die man noch niemals außerhalb von Mikronesien gesehen hätte. Die zweite wäre eine seltene Stoffwechselkrankheit, die bisher noch nicht richtig erforscht wäre. Die dritte – allerdings nur eine Möglichkeit! – wäre eine psychologische Form der *Anorexia nervosa*, aber diese letzte wäre so selten, dass man sie bisher nur vermutet hätte, aber noch nicht tatsächlich beweisen könnte. An dem aufflackernden Licht in ihren Augen merkte er, dass sie für diese Möglichkeit optierten. Sie würden ihre Namen danach in der medizinischen Fachpresse lesen können. In jedem Fall handelte es sich bei Billy Halleck um eine *rara avis*, und die Ärzte benahmen sich wie kleine Kinder am Weihnachtsabend.

Letzten Endes lief es darauf hinaus, dass sie ihn noch ein oder zwei (vielleicht auch drei) Wochen dabehalten wollten. Sie würden ihm seine Krankheit schon austreiben, und zwar gründlich. Sie dächten zuerst an eine Serie von Megavitaminen, (sicherlich!) plus einer Serie Proteininjektionen (selbstverständlich!) und an eine große Anzahl weiterer Tests (zweifelsohne!).

Er hörte ein professionelles Äquivalent von bestürztem Geheul – und sie heulten fast *buchstäblich* auf –, als Billy ihnen in aller Ruhe erklärte, dass er ihnen zwar herzlich danke, aber leider die Klinik verlassen müsse. Sie protestierten. Sie diskutierten. Sie hielten ihm Vorträge. Und Billy, der in letzter Zeit immer öfter das Gefühl hatte, er hätte doch den Verstand verloren, kam dieses Ärztetrio langsam so vor wie die Drei Stooges. Unheimlich. Halb erwartete er schon, dass sie sich gegenseitig pufften und in die Seiten knufften, dass sie in dem aufwändig ausgestatteten Büro, ihre weißen Kittel hinter ihnen herflatternd, herumtobten und die teure Einrichtung zerschlugen und sich im Brooklyn-Dialekt anschreien würden.

»Zweifellos fühlen Sie sich im Augenblick ganz wohl, Mr. Halleck«, sagte einer von ihnen, »schließlich hatten Sie ja, wie man Ihrer Akte entnehmen kann, ein bedenkliches Übergewicht. Aber ich muss Sie warnen. Das, was Sie jetzt fühlen, kann täuschen. Wenn Sie weiterhin so abnehmen, werden Sie bald mit der Entwicklung von Mundblutungen rechnen müssen, mit ernsthaften Hautproblemen …«

Wenn Sie wirklich ernsthafte Hautprobleme sehen wollen, sollten Sie sich mal Fairviews Polizeichef ansehen, dachte Halleck. *Entschuldigung, Ex-Polizeichef.*

Er beschloss, ganz spontan und ohne besonderen Anlass, wieder mit dem Rauchen anzufangen.

»… mit Krankheiten, die so ähnlich wie Skorbut und Beriberi sind«, fuhr der Arzt mit ernster Miene fort. »Sie werden außerordentlich anfällig für alle Arten von Infektionen sein, von einer simplen Erkältung über Bronchitis bis zur Tuberkulose. *Tuberkulose,* Mr. Halleck«, sagte er eindrücklich. »Wenn Sie aber hier bleiben –«

»Nein«, sagte Billy. »Bitte, verstehen Sie, das ist nicht einmal eine entfernte Möglichkeit.«

Einer der beiden anderen Ärzte massierte sich behutsam die Schläfen, als hätte er plötzlich rasende Kopfschmerzen bekommen. Konnte schon sein – es war der Arzt, der die Idee von der psychologischen *Anorexia nervosa* in die Diskussion gebracht hatte. »Was können wir sagen, um Sie zu überzeugen, Mr. Halleck?«

»Nichts«, erwiderte Billy. Unaufgefordert tauchte das Bild des alten Zigeuners wieder vor ihm auf – er spürte die sanfte, streichelnde Berührung seiner Hand, das leichte Kratzen seiner rauen Hornhaut an den Fingerknöcheln. *Ja*, dachte er. *Ich werde wieder mit dem Rauchen anfangen. Etwas echt Teuflisches. Camel oder Pall Mall oder Chesterfield. Warum nicht? Wenn diese gottverdammten Ärzte schon so aussehen wie Larry, Curly und Moe, dann wird's Zeit, irgendwas zu unternehmen.*

Sie baten ihn, einen Augenblick zu warten, und verließen gemeinsam das Büro. Billy war's ganz recht, auf sie zu warten. Er spürte, dass er in diesem verrückten Theaterstück endlich die Zäsur erreicht hatte, das Auge des Hurrikans, und auch damit war er ganz zufrieden ... damit, und mit dem Gedanken an die vielen Zigaretten, die er von nun an rauchen würde, vielleicht gleich zwei auf einmal.

Sie kamen mit grimmigen Gesichtern zurück, aber in gewisser Weise auch exaltiert – Männer, die entschlossen waren, ihr letztes Opfer zu bringen. Sie würden ihn umsonst dabehalten, sagten sie: Er müsse nur die Laborkosten übernehmen.

»Nein«, sagte Billy geduldig. »Sie verstehen nicht. Meine Krankenversicherung übernimmt sowieso alle Kosten, ich habe das nachgeprüft. Die Sache ist die: Ich gehe. Ich gehe einfach. Verschwinde.«

Sie starrten ihn verständnislos an, wurden allmählich wütend. Billy lag es schon auf der Zunge, ihnen vorzuhalten, wie sehr sie ihn an die Drei Stooges erinnerten, aber das wäre eine ausgesprochen schlechte Idee. Es hätte die Sache nur noch komplizierter gemacht. Diese Typen waren es nicht gewohnt, dass man sich ihnen widersetzte, dass man gegen ihre Beschwörungsgesänge immun war. Er hielt es nicht für ausgeschlossen, dass sie Heidi anrufen und ihr klarmachen würden, dass nun eine Diskussion über seine Zurechnungsfähigkeit an der Tagesordnung wäre. Und Heidi könnte auf sie eingehen.

163

»Wir würden Ihnen auch die Laborkosten noch bezahlen«, sagte einer von ihnen schließlich in einem Tonfall, der besagte: Dies ist unser letztes Angebot.

»Ich gehe«, sagte Billy. Seine Stimme war sehr ruhig, aber er sah, dass sie ihm endlich glaubten. Vielleicht war es gerade diese Ruhe, die sie davon überzeugte, dass die Sache nicht am Geld scheiterte, sondern dass er echt wahnsinnig geworden war.

»Aber *warum*? *Warum*, Mr. Halleck?«

»Weil«, sagte Billy, »Sie zwar glauben, dass Sie mir helfen können, aber… äh… meine Herren, Sie können es nicht.«

Als er in ihre ungläubigen, verständnislosen Gesichter blickte, dachte Billy, dass er sich noch nie im Leben so einsam gefühlt hatte.

Auf dem Heimweg hielt er vor einem Tabakladen und kaufte sich eine Schachtel Chesterfield Kings. Nach den ersten drei Zügen wurde ihm so schwindelig und übel, dass er die ganze Packung wegwarf.

»So weit also dieses Experiment«, sagte er laut zu sich selbst im Auto und weinte und lachte gleichzeitig. »Also gut, Kinder. Zurück ans alte Zeichenbrett.«

14. Kapitel: 156

Linda war nicht zu Hause.

Die vertrauten winzigen Fältchen um Heidis Mund und Augen hatten sich unter der Anspannung der letzten Woche vertieft (*sie* rauchte wie eine Dampflok, stellte Billy fest, eine Vantage 100 nach der anderen), und sie erzählte ihm, dass sie Linda zu ihrer Tante Rhoda ins Westchester County geschickt hätte.

»Ich habe das aus mehreren Gründen getan«, sagte Heidi. »Zunächst einmal, weil... weil sie Ruhe vor dir brauchte, Billy. Vor dem, was mit dir passiert. Sie muss sich erholen. Sie war schon halb wahnsinnig. Es ist so weit, dass ich sie nicht davon überzeugen kann, dass du keinen Krebs hast.«

»Sie sollte mit Cary Rossington reden«, murmelte Billy und ging in die Küche, um die Kaffeemaschine einzuschalten. Er brauchte dringend eine Tasse – stark, schwarz und ohne Zucker. »Es scheint eine Seelenverwandtschaft zwischen ihnen zu geben.«

»Was? Ich kann dich nicht hören.«

»Schon gut. Lass mich erst mal den Kaffee aufsetzen.«

»Sie schläft nicht mehr«, sagte Heidi, als er aus der Küche zurückkam. Sie verschränkte nervös die Hände ineinander. »Verstehst du das denn nicht?«

»Doch«, sagte Billy, und er verstand es auch... aber trotzdem hatte er das Gefühl, als stecke ein kleiner Stachel in seinem Innern. Er fragte sich, ob Heidi auch verstand, dass er Linda auch brauchte, ob sie wirklich verstand, dass auch seine Tochter Teil seines Unterstützungssystems war. Aber ob sie das nun war oder nicht, er hatte kein Recht, Lindas Selbstvertrauen und ihr seelisches Gleichgewicht zu zerstören. In diesem Punkt hatte Heidi Recht. Egal, wie viel das kosten mochte.

Er fühlte wieder diesen lodernden Hass in sich aufsteigen. Mommy hatte seine Tochter in Tantchens Haus geschickt, sobald Billy angerufen und seine Rückkehr angekündigt hatte. Und warum das? Weil Daddy, das
Schreckgespenst, wieder nach Hause kam! Renn doch
nicht schreiend weg, Liebes, es ist doch bloß der Dünne
Mann ...

*Warum gerade an diesem Tag, Heidi? Warum musstest du
dir ausgerechnet diesen Tag aussuchen?*

»Billy? Geht es dir gut?« Heidis Stimme klang merkwür-
dig zurückhaltend.

*Himmelherrgott, du blöde Gans! Du bist mit dem Unglaubli-
chen Schrumpfenden Mann verheiratet, und alles, was dir dazu
einfällt, ist, mich zu fragen, ob es mir gut geht!*

»Mir geht es so gut, wie es gehen kann, schätze ich.
Warum?«

»Weil du gerade ... einen Augenblick lang ganz komisch
ausgesehen hast.«

*So, habe ich das? Habe ich das wirklich? Warum gerade an
dem Tag, Heidi? Warum hast du dir gerade den Tag ausgesucht, um deine Finger in meine Hose zu stecken? Nach all den
prüden Jahren, in denen alles nur im Dunkeln passiert ist?*

»Nun ja, ich glaube, ich fühle mich jetzt die ganze Zeit
über ein bisschen komisch«, sagte er und wies sich im Stillen zurecht: *Du musst damit aufhören, mein Freund. Es hat keinen Sinn. Was geschehen ist, ist geschehen.*

Aber das war gar nicht so leicht. Besonders dann nicht,
wenn sie so wie jetzt vor ihm stand, eine Zigarette nach der
anderen rauchte und dabei vollkommen gesund und mun-
ter wirkte, und wenn ...

Aber du wirst damit aufhören, Billy. Also hilf mir.

Heidi wandte sich von ihm ab und drückte ihre Zigarette in einem Kristallaschenbecher aus.

»Und die zweite Sache ist die, dass du mir etwas ver-
heimlichst, Billy. Etwas, das mit dieser Geschichte zu tun
hat. Du redest manchmal im Schlaf. Und du bist abends

lange unterwegs gewesen. Ich will es jetzt wissen. Ich habe ein *Recht* darauf, es zu wissen.« Sie fing an zu weinen.

»Du willst es wissen?«, fragte Billy. »Du willst es wirklich wissen?« Er spürte, wie sich ein seltsames trockenes Grinsen auf seinem Gesicht ausbreitete.

»Ja! Ja!«

Also erzählte Billy es ihr.

Am nächsten Tag rief Houston ihn an. Nach einem langen, nichtssagenden Prolog kam er zur Sache. Heidi sei bei ihm. Er und sie hätten sich ausführlich miteinander unterhalten (*Haben Sie ihr schon ein Löffelchen fürs Näschen angeboten?*, wollte Halleck ihn schon fragen, unterließ es dann aber lieber). Im Grunde lief ihr langes Gespräch darauf hinaus: Beide hielten Billy für total verrückt.

»Mike«, sagte Billy. »Der alte Zigeuner ist real. Er hat uns alle drei angefasst: Cary Rossington, Duncan Hopley und mich. Klar, ein Mann wie Sie glaubt natürlich nicht an das Übernatürliche, das verstehe ich – aber Sie werden an induktive und deduktive Schlussfolgerungen glauben, das ist so sicher wie das Amen in der Kirche. Also müssen Sie auch diese Möglichkeit in Betracht ziehen: Alle drei sind wir von ihm angefasst worden, und jetzt haben wir alle drei mysteriöse Krankheiten. Bevor Sie also davon ausgehen, dass ich verrückt bin, sollten Sie wenigstens mal den logischen Zusammenhang ins Auge fassen.«

»Billy. Es *gibt* keinen Zusammenhang.«

»Ich habe nur –«

»Ich habe mit Leda Rossington gesprochen. Sie sagt, dass Cary sich in der Mayo-Klinik befindet und dort auf Hautkrebs behandelt würde. Sie meinte, dass der Krebs zwar schon ziemlich weit fortgeschritten wäre, die Ärzte aber sicher wären, dass sie Cary bald wieder hinkriegen würden. Außerdem hat sie mir noch gesagt, dass sie Sie seit der Weihnachtsparty bei den Gordons nicht mehr gesehen hätte.«

»Sie lügt!«

Houston schwieg... und dieses Geräusch im Hintergrund? War das etwa Heidi, die weinte? Billys Hand krallte sich um den Hörer, bis seine Fingerknöchel weiß wurden.

»Haben Sie sie persönlich oder bloß am Telefon gesprochen?«

»Am Telefon. Aber ich sehe nicht, welchen Unterschied das machen sollte.«

»Wenn Sie sie gesehen hätten, würden Sie's wissen. Sie sieht aus wie eine Frau, die zu Tode erschrocken ist.«

»Nun ja, wenn sie gerade erfahren hat, dass ihr Mann an Hautkrebs leidet und dass der Krebs schon ein gefährliches Stadium erreicht hat?!«

»Haben Sie mit Cary gesprochen?«

»Cary liegt auf der Intensivstation. Leute, die auf der Intensivstation liegen, dürfen nur unter extremen Umständen Anrufe entgegennehmen.«

»Mein Gewicht beträgt nur noch einhundertundsiebzig Pfund«, sagte Billy. »Das ist ein Nettoverlust von dreiundachtzig Pfund. Ich würde das schon ziemlich extrem nennen.«

Schweigen am anderen Ende, abgesehen von dem Geräusch, das sich wie Heidis Weinen anhörte.

»Werden Sie mit ihm sprechen? Wollen Sie es versuchen?«

»Wenn seine Ärzte ihm einen Anruf erlauben, und wenn er sich bereit erklärt, mit mir zu sprechen, dann ja. Aber Billy, diese Halluzination, die Sie da...«

»DAS IST KEINE VERDAMMTE HALLUZINATION!«

Schrei nicht, um Gottes willen, tu das nicht.

Billy schloss die Augen.

»Also gut, also gut«, sagte Houston besänftigend. »Diese *Idee*. Gefällt Ihnen das Wort besser? Ich wollte Ihnen ja nur sagen, dass Ihnen Ihre Idee da nicht viel weiterhelfen wird. Im Gegenteil, sie kann sogar die Ursache für diese Psycho-

168

Anorexie sein, falls das die Krankheit ist, an der Sie leiden – und Dr. Yount scheint davon überzeugt zu sein. Sie –«

»Hopley«, sagte Billy leise. Auf seinem Gesicht brach plötzlich Schweiß aus. Er wischte sich mit dem Taschentuch über die Stirn. Blitzartig tauchte Hopley wieder vor ihm auf: dieses Gesicht, das kein Gesicht mehr, sondern eine Reliefkarte der Hölle war. Verrückte Entzündungen, tröpfelnde Nässe und dieses Geräusch, dieses unsagbare *Geräusch,* als Hopley sich mit dem Fingernagel über die Wange gekratzt hatte.

Houston schwieg jetzt sehr lange.

»Reden Sie mit Duncan Hopley. Er kann Ihnen bestätigen, dass –«

»Das geht nicht mehr, Billy. Duncan Hopley hat vor zwei Tagen Selbstmord begangen. Während Sie in der Glassman-Klinik waren. Er hat sich mit seiner Dienstpistole erschossen.«

Halleck drückte die Augen fest zu. Er schwankte. Er fühlte sich wie nach den ersten drei Zügen an der Chesterfield. Er kniff sich ganz fest in die Wange, damit er nicht in Ohnmacht fiel.

»Dann wissen Sie es also«, sagte er mit immer noch geschlossenen Augen. »Sie wissen es … oder irgendjemand muss es wissen. Jemand muss ihn gesehen haben.«

»Grand Lawlor hat ihn gesehen«, sagte Houston. »Ich habe gerade vor ein paar Minuten mit ihm telefoniert.«

Grand Lawlor. Billys verwirrter, gehetzter Verstand begriff einen Moment lang überhaupt nichts – er glaubte, dass Houston sich etwas verhaspelt und das Wort *Grand Jury* falsch ausgesprochen hätte. Dann fiel der Groschen. Grand Lawlor war der Gerichtsmediziner des Countys. Und jetzt fiel es ihm auch wieder ein. Ja, Grand Lawlor hatte in seiner Gegenwart ein- oder zweimal vor der Grand Jury ausgesagt.

Bei diesem Gedanken musste er unwillkürlich kichern. Er legte seine Hand ganz fest über die Sprechmuschel und hoffte, dass Houston sein Gekicher nicht hören konnte. Wenn er es nämlich hörte, hielt er ihn mit Sicherheit für verrückt.

Und das käme dir sehr gelegen, mich für verrückt zu halten, nicht wahr, Mike? Denn wenn ich nun doch beschlösse, über dein winziges Fläschchen und das Elfenbeinlöffelchen zu plaudern, während alle mich für verrückt hielten, na, dann würde mir ja niemand mehr glauben, nicht wahr? Um Himmels willen, nein.

Das wirkte. Sein Kichern verging.

»Sie haben ihn nicht gefragt, ob…«

»Ob ich nach Einzelheiten im Zusammenhang mit seinem Tod gefragt habe? Nach dieser Horrorgeschichte, die Ihre Frau mir da erzählt hat? Darauf können Sie Gift nehmen!« Houstons Stimme wurde einen Moment lang ganz verkniffen. »Sie sollten verdammt froh darüber sein, dass ich dichtgehalten habe, als er mich fragte, warum ich das wissen wollte.«

»Was hat er Ihnen gesagt?«

»Dass Hopleys Gesicht zwar in einem chaotischen Zustand gewesen sei, aber nicht im Ansatz so schlimm wie die Horrorvision, die Sie Heidi da aufgetischt haben. Aufgrund von Grands Beschreibung nehme ich an, dass es sich bei Hopley um einen bösartigen Ausbruch von Akne gehandelt hat, was ja gerade im Erwachsenenalter besonders schlimm ist. Eine Krankheit übrigens, wegen der ich ihn immer wieder behandelt habe, seit er im Jahre 1974 zum ersten Mal in meine Praxis gekommen ist. Dieser Ausbruch muss ihn ziemlich deprimiert haben, was mich nicht wundert – ich muss sagen, dass eine Akne im Erwachsenenalter, besonders eine bösartige, eines der psychologisch schädlichsten nicht tödlichen Übel ist, die ich kenne.«

»Sie glauben also, er hat Depressionen wegen seines Aussehens bekommen und sich deshalb umgebracht?«

»Im Wesentlichen, ja.«

»Lassen Sie mich das mal festhalten«, sagte Billy. »Sie behaupten also, dass dies ein mehr oder weniger normaler Ausbruch von Akne im Erwachsenenalter gewesen ist, womit er sich schon seit Jahren herumgeschlagen hat... aber gleichzeitig nehmen Sie an, dass er sich auf Grund seines unerträglichen eigenen Spiegelbildes erschossen hat. Das ist eine *merkwürdige* Diagnose, Mike.«

»Ich habe nie behauptet, dass es die Akne allein gewesen ist«, sagte Houston. Er klang verärgert. »Das Schlimmste an Problemen ist, dass sie immer paarweise auftreten, in Trios, ja in ganzen Scharen. Es kommt niemals eines nach dem anderen. Die Psychiater haben die höchste Selbstmordrate pro zehntausend Angehörigen ihres Berufsstandes, Billy, aber die Cops liegen nicht sehr weit zurück. Vermutlich hat sich eine Kombination von mehreren Faktoren ergeben – und der Akneausbruch könnte dabei der Tropfen gewesen sein, der das Fass zum Überlaufen gebracht hat.«

»Sie hätten ihn sehen sollen«, sagte Billy grimmig. »Das war kein Tropfen. Das war der ganze verdammte Ozean.«

»Da er uns keinen Abschiedsbrief hinterlassen hat, werden wir es wohl niemals erfahren, nicht wahr?«

»Herrgott«, sagte Billy und fuhr sich mit einer Hand durch die Haare. »Herr im Himmel.«

»Außerdem tun die Gründe für Duncan Hopleys Selbstmord hier nichts zur Sache.«

»Für mich schon«, sagte Billy. »Und ob.«

»Es kommt mir aber eher so vor, als ob es hier in Wirklichkeit um etwas anderes geht. Ihre Psyche spielt Ihnen einen Streich, Billy. Sie leiden an einem Schuldkomplex. Sie hatten diesen... diesen Fimmel von wegen Zigeunerflüche... und als Sie in jener Nacht zu Duncan Hopley gegangen sind, da haben Sie einfach etwas gesehen, was gar nicht existierte.« Er hatte jetzt einen warmherzigen Mirkönnen-Sie-alles-sagen-Ton angeschlagen. »Haben Sie vorher zufällig noch mal kurz in Andy's Pub hineingesehen, um noch ein paar Gläser zu trinken? Sie wissen schon, nur um sich für die Begegnung ein bisschen Mut zu machen?«

»Nein.«

»Sind Sie sicher? Heidi hat mir gesagt, dass Sie sich in letzter Zeit häufiger bei Andy's aufgehalten hätten.«

»Wenn das wahr wäre«, sagte Billy, »müsste Ihre Frau mich dort gesehen haben, glauben Sie nicht?«

Es folgte ein langes Schweigen. Dann sagte Houston tonlos: »Das war verdammt tief unter der Gürtellinie, Billy. Aber das ist, ehrlich gesagt, genau der Kommentar, den ich von einem Mann erwarte, der unter starker psychischer Belastung steht.«

»Starke psychische Belastung. Psychische Anorexie. Ihr Typen habt wohl für alles euren Fachausdruck. Aber Sie hätten ihn sehen sollen! Sie hätten sehen sollen, wie er ...« Billy unterbrach sich. Er musste wieder an die entzündeten Pusteln auf Hopleys Wangen denken, an die Nase, die in dieser grausamen Landschaft, in diesem zerstörten Gesicht fast nicht mehr zu erkennen gewesen war.

»Billy, verstehen Sie denn nicht, dass Ihre Psyche krampfhaft nach einer logischen Erklärung für das sucht, was mit Ihnen geschieht? Sie fühlt sich schuldig wegen dieser Zigeunerin, und deshalb –«

»Der Fluch war vorbei, als er sich erschossen hatte«, hörte Billy sich plötzlich sagen. »Vielleicht hat es deshalb nicht mehr so schlimm ausgesehen. Es ist genauso wie in den Werwolf-Filmen, die wir uns als Kinder angesehen haben, Mike. Wenn der Werwolf schließlich getötet worden ist, wird er wieder zu einem Menschen!«

Aufregung ersetzte die Verwirrung, die ihn befallen hatte, als er die Nachricht von Duncan Hopleys Tod und seiner mehr oder weniger ganz normalen Hautkrankheit gehört hatte. Seine Gedanken überschlugen sich jetzt auf ganz neuen Wegen, erforschten sie eilig, wägten die Möglichkeiten und Wahrscheinlichkeiten gegeneinander ab.

Wohin geht so ein Fluch, wenn der Verfluchte schließlich ins Gras beißt? Scheiße. Ebenso gut könnte man danach fragen, wohin der letzte Atemzug eines sterbenden Menschen geht. Oder seine Seele. Weg, natürlich. Er geht einfach weg. Weg, weg, weg. Gibt es da vielleicht auch eine Methode, dafür zu sorgen, dass er weggeht?

Rossington – das war der erste Punkt. Rossington da draußen in der Mayo-Klinik, der sich verzweifelt an den Gedanken klammerte, dass er Krebs hatte, weil die Alternative um so vieles schrecklicher war. Würde er sich, wenn er starb, auch wieder zurückverwandeln, wieder normal …?

Ihm wurde bewusst, dass Houston schon eine Weile schwieg. Und wieder hörte er das Geräusch im Hintergrund, unangenehm vertraut … ein Schluchzen. Schluchzte Heidi etwa so?

»Warum weint sie?«, fragte er grob.

»Billy –«

»Holen Sie sie an den Apparat!«

»Billy, wenn Sie sich *hören* könnten –«

»*Verflucht noch mal, holen Sie sie an den Apparat!*«

»Nein, das werde ich nicht tun. Nicht, solange Sie sich so aufführen.«

»Hören Sie mal, Sie billiger kleiner Koks schnupfender …«

»*Billy! Schluss jetzt!*«

Houston brüllte so laut, dass Billy den Hörer einen Augenblick lang vom Ohr weghielt. Als er ihn wieder ansetzte, hatte das Schluchzen aufgehört.

»Jetzt hören Sie mir mal gut zu«, sagte Houston. »Es gibt keine Werwölfe und Zigeunerflüche! Ich komme mir schon ganz dämlich vor, dass ich Ihnen das überhaupt sagen muss, Bill!«

»Mann, verstehen Sie denn nicht, dass gerade das ein Teil des Problems ist?«, fragte Billy sanft. »Verstehen Sie denn nicht, dass genau dies der Grund ist, warum die Kerle die ganzen letzten zwanzig Jahrhunderte damit durchkommen konnten?«

»Billy. *Wenn* irgendein Fluch auf Ihnen liegt, dann hat Ihr eigenes Unterbewusstsein Ihnen den auferlegt. Alte Zigeuner können überhaupt niemanden verfluchen. *Aber Ihr eigenes Unterbewusstes, in der Gestalt eines alten Zigeuners, kann es.*«

»Mich, Hopley und Rossington«, sagte Halleck tonlos. »Alle zur gleichen Zeit. Mike, Sie sind derjenige, der hier einen blinden Fleck hat. Zählen Sie doch mal eins und eins zusammen.«

»Wenn man es zusammenzählt, kommt ein Zufall dabei heraus, mehr nicht. Wie oft sollen wir noch um den heißen Brei herumreden, Billy? Lassen Sie sich von den Ärzten helfen. Hören Sie damit auf, Ihre Frau in den Wahnsinn zu treiben.«

Einen Augenblick war er fast versucht, einfach nachzugeben und Houston zu glauben – es lag so viel Vernunft und gesunder Menschenverstand in seiner Stimme, so wütend sie auch klang, dass sie irgendwie tröstlich auf ihn wirkte.

Doch dann fiel ihm wieder ein, wie Hopley den Schirm der Tensor-Lampe so gedreht hatte, dass das Licht ihm direkt aufs Gesicht gefallen war. Und er hörte Hopley wieder sagen: *Ich würde ihn ganz langsam umbringen. Ich will Ihnen die Details ersparen.*

»Nein«, sagte er deshalb. »In der Glassman-Klinik können sie mir nicht helfen, Mike.«

Houston seufzte schwer. »Wer kann es denn, Bill? Der alte Zigeuner etwa?«

»Wenn ich ihn finden kann, vielleicht«, sagte Billy. »Und da ist noch jemand, der mir vielleicht helfen kann. Ein Pragmatiker wie Sie.«

Ginelli. Der Name war ihm plötzlich während des Sprechens eingefallen.

»Aber ich glaube, in erster Linie muss ich mir selber helfen.«

»Das *erzähle* ich Ihnen ja die ganze Zeit!«

»Oh? Ich hatte den Eindruck, Sie hätten mir gerade eben geraten, in die Glassman-Klinik zurückzugehen.«

Houston seufzte wieder. »Ich glaube, Ihr Gehirn hat auch ganz schön an Gewicht verloren. Haben Sie eigentlich mal daran gedacht, was Sie Ihrer Frau und Ihrer Tochter alles zumuten? Haben Sie daran schon mal gedacht, Billy?«

Hat Heidi Ihnen eigentlich erzählt, was sie mit mir *gemacht hat, als der Unfall passierte?, wäre Billy fast herausgeplatzt. Hat sie Ihnen das noch nicht erzählt, Mike? Sie sollten sie mal danach fragen ... Aber ja!*

»Billy?«

»Heidi und ich, wir werden darüber reden«, sagte Halleck ruhig.

»Aber versuchen Sie ja nicht –«

»Ich finde, wenigstens in einem Punkt haben Sie Recht, Mike.«

»Ja? Schön für mich. Und das wäre?«

»Wir sind schon zu lange um den heißen Brei herumgeschlichen«, sagte Billy und legte auf.

Aber sie sprachen nicht darüber.

Billy versuchte es zwar ein paar Mal, aber Heidi schüttelte nur mit blassem, gefasstem Gesicht den Kopf und sah ihn vorwurfsvoll an. Sie antwortete ihm nur einmal.

Und zwar drei Tage nach dem Telefongespräch, das er mit Houston geführt hatte, das Gespräch, das Heidis Schluchzen als Hintergrundmusik begleitet hatte.

Sie hatten gerade ihr Abendessen beendet.

Halleck hatte wieder seine gewöhnliche Holzfällerportion verdrückt – drei Hamburger mit Brötchen, Gurken, Ketchup und allem Drum und Dran, vier Maiskolben (mit Butter), einen Berg Pommes frites und zwei Pfirsichtörtchen mit Vanillesauce zum Nachtisch. Sein Appetit war nicht besonders groß, aber er hatte eine alarmierende Entdeckung gemacht – wenn er nichts aß, nahm er noch schneller ab.

Heidi war nach seinem Gespräch – Streit – mit Houston blass und still nach Hause gekommen. Ihr Gesicht war von den Tränen, die sie in Houstons Sprechzimmer vergossen hatte, noch ganz verquollen gewesen. Da er selbst ganz nervös und unglücklich gewesen war, hatte er weder zu Mittag noch zu Abend etwas gegessen ... und als er sich dann am anderen Morgen gewogen hatte, war er um fünf Pfund auf 167 herunter.

Er hatte die Zahl angestarrt und plötzlich einen Schwarm Motten gefühlt, die in seinem Magen herumzuflattern schienen.

Fünf Pfund, hatte er gedacht. *Mein Gott, fünf Pfund an einem einzigen Tag!*

Seitdem hatte er keine Mahlzeit mehr ausgelassen.

Im Augenblick zeigte er auf seinen leer geputzten Teller mit den säuberlich abgenagten Maiskolben und den Saucenresten von Hamburgern, Salat und Pommes frites, sowie auf die Vanillesauce des Nachtischs.

»Sieht das nach einer Anorexia nervosa aus, Heidi?«, fragte er sie. »Sag mir, sieht das danach aus?«

»Nein«, sagte sie widerwillig. »Nein, aber –«

»Ich habe den ganzen letzten *Monat* so viel gegessen«, fuhr er fort. »Und während dieses Monats habe ich rund sechzig Pfund abgenommen. Würdest du mir bitte mal erklären, wie mein Unterbewusstsein diesen Trick zustande bringt? Zwei Pfund pro Tag abzunehmen bei einer täglichen Zufuhr von gut und gerne sechstausend Kalorien?«

»Ich ... ich weiß es nicht ... aber Mike ... Mike sagt –«

»Du weißt es nicht, und ich weiß es nicht«, sagte Billy und warf ärgerlich seine Serviette auf den Teller. Sein Magen ächzte und stöhnte unter dem Gewicht der Speisen, die er gerade in sich hineingestopft hatte. »Und Michael Houston weiß es genauso wenig.«

»*Aber wenn es ein Fluch ist, warum geschieht mir denn nichts?*«, schrie sie ihn unvermittelt an. Obwohl ihre Augen

176

vor Wut funkelten, sah er schon die Tränen, die dahinter standen.

Betroffen, erschrocken und für einen Augenblick nicht fähig, sich zu beherrschen, schrie er zurück: »*Weil er es nicht gewusst hat, deshalb! Das ist der einzige Grund! Er hat es nicht gewusst!*«

Heulend stieß sie den Stuhl zurück, fiel fast darüber und floh aus dem Zimmer, die Hände gegen die Stirn gepresst, als hätte sie soeben hämmernde Kopfschmerzen bekommen.

»Heidi!«, rief er ihr nach und sprang so schnell auf, dass sein Stuhl nach hinten kippte. »Heidi, komm zurück!«

Ihre Schritte hielten nicht auf der Treppe. Er hörte eine Tür zuschlagen – nicht ihre Schlafzimmertür. Es war viel zu weit hinten auf dem Flur. Lindas oder das Gästezimmer.

Er tippte sofort auf das Gästezimmer und behielt Recht. In der Woche, bevor er fortfuhr, schlief sie nicht mehr bei ihm.

Diese Woche – die letzte Woche – hatte in Billys Erinnerung die Beschaffenheit eines verworrenen Albtraums, als er später versuchte, darüber nachzudenken. Das Wetter war heiß und drückend schwül geworden, so als hätten die Hundstage sie in diesem Jahr früher heimgesucht. Selbst der frische, kühle, doppelt gestrickte Lantern Drive schien ein wenig schlapp zu machen. Billy Halleck aß und schwitzte, schwitzte und aß... Und sein Gewicht sank langsam, aber sicher weiter. Am Ende dieser Woche, als er sich bei Avis einen Wagen mietete, um den Interstate 95 nach Maine und New Hampshire hinaufzufahren, hatte er wieder elf Pfund abgenommen. Jetzt wog er nur noch 156.

Während dieser Woche riefen ihn immer wieder die Ärzte aus der Glassman-Klinik an. Und auch Michael Houston versuchte es ununterbrochen. Heidi sah ihn nur mit anklagenden, dunkel umringten Augen an und sagte nichts. Als er davon sprach, Linda anzurufen, sagte sie bloß mit brüchiger, müder Stimme: »Mir wäre es lieber, wenn du das nicht tätest.«

Am Freitag, einen Tag, bevor er losfuhr, rief Houston ihn noch einmal an.

»Michael«, sagte er und schloss die Augen. »Ich nehme schon keine Anrufe aus der Glassman-Klinik mehr entgegen. Ich werde auch von Ihnen keinen Anruf mehr annehmen, wenn Sie nicht mit diesem Mist aufhören!«

»Das würde ich gerade jetzt nicht tun«, sagte Houston. »Ich möchte, dass Sie mir jetzt ganz genau zuhören, Billy. Es ist wichtig.«

Billy hörte sich Houstons neuen Rap ohne große Überraschung an. Er empfand nur Zorn und eine tiefe Enttäuschung darüber, von allen verraten zu sein. Aber das hatte er ja schließlich kommen sehen.

Heidi hatte Houston noch einmal aufgesucht. Sie hatten eine sehr gründliche Unterredung miteinander gehabt, die mit noch mehr Tränen geendet hatte. Danach hatte Houston ein langes Gespräch mit den Drei Stooges in der Glassman-Klinik geführt (»Keine Sorge, Billy, ist alles durch das Arztgeheimnis abgedeckt!«). Houston hatte Heidi dann wieder zu sich gebeten. Sie waren alle der Meinung, dass Billy vielleicht von einer Serie psychologischer Tests profitieren könnte.

»Und ich möchte Sie dringendst bitten, sich diesen Tests aus eigenem freien Willen zu unterziehen«, schloss Houston.

»Jede Wette. Und ich wette *auch*, dass ich schon weiß, wo diese Tests stattfinden sollen. In der Glassman-Klinik. Na, hab ich den Blumentopf gewonnen?«

»Nun ja, wir dachten, das wäre der logische –«

»Ah, ja, ich verstehe. Und während sie in meinem Gehirn rumwühlen, werden die Barium-Einläufe vermutlich fortgesetzt, stimmt's?«

Houston schwieg vielsagend.

»Und wenn ich nein sage?«

»Heidi kann zu einem Rechtsmittel Zuflucht nehmen«, sagte Houston vorsichtig. »Sie verstehen, was ich meine?«

»Ich verstehe«, sagte Billy. »Sie reden davon, dass Sie und Heidi und die Drei Stooges sich zusammensetzen werden, um mich nach Sunnyvale Acres, wo Korbflechten unsere Spezialität ist, einweisen zu können.«

»Das klingt ziemlich melodramatisch, Billy. Sie macht sich sehr große Sorgen um Linda, ebenso wie um Sie.«

»Wir machen uns beide Sorgen um Linda«, erwiderte Billy. »Und ich mache mir auch um Heidi Sorgen. Es gibt Augenblicke, da bin ich so wütend auf sie, dass es mich ganz krank macht, aber hauptsächlich liebe ich sie immer noch, also mache ich mir auch Sorgen um sie. Sehen Sie, Mike, sie hat Sie in gewisser Weise irregeführt.«

»Ich weiß nicht, wovon Sie sprechen.«

»Ich weiß, dass Sie das nicht wissen. Und ich habe auch nicht vor, es Ihnen zu sagen. Sie wird es vielleicht tun – aber ich glaube eher, dass sie es nicht tut. Sie will nur eines: So schnell wie möglich vergessen, dass die ganze Sache überhaupt geschehen ist. Und wenn sie Sie in bestimmte Details einweihen würde, wäre ihre Ruhe wieder empfindlich gestört. Sagen wir einfach, Heidi hat ihren eigenen Schuldkomplex, mit dem sie zurechtkommen muss. Ihr Zigarettenkonsum ist von einer Schachtel auf zweieinhalb pro Tag gestiegen.«

Eine lange Pause am anderen Ende ... und dann kehrte Mike Houston wieder zu seinem ursprünglichen Thema zurück: »Wie dem auch sei, Billy, Sie müssen einsehen, dass diese Tests im Interesse aller Betei–«

»Leben Sie wohl, Mike«, sagte Billy und legte leise den Hörer auf.

15. Kapitel: Zwei Telefonate

Billy verbrachte den Rest des Nachmittags schmorend in dem klimatisierten Haus und warf in jedem Spiegel und jeder polierten Oberfläche einen Blick auf sein neues Selbst.

Die Art, wie wir uns selbst wahrnehmen, hängt deutlich mehr von der Vorstellung unseres Körperumfangs ab, als wir gemeinhin annehmen.

Der Gedanke hatte für ihn durchaus nichts Tröstliches.

Mein Selbstwertgefühl hängt davon ab, wie viel von der Welt ich beim Herumlaufen verdränge? Himmel, was für ein erniedrigender Gedanke. Dieser Typ Mr. T. könnte sich einen Einstein unter den Arm klemmen und ihn den ganzen Tag mit sich herumschleppen wie ein ... ein Schulbuch oder so was. Aber macht das Mr. T. in irgendeiner Form besser, macht es ihn wichtiger?

Ein quälendes Echo von T. S. Eliot hallte leise wie eine weit entfernte Glocke am Sonntagmorgen in seinem Kopf nach: *Das hab ich nicht gemeint, das hab ich wahrlich nicht gemeint.* Was ja wohl auch stimmte. Die Vorstellung von Körpergröße als Ausdruck von Würde, Intelligenz oder als Beweis für Gottes Liebe war spätestens zu dem Zeitpunkt ausgestorben, als der fettleibig umherwatschelnde William Howard Taft das Präsidentenamt dem zierlichen – beinahe hageren – Woodrow Wilson überlassen musste.

Die Art, wie wir die Realität wahrnehmen, hängt deutlich mehr von der Vorstellung unseres Körperumfangs ab, als wir gemeinhin annehmen.

Ja – die Realität. Das kam dem Kern der Sache schon erheblich näher. Wenn du mit ansahst, wie du selbst Pfund für Pfund wie eine komplizierte Gleichung von der Tafel weggewischt wurdest, Zeile für Zeile, Rechenschritt für Rechenschritt, dann hatte das einigen Einfluss auf deinen

Realitätssinn. Deine persönliche Realität und Realität im Allgemeinen.

Er war fett gewesen – nein, nicht nur massig, keine paar Pfund Übergewicht, sondern fett wie ein Schwein. Dann war er eine Zeit lang korpulent gewesen, dann beinahe normal (falls es so etwas überhaupt gab – doch die Drei Stooges von der Glassman-Klinik schienen ja davon auszugehen) und danach dünn. Jetzt fing das Dünnsein langsam an, in ein weiteres Stadium überzugehen: Dürrsein. Und was kam danach? Auszehrung, vermutlich. Und danach etwas, das noch außerhalb seiner Vorstellungskraft lag.

Er machte sich keine ernsthaften Sorgen, dass man ihn bald in eine Irrenanstalt einweisen würde. Solche Prozeduren brauchten ihre Zeit. Aber das letzte Gespräch mit Houston hatte ihm deutlich gezeigt, wie weit die Dinge schon fortgeschritten waren und wie undenkbar es war, dass ihm auch nur ein Mensch glauben würde – weder jetzt noch irgendwann. Er hätte gern Kirk Penschley angerufen – ein fast nicht zu bezähmender Drang trieb ihn dazu, obwohl er genau wusste, dass Kirk ihn sofort anrufen würde, sobald eine der drei Agenturen, die die Kanzlei unter Vertrag hatte, etwas herausgefunden hatte.

Stattdessen wählte er eine andere New Yorker Nummer, eine, für die er in seinem Adressbuch bis auf die letzte Seite zurückblättern musste, um sie zu finden. Seit den ersten Augenblicken dieser Geschichte war Richard Ginellis Name immer wieder in seinen Gedanken aufgetaucht und dann wieder verschwunden – jetzt war der Zeitpunkt gekommen, ihn anzurufen.

Nur für alle Fälle.

»Three Brothers«, meldete sich eine Stimme am anderen Ende. »Unsere Spezialitäten sind heute Abend Kalbfleisch Marsala und Fettuccine Alfredo nach Art des Hauses.«

»Mein Name ist William Halleck. Ich hätte gern mit Mr. Ginelli gesprochen, wenn er verfügbar ist.«

Die Stimme schien einen Moment zu zögern und wiederholte dann: »Halleck?«

»Ja.«

Der Hörer wurde hingelegt. Billy hörte in weiter Ferne Töpfe und Pfannen klappern. Jemand fluchte auf Italienisch. Jemand anderes lachte. Wie derzeit alles andere in seinem Leben schien auch dies sehr weit entfernt zu sein.

Schließlich wurde der Hörer wieder aufgenommen.

»William!« Wieder musste Billy denken, dass Ginelli der einzige Mensch auf dieser Welt war, der ihn so nannte. »Wie geht es dir, *paisan?*«

»Ich habe abgenommen.«

»Na ja, das ist gut«, sagte Ginelli. »Du warst zu dick, William. Das muss ich schon sagen, zu dick. Wie viel hast du abgenommen?«

»Zwanzig Pfund.«

»Hey! Gratuliere! Dein Herz wird es dir danken. Ganz schön hart, so viel abzunehmen, nicht wahr? Brauchst mir gar nichts zu erzählen, ich kenne das. Diese Scheißkalorien klammern sich ganz gemein fest. Bei Iren wie dir hängen sie irgendwann mal vorn über den Gürtel. Bei Itakern wie mir reißt einem eines Tages der Hosenboden auf, wenn man sich nach vorn beugt, um die Schuhe zuzubinden.«

»Eigentlich war's gar nicht so hart.«

»Nun ja, komm zu den Brothers, William. Ich werde dir mein Lieblingsgericht zubereiten. Hühnchen Napolitain. Dann nimmst du das ganze Gewicht bei einer Mahlzeit wieder zu.«

»Vielleicht nehme ich dich beim Wort«, sagte Billy mit dem Anflug eines Lächelns. Er betrachtete sich im Spiegel an seiner Bürowand, und es kam ihm so vor, als wären zu viele Zähne in diesem Lächeln. Zu viele Zähne zu weit vorne in seinem Mund. Er hörte auf zu lächeln.

»Yeah, gut, ich meine es ernst. Du fehlst mir, William. Wir haben uns zu lange nicht gesehen. Und das Leben ist kurz, *paisan.* Ich meine, es ist *kurz,* hab ich Recht?«

»Yeah, das ist wohl so.«

Ginellis Stimme wurde eine Spur tiefer. »Ich habe gehört, dass du in Connecticut Schwierigkeiten gehabt hast.« Er betonte Connecticut so, als wäre es irgendwo in Grönland. »Das hat mir Leid getan.«

»Wie hast du davon gehört?«, fragte Billy ehrlich verblüfft. Soweit er wusste, hatte nur eine knappe Meldung über den Unfall im *Fairview Reporter* gestanden, ohne Namensnennung. Die New Yorker Zeitungen hatten nichts davon berichtet.

»Ich halte eben meine Ohren offen«, antwortete Ginelli. *Denn die Ohren offen zu halten ist das, worauf es wirklich ankommt*, dachte Halleck und fröstelte.

»Genau damit habe ich im Augenblick Probleme.« Er wählte seine Worte ganz vorsichtig. »Sie sind … es sind keine Schwierigkeiten mit dem Gesetz. Die Frau – weißt du von dieser Frau?«

»Yeah. Ich hab gehört, sie war eine Zigeunerin.«

»Ja, stimmt. Sie hatte einen Mann. Er hat … mir einige Schwierigkeiten gemacht.«

»Wie heißt er?«

»Lemke, glaube ich. Ich will versuchen, allein damit fertig zu werden, aber ich dachte … falls ich es nicht …«

»Klar, klar, klar. Ruf mich an. Vielleicht kann ich was für dich tun. Vielleicht auch nicht. Vielleicht entscheide ich auch, dass ich dir überhaupt nicht helfen möchte. Ich meine, Freunde sind eben Freunde, und Geschäft bleibt nun mal Geschäft. Du verstehst doch, wie ich das meine?«

»Ja, das verstehe ich.«

»Manchmal gehen Freundschaft und Geschäft ganz gut zusammen, aber manchmal auch nicht, hab ich Recht?«

»Ja.«

»Versucht dieser Kerl, dir was anzutun?«

Billy zögerte. »Ich möchte im Augenblick lieber noch nicht so viel darüber reden, Richard. Diese Sache ist ziemlich eigenartig. Aber, ja, er setzt mir ganz schön zu. Er setzt mir ziemlich hart zu.«

»Ach, Scheiße, William, wir sollten jetzt darüber reden!«

Die Sorge in Ginellis Stimme war spontan und echt. Halleck spürte warme Tränen auf seinen Lidern und rieb sich mit einer Hand kräftig über die Wange.

»Ich weiß das zu schätzen – wirklich. Aber ich möchte zunächst einmal versuchen, das allein durchzustehen. Mir ist noch nicht einmal richtig klar, welche Hilfe ich mir von dir erhoffe.«

»Wenn du mich anrufen willst, ich bin immer zu erreichen, William. Okay?«

»Okay. Und danke.« Er zögerte wieder. »Richard, sag mal – bist du abergläubisch?«

»Ich? Du fragst einen alten Spaghettifresser wie mich, ob ich abergläubisch bin? Mich, der ich in einer Familie aufgewachsen bin, in der die Mutter und die Großmutter und sämtliche Tanten ständig die heilige Maria gepriesen und alle Heiligen angebetet haben, von denen man je gehört hat, und dazu noch eine ganze Horde, von denen man noch nie was gehört hat, die jedes Mal, wenn einer starb, den Spiegel verhängt und das Zeichen zur Abwendung des bösen Blicks gemacht haben, sobald ihnen eine Krähe oder eine schwarze Katze über den Weg gelaufen ist? *Mir*? *Mir* stellst du so eine Frage?«

»Yeah«, sagte Billy und musste unwillkürlich lächeln. »Ich stelle dir so eine Frage.«

Richard Ginellis Stimme klang bei der Antwort hart, gepresst und gänzlich humorlos: »Ich glaube nur an zwei Dinge, William. An Schusswaffen und Geld. Daran glaube ich. Du darfst mich da gerne zitieren. Abergläubisch? Ich nicht, *paisan*. Du musst an einen andern Itaker denken.«

»Das ist gut«, sagte Billy, und plötzlich strahlte er über das ganze Gesicht. Es war das erste richtige Lächeln, das er seit fast einem Monat spürte, und es tat gut – es tat *verdammt* gut.

Am selben Abend, kurz nachdem Heidi nach Hause gekommen war, rief Penschley an.

»Deine Zigeuner haben uns ein fröhliches Jagen bereitet«, sagte er. »Deine Kosten belaufen sich inzwischen schon auf fast zehntausend Dollar, Bill. Sollen wir die Sache fallen lassen?«

»Sag mir erst mal, was ihr rausgefunden habt«, sagte Billy. Seine Hände schwitzten.

Penschley begann in der trockenen Manier eines Elder Statesman zu berichten.

Die Zigeunergruppe war zuerst in Greeno, einer Stadt in Connecticut, rund dreißig Meilen nördlich von Milford, gesichtet worden. Nach einer Woche war sie aus Greeno vertrieben worden und hatte sich danach nach Pawtucket in der Nähe von Providence, Rhode Island, begeben. Nach Pawtucket kam Attleboro, Massachusetts. In Attleboro war einer von ihnen wegen Störung des öffentlichen Friedens verhaftet, gegen eine lächerliche Kaution auf freien Fuß gesetzt worden und dann abgehauen.

»Folgendes ist offenbar passiert«, sagte Penschley. »Da war ein Kerl aus der Stadt, ein ziemlicher Rüpel, der zehn Dollar am Glücksrad verloren hatte. Er hat dem Mann, der das Rad bediente, erzählt, dass das Rad manipuliert sei und dass er es ihnen heimzahlen würde. Zwei Tage später sah er, wie der Zigeuner aus einem Nite-Owl-Geschäft rauskam. Erst beschimpften sie sich, und dann gab es eine Schlägerei auf dem Parkplatz. Es gab ein paar Zeugen von außerhalb der Stadt, die sagen, dass der Bursche aus der Stadt den Streit angefangen hätte. Aber es gab noch ein paar Zeugen aus der Stadt, die behaupten, dass es der Zigeuner gewesen wäre. Auf jeden Fall wurde der Zigeuner festgenommen. Als er die Kaution im Stich ließ, waren die städtischen Cops entzückt. Das ersparte ihnen die Gerichtskosten, und sie waren die Zigeuner los.«

»So läuft das immer, nicht wahr?«, sagte Billy. Sein Gesicht war plötzlich brennend heiß geworden. Er war irgendwie ziemlich sicher, dass der Mann, der in Attleboro verhaftet worden war, der junge Mann war, der mit den Bowlingkegeln im Stadtpark von Fairview jongliert hatte.

»Ja, so ziemlich«, bestätigte Penschley. »Die Zigeuner kennen das schon. Die Cops sind glücklich, wenn der Kerl verschwunden ist. Es gibt keine Fahndung. Es ist wie mit dem Staubkorn, das dir ins Auge fliegt. In dem Augenblick ist das Staubkorn das Einzige, woran du denken kannst. Dann fängt das Auge an zu tränen und spült es wieder heraus. Und wenn der Schmerz erst einmal vorbei ist, dann interessiert dich nicht mehr, wohin das Staubkorn gekommen ist, oder?«

»Ein Staubkorn?«, sagte Billy. »Ist er das gewesen?«

»Für die Attleboro-Polizei war er genau das und nicht mehr. Willst du jetzt den Rest hören, Bill, oder sollen wir vorher noch eine Weile über das schwere Los von diversen Minderheiten moralisieren?«

»Gib mir bitte den Rest durch.«

»Danach ließen die Zigeuner sich in Lincoln, Massachusetts, nieder. Dort blieben sie drei Tage, bevor sie wieder rausgeworfen wurden.«

»War es die ganze Zeit über dieselbe Gruppe? Seid ihr da sicher?«

»Ja. Immer dieselben Fahrzeuge. Ich habe hier eine Liste mit den polizeilichen Kennzeichen – hauptsächlich Texas- und Delaware-Nummernschilder. Willst du sie haben?«

»Später. Wie geht's weiter?«

Es gab nicht mehr viel zu erzählen. Die Zigeuner waren in Revere, nördlich von Boston, aufgetaucht, zehn Tage dort geblieben und dann aus freien Stücken weitergezogen. Vier Tage in Portsmouth, New Hampshire... danach waren sie einfach aus dem Blickfeld verschwunden.

»Wir können ihre Fährte wieder aufnehmen, wenn du willst«, sagte Penschley. »Im Augenblick sind wir erst weniger als eine Woche hinter ihnen her. Es sind drei erstklassige Ermittler von Barton Detective Services auf sie angesetzt, und sie glauben, dass die Zigeuner fast mit Sicherheit inzwischen irgendwo in Maine sind. Sie sind immer parallel zum Interstate 95 die gesamte Küste von Connecticut hinaufgezogen – Teufel, den ganzen Weg die Küste herauf, mindestens von South Carolina aus, wie die Leute von Greeley herausgefunden haben. Fast wie ein Wanderzirkus. Sie werden vermutlich die Haupttouristenorte im Süden Maines abklappern. Ogunquit und Kennebunkport, sich dann nach Boothbay Harbor hocharbeiten und in Bar Harbor aufhören. Wenn die Touristensaison zu Ende geht, werden sie nach Florida oder an die Golfküste von Texas zurückkehren, um dort zu überwintern.«

»Ist ein alter Mann bei ihnen?«, fragte Billy, der den Hörer jetzt fest umklammerte. »So um die achtzig? Mit einer fürchterlichen Sache an der Nase – eine schwärende Wunde, Krebs oder so was?«

Ein Blättergeraschel, das ewig zu dauern schien.

»Taduz Lemke«, sagte Penschley ruhig. »Der Vater von der Frau, die du überfahren hast. Ja, er ist bei ihnen.«

»*Vater?*«, keuchte Halleck. »Das ist unmöglich, Kirk! Die Frau war *alt*. Mindestens siebzig, wenn nicht fünfundsiebzig –«

»Taduz Lemke ist hundertundsechs Jahre alt.«

Halleck verschlug es für einen Moment die Sprache. Seine Lippen bewegten sich, aber das war auch alles. Er sah aus wie ein Mann, der gerade von einem Gespenst geküsst worden ist. Dann konnte er nur seine eigenen Worte wiederholen: »Das ist unmöglich.«

»Ein Alter, um das wir ihn zweifellos alle beneiden können«, sagte Penschley, »aber durchaus nicht unmöglich. Sie sind heute alle registriert, musst du wissen. Sie ziehen nicht mehr so wie früher in Zigeunerwagen durch Osteuropa – obwohl ich mir gut vorstellen kann, dass die Älteren unter ihnen wie dieser Lemke wünschten, es wäre noch so. Ich habe hier einige Fotos für dich ... Sozialversicherungsnummern ... Fingerabdrücke, wenn du sie haben willst. Lemke hat verschiedentlich sein Alter mit einhundertundsechs, hundertacht und hundertzwanzig Jahren angegeben. Ich nehme an, dass einhundertsechs so ungefähr stimmen muss, denn das passt auch mit den Informationen auf seiner Sozialversicherungskarte zusammen, die die Barton-Ermittler uns beschaffen konnten. Susanna Lemke ist seine Tochter gewesen, daran besteht überhaupt kein Zweifel. Und er selbst ist als ›Präsident der Taduz Company‹ eingetragen, aber frag mich nicht, was das heißen soll. Vermutlich ist das die Firma, die die verschiedenen Glücksspiellizenzen besitzt, die sie erwerben mussten ... was wiederum heißt, Lemke ist das Oberhaupt des Stammes oder der Bande – oder wie immer sie sich nennen mögen.«

Seine *Tochter?* Lemkes *Tochter?* Das schien in Billys Augen alles zu ändern. Angenommen, jemand hätte Linda getötet. Angenommen, Linda wäre auf der Straße wie ein herumstreunender Köter überfahren worden?

»... ihn lieber abschließen?«

»Wie?« Er versuchte, sich wieder auf Kirk Penschley zu konzentrieren.

»Ich habe gefragt, ob du sicher bist, dass du noch weitermachen willst, oder ob wir den Fall nicht lieber abschließen sollten. Er kommt dich teuer zu stehen, Bill.«

»Bitte, lass sie noch ein wenig dranbleiben«, sagte Halleck. »Ich rufe dich in vier Tagen an – nein, in drei – und frage nach, ob ihr bis dahin den Ort gefunden habt, an dem sie sich gerade aufhalten.«

»Das brauchst du nicht«, sagte Penschley. »Falls – *wenn* – die Barton-Leute sie finden sollten, wirst du der Erste sein, der es erfährt.«

»Ich werde nicht mehr hier sein«, sagte Halleck langsam.

»Oh?« Penschleys Stimme klang vorsichtig unverbindlich. »Wo wirst du dann sein?«

»Unterwegs«, sagte Halleck und legte den Hörer auf. Er saß vollkommen still. Seine Gedanken schwirrten verworren durch seinen Kopf. Seine Finger – seine sehr *dünnen* Finger – trommelten ruhelos auf die Kante seines Schreibtischs.

16. Kapitel: Billys Brief

Heidi ging am nächsten Vormittag kurz nach zehn aus dem Haus. Sie schaute nicht kurz in Billys Zimmer rein, um ihm zu sagen, wohin sie ging und wann sie zurückkäme – diese liebenswerte, vertraute Gewohnheit gab es zwischen ihnen nicht mehr. Billy saß an seinem Schreibtisch und beobachtete, wie der Olds rückwärts aus der Einfahrt setzte und langsam auf die Straße fuhr. Einen winzigen Augenblick lang wandte Heidi den Kopf, und ihre Blicke schienen sich zu begegnen, seiner verstört und verängstigt, ihrer stumm anklagend: *Du hast mich dazu gebracht, unsere Tochter aus dem Haus zu schicken. Du lehnst die professionelle Hilfe, die du brauchst, einfach ab. Unsere Freunde fangen an, hinter unserem Rücken über uns zu reden. Du scheinst jemanden zu suchen, der dich als Copilot ins Ha-ha-Land manövriert, und ich bin dazu auserkoren ... nun, ich scheiß auf dich, Billy Halleck. Lass mich zufrieden. Brenn in der Hölle, wenn du willst, aber du hast kein Recht, mich darum zu bitten, mit dir gemeinsam in den Topf zu steigen.*

Es war natürlich nur Einbildung. Sie konnte ihn so weit im Schatten des Zimmers ja gar nicht sehen.

Alles nur Einbildung, aber es tat weh.

Als der Olds nicht mehr zu sehen war, spannte Billy einen Briefbogen in seine Olivetti und schrieb »Liebe Heidi« oben hin. Es war der einzige Teil des Briefes, der ihm keine Schwierigkeiten bereitete. Alle anderen Sätze tippte er, einen nach dem anderen, mit langen Pausen, und tief im Innersten hoffte er, dass sie noch rechtzeitig zurückkäme, während er seine Sachen packte. Aber sie kam nicht. Schließlich zog er den Bogen aus der Maschine und las den Brief noch einmal durch:

Liebe Heidi,

wenn Du diese Zeilen liest, bin ich schon fort. Ich weiß noch nicht genau, wohin, und auch nicht für wie lange. Aber ich hoffe, wenn ich zurückkomme, ist alles vorüber. Dieser ganze Albtraum der letzten Zeit.

Heidi, Michael Houston hat in allem Unrecht. Leda Rossington hat mir wirklich erzählt, dass der alte Zigeuner – er heißt übrigens Taduz Lemke – Cary angefasst hat, und sie hat mir auch wirklich erzählt, dass auf Carys Haut jetzt Schuppen wachsen. Und Duncan Hopley war wirklich über und über mit Pickeln bedeckt... Es war grauenhafter, als Du es Dir vorstellen kannst.

Houston weigert sich, eine ernsthafte Untersuchung dieser logischen Kette vorzunehmen, die ich ihm zur Untermauerung meiner Vermutungen vorgelegt habe. Und er hat sich *definitiv* geweigert, diese logische Kette mit den unerklärlichen Dingen in Zusammenhang zu bringen, die jetzt mit mir geschehen (155 heute Morgen; jetzt sind's beinahe hundert Pfund). Er kann sich das nicht leisten – es würde bei ihm alles über den Haufen werfen, wenn er das machen würde. Er sähe mich lieber für den Rest meines Lebens in irgendeiner Irrenanstalt eingesperrt, als auch nur die Möglichkeit in *Erwägung* zu ziehen, dass dies alles auf Grund eines Zigeunerfluchs geschehen konnte. Die Vorstellung, dass es so etwas Absonderliches wie Zigeunerflüche gibt – irgendwo auf dieser Welt, besonders aber hier in Fairview, Connecticut –, ist ein schreiender Widerspruch zu alledem, woran Houston bis jetzt geglaubt hat. Seine Götter kommen aus kleinen Flaschen, nicht aus der Luft.

Aber ich glaube, irgendwo ganz tief in Deinem Innern hältst *Du* es vielleicht für möglich. Ich glaube, dass ein Teil Deines Zornes, den Du in der letzten Woche auf mich verspürt hast, daher kommt, dass ich auf einer Meinung bestanden habe, *von der Dein eigenes Herz Dir sagt, dass sie der Wahrheit entspricht*. Du darfst mir gerne vorwerfen, ich würde hier den Amateurpsychologen spielen, aber ich habe mir Folgendes dabei gedacht: An diesen Fluch zu glauben bedeutet, zugleich daran zu glauben, dass nur einer von uns beiden für etwas bestraft wird, an dem wir gemeinsam beteiligt waren. Ich will damit sagen, dass Du Deinerseits Schuld verdrängst ... und Gott weiß, Heidi, der feige Teil in meiner Seele hat den Wunsch, dass Du, wenn ich schon diesen mörderischen Verfall durchmachen muss, eigentlich genau so etwas durchmachen solltest ... das Unglück liebt nun mal Gesellschaft. Ich nehme an, dass wir alle eine Spur hundertprozentig vergoldeten Bastard in uns haben, die so sehr mit unserem guten Teil verwoben ist, dass wir uns niemals ganz davon befreien können.

Aber es gibt auch noch eine andere Seite in mir, und diese andere Seite liebt Dich, Heidi. Sie würde niemals wünschen, dass Dir auch nur das geringste Leid geschieht. Dieser gute Teil von mir hat auch eine intellektuelle, logisch denkende Seite, und das ist der Grund, warum ich wegfahre. Ich muss den Zigeuner finden. Ich muss Taduz Lemke finden und ihm sagen, was ich mir während der letzten sechs Wochen oder so ausgedacht habe. Es ist sehr leicht, jemanden zu beschuldigen, und es ist sehr leicht, sich rächen zu wollen. Aber wenn man die Dinge einmal etwas näher betrachtet, stellt man allmählich fest, dass jedes Ereignis immer ganz eng mit dem nächsten Ereignis verknüpft ist. Manche Dinge geschehen einfach, weil sie geschehen. Dieser Gedanke gefällt uns allen wohl nicht so gut, weil wir dann nicht mehr so leicht einen anderen schlagen können, um uns dadurch Erleichterung zu verschaffen. Wir müssen einen anderen Weg suchen; aber keiner dieser anderen Wege wird so einfach sein.

Ich will ihm sagen, dass gewiss keine böse Absicht hinter alledem gesteckt hat. Ich möchte ihn bitten, das, was er mit mir getan hat, rückgängig zu machen ... vorausgesetzt, dass es überhaupt in seiner Macht steht. Aber ich habe herausgefunden, dass mir vor allem eines am Herzen liegt: Ich möchte mich bei ihm entschuldigen. Für mich… für dich… und für ganz Fairview. Ich weiß heute eine Menge mehr über Zigeuner als vorher, verstehst Du? Man könnte wohl sagen, dass mir die Augen geöffnet worden sind. Ich halte es nur für fair, wenn ich Dir auch gleich noch eine andere Sache mitteile, Heidi – falls er den Fluch rückgängig machen kann, falls ich herausfinden sollte, dass ich nach alledem doch noch eine Zukunft habe, auf die ich mich freuen kann – dann werde ich diese Zukunft nicht in Fairview verbringen. Ich habe die Nase voll von Andy's Pub, vom Lantern Drive, dem Country Club und dieser gesamten dreckigen scheinheiligen Stadt. Wenn ich diese Zukunft tatsächlich habe, dann hoffe ich, dass Linda und Du, dass Ihr beide mich an einen anderen, saubereren Ort begleiten und dort mit mir zusammenleben werdet. Wenn Du nicht willst oder nicht kannst, werde ich trotzdem gehen. Wenn Lemke nichts für mich tun kann oder will, habe ich wenigstens das beruhigende Gefühl, alles versucht zu haben, was ich konnte. Dann komme ich wieder nach Hause und werde mich bereitwillig in die Glassman-Klinik begeben, wenn Du es dann immer noch wünschst.

Wenn Du möchtest, kannst Du diesen Brief gerne Mike Houston oder den Glassman-Ärzten zeigen. Ich glaube, sie werden mir zustimmen, dass das, was ich jetzt unternehme, eine sehr gute Therapie sein kann. Na ja, werden sie sagen, schließlich könnte die Gegenüberstellung mit Lemke genau die Buße sein, die er braucht, um seine Selbstbestrafung, wenn es denn so etwas ist, auszumerzen (sie reden doch dauernd von der psychologischen Anorexia nervosa, wobei sie offenbar davon ausgehen, dass man sich so schuldig fühlen kann, dass man selbst seinen Stoffwechsel so sehr beschleunigt, bis er zigtausend Kalorien pro Tag verbrennt). Oder, werden sie sagen, es gibt noch zwei andere Möglichkeiten: Entweder wird dieser Lemke ihn auslachen und ihm klarmachen, dass er noch nie in seinem Leben einen Fluch über jemanden ausgesprochen hat. Dadurch wird er den psychologischen Angelpunkt zerstören, um den meine »fixe Idee« sich dreht. Oder aber, dieser Lemke wird seine Chance sehen, daraus Kapital zu schlagen, mir etwas vorlügen und mir versichern, dass er mich tatsächlich verflucht hat. Dann wird er mir für eine »Wunderkur« Geld abknöpfen – was, so mögen sie denken, genau das Richtige für mich sein könnte. Eine Wunderkur gegen einen Wunderfluch kann äußerst wirkungsvoll sein!

Ich habe durch Kirk Penschley ein paar Detektive engagiert, die für mich herausgefunden haben, dass die Zigeuner immer am Interstate 95 entlang nach Norden weitergezogen sind. Ich hoffe, dass ich sie in Maine finden werde. Sollte sich etwas Entscheidendes ereignen, werde ich Dich sofort benachrichtigen. In der Zwischenzeit werde ich versuchen, Dich nicht weiter in Verlegenheit zu bringen. Aber glaub mir bitte, dass ich Dich von ganzem Herzen liebe.

Dein
Billy

Er steckte den Brief in einen Umschlag, schrieb Heidis Namen auf die Vorderseite und lehnte ihn gegen die Tischmenage auf dem Küchentisch. Danach bestellte er ein Taxi, das ihn zur Hertz-Niederlassung nach Westport brachte. Als er vor der Haustür stand und auf das Taxi wartete, hoffte er immer noch im Stillen, dass Heidi nach Hause käme, damit sie noch einmal über die Dinge reden könnten, die er ihr geschrieben hatte.

Erst nachdem das Taxi in die Auffahrt eingebogen war und er endlich auf dem Rücksitz saß, gestand er sich ein, dass ein Gespräch mit Heidi zu diesem Zeitpunkt sicher nicht sehr gut verlaufen wäre – seine Fähigkeit, mit Heidi zu reden, gehörte jetzt der Vergangenheit an, gehörte zu der Zeit, in der er in Fat City gelebt hatte… und das in mehr als einer Hinsicht, und ohne sich dessen bewusst zu sein. Das gehörte der Vergangenheit an. Wenn es für ihn eine Zukunft gab, dann lag sie im Norden irgendwo in Maine, und er sollte sich lieber auf die Jagd nach ihr machen, bevor er zu einem Nichts zusammengeschrumpft war.

17. Kapitel: 137

Er übernachtete in Providence. Vom Hotel aus rief er im Büro an, erreichte aber nur den Auftragsdienst und hinterließ eine Nachricht für Kirk Penschley: Ob Penschley ihm bitte alle erhältlichen Unterlagen einschließlich aller Fotografien der Zigeuner und der Zulassungsnummern ihrer Fahrzeuge ins Sheraton Hotel nach South Portland, Maine, schicken könne.

Der Auftragsdienst wiederholte die Nachricht korrekt – für Billy ein kleines Wunder. Danach ging er auf sein Zimmer. Die Fahrt von Fairview nach Providence war kürzer als hundertfünfzig Meilen gewesen, aber er war doch ziemlich erschöpft. Zum ersten Mal seit Wochen schlief er eine Nacht traumlos. Am nächsten Morgen bemerkte er, dass im Hotelbadezimmer keine Waage stand. Gott sei gedankt, dachte er, für die kleinen Dinge.

Er zog sich rasch an und unterbrach sich nur einmal erstaunt, als er feststellte, dass er beim Schuhezubinden vor sich hinpfiff. Um halb neun befand er sich schon wieder auf dem I-95, und abends gegen halb sieben betrat er das Sheraton, das einem riesigen Einkaufszentrum gegenüberlag. Dort erwartete ihn eine Nachricht von Penschley: *Informationen unterwegs, aber schwierig. Kann noch einen oder zwei Tage dauern.*

Na großartig, dachte er. *Zwei Pfund pro Tag, Kirk, verdammt noch mal. Innerhalb von drei Tagen kann ich das Gewicht eines Sechserpacks Bier verlieren. Gib mir fünf Tage, und ich bin um das Gewicht eines mittelgroßen Mehlsacks erleichtert. Lass dir Zeit, mein Junge, warum auch nicht?*

Das South Portland Sheraton war rund gebaut, und Billys Zimmer hatte die Form eines Tortenstücks. Sein überstrapazierter Verstand, der bislang mit allem ganz gut fertig geworden war, fand es beinahe unmöglich, sich in einem spitz zulaufenden Schlafzimmer zurechtzufinden. Er war autobahnmüde und hatte Kopfschmerzen. Das Restaurant war im Augenblick mehr, als er ertragen konnte ... besonders, wenn es spitz zulief. Er bestellte sich also sein Dinner beim Zimmerservice.

Er war gerade aus der Dusche getreten, als der Kellner an die Tür klopfte. Schnell warf er sich den Bademantel über, den das Hotelmanagement rücksichtsvollerweise zur Verfügung stellte (in der Tasche steckte eine Karte mit der Aufschrift: DU SOLLST NICHT STEHLEN!), und rief: »Einen Augenblick!«, während er das Zimmer durchquerte.

Halleck öffnete die Tür ... und sah sich zum ersten Mal mit der unangenehmen Erkenntnis konfrontiert, wie sich ein Zirkusmonster fühlen musste. Der Kellner war ein Junge von knapp neunzehn Jahren mit strubbeligen Haaren und hohlen Wangen, eine Art Imitation der britischen Punkrocker. Selbst kein Preisboxer. Er blickte Billy kurz mit dem abwesenden Blick an, mit dem er wohl bei jeder Schicht Hunderte von Männern in Hotelbademänteln taxierte. Das Desinteresse würde etwas nachlassen, wenn er die Höhe des Trinkgelds unten auf der Rechnung zur Kenntnis nähme, aber das wäre auch alles. Dann weiteten sich seine Augen in einem Ausdruck von Überraschung und dem Anflug von Entsetzen. Sofort kehrte der desinteressierte Blick zurück. Aber Billy hatte es gesehen.

Entsetzen. Es war fast Entsetzen gewesen.

Und der Ausdruck von Überraschung war immer noch vorhanden – versteckt zwar, aber er war immer noch da. Billy glaubte, ihn gerade deshalb erkennen zu können, weil sich noch eine andere Komponente eingeschlichen hatte – Faszination.

Die beiden erstarrten einen Augenblick lang gefangen in der unbehaglichen, unerwünschten Partnerschaft zwischen Gaffer und Begafftem. Billy wurde schwindelig. Er musste daran denken, wie Duncan Hopley in seinem gemütlichen, fast völlig verdunkelten Haus in der Ribbonmaker Lane gesessen hatte.

»Na, nun bringen Sie's schon rein«, sagte er brüsk und brach damit den Bann etwas übertrieben heftig. »Oder wollen Sie die ganze Nacht da draußen stehen bleiben?«

»O nein, Sir«, sagte der Zimmerkellner, »entschuldigen Sie bitte.« Heiße Röte war ihm ins Gesicht geschossen. Billy hatte Mitleid mit ihm. Schließlich war er kein Punkrocker und auch kein finsterer jugendlicher Straftäter, der in den Zirkus gekommen war, um die lebenden Krokodile zu sehen, sondern nur ein Collegestudent mit einem Sommerjob, der von einem ungewöhnlich hageren Mann überrascht war, welcher an irgendeiner Krankheit leiden mochte oder auch nicht.

Der alte Kerl hat mich auf mehr als eine Weise verflucht, dachte Billy.

Dieser Junge hatte keine Schuld daran, dass er, Billy Halleck, ehemals aus Fairview, Connecticut, so viel Gewicht verloren hatte, dass er jetzt beinahe die Qualifikation zum Jahrmarktsmonster erfüllte. Er gab ihm einen Dollar zusätzlich als Trinkgeld und sah zu, dass er ihn so schnell wie möglich los wurde. Dann ging er ins Bad zurück und betrachtete sich im Spiegel. Langsam, wie ein Exhibitionist, der in seinen eigenen vier Wänden trainiert, schlug er den Bademantel auseinander. Er hatte den Mantelgürtel ganz locker gebunden, so dass seine ganze Brust und der halbe Bauch zu sehen gewesen waren. Leicht verständlich, dass der Kellner, schon als er nur so viel wahrgenommen hatte, geschockt gewesen war. Hätte er ihn ganz gesehen, wäre der Schock wohl noch verständlicher gewesen.

Jede einzelne Rippe stand deutlich hervor. Seine Schlüsselbeine waren scharf betonte, von Haut überzogene Grate. Seine Wangenknochen wölbten sich hervor. Das Brustbein bildete einen dicken Knoten, der Bauch darunter ein hohles Loch. Sein Becken sah aus wie ein grausig eingehängtes Gabelbein. Seine Beine waren noch so, wie er sie in Erinnerung hatte, lang und gut mit Muskeln bepackt. Die Knochen waren noch vergraben. Dort hatte er ja sowieso nie viel Fett angesetzt. Doch oberhalb der Gürtellinie entwickelte er sich tatsächlich zu einem Raritätenmonster – das Menschliche Skelett.

Hundert Pfund, dachte er. *Mehr braucht es nicht, um den versteckten Elfenbeinmann aus dem Schrank zu locken. Jetzt weißt du, wie schmal der Pfad zwischen dem ist, was du immer für selbstverständlich gehalten und von dem du stillschweigend angenommen hast, dass es dir immer erhalten bleibt, und diesem äußersten Wahnsinn. Wenn du dich das jemals gefragt haben solltest, jetzt weißt du's. Du siehst immer noch normal aus – na ja, ziemlich normal – jedenfalls solange du deine Kleider anhast. Aber wie lange wird es noch dauern, bis du solche Blicke wie den, den der Kellner dir vorhin zugeworfen hat, auf dich ziehst, obwohl du angezogen bist? Eine Woche? Zwei Wochen?*

Seine Kopfschmerzen waren schlimmer geworden, und obwohl er vorhin einen Riesenhunger gehabt hatte, pickte er jetzt nur im Essen herum. Er schlief schlecht und stand früh auf. Diesmal pfiff er nicht beim Anziehen.

Er neigte zu der gleichen Ansicht wie Kirk Penschley und die Ermittler von Barton – die Zigeuner würden sich immer an der Küste halten. Während des Sommers war die Küste der Ort in Maine, wo am meisten los war, weil dort die Touristen waren. Sie kamen, um im Wasser zu schwimmen, das zu kalt war, um sich in die Sonne zu legen (viele Tage blieben neblig und regnerisch, aber die Touristen schienen sich nie an sie zu erinnern), um Hummer und Muscheln zu essen, um Aschenbecher mit aufgemalten Seemöwen zu kaufen, um die Sommertheater in Ogunquit und Brunswick zu besuchen, die Leuchttürme von Portland und Pemaquid zu fotografieren oder einfach auch nur so in Städten wie Rockport, Camden und, natürlich, Bar Harbor, die gerade im Trend lagen, herumzuhängen.

Die Touristen hielten sich an der Küste auf und somit auch die Dollars, die nur darauf warteten, aus ihren Brieftaschen zu flattern. Dort würden auch die Zigeuner zu finden sein – aber wo genau?

Billy stellte eine Liste von etwas mehr als fünfzig Seebadeorten zusammen und ging nach unten in die Hotelhalle. Der Barmann kam aus New Jersey und kannte sich nur in Asbury Park gut aus. Aber er fand eine Kellnerin, die ihr ganzes Leben in Maine verbracht hatte, die Küste wie ihre Westentasche kannte und gern bereit war, etwas darüber zu erzählen.

»Ich bin auf der Suche nach ein paar Leuten und bin mir auch ziemlich sicher, dass sie sich irgendwo in einem Badeort aufhalten – aber in keinem wirklich noblen. Mehr so was wie … wie …«

»Honky-tonk? Eine eher schräge Stadt?«, fragte sie.

Billy nickte.

Sie beugte sich über die Liste. »Old Orchard Beach«, sagte sie sofort. »Das ist die schrägste Stadt von allen. So, wie es da bis zum Labor Day zugeht, werden Ihre Freunde überhaupt nicht auffallen, es sei denn, jeder hat drei Köpfe auf den Schultern.«

»Noch andere?«

»Na ja … im Sommer sind alle Küstenstädte ein bisschen schräg«, antwortete sie. »Nehmen Sie zum Beispiel mal Bar Harbor. Jeder, der mal von Bar Harbor gehört hat, glaubt, dass es eine wirklich noble Stadt ist … vornehm … voller reicher Leute, die im Rolls-Royce herumfahren.«

»Aber es ist nicht so?«

»Nein. Frenchman's Bay vielleicht, aber nicht Bar Harbor. Im Winter ist es einfach eine tote kleine Stadt, in der die Fähre um zehn Uhr fünfundzwanzig das Aufregendste ist, was den ganzen Tag passiert. Aber im Sommer ist Bar Harbor eine verrückte Stadt. Wie Fort Lauderdale zu Frühlingsanfang – voller Junkies und Freaks und pensionierter Hippies. Wenn man in Northeast Harbor auf der Anhöhe steht und der Wind in die richtige Richtung bläst, braucht man nur tief einzuatmen und schon ist man bekifft von dem ganzen Dope, das in Bar Harbor in der Luft hängt. Und die Hauptstraße – bis nach dem Labor Day – ist ein einziger Jahrmarkt. Die meisten Städte, die Sie auf Ihrer Liste haben, sind so, Mister. Aber Bar Harbor steht ganz oben, verstehen Sie?«

»Ich höre Sie klar und deutlich«, sagte Billy lächelnd.

»Früher hab ich mich im Juli oder August öfters dort rumgetrieben, aber heute nicht mehr. Jetzt bin ich zu alt dafür.«

Billys Lächeln wurde wehmütig. Die Kellnerin sah höchstens wie dreiundzwanzig aus.

Er gab ihr fünf Dollar; und sie wünschte ihm schöne Ferien und viel Glück bei der Suche nach seinen Freunden. Billy nickte, aber zum ersten Mal war er von dieser Möglichkeit nicht mehr so angetan.

»Hätten Sie was gegen einen kleinen Rat einzuwenden, Mister?«

»Ganz und gar nicht«, sagte Billy in der Annahme, sie hätte eine gute Idee, in welcher Stadt er am besten anfangen sollte – obwohl er *das* schon für sich selbst entschieden hatte.

»Sie sollten mal ein bisschen Fett ansetzen«, sagte sie. »Essen Sie Pasta. Das ist das, was meine Mutter Ihnen raten würde. Essen Sie eine Menge Pasta. Nehmen Sie ein paar Pfund zu.«

An seinem dritten Tag in South Portland erhielt er einen dicken braunen Umschlag voller Fotografien und Informationen über die Fahrzeuge. Er blätterte die Fotos langsam durch und betrachtete jedes einzeln. Da war der junge Mann, der mit den Bowlingkegeln jongliert hatte; er hieß ebenfalls Lemke, Samuel Lemke. Er blickte mit einer kompromisslosen Offenheit in die Kamera, einer Offenheit, die Bereitschaft zu Freundschaft und Lebensfreude wie zu

Zorn und Missmut verriet. Und dort das junge Mädchen, das so zielsicher mit der Schleuder ins Schwarze getroffen hatte, als die Cops aufgekreuzt waren – ja, sie war genauso schön, wie er es damals vermutet hatte. Sie hieß Angelina Lemke. Er legte ihr Foto neben das von Samuel Lemke. Bruder und Schwester. Die Enkelkinder von Susanna Lemke?, fragte er sich. Die Urenkel von Taduz Lemke?

Hier der ältere Mann, der die Flugblätter ausgeteilt hatte – Richard Crosskill. Es gab auch noch andere Crosskills. Stanchfields. Starbirds. Und noch mehr Lemkes. Und dann... fast ganz zuletzt...

Das war er. Seine Augen, eingebettet in ein Netz winziger Fältchen, waren dunkel und ausgeglichen. Sie blickten ihn voll klarer Intelligenz an. Er hatte ein Taschentuch über den Kopf gebunden, das über der linken Wange geknotet war. Im Winkel seines eingefallenen Mundes klemmte eine Zigarette. Die Nase war eine einzige offene, schwärende Wunde. Ein grauenhafter Anblick.

Billy starrte das Bild wie hypnotisiert an. Etwas an dem alten Mann schien ihm vertraut, irgendeine Verbindung, die sein Verstand nicht ganz festmachen konnte. Dann fiel es ihm ein. Taduz Lemke erinnerte ihn an die alten Männer in den Werbefilmen für Kefir, die im russischen Georgien lebten, filterlose Zigaretten rauchten, billigen Wodka tranken und ein atemberaubendes Alter von hundertdreißig, hundertfünfzig, hundertsiebzig Jahren erreichten. Und dann fiel ihm eine Zeile aus einem Schlager von Jerry Jeff Walker ein, dem über Mr. Bojangles: *He looked at me to be the eyes of age...*

Ja. Das sah er im Gesicht von Taduz Lemke – er verkörperte die Augen des Alters. In diesen Augen entdeckte Billy ein tiefes Wissen, neben dem das gesamte zwanzigste Jahrhundert zu einem bloßen Schatten wurde, und er begann zu zittern.

Als er an diesem Abend auf die Waage im Bad seines spitz zulaufenden Zimmers stieg, wog er noch 137 Pfund.

18. Kapitel: Die Suche

Old Orchard Beach, hatte die Kellnerin gesagt. *Das ist die schrägste Stadt von allen.* Der Angestellte an der Rezeption hatte ihre Aussage bestätigt. Das Mädchen in der Touristen-Informationsstelle am Highway vier Meilen hinter der Stadt ebenso, obwohl sie sich dagegen verwahrte, es so unverblümt auszudrücken. Billy lenkte seinen Mietwagen also Richtung Old Orchard Beach, das achtzehn Meilen weiter südlich lag.

Schon eine Meile vor dem Strand krochen die Wagen nur noch Stoßstange an Stoßstange vorwärts. Die meisten Fahrzeuge in dieser Parade hatten kanadische Nummernschilder. Darunter waren viele an Schilddrüsenüberfunktion leidende Caravans, die groß genug aussahen, um ganze Footballteams zu transportieren. Die meisten Leute, die Billy sah, sowohl im kriechenden Verkehr als auch am Straßenrand, schienen so spärlich bekleidet zu sein, wie das Gesetz es erlaubte, manche spärlicher – es gab eine Menge Tangas, eine Menge Eierwärmer-Badehosen, eine Menge von geöltem Fleisch zu sehen.

Billy hatte seine Blue-Jeans, ein weißes Hemd mit offenem Kragen und ein Sportjackett an, und obwohl die Klimaanlage auf vollen Touren lief, verging er hinter dem Steuer fast vor Hitze. Aber er hatte nicht vergessen, wie der Zimmerkellner ihn angestarrt hatte. Er würde kein Kleidungsstück mehr ablegen, und wenn seine Turnschuhe abends voller Schweißlachen stünden.

Der Verkehr kroch durch die Salzmarschen, schlich an gut zwei Dutzend Hummer- und Muschelbuden vorbei und wand sich dann durch ein Gebiet, das dicht mit Sommerhäusern bebaut war. In den Vorgärten saßen ähnlich unbekleidete Leute auf ihren Gartenstühlen und aßen, la-

203

sen in irgendwelchen Taschenbüchern oder schauten nur dem endlos fließenden Verkehr zu.

Himmel, dachte Billy, *wie halten die bloß den ganzen Abgasgestank aus?* Doch dann fiel ihm ein, dass sie es vielleicht ganz gern so mochten. Vielleicht war das sogar der Grund, warum sie lieber hier als am Strand saßen. Es erinnerte sie an zu Hause.

Die Sommerhäuser wichen Motels mit Reklameschildern: ON PARLE FRANÇAIS ICI und TAUSCHE KANADISCHE DOLLAR ZUM NENNWERT AB 250 DOLLAR und MITTERNACHTSPORNOS IM KABELFERNSEHEN und 3 MINUTEN ZUM STRAND BON JOUR À NOS AMIS DE LA BELLE PROVINCE!

Dann wurden die Motels seltener; es folgte eine Hauptstraße, an der größtenteils Andenkenläden standen, Geschäfte, in denen verbilligte Fotoapparate zu kriegen waren, und natürlich die Warenhäuser für Pornoliteratur. Jugendliche in abgeschnittenen Jeans und Bikinioberteilen schlenderten den Bürgersteig auf und ab. Manche hielten sich an den Händen, andere blickten ohne jedes Interesse durch dreckige Fensterscheiben auf die Auslagen. Einige bahnten sich mit gelangweiltem Schwung auf ihren Skateboards einen Weg durch die Menge der Spaziergänger. Halleck stellte fasziniert und bestürzt zugleich fest, dass jeder in dieser Menge Übergewicht hatte, und jeder – selbst die Kids auf den Skateboards – schien etwas zu essen: hier eine Ecke Pizza, dort ein Sandwich, eine Tüte Doritos oder Popcorn, ein Eis oder Zuckerwatte am Stiel. Er sah einen fetten Mann, dem das Hemd über seine ausgebeulten grünen Bermudashorts hing. Er hatte schlapperige Ledersandalen an und kaute schmatzend an einem dreißig Zentimeter langen Hotdog. An seinem Kinn hing ein undefinierbarer Faden, bei dem es sich entweder um Zwiebeln oder Sauerkraut handelte. In den Wurstfingern seiner linken Hand hielt er zwei weitere Hotdogs, und für Billy sah er aus wie ein Zauberkünstler, der dem Publikum rote Gummibälle präsentierte, um sie kurz darauf verschwinden zu lassen.

Als Nächstes kam der Jahrmarkt. Gegen den Himmel türmte sich eine Riesenachterbahn. Eine gigantische Nachbildung eines Wikingerboots schwang in steiler werdenden Halbkreisen auf und ab, und die im Inneren angeschnallten Passagiere kreischten und quietschten. Zu Billys Linken dröhnten Glocken und blitzten in großem Bogen Lichter auf, zu seiner Rechten bumsten Teenager in gestreiften Muscle-Shirts mit ihren Autoscootern gegeneinander. Direkt unter dem großen Lichterbogen stand ein junges Paar, das sich küsste. Sie hatte die Arme um seinen Hals geschlungen. Er hatte eine Hand auf ihren Po gelegt, in der andern hielt er eine Budweiserdose.

Yeah, dachte Billy. *Yeah, hier ist es. Hier muss es sein.*

Er parkte den Wagen auf einem brütend heißen Schotterparkplatz, bezahlte dem Wächter siebzehn Dollar für einen halben Tag, steckte sein Portemonnaie von der Hosen- in die innere Jackentasche und begann mit der Suche.

Zunächst glaubte er, er hätte in den letzten Tagen vielleicht schneller abgenommen. Alle starrten ihn an. Aber er sah schnell ein, dass es einfach an seiner Kleidung lag als daran, wie er *unter* seiner Kleidung aussah.

Die Leute würden dich genauso anstarren, wenn du Mitte Oktober in Badehose und T-Shirt auf der Strandpromenade auftauchen würdest, Billy. Nimm's nicht so tragisch. Du bist einfach jemand, den man ansehen kann, und hier gibt es eine ganze Menge zu sehen.

Und das war sicherlich richtig. Er sah eine fette Frau in einem schwarzen Bikini. Ihre tief gebräunte Haut glänzte vor Sonnenöl. Ihr Bauch war üppig, das Spiel ihrer kräftigen Oberschenkelmuskulatur fast legendär und auf merkwürdige Weise erregend. Sie stampfte wie ein Ozeandampfer auf den weitgestreckten weißen Strand zu, und ihr Hintern wackelte dabei in wellenartigem Auf und Ab.

205

Er sah einen grotesk fetten Pudel mit sommerkurz gescho-
renen Locken im Schatten einer Pizzabude sitzen, dem die
Zunge – mehr grau als rot – lustlos aus dem Maul hing. Er
sah zwei Faustkämpfe. Er sah eine riesige Seemöwe mit
fleckigen grauen Schwingen und ausdruckslosen schwarzen Augen, die sich in die Menge stürzte und einem Säugling in einem Sportwagen ein fettiges Stück Brot aus der
Hand schnappte.

Und hinter all dem lag der knochenweiße Halbmond
von Old Orchard Beach, von dem jetzt so gut wie nichts zu
sehen war, weil er mit Sonnenanbetern in der Mittags-
sonne eines Frühsommertages bedeckt war. Doch sowohl
der Strand als auch der Atlantik, der sich dahinter er-
streckte, wurden irgendwie durch das erotisch pulsie-
rende Leben auf dem Jahrmarkt reduziert und entwürdigt
– dieses Gewirr von Menschen, an deren Händen, Lippen
und Wangen Essensreste trockneten, die Rufe der Schreier
(»Ich rate Ihr Gewicht!«, hörte Billy zu seiner Linken.
»Wenn ich es um mehr als fünf Pfund verfehle, gewinnen
Sie die Puppe Ihrer Wahl!«), das spitze Kreischen der Ach-
terbahnfahrer, die plärrende Rockmusik, die aus den Bars
auf die Straßen drang.

Billy fühlte sich plötzlich der Wirklichkeit enthoben –
außerhalb seiner selbst, als erlebte er gerade einen dieser
Augenblicke von Astralprojektion, wie sie in der Zeit-
schrift *Fate* beschrieben werden. Namen – Heidi, Penschley, Linda, Houston – hatten plötzlich einen falschen, ble-
chernen Klang, so als hätte jemand sie aus dem Stegreif für
eine schlechte Geschichte erfunden. Er hatte das Gefühl,
als könnte er hinter die Dinge schauen, könnte dort die
Scheinwerfer, die Kameras, die Materalassistenten und
eine unvorstellbare »reale Welt« sehen. Der Geruch des
Meeres schien von einem Geruch von verdorbenem Essen
und Salz überwältigt zu werden. Die Geräusche kamen
von ganz weit her, als strömten sie durch einen sehr langen
Korridor.

Astralprojektion am Arsch, meldete sich eine gedämpfte Stimme. *Du stehst kurz vor einem Sonnenstich, mein Freund.*

Das ist lächerlich. Ich habe noch nie im Leben einen Sonnenstich gehabt.

Na, ich glaube, wenn man hundertzwanzig Pfund verliert, wird der innere Thermostat ganz schön durcheinander gebracht. Du wirst jetzt sofort aus der Sonne verschwinden, sonst landest du noch irgendwo in einer Notaufnahmestation und musst deine Blutgruppe und deine Versicherungsnummer angeben.

»Na gut, du hast mich überredet«, murmelte Billy, und ein Junge, der an ihm vorbeiging und sich gerade eine Schachtel Reese's Pieces in den Mund schüttete, drehte sich um und warf ihm einen scharfen Blick zu.

Vor ihm lag eine Bar mit dem Namen The Seven Seas. An der Tür klebten zwei Schilder: EISEKALT stand auf dem einen und ENDLOSE HAPPY HOUR auf dem anderen. Billy ging hinein.

The Seven Seas war nicht nur angenehm kühl, es herrschte hier auch eine gesegnete Ruhe. Ein Schild an der Jukebox besagte: *IRGENDEIN ARSCHLOCH HAT MIR LETZTE NACHT EINEN TRITT VERPASST, UND JETZT BIN ICH KAPUTT.* Darunter verlieh eine französische Übersetzung demselben Gedanken Ausdruck. Allerdings waren beide Zettel so alt und vergilbt, nahm Billy an, dass die fragliche »letzte Nacht« durchaus schon einige Jahre her sein konnte. Ein paar Gäste saßen an den Tischen, hauptsächlich ältere Männer, die so ähnlich wie Billy angezogen waren – mehr für die Straße als für den Strand. Einige spielten Dame oder Backgammon. Fast alle trugen einen Hut.

»Kann ich Ihnen helfen?«, fragte der Barkeeper, der auf ihn zukam.

»Ein großes Bier, bitte.«

»Sofort.«

Das Bier kam. Billy trank es langsam, beobachtete das Gedränge auf dem Bürgersteig durch die Barfenster und

207

lauschte dem Gemurmel der alten Männer. Er spürte, wie
ein Teil seiner Kraft – ein Teil seines Bewusstseins der *Realität* – wieder zurückkehrte.

Der Barkeeper kam wieder. »Noch eins?«

»Ja, bitte. Und ich würde gern kurz mit Ihnen sprechen,
wenn Sie Zeit haben.«

»Worüber?«

»Über ein paar Leute, die vielleicht hier durchgekommen sind.«

»Was meinen Sie mit hier? Das Seven Seas?«

»Old Orchard.«

Der Keeper lachte. »Soweit ich das überblicke, kommt
hier im Sommer ganz Maine und halb Kanada durch, mein
Sohn.«

»Es handelt sich um Zigeuner.«

Der Barmann grunzte und brachte Billy eine neue Flasche Bier.

»Sie meinen das Treibgut. Jeder, der im Sommer nach
Old Orchard kommt, ist einer von ihnen. Diese Bar hier ist
ein bisschen anders. Die meisten, die hierherkommen, leben das ganze Jahr über in Old Orchard. Aber die Leute da
draußen …« Er tat sie mit einer Bewegung aus dem Handgelenk ab. »Treibgut. Genau wie Sie, Mister.«

Billy hielt das Glas schräg und ließ das Bier langsam hi-
neinlaufen. Dann legte er eine Zehn-Dollar-Note auf die
Theke. »Ich weiß nicht, ob wir uns richtig verstehen. Ich
spreche von richtigen, echten Zigeunern, nicht von Touristen oder Sommerfrischlern.«

»Richtige … oh, Sie müssen die Leute meinen, die
draußen bei dem alten Salt Shack ihr Lager aufgeschlagen
haben.«

Billys Herz schlug schneller. »Darf ich Ihnen mal ein
paar Fotos zeigen?«

»Hat keinen Zweck. Ich hab sie nicht gesehen.« Er
blickte einen Augenblick auf den Zehner, dann rief er: »Lon!
Lonnie! Kommst du mal einen Augenblick rüber?«

208

Einer der alten Männer, die an den Fenstern saßen, stand auf und schlurfte zur Theke. Er hatte eine graue Baumwollhose und ein weißes Hemd an, das ihm viel zu groß war. Auf seinem Kopf saß ein Strohhut mit einem schmalen Rand. Sein Gesicht wirkte sehr müde. Nur die Augen waren lebendig. Er erinnerte Billy an jemanden, und nach einer Weile kam er drauf. Der alte Mann sah genau so aus wie der Schauspieler und Lehrer Lee Strasberg.

»Das ist Lon Enders!«, sagte der Barkeeper. »Er hat ein kleines Haus außerhalb der Stadt, ganz in der Nähe des alten Salt Shack. Lon kriegt alles mit, was in Old Orchard vor sich geht.«

»Ich bin Billy Halleck.«

»Angenehm.« Enders' Stimme klang trocken wie Papier. Er setzte sich auf den Barhocker neben Billy, das heißt, er schien gar nicht richtig zu sitzen. Seine Knie knickten nur irgendwie ein, als sein Hintern über dem Sitzpolster schwebte.

»Möchten Sie ein Bier?«, fragte Billy.

»Kann nicht«, raschelte die Papierstimme, und Billy drehte unmerklich den Kopf etwas zur Seite, um dem Schwall seines süßlichen Atems auszuweichen. »Hatte meins für heute schon. Der Arzt sagt, mehr darf ich nicht. Magen ist kaputt. Wenn ich 'n Auto wäre, wäre ich reif für den Schrotthaufen.«

»Oh«, sagte Billy lahm.

Der Barkeeper wandte sich von ihnen ab und fing an, den Geschirrspüler mit Biergläsern zu beladen. Enders betrachtete die Zehn-Dollar-Note. Dann sah er Billy an.

Halleck erklärte seine Geschichte nochmals, während Enders' müdes Gesicht verträumt in die hinteren Schatten des Lokals schaute und die Glocken der Passage nebenan schwach klingelten wie Klänge, die man im Traum vernimmt.

»Sie waren hier«, sagte er, als Billy ausgeredet hatte. »Ja, ja, sie waren hier. Ich hatte schon seit sieben Jahren keine

209

Zigeuner mehr gesehen. Und diesen Haufen vielleicht schon zwanzig Jahre nicht mehr.«

Billys rechte Hand umfasste das Bierglas fester. Er musste sich dazu zwingen, den Griff zu lockern, sonst hätte er es zerbrochen. Vorsichtig stellte er es auf der Theke ab.

»Wann? Sind Sie sicher? Haben Sie eine Ahnung, wohin sie gefahren sein könnten? Können Sie –?«

Enders hob seine Hand – sie war so weiß wie die eines Mannes, der eben ertrunken aus einem Brunnen gezogen wurde, und Billy kam sie fast durchsichtig vor.

»Langsam, mein Freund«, sagte er mit seiner Flüsterstimme. »Ich werde Ihnen sagen, was ich weiß.«

Mit derselben bewussten Anstrengung zwang Billy sich, zu schweigen und einfach zu warten.

»Ich werde den Zehner nehmen, denn Sie sehen so aus, als ob Sie ihn entbehren könnten, mein Freund«, flüsterte Enders. Er steckte ihn in die Hemdtasche und schob dann den Daumen und Zeigefinger seiner linken Hand in den Mund, um seine obere Gaumenplatte zurechtzuschieben. »Ich hätte auch umsonst geredet. Teufel, wenn man feststellt, dass man alt wird, würde man manchmal gern jemand dafür bezahlen, dass er einem zuhört … würden Sie Timmy bitte fragen, ob er mir ein Glas Eiswasser bringt? Ich schätze, selbst das eine Bier war schon zu viel – es brennt verdammt im Magen, das, was davon noch übrig geblieben ist –, aber es ist hart für einen alten Mann, auf all seine Vergnügungen zu verzichten, selbst wenn sie ihm gar kein Vergnügen mehr bereiten.«

Billy rief den Barkeeper zu sich, und er brachte Enders das Eiswasser.

»Alles in Ordnung, Lon?«, fragte er, als er es hinstellte.

»Es ist mir schon besser, aber auch schon schlechter gegangen«, flüsterte Enders und nahm das Glas in die Hand. Einen Augenblick lang dachte Billy, es wäre zu schwer für ihn. Aber der Alte schaffte es bis zum Mund, obwohl er dabei ein paar Tropfen verschüttete.

»Willst du mit dem Typ reden?«, fragte Timmy ihn.

Das kalte Wasser schien Enders wieder zu beleben. Er setzte das Glas ab, warf Billy einen kurzen Blick zu und sah dann den Barkeeper an. »Ich finde, jemand sollte es tun«, sagte er. »Er sieht zwar noch nicht so schlimm aus wie ich ... aber er ist auf dem besten Weg dahin.«

Enders wohnte in einer kleinen Rentnersiedlung an der Cove Road. Die Cove Road gehörte, wie er sagte, »zum echten Kern von Old Orchard – zu dem Teil, für den die Gaffer sich nicht interessierten«.

»Die Gaffer?«, fragte Billy.

»Die Menge, mein Freund, die Menge. Meine Frau und ich sind 1946 in diese Stadt gekommen, gleich nach dem Krieg. Sind von da an hier geblieben. Wie man die Menge dazu bringt, einem zuzuhören, hab ich von einem Meister gelernt – Lonesome Tommy McGhee, jetzt auch schon viele Jahre tot. Hab mir damals die Seele aus dem Leib geschrien, wirklich, und was Sie jetzt noch davon hören, ist alles, was von ihr übrig ist.«

Und wieder dieses leise Kichern, sanft und mild wie der Hauch einer kühlen Morgenbrise.

Wie es schien, hatte Enders so ziemlich alle Leute kennen gelernt, die in irgendeiner Weise mit dem Sommerjahrmarkt, den Old Orchard darstellte, zu tun hatten – die Händler, die Marktschreier, die Zeltaufbauer, die Glashinauswerfer (Andenkenhändler), die Hundemänner (Achterbahnmechaniker), die Autoskooterleute, die Schiffschaukelbremser, die Kuppler und die Zuhälter. Das waren hauptsächlich Leute, die das ganze Jahr über dort lebten und die er seit Jahrzehnten kannte, oder solche, die jeden Sommer wie Zugvögel wiederkehrten. Sie waren eine dauerhafte, zumeist liebevolle Gemeinschaft, welche die Sommertouristen nie zu Gesicht bekamen.

Er kannte auch einen Großteil derer, die der Barkeeper als »Treibgut« bezeichnet hatte. Das waren die echten Fahrenden, Leute, die für eine oder zwei Wochen auftauchten, um in der fieberhaften Feierlaune der Stadt einige Geschäfte zu machen, und dann schnell weiterzogen.

»Und Sie können sich an *alle* erinnern?«, fragte Billy zweifelnd.

»Oh, ich könnte es nicht, wenn es jedes Jahr andere Leute wären«, flüsterte Enders. »Aber so ist das Treibgut nicht beschaffen. Sie erscheinen nicht so regelmäßig wie die Hundemänner oder die Teigklopfer, aber auch sie haben ein bestimmtes Muster. Du siehst 1957 einen Typen auf der Promenade auf und ab wandern und Hula-Hoop-Reifen verkaufen, die er über dem Arm hängen hat. 1960 siehst du ihn wieder, nur dass er jetzt teure Armbanduhren für drei Dollar das Stück verkauft. Sein Haar ist jetzt vielleicht schwarz statt blond, weil er glaubt, dass die Leute ihn so nicht wiedererkennen. Und ich glaube, sie tun's auch nicht, selbst wenn sie 1957 schon dagewesen sind, denn sie gehen sofort wieder auf ihn zu und lassen sich reinlegen. Aber wir kennen ihn. Wir kennen das Treibgut. Nichts ändert sich, abgesehen von den Waren, die sie verhökern, und das, was sie verkaufen, ist immer ein bisschen außerhalb des Gesetzes.

Die Dealer, die sind anders. Es gibt zu viele von ihnen, und sie landen immer im Gefängnis oder sterben weg. Auch die Huren. Sie werden zu schnell alt, als dass man sich gern an sie erinnert. Aber Sie wollten ja über die Zigeuner reden. Ich glaube, wenn man mal so drüber nachdenkt, dann sind sie das älteste Treibgut, das es gibt.«

Billy zog den Umschlag mit den Fotos aus der Brusttasche seines Sportjacketts und breitete sie sorgfältig wie ein gutes Pokerblatt auf der Theke aus: Angelina Lemke. Samuel Lemke. Richard Crosskill. Maura Starbird.

Taduz Lemke.

»Ah!« Der alte Mann auf dem Barhocker sog scharf den Atem ein, als Billy das letzte Foto hinlegte. Und dann sprach er das Bild direkt an, so dass Billy ein kühler

Schauer über den Rücken lief: »Teddy, du alter Huren-
bock!«

Er blickte zu Billy auf und lächelte, aber Billy Halleck
ließ sich nicht narren – der alte Mann hatte Angst.

»Hab ich mir doch gedacht, dass er es war«, sagte der
Alte. »Ich habe nichts weiter gesehen als einen Schatten in
der Dunkelheit – das war vor drei Wochen. Nichts als
einen Schatten in der Dunkelheit, aber ich dachte … nein …
ich hab's *gewusst* …«

Wieder hob er zittrig das Eiswasser an den Mund und
verschüttete dabei noch mehr davon. Diesmal auf seine
Hemdbrust. Die plötzliche Kälte ließ ihn nach Luft schnappen.

Der Barkeeper kam herüber und bedachte Billy mit
einem feindseligen Blick. Enders hob zerstreut die Hand,
um anzuzeigen, dass mit ihm alles in Ordnung wäre.
Timmy zog sich wieder zu seinem Geschirrspüler zurück.
Enders drehte das Foto von Taduz Lemke um. Auf der
Rückseite stand: *Aufgenommen in Attleboro, Mass., Mitte
Mai 1983.*

»Und er ist nicht einen Tag älter geworden, seit ich ihn
und seine Freunde hier zum ersten Mal im Sommer 1963
gesehen habe«, sagte Enders schließlich.

Sie hatten ihr Lager hinter Herk's Salt Shack Lobster Barn
an der Route 27 aufgeschlagen. Sie waren vier Tage und
vier Nächte geblieben. Am fünften Morgen waren sie einfach verschwunden. Die Cove Road lag ganz in der Nähe.
Enders erzählte, er wäre am zweiten Abend nach ihrer An-
kunft die halbe Meile zum Lager hinausgewandert, weil er
sie sehen wollte. (Billy konnte sich kaum vorstellen, wie
dieser klapperige Mann es einmal um den Block schaffen
wollte, aber er ließ es sich nicht anmerken.) Er hätte sie
sehen wollen, berichtete Enders, weil sie ihn an die gute
alte Zeit erinnerten, als ein Mann sein Geschäft noch in
Ruhe führen konnte, wenn er eins hatte, als der Gesetz-

213

geber sich noch aus der Sache raushielt und ihn allein machen ließ.

»Ich hab eine Weile am Straßenrand gestanden«, sagte er. »Es war das übliche Jahrmarkts- oder Zigeunerlager – je mehr die Dinge sich verändern, desto mehr bleiben sie sich gleich. Früher waren es mal Zelte, heute sind es eben Kleinbusse, Campingwagen und solches Zeug. Aber was da drinnen vor sich geht, das ist immer das Gleiche. Eine Frau, die die Zukunft vorhersagt. Zwei, drei Frauen, die den Damen Pülverchen verkaufen … zwei, drei Männer, die den Männern Pülverchen verkaufen. Ich vermute, dass sie länger bleiben wollten, aber ich hab gehört, dass sie für einige reiche Kanadier einen Hundekampf arrangiert hatten, und die Staatscops haben Wind davon bekommen.«

»Einen Hundekampf!«

»Die Leute wollen Wetten abschließen, mein Freund, und die Fahrenden sind immer bereit, die Dinge zu arrangieren, auf die sie wetten wollen – das ist ja eins der Dinge, wofür die Fahrenden da sind. Hunde oder Hähne mit Stahlsporen oder vielleicht sogar zwei Männer mit diesen klitzekleinen Messerchen, die fast wie Spikes aussehen, und jeder von beiden beißt in das eine Ende eines Schals, und wer seins als Erster fallen lässt, hat verloren. Die Zigeuner nennen das den ›fairen Kampf‹.«

Enders starrte auf sein Spiegelbild an der Rückwand der Bar – auf sich und durch sich hindurch.

»Es war ganz wie in den alten Zeiten«, sagte er träumerisch. »Ich konnte ihr Fleisch riechen. Sie haben eine bestimmte Art, es zu räuchern. Den grünen Pfeffer und das Olivenöl, das sie so lieben. Es riecht ranzig, wenn es aus dem Kanister kommt, und süß, sobald es zum Braten benutzt worden ist. Ich konnte sie in ihrer komischen Sprache reden hören, und ich hörte dieses *Tak, Tak, Tak* von Messern, die auf ein Holzbrett geworfen werden. Jemand backte auf die alte Art Brot. Auf heißen Steinen.

Es war genauso wie in den alten Zeiten, aber ich war's nicht mehr. Ich hab mich gefürchtet. Nun ja, die Zigeuner haben mir *immer* ein bisschen Angst gemacht – aber im Unterschied zu heute wär ich damals trotzdem zu ihnen gegangen. Teufel, schließlich war ich ein Weißer oder etwa nicht? Früher wäre ich einfach breitbeinig bis zu ihrem Feuer gegangen, nach dem Motto ›ihr könnt mich mal‹, und hätte einen Drink oder vielleicht ein paar Joints gekauft – nicht weil ich einen Drink oder einen Joint haben wollte, sondern um mich mal umsehen zu können. Aber die alten Zeiten haben mich zum alten Mann gemacht, mein Freund, und wenn ein alter Mann Angst hat, dann geht er nicht einfach so auf eine Sache los, wie er's getan hat, als er gerade dabei war, zu lernen, wie man sich rasiert.

Ich stand also im Dunkeln mit dem Salt Shack auf der einen und dem Lager mit all diesen Kleinbussen und Campingwagen und Kombiwagen auf der anderen Seite und beobachtete, wie sie vor dem Feuer auf und ab gingen, hörte sie reden und lachen, roch ihr Essen. Und dann ging plötzlich die hintere Tür von einem Wohnwagen auf – auf der Seite war eine Frau aufgemalt und ein weißes Pferd, das ein Horn an der Stirn stecken hatte, so ein, wie nennt man die noch …«

»Einhorn«, sagte Billy, und seine Stimme klang fremd, als käme sie von woanders, von jemand anderem. Diesen Wohnwagen kannte er sehr gut; er hatte ihn zum ersten Mal an dem Tag gesehen, an dem die Zigeuner im Stadtpark von Fairview aufgetaucht waren.

»Jemand stieg aus«, fuhr Enders fort. »Ich sah nur einen Schatten und eine glimmende Zigarettenkippe, aber ich wusste, wer es war.« Er tippte mit einem bleichen Finger auf die Fotografie des Mannes mit dem Kopftuch. »Er. Ihr Kumpel.«

»Sind Sie sicher?«

»In dem Augenblick zog er kräftig an der Kippe, und ich konnte … das da sehen.« Er deutete auf die Überreste

von Taduz Lemkes Nase, aber er berührte die matte Bild-
oberfläche nicht ganz, so als ob er eine Ansteckung fürchtete.

»Haben Sie mit ihm gesprochen?«

»Nein«, sagte Enders. »Aber er hat mit mir gesprochen.
Ich stand da im Dunkel, und ich schwöre bei Gott, dass er
nicht mal in meine *Richtung* geblickt hat. Und er hat gesagt: ›Du vermisst deine Frau ganz schön, Flash, eh? Es
wird alles gut, du bist jetzt bald bei ihr.‹ Dann schnippte er
die Kippe aus den Fingern und marschierte aufs Feuer zu.
Ich sah den Ring in seinem rechten Ohr einmal kurz im Wi-
derschein der Flammen aufblitzen. Das war alles.«

Er wischte sich mit einer Hand ein paar kleine Wassertropfen vom Kinn und sah Billy an.

»Flash haben sie mich früher genannt, als ich damals, in
den fünfziger Jahren, am Pier als Pennywerfer gearbeitet
habe, mein Freund. Seit Jahren hat mich schon niemand
mehr so genannt. Ich stand total im Schatten, aber er hat
mich gesehen und mich bei meinem alten Namen gerufen – ich glaube, die Zigeuner nennen das meinen Geheimnamen. Sie legen verdammt viel Wert darauf, den Geheimnamen eines Mannes zu kennen.«

»So, tun sie das?«, fragte Billy mehr sich selber.

Timmy, der Barkeeper, kam wieder zu ihnen herüber.
Jetzt sprach er fast freundlich mit Billy … und als ob Lon Enders nicht da wäre. »Er hat sich den Zehner verdient, Kame-
rad. Lassen Sie ihn in Ruhe. Es geht ihm nicht besonders,
und diese kleine Unterhaltung hier tut ihm nicht gerade
gut.«

»Ich bin in Ordnung, Timmy«, sagte Enders.

Timmy sah ihn gar nicht an. Stattdessen sah er Billy Halleck an. »Ich möchte, dass Sie hier verschwinden«, sagte er
zu Billy in der gleichen vernünftigen, fast freundlichen
Stimme. »Ihr Aussehen gefällt mir nicht. Sie sehen so aus,
als brächten Sie Unglück über diesen Ort. Das Bier ist umsonst. Nur gehen Sie.«

216

Billy sah den Barkeeper an. Er fühlte sich ein wenig ängstlich und irgendwie gedemütigt. »In Ordnung«, sagte er. »Nur noch eine Frage, dann werde ich gehen.« Er wandte sich an Enders. »Wohin sind sie gefahren?«

»Ich weiß es nicht«, sagte Enders, ohne zu zögern. »Zigeuner hinterlassen keine Nachsendeadressen, mein Freund.«

Billys Schultern sackten nach vorn.

»Aber ich war wach an jenem Morgen, als sie abgefahren sind. Ich habe nur noch einen sehr leichten Schlaf, und ihre Wagen sind nicht gerade mit den besten Auspufftöpfen ausgestattet. Ich habe gesehen, wie sie vom Highway 27 auf die Route 1 Richtung Norden abgebogen sind. Mein Tipp wäre ... Rockland.« Der Alte seufzte tief und zitternd, und Billy beugte sich besorgt vor. »Rockland oder vielleicht auch Boothbay Harbor. Ja. Und das ist alles, was ich weiß, mein Freund, außer, dass ich mir das ganze Bein runter in den linken Tennisschuh gepisst habe, als er mich Flash nannte, als er mich bei meinem Geheimnamen nannte.« Lon Enders fing unvermittelt zu weinen an.

»Mister, würden Sie bitte *gehen*?«, forderte Timmy ihn auf.

»Bin schon weg«, sagte Billy. Er blieb nur noch kurz stehen, um dem Alten die schmale, beinahe ätherische Schulter zu drücken.

Draußen traf die Sonne ihn wie ein Hammer. Es war jetzt mitten am Nachmittag, und sie neigte sich schon nach Westen. Nach links blickend entdeckte er seinen Schatten. Er war so dürr wie ein von Kindern gezeichnetes Strichmännchen, ausgegossen wie Tinte auf dem heißen weißen Sand.

Er wählte die Vorwahl 203.

Sie legen verdammt viel Wert darauf, den Geheimnamen eines Mannes zu kennen.

Dann wählte er 555.

Ich möchte, dass Sie hier verschwinden. Ihr Aussehen gefällt mir nicht.

Er wählte 9231 und hörte zu, wie das Telefon zu Hause in Fat City zu läuten anfing.

Sie sehen so aus, als brächten Sie Unglück …

»Hallo?« Die erwartungsvolle, etwas atemlose Stimme gehörte nicht Heidi, sondern Linda. Billy lag auf seinem Bett in dem tortenstückförmigen Hotelzimmer und schloss die Augen, weil ihm plötzlich die Tränen kamen. Er sah sie vor sich, wie sie mit ihm den Lantern Drive entlanggegangen war und aufmerksam zugehört hatte, während er mit ihr über den Unfall gesprochen hatte – ihre alten Shorts, die langen, fohlengleichen Beine.

Was wirst du ihr sagen, Billy-Boy? Dass du den ganzen Tag am Strand verbracht und ungeheuer geschwitzt hast? Dass du zwei Bier zum Lunch getrunken und ein riesiges Abendessen, bestehend nicht aus einem, sondern zwei Sirloin-Steaks, gegessen hast? Und dass du trotzdem statt der gewöhnlichen zwei Pfund drei pro Tag abgenommen hast?

»Hallo?«

Dass du Unglück über den Ort bringen würdest? Dass es dir Leid tat, dass du gelogen hast, aber alle Eltern würden mal lügen?

»Hallo? Ist da jemand? Bobby, bist du's?«

Immer noch mit geschlossenen Augen sagte er: »Hier ist Dad, Linda.«

»*Daddy?*«

»Liebling, ich kann jetzt nicht sprechen.« *Weil ich weinen muss.* »Ich nehme immer noch ab, aber ich glaube, ich habe Lemkes Spur gefunden. Sag das bitte deiner Mutter. Ich glaube, ich habe Lemkes Spur gefunden. Kannst du das behalten?«

»Daddy, *bitte* komm nach Hause!« Sie weinte. Billys Hand um den Hörer wurde weiß. »Du fehlst mir, und ich werde mich nicht noch mal von *ihr* wegschicken lassen.«

Jetzt hörte er undeutlich Heidis Stimme im Hintergrund: »Lin? Ist das Dad?«

»Ich liebe dich, Schatz«, sagte er. »Und ich liebe deine Mutter.«

»*Daddy* —«

Ein kurzes Stimmengewirr. Dann war Heidi am Telefon. »Billy? Billy, bitte, hör jetzt damit auf und komm zu uns nach Hause.«

Billy legte sanft den Hörer auf, rollte sich auf den Bauch und verbarg das Gesicht in der Armbeuge.

Am nächsten Morgen bezahlte er seine Rechnung im South Portland Sheraton und fuhr auf dem U.S. 1 Richtung Norden, dem langen Highway an der Küste, der in Fort Kent, Maine, anfängt und in Key West, Florida, endet. Rockland oder vielleicht auch Boothbay Harbor hatte der alte Mann im Seven Seas ihm gesagt, aber Billy ging kein Risiko ein. Er hielt an jeder zweiten oder dritten Tankstelle am rechten Straßenrand; er hielt an Supermärkten, vor denen alte Männer auf Campingstühlen saßen und auf Zahnstochern oder Streichhölzern herumkauten. Er zeigte seine Fotos jedem, der sie sehen wollte. Er wechselte zwei Travellerschecks im Wert von einhundert Dollar in Zweidollarnoten um und verteilte diese wie ein Mann, der für eine Radiosendung mit schlechten Zuhörerzahlen wirbt. Hauptsächlich zeigte er vier Fotos vor. Eins von Gina, dem Mädchen mit der olivbraunen Haut und den verheißungsvollen Augen, eins vom umgebauten Cadillac-Leichenwagen, eins von dem Wohnwagen, auf den das Mädchen mit dem Einhorn gemalt war, und das von Taduz Lemke.

Wie Lon Enders hatten die Leute Schwierigkeiten, mit diesem Bild umzugehen. Sie wollten es nicht mal berühren.

Aber sie waren sehr hilfsbereit, und Billy hatte keine Schwierigkeiten, den Zigeunern die Küste hinauf zu folgen. Es lag nicht an den außerstaatlichen Nummernschildern. Im Sommer gab es in Maine eine Unmenge von fremden Nummernschildern zu sehen. Es war eher die Art, wie die Wohnwagen und Limousinen in der Kolonne fuhren, fast Stoßstange an Stoßstange; die farbenfrohen Bilder auf den Seitenwänden; und natürlich die Zigeuner selbst. Die meisten Leute, mit denen Billy sprach, behaupteten, dass die Kinder oder Frauen etwas gestohlen hätten, aber niemand schien so recht zu wissen, was eigentlich abhanden gekommen war, und soweit Billy feststellte, hatte auch niemand wegen dieser angeblichen Diebstähle die Polizei gerufen.

Hauptsächlich erinnerten sie sich an den alten Zigeuner mit der abfaulenden Nase – wer ihn einmal gesehen hatte, vergaß ihn nicht mehr.

Als er mit Lon Enders im Seven Seas gesessen hatte, war er noch drei Wochen hinter den Zigeunern gewesen. Der Besitzer von Bob's Speedy-Serv-Tankstelle konnte sich nicht mehr erinnern, an welchem Tag er all ihre Lastwagen und Kombiwagen und Campingbusse einen nach dem anderen aufgetankt hatte, er wusste nur noch, dass sie »stanken wie die Indianer«. Billy dachte, dass Bob selbst mal ein Bad gebrauchen könnte, behielt das aber lieber für sich. Der Collegestudent, der im Falmouth Beverage Barn auf der anderen Straßenseite arbeitete, konnte sich noch ganz genau an das Datum erinnern – es war der zweite Juni gewesen, sein Geburtstag, und er war nicht glücklich gewesen, weil er hatte arbeiten müssen. Billy sprach am zwanzigsten Juni mit ihm, also lag er jetzt nur noch achtzehn Tage hinter ihnen. Die Zigeuner hatten versucht, nördlich von Brunswick einen geeigneten Lagerplatz zu finden, waren aber von dort vertrieben worden. Am vierten Juni hatten sie sich in Boothbay Harbor niedergelassen. Natürlich nicht am Strand, aber sie hatten einen Farmer gefunden, der bereit war, ihnen eine Wiese auf dem Kenniston Hill für zwanzig Dollar pro Nacht zu vermieten.

Sie waren nur drei Tage in der Gegend geblieben – die Sommersaison hatte noch nicht so richtig angefangen, und die Geschäfte waren offenbar schlecht gegangen. Der Name des Farmers war Washburn. Als Billy ihm Taduz Lemkes Foto zeigte, nickte er und bekreuzigte sich schnell, und (Billy war davon überzeugt) ohne es zu merken.

»Ich habe noch nie einen alten Mann gesehen, der sich so schnell bewegte wie er. Ich habe gesehen, dass er mehr Holzscheite auf den ausgestreckten Armen tragen konnte als einer meiner Söhne.« Washburn zögerte und fügte dann hinzu: »Ich mochte ihn nicht. Es war nicht nur die Nase. Teufel, mein Großvater hatte Hautkrebs, und bevor der ihn umgebracht hat, hatte er ein Loch so groß wie ein Aschenbecher in seine Wange gefressen. Man konnte direkt hineingucken und zusehen, wie er sein Essen kaute. Na ja, *das* hat uns nicht gerade gefallen, aber wir mochten unseren *Opa*, wenn Sie verstehen, was ich meine.« Billy nickte. »Aber dieser Kerl... ich konnte ihn nicht leiden. Ich fand, dass er wie ein Buhmann aussah.«

»Er *ist* ein Buhmann«, sagte Billy sehr ernst.

»Ich habe also beschlossen, sie weiterzuschicken«, sagte Washburn. »Zwanzig Mäuse pro Nacht, nur um ein bisschen Abfall wegzuräumen, ist ein ganz guter Verdienst, aber meine Frau hatte Angst vor ihnen, und ich hatte auch ein bisschen Angst. Also bin ich am nächsten Morgen raus zu ihnen, um diesem Lemke zu sagen, was Sache war, bevor ich den Mut verlor, aber da waren sie schon im Aufbruch. Ich war ganz schön erleichtert.«

»Und sie sind wieder nach Norden gefahren.«

»Ja, das sind sie wirklich. Ich hab genau dort auf dem Hügel gestanden« – er zeigte mit dem Finger in die Richtung – »und hab gesehen, wie sie auf den U.S. 1 bogen. Ich hab ihnen nachgeschaut, bis sie nicht mehr zu sehen waren. Und ich war froh, sie wegfahren zu sehen.«

»Ja. Kann ich mir vorstellen.«

Washburn warf Billy einen kritischen, leicht besorgten Blick zu. »Möchten Sie nicht einen Augenblick ins Haus kommen und ein Glas kalte Buttermilch trinken, Mister? Sie sehen ziemlich blass aus.«

»Vielen Dank. Aber ich möchte noch vor Sonnenuntergang in der Gegend von Owl's Head sein.«

»Suchen Sie nach ihm?«

»Ja.«

»Hm, ich hoffe, dass er Sie nicht auffrisst, wenn Sie ihn
finden, Mister. Ich fand, dass er ziemlich hungrig ausgesehen hat.«

Billy hatte am einundzwanzigsten Juni mit Washburn gesprochen – der erste offizielle Sommertag, aber die Straßen
waren gestopft voll mit Touristen, und er musste weit ins
Land hineinfahren, bis nach Sheepscott, um noch ein Motel mit freien Zimmern zu finden. Die Zigeuner waren am
Morgen des achten aus Boothbay Harbor abgefahren.

Nur noch dreizehn Tage hinter ihnen.

Er hatte zwei schlechte Tage, an denen es so schien, als
wären sie über den Rand der Welt gefallen. Weder in Owl's
Head noch in Rockland waren sie gesehen worden, obwohl beides Haupttouristenorte waren. Tankwarte und
Kellnerinnen schüttelten den Kopf, als sie sich seine Fotos
ansahen.

Grimmig den Drang bekämpfend, seine kostbaren Kalorien über die Reling zu kotzen – er war noch nie ein guter
Seemann gewesen –, nahm Billy die Inselfähre von Owl's
Head nach Vinalhaven, aber auch dort waren die Zigeuner
nicht gewesen.

Am Abend des dreiundzwanzigsten rief er Kirk Penschley an und hoffte, von ihm neue Informationen zu erhalten.
Doch als Penschley sich meldete, hörte er einen eigenartigen Doppelklick in der Leitung, gerade als Penschley ihn
fragte: »Wie geht es dir, Billy-Boy? Und vor allem, wo bist
du?«

Billy hängte schnell wieder auf. Er schwitzte. Er hatte
gerade noch das letzte freie Zimmer in Rocklands Harbor-
view Motel erwischt, und er wusste, dass es zwischen
Rockland und Bangor sicher kein anderes Zimmer mehr

geben würde, aber kurz entschlossen meldete er sich wieder ab und fuhr weiter, auch auf die Gefahr hin, dass er die Nacht in irgendeiner Seitenstraße im Auto schlafen musste. Dieser Doppelklick. Der hatte ihm ganz und gar nicht gefallen. Dieses Geräusch hörte man manchmal, wenn die Leitung abgehört wurde oder wenn jemand versuchte, den Anruf zurückzuverfolgen.

Heidi hat deine Papiere unterzeichnet, Billy.

Das ist doch die blödeste gottverdammte Sache, die ich je gehört habe.

Sie hat sie unterzeichnet, und Houston hat sie ebenfalls unterzeichnet.

Gebt mir verdammt noch mal ein bisschen Zeit.

Los, Billy, bloß weg von hier.

Er fuhr. Abgesehen von Heidi, Houston und dem Abhörgerät stellte es sich als das Beste heraus, was er hätte tun können. Als er sich morgens um zwei im Bangor Ramada Inn eintrug, zeigte er dem Angestellten an der Rezeption seine Fotos – das war ihm mittlerweile zur Gewohnheit geworden – und der junge Mann nickte sofort.

»Ja, ja. Ich habe meine Freundin zu ihnen gebracht, damit sie ihr die Zukunft vorhersagen«, sagte er. Er nahm das Bild von Gina Lemke zur Hand und verdrehte die Augen. »Mann, die konnte wirklich gut mit ihrer Schleuder umgehen. Und sie sah so aus, als könnte sie auch noch mit anderen Dingen recht gut umgehen, wenn Sie wissen, was ich meine.« Er wedelte mit seiner Hand, als wollte er Wassertropfen von seinen Fingerspitzen abschütteln. »Mein Mädchen hat nur einmal gesehen, wie ich sie angeschaut habe, und hat mich sofort aus dem Lager weggezogen.« Er lachte.

Noch vor einem Augenblick war Billy so müde gewesen, dass er nur ans Bett denken konnte, doch jetzt war er wieder hellwach. Sein Magen verkrampfte sich vor Nervosität.

»Wo? Wo sind sie gewesen? Oder sind sie immer noch –?«

»Nein, nein, sie sind nicht mehr da. Sie haben bei Parsons' ihr Lager aufgeschlagen, aber jetzt sind sie wieder weg. Ich habe vor ein paar Tagen nachgesehen.«

»Ist das eine Farm?«

»Nein – es ist dort, wo früher Parsons' Bargain Barn stand, bis er abgebrannt ist.« Er warf Billy einen komischen Blick zu. Billys Sweatshirt fiel lose von seinen Schultern herab, die Wangenknochen bildeten scharfe Konturen in seinem Gesicht, in dem die Augen wie Kerzenflammen brannten. »Ähm … möchten Sie ein Zimmer?«

Am nächsten Morgen fand er Parsons' Bargain Barn – es war ein ausgebranntes Ziegelgebäude in der Mitte eines riesigen verlassenen Parkplatzes, der sich über gut zehn Quadratkilometer zu erstrecken schien. Langsam schlenderte er über den bröckeligen Schotter. Hier waren Bierdosen und Limonadedosen. Hier war eine Käserinde voller Käfer. Hier war eine einzelne glänzende Stahlkugel. (»Hoy, Gina!«, rief eine geisterhafte Stimme in seinem Kopf.) Hier waren die Überreste von zerplatzten Luftballons, und hier waren die Überreste von zwei Parisern, die den Luftballons so ähnlich sahen.

Ja, sie waren hier gewesen.

»Alter Mann, ich rieche dich«, flüsterte Billy in den leeren Rumpf der Bargain Barn hinein. Die hohlen Löcher, die früher wohl mal die Fenster gewesen waren, starrten den dürren Vogelscheuchenmann mit milder Verachtung an. Der Ort sah gespenstisch aus, aber Billy hatte keine Angst. Sein Zorn war zurückgekehrt – und er trug ihn jetzt wie einen Mantel. Zorn auf Heidi, Zorn auf Taduz Lemke und Zorn auf so genannte Freunde wie Kirk Penschley, die eigentlich auf seiner Seite stehen sollten, sich aber gegen ihn stellten. Es entweder schon getan hatten oder bald tun würden.

Das spielte keine Rolle. Er war auch allein dazu in der Lage, selbst wenn er nur noch hundertdreißig Pfund wog, den alten Zigeuner zu finden. Dafür reichte es.

Und was würde dann passieren?

Nun ja, das würde man ja sehen, nicht wahr?

»Alter Mann, ich rieche dich«, sagte Billy nochmals und ging an der Seite der Halle entlang. An der Tür hing ein Maklerschild. Billy holte sein Notizbuch aus der Hosentasche und schrieb sich die Adresse auf.

Der Makler hieß Frank Quigley, aber er bestand darauf, dass Billy ihn Biff nannte. An seinen Bürowänden hingen Fotos von ihm aus seiner Highschoolzeit. Auf den meisten trug er einen Footballhelm. Auf Biffs Schreibtisch lag ein Haufen bronzener Hundescheiße. Am Sockel war ein winziges Schild angebracht: DER FRANZÖSISCHE FÜHRERSCHEIN.

Ja, sagte Biff, er hatte Parsons' Halle mit Mr. Parsons' Genehmigung an die Zigeuner vermietet. »Er hat wohl gedacht, dass es hinterher dort auch nicht schlimmer aussehen könne als vorher«, sagte Biff Quigley. »Und ich glaube, damit hatte er gar nicht so Unrecht.«

Er lehnte sich in seinem Drehstuhl zurück. Seine Augen musterten Billys Gesicht unablässig, maßen den Abstand zwischen seinem Hals und seinem Hemdkragen. Über der Taille hing das Hemd wie eine schlaffe Flagge an einem windstillen Tag. Biff verschränkte die Hände hinter dem Kopf, kippte den Stuhl zurück und legte die Füße auf den Schreibtisch, direkt neben die bronzene Hundescheiße.

»Nicht, dass sie nicht zum Verkauf ausgeschrieben wäre, wissen Sie. Das da draußen ist ausgezeichnetes Industriegelände. Früher oder später wird mal einer mit genügend Phantasie hier aufkreuzen und dort ein *verdammt* gutes Geschäft machen. Yessir, ein *verdammt* gutes –«

»Wann haben die Zigeuner die Gegend verlassen, Biff?«

Biff Quigley nahm die Hände vom Kopf und beugte sich vor. Der Stuhl machte ein Geräusch wie ein mechanisches Schwein – *Squoink!* »Würde es Ihnen was ausmachen, mir zu sagen, warum Sie das wissen wollen?«

Billys Lippen – sie waren jetzt auch dünner und lagen weiter auseinander – verzogen sich zu einem gespenstisch knöchernen Grinsen von erschreckender Intensität. »Ja, Biff, das würde mir etwas ausmachen.«

Biff zuckte einen Moment zusammen, nickte dann aber und lehnte sich wieder in seinen Stuhl zurück. Seine Quoddy-Mokassins landeten wieder auf dem Tisch. Er schlug die Beine übereinander und tippte mit einer Fußspitze nachdenklich auf den Hundehaufen.

»Gut so, Bill. Ein Mann sollte seine Angelegenheiten für sich behalten. Vor allem sollte er seine *Gründe* für sich behalten.«

»Gut«, sagte Billy. Er spürte den Zorn erneut in sich aufsteigen, bekämpfte ihn aber. Es brachte nichts, auf diesen widerwärtigen Mann mit seinen Quoddy-Mokassins, seinem ungehobelten Rassismus und seinem geföhnten Jay-Cees-Haarschnitt wütend zu sein. »Da wir einer Meinung sind –«

»Aber es kostet Sie trotzdem zweihundert Dollar.«

»Was?« Billy klappte der Unterkiefer herunter. Einen Augenblick lang war seine Wut so groß, dass er sich nicht rühren, geschweige denn etwas sagen konnte. Das war für Biff Quigley nur von Vorteil, denn wenn Billy sich jetzt hätte bewegen können, wäre er ihm sicher an die Kehle gesprungen. Mit seinem Gewicht hatte er in den letzten zwei Monaten eine große Portion seiner Selbstbeherrschung verloren.

»Nicht für die Informationen, die ich Ihnen gebe«, sagte Biff Quigley, »die kriegen Sie umsonst. Die zweihundert sind für die Information, die ich denen *nicht* gebe.«

»Die Sie wem ... nicht ... geben?«, brachte Billy gerade noch heraus.

»Ihrer Frau«, sagte Biff. »Und Ihrem Arzt, und einem Mann, der behauptet, dass er für eine Agentur namens Barton Detective Services arbeitet.«

Wie ein Blitz zog alles klar und deutlich an Billy vorbei. Die Dinge standen nicht so schlecht, wie er es sich in seinem paranoiden Kopf eingebildet hatte; sie standen sogar noch schlimmer. Heidi und Mike Houston waren zu Kirk Penschley gegangen und hatten ihn davon überzeugt, dass Billy Halleck tatsächlich wahnsinnig sei Penschley beschäftigte die Barton-Leute immer noch, um die Zigeuner zu suchen, aber jetzt waren sie alle wie Astronauten, die nach Saturn suchten, um den Titan zu studieren – oder um Titan in die Glassman-Klinik zurückzubringen.

Er sah den Barton-Ermittler vor sich, wie er vor ein paar Tagen genau auf diesem Stuhl gesessen und mit Biff Quigley geredet hatte. Er hatte ihn wohl gewarnt, dass bald ein zaundürrer Mann namens Bill Halleck bei ihm auftauchen würde. Wenn dies geschähe, sollte er bitte diese Nummer anrufen.

Darauf folgte eine noch klarere Vision: Halleck sah sich selbst, wie er über Biffs Schreibtisch sprang, mitten im Sprung nach dem bronzenen Haufen Hundescheiße griff und ihm damit den Schädel einschlug. Er sah es mit äußerster grausamer Deutlichkeit: Wie die Haut aufriss, das Blut in fein sprühenden Tröpfchen nach oben schoss (und dabei einige der gerahmten Fotos befleckte), wie der weiße Schädelknochen einbrach und dadurch die physische Struktur dieses unheimlichen Gehirns preisgab; und dann sah er noch, wie er die Hundescheiße dahin zurückkrammte, wohin sie gehörte – und woher sie im übertragenen Sinne ja auch gekommen war.

Quigley musste ihm seine Gedanken – jedenfalls einen Teil davon – vom hageren Gesicht abgelesen haben, denn auf seinem eigenen Gesicht machte sich ein beunruhigter Ausdruck breit. Eilig nahm er seine Füße vom Tisch und seine Hände aus dem Nacken. Der Stuhl stieß wieder sein Schweinegequietsche aus.

»Nun ja, wir können ja noch mal darüber reden …«, fing er an, und Billy sah, wie eine sauber manikürte Hand sich auf die Gegensprechanlage zubewegte.

Billys Wut verpuffte abrupt. Er war nur noch erschüttert und kaltblütig. Eben noch hatte er die Vision gehabt, wie er diesem Mann den Schädel zertrümmerte und das nicht etwa auf irgendeine verschwommene Art, sondern mit der hautnahen Realität eines Technicolorfilms mit Dolby-Sound. Und der gute alte Biff hatte ebenfalls bemerkt, was in ihm vorgegangen war.

Was ist bloß aus dem alten Bill Halleck geworden, der für den United Fund gespendet und am Heiligen Abend den Trinkspruch gesprochen hat?

Sein Verstand kehrte zurück: *Yeah, das war der Billy Halleck, der in Fat City gelebt hat. Er ist weggezogen. Ohne Nachsendeadresse verschwunden.*

»Das ist wohl nicht nötig«, sagte Billy und nickte zur Gegensprechanlage.

Die Hand schwankte etwas, bewegte sich dann aber zur Schreibtischschublade, als wäre das von Anfang an ihr Ziel gewesen. Biff brachte eine Schachtel Zigaretten zum Vorschein.

»Hab nicht mal dran gedacht, ha-ha. Glimmstängel, Mr. Halleck?«

Billy nahm eine Zigarette, betrachtete sie einen Augenblick und beugte sich dann vor, um sich Feuer geben zu lassen. Nach dem ersten Zug fühlte er sich leicht benommen. »Danke.«

»Und was die zweihundert angeht, vielleicht hatte ich da Unrecht.«

»Nein – Sie hatten Recht«, sagte Billy. Er hatte auf dem Weg hierher Travellerschecks im Wert von dreihundert Dollar eingetauscht, weil er sich gedacht hatte, dass er die Scharniere ein bisschen schmieren müsste – aber es war ihm nie in den Sinn gekommen, dass er sie aus solch einem Grund wie diesem hier schmieren müsste. Er holte seine Brieftasche heraus, zählte vier Fünfzigdollarnoten ab und warf sie neben die Hundescheiße auf Biffs Schreibtisch. »Und Sie werden den Mund halten, wenn Penschley Sie anruft?«

»O ja, Sir!« Biff nahm das Geld und legte es mit den Zigaretten in die Schublade. »Das wissen Sie doch!«

»Ich hoffe es«, sagte Billy. »Aber jetzt erzählen Sie mir von den Zigeunern.«

Es war eine kurze Geschichte, der er leicht folgen konnte. Das Komplizierte waren hier nur die Präliminarien gewesen. Die Zigeuner waren am zehnten Juli in Bangor eingetroffen. Samuel Lemke, der junge Jongleur, und ein Mann, dessen Beschreibung auf Richard Crosskill passte, waren zu Biff ins Büro gekommen. Nach einem Telefongespräch mit Mr. Parsons und einem weiteren mit dem Polizeichef hatte Richard Crosskill ein normales Standardformular für einen kurzfristig zu erneuernden Mietvertrag unterzeichnet – die Frist betrug in diesem Fall vierundzwanzig Stunden. Crosskill hatte als Sekretär der Taduz Corporation unterschrieben, während der junge Lemke, die muskulösen Arme verschränkt, neben der Tür von Biffs Büro gestanden hatte.

»Und wie viel Silber haben die Ihnen heimlich zugesteckt?«, fragte Billy.

Biff zog die Augenbrauen hoch. »Wie bitte?«

»Ich meine, Sie haben zweihundert von mir kassiert. Dazu kommen vermutlich noch hundert von meiner besorgten Frau und meinen Freunden, die Ihnen der Barton-Mann übergeben hat, als er Sie neulich aufsuchte – ich frage mich nur, wie viel die Zigeuner ausgespuckt haben. Sie sind bei dem Ganzen ziemlich gut weggekommen, egal, von welcher Seite man es betrachtet, nicht wahr, Biff?«

Biff sagte einen Augenblick lang nichts. Dann fuhr er mit seinem Bericht fort, ohne auf Billys Frage einzugehen.

Crosskill war zwei Tage später wiedergekommen, um die Erlaubnis neu zu unterzeichnen. Am dreizehnten kam er nochmals, doch inzwischen hatte Biff einen Anruf vom Polizeichef und von Parsons erhalten. Die Beschwerden der anliegenden Einwohner waren allmählich eingetrudelt. Der Polizeichef fand, dass es für die Zigeuner langsam an der Zeit wäre, zu verschwinden. Parsons dachte genauso, war aber bereit, sie noch ein paar Tage bleiben zu lassen, wenn sie einwilligten, eine höhere Platzmiete zu bezahlen – sagen wir, fünfzig Dollar pro Nacht statt dreißig.

Crosskill hörte sich den Vorschlag an und schüttelte den Kopf. Wortlos verließ er das Büro. Aus einer Laune heraus war Biff noch am selben Nachmittag zur ausgebrannten Bargain Barn hinausgefahren. Er war gerade noch rechtzeitig gekommen, um die Zigeunerkarawane abfahren zu sehen.

»Sie haben die Richtung zur Chamberlain-Brücke eingeschlagen«, sagte er, »und das ist alles, was ich weiß. Wie wär's, wenn Sie jetzt hier verschwinden würden, Bill? Um ehrlich zu sein, Sie sehen aus wie eine Reklame für einen Ferienaufenthalt in Biafra. Wenn ich Sie ansehe, kriege ich das kalte Grausen.«

Billy hielt immer noch die Zigarette zwischen den Fingern, obwohl er nicht noch einmal daran gezogen hatte. Jetzt lehnte er sich vor und drückte sie auf dem Hundekackehaufen aus. Der Stummel fiel qualmend auf Biffs Schreibtisch. »Um ehrlich zu sein«, sagte er zu Biff, »mir geht es mit Ihnen ganz genauso.«

Die Wut war wieder da. Er verließ Biff Quigleys Büro schnell, bevor sie ihn in die falsche Richtung trieb und seine Hände eine fürchterliche Sprache sprechen ließ, die sie irgendwie zu kennen schienen.

Das war am vierundzwanzigsten Juni gewesen. Am dreizehnten hatten die Zigeuner Bangor über die Chamberlain-Brücke verlassen. Er lag nur noch elf Tage hinter ihnen. Näher ... immer näher ... aber immer noch zu weit weg.

Er entdeckte, dass die Route 15, die auf der Brewer-Seite der Brücke begann, auch Bar-Harbour-Straße genannt wurde. Es sah so aus, als ob er nun doch noch dorthinkäme. Aber er würde unterwegs mit keinem Makler mehr sprechen und in keinem Erste-Klasse-Motel mehr absteigen. Falls die Barton-Leute ihm immer noch voraus waren, konnte es gut sein, dass Kirk noch ein paar weitere Agenten eingesetzt hatte, die nach ihm Ausschau hielten.

Am dreizehnten waren die Zigeuner die vierundvierzig Meilen nach Ellsworth gefahren und hatten dort eine Lagererlaubnis für drei Tage erhalten. Danach hatten sie den Penobscott River überquert und waren in Bucksport gelandet, wo sie sich ebenfalls drei Tage aufgehalten hatten, bevor sie weiter die Küste hinauffuhren.

All das erfuhr Billy am fünfundzwanzigsten. Am Abend des neunzehnten hatten die Zigeuner Bucksport verlassen.

Jetzt war er nur noch eine Woche hinter ihnen.

Bar Harbor war genau die auf verrückte Weise boomende Stadt, wie die Kellnerin sie ihm beschrieben hatte, und Billy fand, dass sie ihm auch schon den Hauptmakel dieses Ferienortes angedeutet hatte: *Die Hauptstraße ... bis nach dem Labor Day – ist ein einziger Jahrmarkt. Die meisten Städte, die Sie auf Ihrer Liste haben, sind so, aber Bar Harbor steht ganz oben, verstehen Sie? ... Früher hab ich mich im Juli, August öfters dort rumgetrieben, aber heute nicht mehr. Jetzt bin ich zu alt dafür.*

Ich auch, dachte Billy, auf einer Parkbank sitzend. Er hatte eine leichte Baumwollhose und ein T-Shirt rnit dem Aufdruck BANGOR HAT SOUL an. Darüber trug er sein Sportjackett, das ihm von dem knochigen Bügel seiner Schultern über den Rücken hing. Er schleckte ein Eis und zog zu viele Blicke auf sich.

Er war müde – besorgt hatte er festgestellt, dass er in letzter Zeit *immer* müde war, es sei denn, die Wut hatte ihn gerade mal wieder gepackt. Als er am Vormittag den Wagen abgestellt hatte und ausgestiegen war, um seine Bilder vorzuzeigen, hatte er wieder so einen Augenblick von albtraumhaftem *déjà vu* erlebt, als ihm die Hose wieder die

Hüften hinunterzurutschen begann – *excusez-moi*, dachte er, *als sie die* nicht mehr vorhandenen *Hüften hinunterrutschte*. Die Cordhose hatte er sich im Army-Navy-Shop von Rockland gekauft. Die Taille war Größe achtundzwanzig. Der Verkäufer hatte ihm (leicht nervös) erklärt, dass er bald Schwierigkeiten bekommen würde, Hosen von der Stange zu kaufen. Er hätte schon jetzt um die Taille eine Jungengröße, aber für seine Beine bräuchte er immer noch Größe zweiunddreißig, und es gäbe nicht viele Dreizehnjährige, die die stolze Höhe von ein Meter achtundachtzig erreichten.

Jetzt saß er also auf der Parkbank, schleckte erschöpft ein Pistazieneis und wartete darauf, dass seine Kräfte zurückkehrten. Unterdessen versuchte er herauszufinden, was ihm an dieser schönen kleinen Stadt missfiel, in der man keinen Parkplatz fand und kaum auf dem Bürgersteig gehen konnte.

Old Orchard war vulgär gewesen, aber seine Vulgarität war direkt und irgendwie aufregend; man wusste, dass die Preise, die man in den Wurfbuden gewann, Tinnef waren und sofort auseinander fielen, wenn man sie in die Hand nahm, dass die Souvenirs, die man sich kaufte, in genau dem Augenblick kaputtgehen würden, wenn man sich weit genug vom Laden entfernt hatte, um nicht mehr zurückzugehen und dem Verkäufer die Hölle heiß zu machen, bis er das Geld wieder rausrückte. In Old Orchard waren viele der Frauen alt, und die meisten von ihnen waren fett. Einige von ihnen trugen obszön knappe Bikinis, aber die meisten hatten Badeanzüge an, die wohl noch aus den Fünfzigerjahren stammten. Wenn diese Frauen auf der Promenade an dir vorübergingen, hattest du das Gefühl, dass diese Badeanzüge genauso unter Druck standen wie ein Unterseeboot, das weit unter seiner maximalen Tauchtiefe navigierte. Wenn nur eine Naht von diesem schillernden wundersamen Material risse, würde Fett durch die Luft fliegen.

Der Geruch, der die Luft erfüllt hatte, stammte von Pizza, Eiskrem, gebratenen Zwiebeln, und ab und zu hatte sich ein Kind übergeben, das zu oft auf der Achterbahn gefahren war. Die meisten der Wagen, die langsam durch die Hauptstraße geschlichen waren, hatten Rostflecken an den Türen, waren alt und ein bisschen zu groß gewesen. Viele von ihnen hatten Öl verloren.

Old Orchard war ein vulgärer Ort gewesen, aber es hatte eine gewisse abblätternde Unschuld gehabt, die er an Bar Harbor vermisste.

Hier waren so viele Dinge das genaue Gegenteil von Old Orchard, dass Billy das Gefühl hatte, er wäre durch den Spiegel getreten – es gab nur ganz wenige alte Frauen und schon gar keine dicken. Kaum eine Frau trug einen Badeanzug. Die Bar-Harbor-Uniform schien aus Tenniskleidung und weißen Turnschuhen oder verblichenen Jeans, Rugbyhemden und Bootsschuhen zu bestehen. Billy sah nur wenige alte Wagen und darunter kaum amerikanische Marken. Stattdessen viele Saabs, Volvos, Datsuns, BMWs, Hondas. Alle hatten Aufkleber mit Botschaften wie: SPALTET HOLZ STATT ATOME oder U. S. RAUS AUS EL SALVADOR oder LEGALISIERT GRAS. Und auch das Fahrradvolk war anwesend – man schlängelte sich auf teuren Zehngangrädern durch den kriechenden Stadtverkehr, trug entspiegelte Sonnenbrillen und Mützenschirme, ließ ein kieferorthopädisch perfektes Lächeln aufblitzen und lauschte seinem Sony-Walkman. Unterhalb der Stadt, im Hafen selbst, stand ein Wald von Masten – nicht die dicken, farblosen Masten von Fischerbooten, sondern die schlanken weißen von teuren Segeljachten, die nach dem Labor Day ins Trockendock kämen.

Die Menschen, die sich in Bar Harbor rumtrieben, waren jung, intelligent, der Mode entsprechend liberal und reich. Sie schienen die Nächte durchzufeiern. Billy hatte sich telefonisch im Frenchman's Bay Motel ein Zimmer reserviert und hatte die ganze Nacht bis auf die wenigen Morgenstunden wach gelegen und der miteinander im Widerstreit liegenden Rockmusik zugehört, die sich aus sieben oder acht Bars auf die Straße ergoss. Die Zeitungsmeldungen über zusammengefahrene Autos und Verkehrsübertretungen – hauptsächlich Trunkenheit am Steuer – in der Lokalzeitung waren beeindruckend und auch ein bisschen entmutigend.

Billy beobachtete ein Frisbee, das über die Menge von Leuten in ihren Popperklamotten flog, und dachte: *Willst du wissen, warum diese Stadt und diese Leute dich so deprimieren? Ich werd's dir sagen. Sie studieren, um mal in solchen Städten wie Fairview zu leben, darum. Sie beenden das Studium und heiraten Frauen, die ungefähr zur gleichen Zeit ihre ersten Affären und ihre erste Psychoanalyse abschließen, und lassen sich dann an den Lantern Drives Amerikas nieder. Sie werden beim Golfspielen rote Hosen tragen, und an jedem einzelnen Silvesterabend wird es zahlreiche Gelegenheiten zum Tittengrapschen geben.*

»Yeah, das ist allerdings deprimierend«, murmelte er, und ein vorübergehendes Pärchen warf ihm einen komischen Blick zu.

Sie sind noch hier.

Ja. Sie waren noch hier. Der Gedanke war so natürlich, so hundertprozentig überzeugend, dass er ihn weder überraschte noch sonderlich aufregte. Er hatte eine Woche hinter ihnen gelegen – unterdessen konnten sie bis hinauf in die kanadischen Ostprovinzen gefahren sein oder den halben Rückweg an der Küste schon wieder hinter sich haben. Ihren üblichen Verhaltensweisen nach zu schließen, müssten sie schon weitergezogen sein. Und Bar Harbor, wo sogar die Andenkenläden wie exklusive Auktionshäuser an der East Side aussahen, war mit Sicherheit zu stilbewusst, um sich längere Zeit mit einer lumpigen Zigeunerbande abzufinden. Alles sehr richtig. Aber sie waren immer noch hier, und er wusste es.

»Alter Mann, ich rieche dich«, flüsterte er.

Natürlich riechst du ihn. Das sollst *du ja gerade.*

Dieser Gedanke erzeugte einen Augenblick Unbehagen. Halleck stand auf, warf den Rest seiner Eiswaffel in den Papierkorb und ging noch einmal zu dem Eisverkäufer zurück. Der Mann schien nicht sonderlich erfreut, Billy wiederzusehen.

»Ich frage mich, ob Sie mir helfen könnten«, sagte Billy.

»Nein, Mann, das glaube ich wirklich nicht«, sagte der Verkäufer, und Billy sah den Abscheu in seinen Augen.

»Sie wären vielleicht überrascht.« Billy spürte eine tiefe Ruhe in sich und ein Gefühl von Vorherbestimmung – kein *déjà vu*, nein, echte Prädestination. Der Eisverkäufer wollte sich abwenden, aber Halleck nagelte ihn mit seinem Blick fest. Plötzlich fühlte er, dass ihm das jetzt möglich war, so als wäre er selbst eine Art von übernatürlichem Geschöpf geworden. Er zog seine Fotografien aus der Tasche – sie waren jetzt zerknittert und schweißfleckig. Dann breitete er sein vertrautes Tarotblatt von Bildern aus und legte sie nebeneinander auf die Theke des Eisstandes.

Der Verkäufer sah sich die Fotos an, und Billy spürte weder Überraschung noch Freude, als der Blick des Mannes Erkennen verriet – nur eine schwache Furcht, so wie vor dem Schmerz, der einen erwartet, wenn die Wirkung einer örtlichen Betäubung nachlässt. Es hing ein klarer Salzgeruch in der Luft, und über dem Hafenbecken kreischten Möwen.

»*Dieser* Typ«, sagte der Eisverkäufer und starrte fasziniert auf das Foto von Taduz Lemke. »*Dieser* Typ – was für eine Spukgestalt!«

»Sind sie noch in der Gegend?«

»Yeah«, sagte der Verkäufer. »Yeah, ich glaube, sie sind noch hier. Die Cops haben sie zwar am zweiten Tag aus der Stadt geworfen, aber sie konnten ein Feld von einem Farmer in Tecknor mieten – das ist die nächste Stadt landeinwärts. Ich habe sie öfters gesehen. Die Cops sind jetzt so weit, dass sie sie wegen kaputter Rücklichter und solchen

Sachen aufschreiben. Man sollte meinen, dass sie den Hinweis verstehen.«

»Danke.« Billy sammelte seine Fotos wieder ein.

»Möchten Sie noch ein Eis?«

»Nein, danke.« Die Furcht hatte sich verstärkt – aber auch der Zorn war immer noch da, ein summender, pulsierender Ton, der alle anderen Gefühle untermalte.

»Würde es Ihnen dann etwas ausmachen weiterzugehen, Mister? Sie sind nicht gerade eine gute Reklame fürs Geschäft.«

»Nein«, sagte Billy. »Das bin ich wohl nicht.«

Um Viertel nach neun an diesem Abend parkte Billy seinen Mietwagen auf der sanften Böschung der Route 37-A, die nach Nordwesten aus Bar Harbor hinausführt. Er stand auf einem Hügel. Der Seewind zerwühlte sein Haar und ließ seine losen Kleider um den Körper flattern. Hinter sich hörte er, vom Wind herübergetragen, die Klänge der soeben beginnenden nächtlichen Rock'n'Roll-Party in Bar Harbor.

Unter sich zu seiner Rechten konnte er das große Lagerfeuer sehen. Es war von Kombis, Limousinen und Kleinbussen umgeben. Im inneren Kreis saßen Menschen – ab und zu trat jemand ans Feuer, ein schwarzer Schattenriss. Er hörte ihre Unterhaltung, gelegentliches Lachen.

Er hatte sie eingeholt.

Der alte Mann sitzt da unten und wartet auf dich, Billy – er weiß, dass du da bist.

Ja. Ja, natürlich. Der alte Mann hätte seinen Stamm auch über den Rand der Erde führen können – das traute Halleck ihm ohne weiteres zu –, wenn er es gewollt hätte. Aber das hätte ihm keinen Spaß gemacht. Stattdessen hatte er Billy von Old Orchard hierhergezogen. *Das* war es, was er gewollt hatte.

Wieder die Furcht – sie trieb durch ihn hindurch und füllte seine hohlen Stellen wie dunkler Rauch –, es schien, dass es jetzt lauter hohle Stellen in ihm gab. Aber seine Wut war immer noch da.

Es ist ja auch das, was ich gewollt habe – und vielleicht gelingt es mir, ihn zu überraschen. Die Angst erwartet er bestimmt. Aber die Wut ... die könnte eine Überraschung für ihn sein.

Billy blickte noch mal kurz zu seinem Wagen zurück. Dann schüttelte er den Kopf. Er kletterte den grasbewachsenen Abhang hinunter und machte sich auf den Weg zum Feuer.

19. Kapitel: Im Lager der Zigeuner

Er blieb einen Augenblick hinter dem Wohnwagen mit dem an der Seite aufgemalten Einhorn und der Zigeunerin stehen. Ein dunkler Schatten unter anderen, aber doch unbeweglicher als die, welche von den unbeständigen Flammen geworfen wurden. Er stand ganz still und lauschte auf ihre gedämpfte Unterhaltung. Jemand lachte laut. Ab und zu krachte explodierend ein Ast im Feuer.

Ich kann nicht da hinausgehen, sagte eine beharrliche Stimme in ihm mit endgültiger Gewissheit. Furcht lag in dieser Gewissheit, Furcht vermischt mit unklaren Regungen von Scham und Anstand – er konnte jetzt nicht mehr in ihre Kreise einbrechen, konnte ihre Unterhaltung und ihre Privatatmosphäre am Feuer nicht stören und wollte es genauso wenig, wie er seine Hose in Hilmer Boyntons Gerichtssaal verlieren wollte. Schließlich war er der Übeltäter. Er war …

Dann tauchte Lindas Gesicht vor ihm auf. Er hörte, wie sie ihn bat, nach Hause zu kommen, wie sie dabei weinte.

Ja, er war wohl der Übeltäter, aber er war bei weitem nicht der einzige.

Und wieder stieg die Wut in ihm hoch. Er versuchte, sie unter Kontrolle zu bringen, etwas Nützliches daraus zu machen, was ihm helfen würde – schlichter Ernst wäre genug, dachte er. Da trat er zwischen dem Wohnwagen und dem Kombi, der dahinter geparkt war, hervor. Unter seinen Gucci-Schuhen raschelte leise das trockene Timotheus-Gras, und dann stand er in ihrer Mitte.

Sie bildeten tatsächlich konzentrische Kreise: zuerst der äußere Kreis ihrer Fahrzeuge, darinnen die Runde der Frauen und Männer, die um das Feuer saßen, welches wiederum in einem rund gegrabenen Loch brannte, das von einem Kreis aus Steinen umgeben war. Daneben steckte ein etwa anderthalb Meter hoher, abgeschnittener Ast, auf dessen Spitze ein gelbes Blatt Papier aufgespießt war – die Lagerfeuererlaubnis, vermutete Billy.

Die jüngeren Frauen und Männer lagerten auf dem flach getretenen Gras oder auf Luftmatratzen. Viele ältere Leute saßen auf Aluminiumcampingstühlen, die mit Plastikstreifen bezogen waren. Eine alte Frau lehnte sich, auf viele Kissen gestützt, in einem Liegestuhl zurück. Um ihre Beine war eine Decke gewickelt. Sie rauchte eine selbst gedrehte Zigarette und klebte grüne S&H-Rabattmarken in ein Heft.

Drei neben dem Feuer liegende Hunde richteten sich halb auf und fingen zu knurren an. Ein junger Mann sah böse zu Billy hinauf und schob seine Weste auf einer Seite zurück, um einen vernickelten Revolver in einem Schulterholster preiszugeben.

»*Enkelt!*«, sagte einer der älteren Männer scharf und legte dem Jungen die Hand auf den Arm.

»*Bodde har?*«

»*Just det – han och Taduz!*«

Der junge Mann betrachtete Billy eingehend, der jetzt in ihren Kreis getreten war – völlig fehl am Platz mit seinem viel zu weiten Sportjackett und seinen Stadtschuhen. Der Junge zeigte keine Furcht, nur einen Ausdruck vorübergehender Überraschung und – Billy hätte es beschwören können – Mitleid. Dann ging er weg und blieb nur unterwegs einmal kurz stehen, um einem der Hunde einen Tritt zu verpassen und kurz »*Enkelt!*« zu brummen. Der Hund fiepte einmal, und dann waren alle still.

Jetzt holt er den alten Mann, dachte Billy.

Er blickte in die Runde. Die Unterhaltung war verstummt. Sie musterten ihn mit ihren dunklen Zigeuneraugen, und keiner sagte ein Wort. So *muss es sein, wenn du wirklich deine Hose im Gerichtssaal verlierst*, dachte er, aber das stimmte natürlich überhaupt nicht. Jetzt, da er tatsächlich vor ihnen stand, war seine Gefühlsverwirrung verschwunden. Die Angst war noch da und auch die Wut, aber beide schlummerten irgendwo tief in seinem Innern.

Und da ist noch etwas. Sie sind nicht überrascht, dich hier zu sehen ...

... und es wundert sie auch gar nicht, wie du jetzt aussiehst.

Dann stimmte es also; dann entsprach alles der Wahrheit. Keine psychische Anorexie; keine exotische Krebsart. Billy glaubte, dass diese dunklen Augen selbst Michael Houston überzeugt hätten. Sie wussten, was mit ihm geschehen war. Und sie wussten, wie es enden würde.

Sie starrten sich gegenseitig an, die Zigeuner und der dünne Mann aus Fairview, Connecticut. Und plötzlich, völlig ohne Grund, fing Billy an zu lächeln.

Die alte Frau mit den Rabattmarken stöhnte auf und machte schnell das Zeichen gegen den bösen Blick in seine Richtung.

Schritte näherten sich, und die Stimme einer jungen Frau war zu hören. Sie sprach hastig und zornig. *»Vad sa han! Och plotsligt brast han dybbuk, Papa! Alskling, grat inte! Snalla dybbuk! Ta mig Mamma!«*

Taduz Lemke trat barfüßig und in einem grauen Nachthemd, das bis an seine knochigen Knie reichte, in den hellen Schein des Feuers. Neben ihm, in einem weichen Baumwollnachthemd, das sich bei jedem Schritt sanft um ihre runden Hüften schmiegte, lief Gina Lemke.

»Ta mig Mamma! Ta mig –« Da entdeckte sie Billy mitten im Kreis, musterte seine schlackernde Sportjacke, seine ausgebeulten Hosen, deren hintere Taschen schon unter dem Jackensaum heraushingen. Sie schleuderte ihre Hand in seine Richtung und drehte sich dann wieder zu dem alten Mann um mit einer Geste, als wolle sie ihn angreifen. Die anderen sahen passiv und gelassen zu. Im Feuer ex-

plodierte ein weiterer Ast. In winzigen Spiralen sprühten Funken auf.

»*Ta mig Mamma! Va dybbuk! Ta mig inte till mormor! Ordo! Vu'derlak!*«

»*Sa hon lagt, Gina*«, erwiderte der alte Mann. Seine Stimme und sein Gesicht strahlten Gelassenheit aus. Mit seiner gekrümmten Hand strich er ihr über das glatte, fließende Haar, das jetzt bis zur Hüfte hinabfiel. Bisher hatte Taduz Lemke Billy nicht einmal angesehen. »*Vi ska stanna.*«

Einen Augenblick lang sanken ihre Schultern ein, und in dem Moment kam sie Billy trotz ihrer üppigen Rundungen sehr jung vor. Dann fuhr sie wieder auf ihn los, und die Wut in ihrem Gesicht flammte auf, als hätte jemand ein Glas Benzin in ein erlöschendes Feuer gegossen.

»*Du verstehst unsere lingo nicht, Mister?*«, schrie sie ihn an. »Ich sag zu meinem Alt-Papa, dass du meine Alt-Mama getötet hast! Ich sag, du bist ein Dämon und wir sollten dich töten!«

Der alte Mann legte ihr die Hand auf den Arm. Sie schüttelte ihn ab und rannte auf Billy los. Ihre nackten Füße huschten haarscharf am Feuer vorbei. Ihr Haar flatterte hinter ihr her.

»*Gina, verkligen glad!*«, rief jemand besorgt, aber sonst sagte niemand etwas. Der gelassene Ausdruck auf dem Gesicht des Alten blieb unverändert. Er beobachtete sie wie ein nachsichtiger Vater sein eigenwilliges Kind.

Sie spuckte Billy ins Gesicht – eine enorme Menge warmen weißen Speichels, als ob sie den ganzen Mund voll gehabt hätte. Billy spürte ihn auf seinen Lippen. Er schmeckte nach Tränen. Sie blickte mit ihren riesigen dunklen Augen zu ihm hoch, und trotz allem, was inzwischen passiert war, trotz allem, was er inzwischen von sich verloren hatte, merkte er, dass er sie immer noch begehrte. Und sie merkte es auch, das spürte er – die Dunkelheit in ihren Augen bestand überwiegend aus Verachtung.

241

»Wenn es sie zurückbringen würde«, sagte er zu ihr, »dann dürften Sie mich so lange anspucken, bis ich darin ertrinke.« Seine Stimme war überraschend klar und deutlich. »Aber ich bin kein *dybbuk*. Weder ein *dybbuk* noch ein Dämon, noch ein Ungeheuer. Was Sie hier sehen …« Er hob beide Arme, so dass der Feuerschein einen Augenblick durch seine ausgebreitete Jacke leuchtete, wodurch er wie eine übergroße, aber ausgesprochen unterernährte Fledermaus wirkte. »… ist alles, was ich bin.«

Einen Augenblick lang sah sie verunsichert, beinahe ängstlich aus. Auch wenn ihre Spucke immer noch seine Wange herunterlief, war die Zufriedenheit aus ihrem Blick gewichen, und dafür war Billy recht dankbar.

»Gina!« Es war Samuel Lemke, der Jongleur. Er war neben dem alten Mann aufgetaucht und noch dabei, sich den Gürtel seiner Jeans zuzumachen. Er trug ein T-Shirt mit einem Bild von Bruce Springsteen darauf. »*Enkelt men tillrackligt!*«

»Du bist ein Mörder, du Scheißkerl!«, schrie sie Billy an und ging den Weg zurück, den sie gekommen war. Ihr Bruder versuchte, den Arm um sie zu legen, doch sie schüttelte ihn ab und marschierte in die Dunkelheit. Der Alte drehte sich um und blickte ihr nach. Dann endlich richtete er seine Augen auf Billy Halleck.

Einen Moment lang starrte Billy nur auf das schwärende Loch in seinem Gesicht, doch dann wurden seine Augen unwillkürlich von den Augen des Alten angezogen. Hatte er mal gedacht, dass dies die Augen des Alters wären? Sie waren noch etwas mehr als das … und auch etwas weniger. Er entdeckte Leere in ihnen, und diese Leere offenbarte ihre fundamentale Wahrheit. Nicht das oberflächliche Bewusstsein, das auf ihnen glänzte wie Mondschein auf einem dunklen Teich. Sondern Leere, so tief und vollständig, wie es der Raum zwischen den Galaxien sein mochte.

Lemke winkte Halleck mit dem krummen Zeigefinger, und wie im Traum ging Billy langsam um das Lagerfeuer

herum auf den alten Mann in seinem dunkelgrauen Nachthemd zu.

»Kannst du Romani verstehen?«, fragte der Alte ihn, als
Billy direkt vor ihm stand. Sein Ton war fast intim, doch
seine Stimme hallte deutlich durch das stille Lager, in dem
es nur das Geräusch zu hören gab, mit dem sich das Feuer
ins trockene Holz fraß.

Billy schüttelte den Kopf.

»In Romani nennen wir einen wie dich *skummade igenom*,
was so viel wie ›weißer Mann aus der Stadt‹ bedeutet.«

Er grinste und zeigte dabei verfaulte tabakfleckige
Zähne. Das dunkle Loch, das einst seine Nase gewesen
war, dehnte und spannte sich.

»Aber es hat auch die Bedeutung seines Klangs – *igno-*
ranter Abschaum.« Endlich ließen seine Augen Billy los; er
schien jegliches Interesse an ihm verloren zu haben. »Geh
jetzt wieder fort, weißer Mann aus der Stadt. Du hast hier
nichts zu suchen. Wir haben nichts mit dir zu tun. Wenn
wir etwas miteinander gehabt haben, dann ist es erledigt.
Geh in deine Stadt zurück.«

Er drehte sich um und wollte weggehen.

Einen Augenblick stand Billy mit offenem Mund da und
merkte verschwommen, dass der Alte ihn hypnotisiert haben musste – er hatte das so leicht fertig gebracht, wie ein
Farmer seine Hühner zum Einschlafen bringt, indem er
ihnen den Kopf unter die Flügel steckt.

Das WAR'S?, schrie eine Stimme plötzlich in ihm auf. *Die*
ganze Fahrerei, die ganze Herumsucherei, all die Fragen, all die
nächtlichen Albträume, all diese Tage und Nächte, und das
WAR'S? Und du willst einfach hier rumstehen und kein Wort
dazu sagen? Willst dich einfach einen ignoranten Abschaum
nennen und ihn dann ruhig zu Bett gehen lassen?

»Nein, das war's *nicht*«, sagte Billy mit lauter, rauer
Stimme.

Jemand schnappte überrascht nach Luft. Samuel Lemke,
der den Alten auf dem Weg zum Campingbus stützte,

blickte erstaunt zurück. Nach einer Weile drehte auch Taduz Lemke sich um. Sein Gesicht zeigte Überdruss und ein wenig Belustigung. Aber für einen winzigen Moment glaubte Billy auch einen Anflug von Überraschung darin gelesen zu haben.

In seiner Nähe griff der Junge, der Billy zuerst entdeckt hatte, wieder unter die Weste nach seinem Revolver.

»Sie ist sehr schön«, sagte Billy. »Gina.«

»Sei still, weißer Mann aus der Stadt«, sagte Samuel Lemke. »Ich dulde nicht, dass du den Namen meiner Schwester in den Mund nimmst!«

Billy beachtete ihn gar nicht. Er sah nur Taduz Lemke an. »Ist sie deine Enkelin? Deine Urenkelin?«

Der Alte musterte ihn aufmerksam, als wüsste er noch nicht, ob etwas dahintersteckte oder nicht – etwas mehr als das Geheul des Windes in einer leeren Höhle. Dann wandte er sich wieder ab, um weiterzugehen.

»Vielleicht hast du noch eine Minute Zeit, damit ich dir die Adresse meiner eigenen Tochter aufschreiben kann«, sagte Billy mit erhobener Stimme. Er erhob sie nicht sehr. Das war nicht nötig, um ihr ihre gebieterische Schärfe zu verleihen, eine Schärfe, die er in vielen Gerichtssälen geschliffen hatte. »Sie ist zwar nicht so schön wie deine Gina, aber wir finden sie recht hübsch. Vielleicht könnten die beiden sich über das Thema Gerechtigkeit Briefe schreiben. Was hältst du davon, Lemke? Werden sie sich darüber unterhalten können, nachdem ich so tot bin wie deine Tochter? Wer wird denn nun herausfinden können, bei wem die Schuld wirklich lag? Unsere Kinder? Unsere Enkelkinder? Nur noch einen Augenblick, ich schreib schnell ihre Adresse auf. Es dauert nicht lange. Ich werde sie auf die Rückseite deiner Fotografie schreiben, die habe ich zufällig bei mir. Wenn sie sich in diesem Chaos nicht zurechtfinden, können sie sich ja eines Tages gegenüberstellen und sich gegenseitig erschießen, und dann haben *ihre* Kinder den nächsten Versuch frei. Was denkst du, alter

Mann… hat das vielleicht mehr Sinn als diese Scheiße hier?«

Samuel legte dem Alten seinen Arm um die Schulter. Lemke schüttelte ihn ab und schritt wieder langsam auf Halleck zu. In seinen Augen standen jetzt Tränen der Wut. Seine gichtigen Hände ballten und öffneten sich. Alle anderen schauten zu, schweigend und furchtsam.

»Du hast meine Tochter auf der Straße überfahren«, sagte er. »Du hast meine Tochter auf der Straße überfahren, und jetzt bist du … du hast *borjade rulla* genug, hierher zu mir ins Lager zu kommen und aus deinem Mund zu meinem Ohr zu sprechen. Ich weiß, wer was getan hat. Ich hab mich drum gekümmert. Meistens drehen wir uns um und verlassen die Stadt. Ja, meistens machen wir es so. Aber manchmal bekommen auch wir unsere Gerechtigkeit.« Er hob seine knorrige Hand direkt vor Hallecks Augen. Plötzlich schnappte sie zur Faust zusammen. Einen Augenblick später tropfte daraus Blut hervor. Die anderen fingen an zu murmeln, aber es war weder Furcht noch Überraschung noch Zustimmung herauszuhören. »*Rom* Gerechtigkeit, *skummade igenom*. Die beiden anderen habe ich schon erledigt. Dieser Richter, er ist vor zwei Tagen aus dem Fenster gesprungen. Er ist…« Taduz Lemke schnippte mit den Fingern und blies dann über seinen Daumenballen, als läge ein Löwenzahnsamen darauf.

»Hat Ihnen das Ihre Tochter zurückgegeben, Mr. Lemke? Ist sie zu Ihnen zurückgekehrt, als Cary Rossington da oben in Minnesota auf dem Boden aufgeschlagen ist?«

Lemkes Lippen zitterten. »Ich brauche sie nicht zurück. Gerechtigkeit bringt die Toten nicht zurück, weißer Mann. Gerechtigkeit ist Gerechtigkeit. Du solltest lieber von hier verschwinden, bevor ich dir etwas anderes antue. Ich weiß, was du und deine Frau gemacht haben. Glaubst du etwa, ich hätte das Zweite Gesicht nicht? Ich habe das Zweite Gesicht. Da kannst du jeden hier fragen. Ich habe das Gesicht seit hundert Jahren.«

245

Die um das Feuer Sitzenden murmelten bestätigend.

»Es ist mir egal, wie lange du dieses Gesicht schon hast«, sagte Halleck. Er griff bedächtig nach der Schulter des Alten und packte zu. Von irgendwoher hörte er wütendes Gemurmel. Samuel Lemke rannte vorwärts. Taduz Lemke wandte den Kopf und spuckte ein einziges Wort in Romani aus. Der junge Mann blieb verwirrt und unsicher stehen. Auf den meisten Gesichtern um das Lagerfeuer breitete sich Verwirrung und Unsicherheit aus, aber das sah Halleck nicht. Er sah nur Taduz Lemke. Er beugte sich hinunter, näher, immer näher zu seinem Gesicht, bis seine Nase fast das schwammige, verschrumpelte Gewucher berührte, das von Lemkes Nase übrig geblieben war.

»Ich scheiß auf deine Gerechtigkeit«, sagte er. »Du hast von Gerechtigkeit so viel Ahnung wie ich von Düsenturbinen. Nimm es von mir.«

Lemke starrte ihm in die Augen – diese schreckliche Leere direkt unterhalb der Intelligenz. »Lass mich los, oder ich mache es noch schlimmer«, sagte er ruhig. »So viel schlimmer, dass du denkst, ich hätte dich das erste Mal gesegnet.«

Plötzlich breitete sich wieder das Lächeln auf Billys Gesicht aus – ein knöchernes, breites Grinsen, das aussah wie ein auf den Rücken gekippter Halbmond. »Nur zu«, sagte er. »Versuch's. Aber weißt du, ich glaube nicht, dass du das kannst.«

Der alte Mann starrte ihn wortlos an.

»Denn das erste Mal habe ich dir dabei geholfen«, fuhr Halleck fort. »In dem Punkt hatten die anderen nämlich Recht – es besteht eine Art Partnerschaft zwischen uns, nicht wahr? Zwischen dem Verflucher und dem Verfluchten. Wir waren alle drei mit dir daran beteiligt. Hopley, Rossington und ich. Aber ich steige jetzt aus, alter Mann. Meine Frau hat mir in meinem großen, teuren Wagen einen runtergeholt, das stimmt, und deine Tochter ist wie ein ganz gewöhnlicher, unachtsamer Fußgänger einfach so,

246

ohne auf eine Ampel oder einen Zebrastreifen zu achten, zwischen zwei geparkten Wagen auf die Straße gelaufen, und das stimmt auch. Wenn sie bei der Ampel rübergegangen wäre, würde sie heute noch leben. Auf beiden Seiten sind Fehler gemacht worden, aber sie ist tot, und ich kann niemals zu dem alten Leben zurückkehren, das ich vorher geführt habe. Es gleicht sich also aus. Sicher, es ist nicht der beste Ausgleich, den diese Welt je gesehen hat, aber es gleicht sich aus. In Las Vegas haben sie dafür einen Spezialausdruck – sie nennen das einen Push. Das hier ist ein Push, alter Mann. Lass es damit gut sein.«

Als Halleck zu lächeln angefangen hatte, war zunächst eine eigenartige, fremde Furcht in Lemkes Augen gestiegen, aber jetzt hatte sein unerbittlicher Zorn sie wieder verdrängt. »Ich werde den Fluch *niemals* von dir nehmen, weißer Mann aus der Stadt«, sagte Taduz Lemke. »Ich werde mit ihm auf den Lippen sterben.«

Halleck beugte sich noch weiter zu seinem Gesicht hinunter, bis ihre Stirnen sich berührten und er den Geruch des alten Mannes riechen konnte – eine Mischung von Spinnweben, Tabak und schwachem Urin. »Dann mach's schlimmer! Na los! Mach es – wie hast du vorhin gesagt? –, mach es so, dass ich mich das erste Mal gesegnet gefühlt hätte.«

Lemke starrte ihn immer noch an, und jetzt spürte Halleck, dass Lemke der Unterlegene war. Plötzlich drehte der Alte sich zu Samuel um.

»*Enkelt av lakan och kanske alskade! Just det!*«

Samuel Lemke und der junge Mann mit dem Revolver zogen Halleck von ihm weg. Taduz Lemkes eingefallene Brust hob und senkte sich heftig; sein spärliches Haar war zerzaust.

Er ist es nicht gewohnt, dass man ihn anfasst – und er ist es nicht gewohnt, dass man im Zorn zu ihm spricht.

»Es ist ein Push«, sagte Halleck, während man ihn wegzog. »Hast du mich gehört?«

247

Lemkes Gesicht verzerrte sich. Plötzlich, es war schrecklich anzusehen, war er dreihundert Jahre alt. Ein entsetzliches lebendes Gespenst.

»*Kein Puusch!*«, schrie er Billy nach und schüttelte die Faust. »*Kein Puusch! Niemals! Du stirbst dünn, Stadtmensch! Du wirst genauso sterben!*« Er legte beide Fäuste zusammen, und Halleck spürte einen scharfen, stechenden Schmerz in den Seiten, als ob er zwischen diesen Fäusten zerquetscht würde. Einen Augenblick lang bekam er keine Luft. Es fühlte sich an, als würden seine Eingeweide zusammengepresst. »*Du stirbst dünn!*«

»Es ist ein Push!«, sagte Billy wieder; er kämpfte darum, nicht nach Luft zu schnappen.

»*Kein Puusch!*«, brüllte der alte Mann. In seiner Wut über den fortgesetzten Widerspruch hatte sich ein Netz von roten Adern über seine Wangen gezogen. »Schmeißt ihn hier raus!«

Sie zogen ihn durch den Kreis. Taduz Lemke stand aufrecht da und sah ihnen zu, die Hände auf den Hüften, das Gesicht eine steinerne Maske.

»Bevor sie mich von hier wegschleppen, alter Mann, sollst du wissen, dass mein Fluch über deine Familie kommen wird«, rief Halleck, und trotz der Schmerzen in seiner Seite war seine Stimme kräftig, ruhig, ja fast fröhlich. »Der Fluch der weißen Männer aus der Stadt.«

Er hatte den Eindruck, dass Lemkes Augen sich eine Spur weiteten. Aus den Augenwinkeln sah er, dass die alte Frau mit der Decke um die Beine und den Rabattmarken im Schoß wieder das Zeichen gegen den bösen Blick machte.

Die beiden jungen Männer blieben einen Augenblick stehen; Samuel Lemke stieß ein kurzes, verwirrtes Lachen aus. Vermutlich belustigte ihn die Idee, dass ein weißer Anwalt der oberen Mittelschicht aus Fairview, Connecticut, den Mann verfluchen wollte, der vermutlich der älteste Zigeuner in ganz Amerika war. Noch vor zwei Monaten hätte Halleck selbst darüber gelacht.

Aber Taduz Lemke lachte nicht.

»Denkst du etwa, dass Männer wie ich keine Macht hätten zu verfluchen?«, fragte Billy. Er hob seine Hände – seine dünnen, ausgezehrten Hände – in Kopfhöhe und spreizte langsam die Finger. Er sah aus wie der Moderator einer Fernsehshow, der das Publikum auffordert, doch mit dem Applaudieren aufzuhören. »Wir haben die Macht. Wenn wir mal damit anfangen, sind wir ganz gut im Verfluchen, alter Mann. Lass mich nicht erst damit anfangen!«

Hinter dem alten Mann bewegte sich etwas – ein Blitz aus weißem Nachthemd und schwarzen Haaren.

»Gina!«, rief Samuel Lemke.

Billy sah sie ins Licht treten. Er sah, wie sie die Schleuder hob, den Gummi zurückzog und ihn dann losließ – es war eine einzige fließende Bewegung, wie bei einem Maler, der einen Strich auf einem weißen Block zieht. Er glaubte, ein flüssiges silbriges Glänzen in der Luft zu sehen, als die Stahlkugel durch den Kreis flog, aber das war mit Sicherheit bloß Einbildung.

Dann spürte er einen heißen, stechenden Schmerz in seiner linken Hand. Er war so schnell wieder fort, wie er gekommen war. Er hörte, wie die Stahlkugel an dem Wohnwagen hinter ihm abprallte. Im selben Moment bemerkte er, dass er das abgespannte, wütende Gesicht des Mädchens sehen konnte, nicht eingerahmt von seinen gespreizten Fingern, sondern durch seine Handfläche hindurch. Dort war ein sauberes, rundes Loch.

Sie hat mit der Schleuder auf mich geschossen, dachte er. *Heiliger Himmel, das hat sie wirklich getan!* Blut, im Feuerschein fast so schwarz wie Teer, rann an seinem Handgelenk hinunter und durchtränkte den Ärmel seiner Sportjacke.

»*Enkelt!*«, kreischte sie. »Hau ab, *eyelak!* Hau ab, du Mörder-*Scheißkerl!*«

Dann warf sie die Schleuder nach ihm. Sie landete direkt neben dem Feuer. Ein kleines Gabelbein mit einem Gummistück so groß wie eine Augenklappe zwischen der Gabel. Danach floh sie hysterisch schreiend zu den Wagen.

Niemand rührte sich. Die Leute am Feuer, die beiden jungen, der alte Mann und Halleck selbst – sie standen wie versteinert. Dann knallte eine Tür, und die Schreie des Mädchens klangen gedämpft. Und es war immer noch kein Schmerz zu spüren.

Auf einmal, ohne sich dessen vorher bewusst gewesen zu sein, hielt Billy dem alten Mann seine blutende Hand vors Gesicht. Der alte Mann zuckte zurück und machte das Zeichen gegen den bösen Blick. Billy schloss die Hand zur Faust, wie Lemke es getan hatte. Blut tropfte aus seiner Faust hervor, wie es aus Lemkes Faust getropft war.

»Der Fluch des weißen Mannes liegt auf Ihnen, Mr. Lemke – darüber steht nichts in den Büchern geschrieben, aber ich sage Ihnen, dass es wahr ist – und *Sie* glauben *das*.«

Der Mann stieß eine Flut von Romaniwörtern aus. Billy fühlte sich so plötzlich zurückgezerrt, dass sein Kopf nach hinten flog. Seine Füße hoben vom Boden ab.

Sie werfen mich ins Feuer. Himmel, sie werden mich darin rösten …

Stattdessen wurde er den Weg, den er gekommen war, zurückgetragen. Zuerst durch den Kreis (die Leute überschlugen sich fast, um ihm auszuweichen), dann zwischen zwei Pickups mit Wohnaufbauten hindurch. Aus einem hörte er einen Fernseher knacken – irgendwas mit Gelächter vom Band.

Der Mann mit dem Revolver grunzte. Billy wurde wie ein Mehlsack (ein sehr leichter Mehlsack) hin und her geschaukelt, und dann flog er ein Stück durch die Luft. Er landete unsanft im trockenen Timotheus-Gras hinter den geparkten Fahrzeugen. Das tat weit mehr weh als das Loch in seiner Hand; er hatte überhaupt keine Fettpolster mehr. Beim Sturz fühlte es sich so an, als klapperten seine Knochen im Körper durcheinander wie lose Stangen in einem alten Transporter. Er versuchte aufzustehen, aber zunächst einmal gelang ihm das nicht. Er stöhnte.

Samuel Lemke kam noch einmal auf ihn zu. Das hübsche Gesicht des jungen Mannes war glatt, tödlich und ausdruckslos. Er griff in seine Hosentasche und zog etwas daraus hervor – Billy hielt es für ein kurzes Stück Holz und erkannte es erst, als Lemke die Klinge aufspringen ließ.

Er streckte seine blutende Hand aus, und Lemke zögerte. Sein Gesicht hatte jetzt einen Ausdruck, den Billy von seinem Badezimmerspiegel her kannte. Es war Angst.

Sein Begleiter murmelte ihm etwas zu.

Lemke zögerte immer noch. Er blickte auf Billy herab. Dann klemmte er die Klinge wieder in den dunklen Holzgriff zurück. Er spuckte in Billys Richtung. Einen Augenblick später waren beide verschwunden.

Er blieb eine Weile liegen und versuchte, das Ganze zu rekonstruieren, sich einen Reim darauf zu machen ... aber das war ein Juristentrick und nützte ihm hier, an diesem dunklen Ort, überhaupt nichts. Dafür begann seine Hand ihm nun unmissverständlich zu erzählen, was passiert war, und er nahm an, dass sie sehr bald noch viel mehr schmerzen würde. Es sei denn, sie änderten ihre Meinung doch noch und kamen noch einmal zurück. Sie könnten alle Schmerzen mit einem Schlag beenden, und das für immer.

Das brachte ihn auf die Beine. Er rollte herum und zog die Knie zu dem hoch, was von seinem Bauch übrig war. Dann ruhte er einen Augenblick aus, die linke Wange fest ins niedergedrückte Timotheus-Gras gepresst, den Arsch steil in der Luft, während ihn eine Woge von Übelkeit überspülte. Fast wäre er ohnmächtig geworden. Als es vorüber war, gelang es ihm, auf die Füße zu kommen und in die Richtung zu stolpern, in der sein Wagen stand. Zweimal fiel er hin. Beim zweiten Mal dachte er schon, es wäre unmöglich, wieder aufzustehen. Aber irgendwie – hauptsächlich, indem er an Linda dachte, die jetzt wohl ruhig und unschuldig in ihrem Bett schlief – schaffte er es dann doch. Jetzt fühlte sich seine Hand an, als ob eine dunkelrote Entzündung in ihr pulsierte und sich über seinen Unterarm bis zum Ellenbogen ausbreitete.

Eine Ewigkeit später hatte er den Mietwagen erreicht und fummelte nach dem Schlüssel. Er hatte ihn in die linke Hosentasche gesteckt, so dass er jetzt mit der rechten Hand quer über seinen Schritt langen musste, um an ihn heranzukommen.

Er startete den Wagen und blieb dann einen Moment ruhig sitzen. Seine blutende Hand lag mit der Innenfläche nach oben auf seinem linken Oberschenkel wie ein toter Vogel. Er blickte auf den Kreis von Pickups und Campingwagen hinunter, auf das flackernde Feuer. Das Bruchstück eines alten Liedes fiel ihm ein: *She danced around the fire to a Gypsy melody / Sweet young woman in motion, how she enchanted me …*

Langsam hob er die linke Hand vor seine Augen. Durch das runde dunkle Loch in der Mitte fiel geisterhaftes grünes Licht vom Armaturenbrett des Wagens.

Sie hat mich allerdings verzaubert, dachte Billy und fuhr los. Mit beinahe klinischer Ungerührtheit fragte er sich, ob er es wohl bis zum Frenchman's Bay Motel schaffen würde.

Irgendwie schaffte er es.

20. Kapitel: 118

»William? Was ist los?«

Ginellis Stimme, die zuerst ganz verschlafen und so geklungen hatte, als sei er kurz davor, wütend zu werden, war plötzlich hellwach und besorgt. Billy hatte seine Privatnummer unter der von den Three Brothers in seinem Adressbuch gefunden. Er hatte einfach gewählt, ohne sich viel davon zu erhoffen, fast sicher, dass sie im Laufe der Jahre irgendwann mal geändert worden wäre.

Seine linke Hand lag mit einem Taschentuch umwickelt in seinem Schoß. Sie hatte sich in eine Art Radiosender verwandelt, der jetzt annähernd fünfzigtausend Watt Schmerz pro Sekunde ausstrahlte – bei der geringsten Armbewegung war die Hölle los. Schweißperlen standen auf seiner Stirn. Und immer wieder tauchten Kreuzigungsvisionen vor ihm auf.

»Es tut mir Leid, dass ich dich in deiner Wohnung störe, Richard«, sagte er. »Und das noch so spät.«

»Ach, Scheiß drauf, was ist passiert?«

»Nun ja, also das größte Problem ist im Augenblick, dass man mir durch die Hand geschossen hat. Mit einer …« Er bewegte sich unruhig, die Hand brannte lodernd, seine Lippen verzerrten sich. »… mit einer Stahlkugel.«

Schweigen am anderen Ende.

»Ich weiß, wie das klingt, aber es ist wahr. Die Frau hat mit einer Schleuder geschossen.«

»Herrgott! Was–?« Eine Frauenstimme im Hintergrund. Ginelli redete kurz auf Italienisch mit ihr und kam dann wieder an den Hörer. »Und das ist kein Scherz, William? Dir hat tatsächlich so eine Hure mit einer Schleuder eine Stahlkugel durch die Hand geschossen?«

253

»Ich rufe normalerweise keine Leute um ...« Er sah auf seine Armbanduhr, und erneut loderte der Schmerz seinen Unterarm hoch. »Um drei Uhr nachts an, um ihnen Witze zu erzählen. Ich hab die letzten drei Stunden hier gesessen und gehofft, dass ich es bis zu einer zivileren Uhrzeit aushalte. Aber die Schmerzen ...« Er lachte ein bisschen, ein verletzter, hilfloser, verwunderter Laut. »Die Schmerzen sind sehr stark.«

»Hat das mit der Sache zu tun, wegen der du mich schon mal angerufen hast?«

»Ja.«

»Waren es die Zigeuner?«

»Ja. Richard ...«

»Ja? Na, dann kann ich dir eins versprechen. Nach dieser Sache werden diese Ärsche dir keine Schwierigkeiten mehr machen.«

»Richard. Ich kann hiermit nicht zu einem Arzt gehen und ich hab ... ich habe wirklich starke Schmerzen.« *Billy Halleck, Großmeister im Understatement.* »Kannst du mir etwas schicken? Vielleicht per Federal Express? Irgendein schmerzstillendes Mittel?«

»Wo bist du?«

Billy zögerte einen kurzen Augenblick. Dann schüttelte er den Kopf. Jeder Mensch, dem er bisher vertraut hatte, hielt ihn für verrückt. Es war mehr als wahrscheinlich, dass seine Frau und sein Chef inzwischen schon alle Hebel in Bewegung gesetzt hatten, die im Staate Connecticut erforderlich waren, um einen Mann gegen seinen Willen in eine Anstalt einzuweisen. Zumindest würden sie es bald tun. Jetzt hatte er einfach nur noch zwei Möglichkeiten. Darin lag eine gewisse Ironie. Entweder er vertraute diesem mit Drogen handelnden Schurken, den er fast sechs Jahre lang nicht gesehen hatte, oder er gab vollständig auf.

Er schloss seine Augen und sagte: »Ich bin in Bar Harbor, Maine. Frenchman's Bay Motel, Zimmer siebenunddreißig.«

»Eine Sekunde.«

Ginellis Stimme entfernte sich wieder vom Hörer. Billy hörte ihn gedämpft Italienisch sprechen. Er hielt die Augen geschlossen. Schließlich war Ginelli wieder dran.

»Meine Frau erledigt ein paar Anrufe für mich«, sagte er. »Du weckst jetzt gerade einige Leute in Norwalk, *paisan*. Ich hoffe, du bist zufrieden.«

»Richard, du bist ein Gentleman«, sagte Billy. Die Worte klangen guttural verschliffen, und er musste sich räuspern. Ihm war zu kalt. Seine Lippen waren zu trocken. Er versuchte, sie mit der Zunge zu benetzen, aber auch seine Zunge war trocken.

»Du bleibst ganz still sitzen, mein Freund«, sagte Ginelli. Sein Ton war wieder besorgt. »Hast du mich verstanden? Ganz still. Wenn du willst, kannst du dir eine Decke umwickeln, aber mehr auch nicht. Du bist angeschossen worden. Du hast einen Schock.«

»Kein Scheiß«, sagte Billy und lachte wieder. »Ich stehe jetzt seit gut zwei Monaten unter Schock.«

»Wovon redest du?«

»Vergiss es.«

»Na gut. Aber wir müssen miteinander reden, William.«

»Ja.«

»Ich … wart mal einen Augenblick.« Italienisch, leise, entfernt. Halleck schloss wieder die Augen und lauschte auf die Schmerzsendung aus seiner Radiohand. Nach einer Weile kam Ginelli wieder ans Telefon. »Ein Mann wird dir ein Schmerzmittel vorbeibringen. Er –«

»Oh, hey, Richard, das ist nicht –«

»Sag mir nicht, wie ich meinen Job zu erledigen habe, William, hör einfach zu. Der Mann heißt Fander. Er ist kein Arzt, dieser Typ, wenigstens nicht mehr, aber er wird dich mal unter die Lupe nehmen und feststellen, ob du nicht auch Antibiotika brauchst. Er wird noch vor Tagesanbruch bei dir sein.«

»Richard, ich weiß nicht, wie ich dir danken soll.« Tränen liefen ihm über die Wangen. Er wischte sie zerstreut mit der rechten Hand weg.

»Ich weiß, dass du das nicht weißt«, sagte Ginelli. »Du bist schließlich kein Itaker. Denk dran, William: Bleib brav sitzen.«

Fander traf kurz vor sechs ein. Er war ein kleiner Mann, dessen Haar frühzeitig weiß geworden war. In einer Hand trug er einen ledernen Landarztkoffer. Er musterte Billys dürren, ausgemergelten Körper lange und schweigend, dann wickelte er vorsichtig das Taschentuch von seiner Hand. Billy musste sich mit der Rechten den Mund zuhalten, um einen Schrei zu ersticken.

»Heben Sie sie bitte hoch«, sagte Fander, und Billy gehorchte. Die Hand war grässlich angeschwollen. Die Haut spannte sich straff und durchscheinend. Einen Augenblick lang sahen Fander und Billy sich durch das Loch in der Handfläche an. Ein dunkler Ring aus verkrustetem Blut hatte sich darum gebildet. Fander nahm ein Otoskop aus der Tasche und leuchtete damit hindurch. Dann schaltete er es wieder aus.

»Sauber und ordentlich«, sagte er. »Wenn es wirklich eine Stahlkugel war, ist die Gefahr einer Infektion wesentlich geringer, als wenn es ein Bleigeschoss gewesen wäre.«

Er schwieg einen Augenblick nachdenklich.

»Es sei denn, das Mädchen hat etwas draufgeschmiert, bevor es geschossen hat.«

»Was für ein tröstlicher Gedanke«, krächzte Billy.

»Ich werde nicht dafür bezahlt, Leute zu trösten«, sagte Fander kühl. »Besonders dann nicht, wenn ich nachts um halb vier aus dem Bett geholt werde und mich in einem leichten Flugzeug, das in elftausend Fuß Höhe auf und ab hüpft, richtig anziehen darf. Sie sagten, es wäre eine Stahlkugel gewesen?«

»Ja.«

»Dann ist vermutlich alles in Ordnung. Man kann eine Stahlkugel nicht gut in Gift tränken, wie die Jivaro-Indianer es bei ihren hölzernen Pfeilspitzen mit Curare tun. Und es ist auch nicht sehr wahrscheinlich, dass die Frau noch etwas draufgepinselt hat, wenn tatsächlich alles so spontan geschehen ist, wie Sie sagen. Die Wunde sollte gut verheilen. Ohne Komplikationen.« Er holte ein Desinfektionsmittel, Gazestreifen und eine elastische Bandage aus seinem Koffer. »Ich werde die Wunde jetzt versorgen und danach verbinden. Das Verschließen wird mörderisch brennen, aber glauben Sie mir, auf lange Sicht werden Sie noch viel schlimmere Schmerzen bekommen, wenn ich sie offen lasse.«

Er warf Billy wieder einen prüfenden Blick zu – nicht so sehr den mitfühlenden Blick eines Arztes, dachte Billy, eher den kalten, abschätzigen Blick eines Engelmachers. »Die Hand wird nur das geringste Ihrer Probleme sein, wenn Sie nicht wieder zu essen anfangen.«

Billy sagte nichts.

Fander hielt seine Augen noch einen Moment fest und fing dann an, die Wunde zu behandeln. Ab diesem Punkt war das Sprechen für Billy sowieso unmöglich. Sein Schmerzsender war mit einem Schlag von fünfzigtausend Watt pro Sekunde auf zweihundertfünfzigtausend hochgeschnellt. Er schloss die Augen, biss die Zähne zusammen und wartete darauf, dass es vorbei wäre.

Schließlich war es geschafft. Er saß mit der pochenden, frisch verbundenen Hand im Schoß da und sah zu, wie Fander noch einmal in seinem Koffer wühlte.

»Von allen anderen Erwägungen abgesehen, bereitet uns Ihre radikale Abmagerung ernsthafte Probleme, wenn's darum geht, etwas gegen Ihre Schmerzen zu unternehmen. Sie spüren schon jetzt stärkere Beschwerden, als es der Fall wäre, wenn Sie Ihr normales Gewicht hätten. Leider kann ich Ihnen kein Darvon oder Darvocet geben, denn beides könnte Sie sofort in ein Koma stürzen oder Herzrhythmusstörungen hervorrufen. Wie viel *wiegen* Sie, Mr. Halleck? Hundertfünfundzwanzig?«

»So ungefähr«, murmelte Billy. Im Bad stand eine Waage, und er hatte sich, kurz bevor er zu den Zigeunern gefahren war, noch einmal draufgestellt. Das war wohl seine ganz private Art von Wettkampf geworden. Die Nadel war genau auf 118 stehen geblieben. Das anstrengende Herumlaufen in der heißen Sonne hatte die Sache beträchtlich beschleunigt.

Fander nickte und machte ein missbilligendes Gesicht. »Ich werde Ihnen ziemlich starkes Empirin geben. Sie nehmen davon nur eine einzige Tablette. Wenn Sie in einer halben Stunde noch nicht eingeschlafen sind, und wenn Ihre Hand immer noch fürchterlich wehtut, können Sie noch eine halbe nehmen. Die nächsten drei, vier Tage machen Sie so weiter.« Er schüttelte den Kopf. »Da bin ich nun sechshundert Meilen geflogen, um einem Mann eine Flasche Empirin zu geben. Kaum zu glauben. Das Leben ist manchmal sehr pervers. Aber in Anbetracht Ihres Gewichts ist sogar Empirin schon gefährlich. Sie sollten Baby-Aspirin nehmen.«

Fander kramte ein weiteres Fläschchen aus seinem Köfferchen hervor. Dieses hatte keine Aufschrift.

»Aureomycin«, sagte er. »Nehmen Sie alle sechs Stunden eine. Aber – merken Sie sich dies gut, Mr. Halleck –, sobald Sie anfangen, Durchfall zu bekommen, *hören Sie sofort mit den Antibiotika auf!* In Ihrem Zustand wird ein Durchfall Sie viel eher umbringen als die Infektion an Ihrer Hand.«

Er klappte den Koffer zu und stand auf.

»Und noch ein Rat, der nichts mit Ihren Abenteuern im ländlichen Maine zu tun hat. Besorgen Sie sich so bald wie möglich Kaliumtabletten und nehmen Sie täglich zwei davon – eine, wenn Sie aufstehen und eine, wenn Sie zu Bett gehen. Sie bekommen sie in der Vitaminabteilung eines Drugstore.«

»Warum?«

»Wenn Sie weiterhin abnehmen, werden Sie sehr bald Herzrhythmusstörungen bekommen, egal, ob Sie Darvon oder andere Medikamente nehmen oder nicht. Das kommt von dem radikalen Kaliumabbau in Ihrem Körper. Es könnte sogar das sein, woran Karen Carpenter gestorben ist. Guten Tag, Mr. Halleck.«

Fander öffnete die Tür und ließ das erste milde Tageslicht herein. Einen Augenblick lang blieb er stehen und lauschte auf die Brandung des Ozeans, die in der morgendlichen Stille deutlich zu hören war.

»Sie sollten wirklich mit Ihrem Hungerstreik – oder was immer es auch sein mag – aufhören, Mr. Halleck«, sagte er, ohne sich umzudrehen. »In vielerlei Hinsicht ist die Welt nichts als ein Haufen Mist. Aber sie kann auch sehr schön sein.«

Er ging zu einem blauen Chevrolet hinüber, der an der Seite des Motels parkte, und stieg hinten ein. Der Wagen fuhr los.

»Ich versuche ja die ganze Zeit, damit aufzuhören«, sagte Billy zu dem wegfahrenden Wagen. »Ich versuche es wirklich.«

Er schloss die Tür und ging langsam zu dem kleinen Tisch neben seinem Sessel zurück. Er betrachtete die Medizinfläschchen und fragte sich, wie er sie mit einer Hand öffnen sollte.

21. Kapitel: Ginelli

Billy bestellte sich ein großes Mittagessen aufs Zimmer. Er hatte im Leben noch nie weniger Appetit gehabt, aber er aß alles auf. Als er fertig war, riskierte er drei Empirin und beruhigte sich mit dem Gedanken, dass er sie ja zusätzlich zu einem dicken Truthahnsandwich, einer großen Portion Pommes frites und einem beträchtlichen Stück Apfelkuchen, der ziemlich fad geschmeckt hatte, einnahm.

Die Tabletten wirkten sofort. Er spürte, wie der Schmerzsender in seiner Hand auf bloße fünftausend Watt sank. Danach durchtobte ihn eine Serie fieberhafter Träume. Durch einen tanzte Gina, nackt bis auf zwei große Goldreifen in den Ohren. Er kroch durch einen langen dunklen Abwasserkanal auf ein kleines rundes Loch zu, durch welches Tageslicht schimmerte. Aber es war zum Verrücktwerden. Das Licht blieb immer in gleicher Entfernung. Etwas verfolgte ihn. Er hatte eine furchtbare Vorahnung, dass es eine Ratte war. Eine sehr *große* Ratte. Dann war er aus dem Kanal heraus. Aber wenn er sich einbildete, dass er dadurch entkommen wäre, dann hatte er sich getäuscht. Jetzt war er wieder im ausgehungerten Fairview. Überall lagen Leichen aufeinander gestapelt. Yard Stevens lag mitten im Stadtpark ausgestreckt. Seine Friseurschere steckte in dem, was von seiner Kehle übrig war. Billys Tochter hockte an einen Laternenpfahl gelehnt auf dem Boden. Sie war nur noch ein Haufen von ihrem purpurweißen Cheerleader-Trikot zusammengehaltener Knochen. Es war unmöglich festzustellen, ob sie schon tot war wie die anderen oder nur bewusstlos. Ein Geier flatterte zu ihr herab und ließ sich auf ihrer Schulter nieder. Er spielte mit seinen Krallen, und plötzlich schnellte der Kopf vor. Mit seinem abfaulenden Schnabel riss er ihr ein Büschel Haare aus. An den Enden hingen noch blutige Fetzen ihrer Kopfhaut wie Erde an Unkrautstängeln, die man zu grob aus dem Boden gezerrt hatte. Und sie war *nicht* tot; er hörte sie stöhnen und sah, wie ihre Hände sich schwach im Schoß bewegten. *Nein!*, brüllte er im Traum. Auf einmal bemerkte er Ginas Schleuder in seiner Hand. In ihrer Schlinge lag allerdings keine ihrer Stahlkugeln, sondern der gläserne Briefbeschwerer, der auf dem Spiegeltisch im Flur seines Hauses in Fairview stand. In massivem Glas lag etwas eingebettet – irgendein Materialfehler –, das wie eine blauschwarze Gewitterwolke aussah. Als Kind war Linda von dem Muster ganz fasziniert gewesen. Billy schoss mit dem Briefbeschwerer auf den Geier, aber er verfehlte ihn. Auf einmal verwandelte der Vogel sich in Taduz Lemke. Ein lautes Klopfen von irgendwoher – Billy fragte sich, ob es sein Herz war, das einen tödlichen Anfall von Rhythmusstörungen bekäme. *Ich werde den Fluch niemals von dir nehmen, weißer Mann aus der Stadt*, sagte Lemke, und plötzlich befand Billy sich an einem völlig anderen Ort, und das Klopfen hatte immer noch nicht aufgehört.

Er sah sich verwirrt in dem Motelzimmer um und glaubte zunächst, dass er einen neuen Ort des Schreckens in seinen Träumen erreicht hätte.

»William!«, rief jemand draußen vor der Tür. »William, bist du da drinnen? Mach auf, oder ich breche die Tür ein! William! William!«

Okay, wollte er antworten, aber es kam kein Laut aus seinem Mund. Seine Lippen waren völlig trocken und der Mund wie mit Gummi verklebt. Doch er spürte eine überwältigende Erleichterung. Es war Ginelli.

»William? Wirst du jetzt … ach, Scheiße!« Das Letzte war leise, mehr zu sich selbst gesprochen. Darauf folgte ein *Rumms*, als er mit seiner Schulter die Tür rammte.

Billy stand auf. Einen Augenblick lang drehte sich alles vor seinen Augen. Endlich kriegte er den Mund auf, wobei sich seine Lippen mit einem leichten Schnalzen teilten, was er mehr spürte als hörte.

»Es ist okay«, brachte er heraus. »Ich komme, Richard. Ich bin da. Jetzt bin ich wach.«

Er ging durchs Zimmer und öffnete die Tür.

»Herrgott, William, ich dachte schon, du wärst ...«

Ginelli brach mitten im Satz ab und starrte ihn an. Seine braunen Augen weiteten und weiteten sich, und Halleck dachte: *Jetzt wird er wegrennen. Man kann nichts und niemanden mit so großen Augen ansehen und dann nicht Hals über Kopf abhauen, wenn der erste Schock einmal überwunden ist.*

Ginelli küsste sich auf den rechten Daumen, bekreuzigte sich und sagte: »Darf ich reinkommen, William?«

Ginelli hatte eine bessere Medizin mitgebracht als Fander – Chivas. Er zog die Flasche aus seinem kalbsledernen Aktenkoffer und goss ihnen beiden erst mal einen großen Schluck ein. Dann stieß er mit dem Rand seines Motel-Plastikbechers kurz gegen den Rand von Billys.

»Auf glücklichere Tage als diese«, sagte er. »Wie klingt das?«

»Gar nicht schlecht«, lachte Billy und trank den Becher in einem Zug leer. Als die warme Explosion in seinem Magen nur noch weiche Nachwehen hinterließ, entschuldigte er sich und ging kurz ins Bad. Er musste nicht aufs Klo, aber er wollte nicht, dass Ginelli ihn weinen sah.

»Was hat er mit dir gemacht?«, fragte Ginelli. »Hat er dir das Essen vergiftet?«

Billy fing an zu lachen. Es war das erste richtige, herzhafte Lachen seit langem. Er setzte sich wieder in seinen Sessel und lachte, bis ihm die Tränen über die Wangen kullerten.

»Richard, du bist herrlich«, sagte er, als er sich wieder etwas beruhigt hatte. Jetzt kicherte er nur noch ab und zu.

»Alle anderen Menschen, einschließlich meiner Frau, halten mich für wahnsinnig. Und du? Als du mich zum letzten Mal gesehen hast, hatte ich an die vierzig Pfund Übergewicht. Und heute sehe ich aus, als wollte ich mich um die Rolle der Vogelscheuche für ein Remake von *Das zauberhafte Land* bewerben. Aber das Erste, was ich aus deinem Mund höre, ist: ›Hat er dir das Essen vergiftet?‹«

Ungeduldig tat Ginelli beides, das hysterische Gelächter und das Kompliment, mit einer Handbewegung ab. *Ike und Mike, die denken gleich,* dachte Billy. *Lemke und Ginelli genauso. Wenn es um Rache und Gegenrache geht, haben sie überhaupt keinen Sinn für Humor.*

»Also. Hat er das getan?«

»Ich nehme an, ja. Auf gewisse Weise hat er das getan, ja.«

»Wie viel Pfund hast du verloren?«

Billys Blick wanderte zum großen Spiegel an der gegenüberliegenden Zimmerwand. Es erinnerte ihn an eine Stelle, die er irgendwo mal gelesen hatte – er glaubte, in einem Roman von John D. MacDonald. Alle amerikanischen Motelzimmer schienen mit Spiegeln überladen zu sein, und das, obwohl sie doch hauptsächlich von übergewichtigen Geschäftsreisenden benutzt wurden, die keinerlei Interesse daran haben konnten, sich in unvollständig bekleidetem Zustand zu sehen. Er war zwar das genaue Gegenteil von übergewichtig, aber die Einstellung zu Spiegeln konnte er gut nachvollziehen. Er vermutete, dass es sein Gesicht gewesen war – nein, nicht nur das Gesicht, sein ganzer Kopf –, was Ginelli vorhin solche Angst eingejagt hatte. Sein Schädelumfang war ja gleich geblieben, während der Rest seines Körpers immer mehr verschwunden war, und als Ergebnis hing der Kopf jetzt über dem Rumpf wie die entsetzlich übergroße Blüte einer riesigen Sonnenblume.

Ich werde den Fluch niemals von dir nehmen, weißer Mann aus der Stadt, hörte er Lemke sagen.

»Wie viel Pfund, William?«, wiederholte Ginelli. Seine Stimme war ruhig, beinahe sanft, aber in seinen Augen funkelte ein seltsames, klares Licht. Billy hatte noch nie die Augen eines Menschen so funkeln sehen. Es machte ihn ein bisschen nervös.

»Als es angefangen hat – das heißt, als ich aus dem Gericht kam und der Alte mich berührt hat –, da habe ich zweihundertfünfzig Pfund gewogen. Heute Vormittag war ich kurz vor dem Essen auf der Waage. Da waren es noch hundertsechzehn. Das macht ... hundertvierunddreißig Pfund, nicht wahr?«

»Jesus und Maria und Joseph der Zimmermann aus Brooklyn Heights«, flüsterte Ginelli und bekreuzigte sich nochmals. »Er hat dich angefasst?«

Jetzt kommt der Punkt, an dem er geht – an diesem Punkt machen sie sich alle aus dem Staub, dachte Billy. Eine winzige Sekunde lang hatte er den Gedanken, einfach zu lügen, sich irgendeine Geschichte von vergiftetem Essen auszudenken. Aber wenn es je einen richtigen Zeitpunkt für Lügen gegeben hätte, war er vorbei. Und wenn Ginelli wegginge, dann würde er, Billy, höflich mit ihm gehen, wenigstens bis zu seinem Wagen. Er würde ihm die Tür öffnen und sich für sein Kommen bedanken. Er würde das tun, denn Ginelli hatte ihm zugehört, als er ihn mitten in der Nacht angerufen hatte. Er hatte ihm dieses ziemlich merkwürdige Exemplar eines Arztes vorbeigeschickt. Und nun war er selbst gekommen. Aber vor allem würde er diese Form der Höflichkeit wahren, weil Ginellis Augen sich so geweitet hatten, als er ihm die Tür geöffnet hatte, und weil er trotzdem nicht weggerannt war.

Sag ihm die Wahrheit. Er behauptet zwar, das Einzige, woran er glauben würde, wären Schusswaffen und Geld, und das stimmt vermutlich auch, aber du wirst ihm jetzt trotzdem die Wahrheit sagen, denn das ist die einzige Möglichkeit, wie du dich bei einem Typ wie ihm revanchieren kannst.

Er hat dich angefasst?, hatte Ginelli ihn gefragt, und das war sicher erst eine Sekunde her, aber Billy, der völlig verwirrt und erschüttert war, kam es viel länger vor. »Er hat mich nicht nur angefasst, Richard, er hat mich verflucht.«

Er wartete darauf, dass das ziemlich irre Funkeln in Ginellis Augen erlösche, er wartete, dass er auf seine Armbanduhr schauen, auf die Füße springen, nach seinem Aktenkoffer greifen und entschuldigend sagen würde: *Zeit hat schon eine seltsame Art zu verfliegen, nicht wahr? Ich würde zu gerne bleiben, um diese ganze Fluchgeschichte einmal mit dir durchzusprechen, William, aber, du verstehst, ich habe einen Teller Kalbfleisch in Marsala, der in den Brothers auf mich wartet, und …*

Das Funkeln erlosch nicht, und Ginelli blieb sitzen. Er schlug die Beine übereinander, strich eine Hosenfalte glatt, zog eine Schachtel Camel aus der Tasche und zündete sich eine an.

»Erzähl mir alles«, sagte er.

Billy Halleck erzählte Ginelli alles. Als er mit seiner Geschichte fertig war, lagen vier Zigarettenstummel im Aschenbecher. Ginelli musterte ihn mit starrem Blick, als wäre er hypnotisiert. Das Schweigen zog sich in die Länge. Billy war es unangenehm, und er hätte es gern gebrochen, aber er wusste nicht, wie. Er schien all seine Worte verbraucht zu haben.

»Das hat er dir angetan«, sagte Ginelli endlich. »Das hier …«, und er machte eine Handbewegung, die Billys Körper umfasste.

»Ja. Ich erwarte nicht von dir, dass du mir glaubst, aber, ja, das hat er getan.«

»Ich glaube dir«, sagte Ginelli beinahe geistesabwesend.

»Echt? Was ist mit dem Typ, der nur an Schusswaffen und Geld glaubte?«

Ginelli lächelte, dann lachte er. »Das hab ich dir gesagt, als du das erste Mal angerufen hast, nicht wahr?«

»Yeah.«

Das Lächeln verschwand. »So, so. Es gibt noch etwas anderes, das ich glaube, William. Ich glaube, was ich sehe. Aus dem Grunde bin ich ein relativ reicher Mann. Vor allem aber bin ich deshalb ein *lebender* Mann. Die meisten Menschen glauben einfach nicht, was sie sehen.«

»Nein?«

»Nein. Nicht, wenn es nicht mit dem übereinstimmt, was sie sowieso schon glauben. Weißt du, was ich neulich im Drugstore erlebt habe, in den ich immer gehe? Das war erst letzte Woche.«

»Was?«

»Da steht so ein Blutdruckmessgerät herum. Ich glaube, die gibt es manchmal auch in den großen Einkaufszentren, aber im Drugstore ist es umsonst. Man steckt seinen Arm durch eine Schlinge und drückt auf einen Knopf. Dann schließt die Schlinge sich um den Arm. Man sitzt einen Augenblick da und macht sich ein paar heitere Gedanken, und dann lässt sie einen wieder frei. Oben auf der Skala tauchen große rote Leuchtziffern auf. Man guckt auf eine Tabelle, die einem sagt, was die Zahlen zu bedeuten haben. Da steht dann ›hoch‹, ›niedrig‹ oder ›normal‹. Man kann es sich also selbst ausrechnen. Hast du das Bild vor Augen?«

Billy nickte.

»Gut. Ich stehe also da und warte, dass mir der Typ eine Flasche von dieser Medizin verkauft, die meine Mutter gegen ihr Magengeschwür nehmen muss, und plötzlich kommt da so ein fetter Kerl in den Laden gewatschelt. Ich sage dir, der hat gut zweihundertfünfzig Pfund drauf, und sein Arsch sieht aus wie zwei Hunde, die unter einer Decke kämpfen. Er hat die Straßenkarte eines Säufers auf der Nase und den Wangen, und ich sehe eine Schachtel Marlboro in seiner Brusttasche stecken. Er sammelt sich ein paar Hühneraugenpflaster von Dr. Scholl's aus dem Regal und bringt sie zur Kasse, da fällt sein Blick auf das Blutdruckmessgerät. Er setzt sich davor, und die Maschine macht ihre Arbeit. Und da tauchen auch schon die Zahlen auf der Skala auf. Zweihundertzwanzig zu einhundertdreißig sagen sie. Nun hab ich ja keine große Scheiß-Ahnung von der wunderbaren Welt der Medizin, aber ich weiß doch, dass zweihundertzwanzig zu einhundertdreißig schon zu der unheimlichen Kategorie gehört. Ich meine, ebenso gut könnte man doch mit dem Lauf einer geladenen Pistole im Ohr rumlaufen – oder etwa nicht?«

»Richtig.«

»Und was tut dieser Vollidiot? Er sieht mich an und sagt: ›Dieser ganze digitale Scheiß taugt doch sowieso nichts!‹ Dann bezahlt er seine Hühneraugenpflaster und geht raus. Du kapierst die Moral von der Geschichte, nicht wahr, William? Manche Leute – eine *Menge* Leute – glauben nicht, was sie sehen, besonders, wenn es damit zu tun hat, was sie essen und trinken, denken und glauben wollen. Was mich angeht, ich glaube nicht an Gott. Aber wenn ich ihn sähe, dann würde ich es tun. Ich würde nicht einfach rumlaufen und sagen, ›Herrgott, war das ein toller special effect.‹ Die Definition eines Arschlochs ist ein Mensch, der nicht glaubt, was er sieht. Und damit darfst du mich gern zitieren.«

Billy betrachtete ihn einen Augenblick abwägend und brach dann in Lachen aus. Nach einer Weile lachte Ginelli mit.

»Schön«, sagte er. »Wenn du lachst, klingst du jedenfalls immer noch wie der alte William. Die Frage lautet jetzt, William: Was wollen wir gegen den alten Knacker unternehmen?«

»Ich weiß es nicht.« Billy lachte noch mal, jetzt kurz, unsicher. »Aber ich fürchte, ich werde etwas tun, müssen. Schließlich habe ich ihn verflucht.«

»Ja, hast du schon gesagt. Mit dem Fluch des weißen Mannes aus der Stadt. Wenn man bedenkt, was all die weißen Typen aus all den Städten während der letzten zweihundert Jahre so alles angerichtet haben, dann könnte das ein ziemlicher Hammer werden.« Ginelli machte eine

Pause, um sich eine neue Zigarette anzuzünden. Dann sagte er nüchtern: »Du weißt, dass ich ihn flachlegen kann.«

»Nein, das würde nichts nütz–«, fing Billy an und klappte plötzlich den Mund zu. Er hatte sich vorgestellt, wie Ginelli einfach auf Lemke losging und ihm eins aufs Auge gab. Und dann war ihm plötzlich bewusst geworden, dass Ginelli etwas viel Endgültigeres im Sinn hatte. »Nein, das kannst du nicht tun«, sagte er.

Entweder verstand Ginelli ihn nicht, oder er tat nur so. »Natürlich kann ich. Und ich kann mir keinen anderen denken, der es für mich erledigen könnte. Jedenfalls keinen vertrauenswürdigen, so viel ist mal klar. Aber ich bin heute genauso dazu in der Lage wie damals mit zwanzig. Es gehört zwar nicht zum Geschäft, aber glaub mir, es wäre mir ein Vergnügen.«

»Nein. Ich will nicht, dass du ihn oder irgendjemand anderen tötest«, sagte Billy. »Das hatte ich damit gemeint.«

»Warum nicht?«, fragte Ginelli, immer noch sachlich – aber Billy sah, dass dieses irrsinnige, zornige Licht in seinen Augen nicht aufgehört hatte zu tanzen. »Hast du Angst, dass man dich wegen Beihilfe zum Mord verklagen könnte? Das wäre kein Mord, sondern Selbstverteidigung. William, er bringt *dich* um. Noch eine Woche so weiter, und die Leute können die Reklameschilder am Supermarkt lesen, ohne dich zu bitten, zur Seite zu treten. Noch zwei Wochen, und du darfst dich nicht mehr ins Freie wagen aus Angst, dass der Wind dich wegblasen könnte.«

»Dein medizinischer Partner hat angedeutet, dass ich vermutlich an Herzrhythmusstörungen sterben werde, bevor es so weit kommt. Wahrscheinlich verliert mein Herz genauso an Gewicht wie der Rest von mir.« Er schluckte. »Weißt du, diesen besonderen Gedanken hatte ich bis jetzt noch nicht. Irgendwie wünsche ich mir, dass ich ihn nie gehabt hätte.«

»Siehst du? Er bringt dich um … aber lassen wir das mal beiseite. Du willst nicht, dass ich ihn flachlege, also tu ich's auch nicht. Ist wahrscheinlich sowieso keine gute Idee. Es würde den Fluch nicht ungeschehen machen.«

Halleck nickte. Das hatte er auch schon gedacht. *Nimm's von mir,* hatte er Lemke aufgefordert – offenbar hatte selbst der weiße Mann aus der Stadt begriffen, dass etwas in der Art zu geschehen hätte. Wenn Lemke tot war, würde der Fluch wohl von allein zu seinem Ende führen.

»Das Problem dabei ist«, fuhr Ginelli nachdenklich fort, »man kann einen Mord nicht zurücknehmen.«

»Eben.«

Ginelli drückte seine Zigarette aus und stand auf. »Ich muss darüber nachdenken, William. Ich muss eine Menge nachdenken. Und dazu brauch ich einen klaren Kopf, verstehst du? Man kriegt keine guten Ideen, wie man mit so einem komplizierten Scheiß wie dem hier fertig wird, wenn man sich aufregt. Und jedes Mal, wenn ich dich ansehe, *paisan,* kriege ich Lust, dem Scheißkerl den Schwanz rauszureißen und ihn in das Loch zu stopfen, wo früher mal seine Nase gewesen ist.«

Billy stand ebenfalls auf und fiel fast vornüber. Ginelli fing ihn auf, und Billy umarmte ihn unbeholfen mit seinem gesunden Arm. Er hatte wohl noch nie in seinem Leben einen erwachsenen Mann umarmt.

»Danke, dass du gekommen bist«, sagte Billy. »Und dass du mir glaubst.«

»Du bist ein guter Kerl«, sagte Ginelli und löste sich aus der Umarmung. »Du steckst ganz schön im Schlamassel, aber vielleicht kriegen wir dich da wieder raus. So oder so, wir werden dem alten Typ ein paar dicke Ziegelsteine in den Weg werfen. Ich gehe jetzt erst mal ein paar Stunden spazieren. Um meinen Kopf klar zu kriegen. Ich werde mir was ausdenken. Außerdem muss ich noch ein paar Anrufe nach New York erledigen.«

»Was für Anrufe?«

»Erzähl ich dir später. Erst will ich nachdenken. Schaffst du's so lange allein?«

»Ja.«

»Leg dich hin. Du hast überhaupt keine Farbe im Gesicht.«

»In Ordnung.« Er fühlte sich wieder müde, müde und vollkommen erschöpft.

»Das Mädchen, das auf dich geschossen hat«, sagte Ginelli. »Ist sie hübsch?«

»Sehr hübsch.«

»Yeah?« Und wieder tanzte das irre Licht in seinen Augen, diesmal heller als vorher. Es beunruhigte Billy.

»Yeah.«

»Leg dich hin, William. Schlaf ein bisschen. Ich sehe später nach dir. Ist es dir recht, wenn ich deinen Zimmerschlüssel mitnehme?«

»Klar.«

Ginelli ging. Billy streckte sich auf dem Bett aus und legte die verbundene Hand ganz vorsichtig neben sich. Es war vollkommen klar, dass er sich, sobald er eingeschlafen war, genau auf diese Seite drehen und dass der Schmerz ihn unweigerlich wecken würde.

Er redet mir nur nach dem Mund, dachte Billy. *Wahrscheinlich hängt er jetzt schon am Telefon und spricht mit Heidi. Und wenn ich aufwache, sitzen schon die weißen Männer mit ihren Schmetterlingsnetzen unten auf meinem Bett. Sie …*

Weiter kam er nicht. Er schlief ein und brachte es irgendwie fertig, sich nicht auf seine kranke Hand zu legen.

Und diesmal hatte er keine Albträume mehr.

Als er aufwachte, saßen keine weiß gekleideten Männer mit Schmetterlingsnetzen auf seinem Bett. Nur Ginelli schaukelte am anderen Ende des Zimmers auf einem Stuhl und las ein Buch mit dem Titel *Dieses wilde Entzücken.* Neben ihm stand eine offene Bierdose. Draußen war es dunkel.

Vier Dosen aus einem angebrochenen Sechserpack lagen in einem Eiskühler auf dem Fernseher, und Billy leckte sich die Lippen. »Kann ich eine davon haben?«, krächzte er.

Ginelli sah von dem Buch auf. »Sieh an. Rip Van Winkle ist von den Toten auferstanden! Na klar, sofort. Warte, ich mach dir eine auf.«

Er brachte Billy die Dose ans Bett, und der trank sie halb leer, ohne abzusetzen. Das Bier war kalt und gut. Er hatte die Empirin in einen Aschenbecher ausgeschüttet (Motelzimmer hatten nicht so viele Aschenbecher wie Spiegel, dachte er, aber fast). Jetzt fischte er sich eine heraus und spülte sie mit einem weiteren Schluck runter.

»Wie geht's der Hand?«, fragte Ginelli.

»Besser.« In gewisser Weise war das gelogen, denn die Hand tat furchtbar weh. Aber in gewissem Sinne war es wiederum wahr, denn Ginelli war bei ihm, und das bewirkte viel mehr ein Nachlassen des Schmerzes als das Empirin oder selbst der Schluck Chivas. Schmerzen sind immer schlimmer zu ertragen, wenn man allein ist. Er musste an Heidi denken, denn eigentlich hätte sie ja jetzt bei ihm sitzen sollen und nicht dieser Gangster. Und sie war nicht da. Nein, sie saß immer noch in Fairview und ignorierte die ganze Sache starrsinnig. Wenn sie davon etwas an sich heranließe, müsste sie die Grenzen ihrer eigenen Schuld erforschen, und das wollte Heidi nicht tun. Billy spürte einen dumpfen, pochenden Groll. Was hatte Ginelli gesagt? Die Definition eines Arschlochs ist ein Mensch, der nicht glaubt, was er sieht. Er versuchte, seinen Groll beiseite zu schieben – schließlich war sie doch seine Frau. Und sie tat ja nur, was sie für richtig hielt, was in ihren Augen das Beste für ihn war … oder nicht? Der Groll verschwand, aber nicht ganz.

»Was ist in der Einkaufstüte?«, fragte Billy. Die Tüte stand auf dem Fußboden.

»Leckerbissen«, sagte Ginelli. Er warf noch einen Blick auf sein Buch und warf es in den Papierkorb. »Zieht einem die Löcher in den Socken zusammen«, sagte er. »Ich konnte leider keinen Louis L'Amour finden.«

»Was für Leckerbissen?«

»Für nachher. Wenn ich rausfahre, um deinen Zigeunerfreunden einen Besuch abzustatten.«

»Sei nicht blöd«, sagte Billy. »Willst du hinterher etwa genauso aussehen wie ich? Oder vielleicht lieber wie ein menschlicher Schirmständer?«

»Bleib locker«, sagte Ginelli. Seine Stimme war ruhig, aber das eigenartige Licht in seinen Augen sprühte und glühte. Billy wurde schlagartig bewusst, dass das alles gar keine spontane Schnapsidee gewesen war: Er hatte Taduz Lemke wirklich verflucht. Und die Plage, die er ihm an den Hals gewünscht hatte, saß ihm jetzt gegenüber auf einem billigen Kunstlederstuhl und trank ein Miller Lite. Und halbwegs belustigt und halbwegs entsetzt begriff er noch eine Sache: vielleicht wusste Taduz Lemke, wie er *seinen* Fluch aufheben konnte, aber er hatte nicht die blasseste Ahnung, wie er den Fluch des weißen Mannes aus der Stadt wieder aufheben konnte. Ginelli amüsierte sich prächtig. Die Sache machte ihm vielleicht mehr Spaß, als er seit Jahren gehabt hatte. Er wirkte wie ein Profi-Bowlingspieler, der sich eifrig aus dem Ruhestand zurückmeldete, um an einer Wohltätigkeitsveranstaltung teilzunehmen. Er würde mit ihm darüber reden, aber das würde gar nichts ändern. Ginelli war sein Freund. Er war ein höflicher, wenn nicht sogar grammatisch korrekter Mensch, der ihn William und nicht Bill oder Billy nannte. Aber er war auch ein sehr großer, äußerst fähiger Jagdhund, der gerade seine Kette abgestreift hatte.

»Sag mir nicht, dass ich locker bleiben soll«, sagte Billy. »Erklär mir lieber, was du vorhast.«

»Niemand wird verletzt«, sagte Ginelli. »Halte dich immer daran, William. Ich weiß, wie wichtig das für dich ist. Ich fürchte, du klammerst dich da noch an ein paar, du weißt schon, Prinzipien, die du dir eigentlich nicht mehr leisten kannst. Aber ich beuge mich deinen Wünschen. Schließlich bist du die angegriffene Partei. Niemand wird verletzt werden. Okay?«

»Okay«, sagte Billy. Er war ein bisschen erleichtert... aber nicht sehr.

»Jedenfalls nicht, solange du deine Meinung nicht änderst«, sagte Ginelli.

»Werd ich nicht.«

»Vielleicht doch.«

»Was ist in der Tüte?«

»Steaks«, sagte Ginelli und zog eins daraus hervor. Es war ein Porterhouse, eingewickelt in Klarsichtfolie mit einem Sampson's-Supermarkt-Zeichen. »Sieht gut aus, nicht? Ich habe vier davon gekauft.«

»Wozu?«

»Nun mal schön der Reihe nach«, sagte Ginelli. »Ich bin hier raus und zunächst in die Innenstadt gegangen. Was für ein grauenhafter Anblick! Man kann nicht mal auf dem Bürgersteig gehen. Jeder hier trägt Ferrari-Sonnenbrillen und Hemden mit den Alligatoren über den Titten. Es sieht so aus, als hätte jeder in dieser Stadt seine Zähne überkronen lassen, und die meisten haben auch schon ihre erste Nasenoperation hinter sich.«

»Ich weiß.«

»Hör dir das an, William. Ich sehe dieses Mädchen mit einem Typ vor mir her gehen, richtig? Und der Typ hat seine Hand in der Gesäßtasche ihrer Shorts. Ich meine, sie befinden sich in der Öffentlichkeit, und er hat seine Hand in ihrer Gesäßtasche und betastet ihren Arsch. Mann, wenn das meine Tochter wäre, dann könnte sie jetzt anderthalb Wochen nicht mehr darauf sitzen, was ihr Freund da befühlt hat.

Ich merke also, dass ich hier keinen klaren Gedanken fassen kann, und gebe es auf. Ich hab eine Telefonzelle gefunden und ein paar Anrufe erledigt. Oh, das hätte ich fast vergessen. Die Zelle stand vor einem Drugstore, also bin ich schnell hinein und hab dir das hier besorgt.« Er holte eine Tablettendose aus der Jackentasche und warf sie Billy zu, der sie mit der gesunden Hand auffing. Es waren Kaliumkapseln.

»Danke, Richard.« Billys Stimme zitterte ein bisschen.

»Nicht der Rede wert, nimm eine. Wir können jetzt nicht zu den anderen Katastrophen auch noch einen Herzinfarkt gebrauchen.«

Billy steckte eine Kapsel in den Mund und schluckte sie mit Bier hinunter. Sein Kopf fing schon leicht zu summen an.

»Ich hab ein paar Leute losgeschickt. Sie sollen mir ein paar Sachen besorgen. Danach bin ich zum Hafen runtergegangen«, fuhr Ginelli fort. »Habe mir eine Weile die Boote angesehen. William, da müssen Schiffe im Werte von zwanzig... dreißig... vielleicht sogar vierzig Millionen Dollar rumliegen! Jollen, Schaluppen und beschissene Fregatten, soweit ich das beurteilen kann. Ich hab von Booten natürlich keinen blassen Schimmer, aber ich sehe sie mir gerne an. Sie...«

Er schwieg und sah Billy einen Augenblick nachdenklich in die Augen.

»Glaubst du, dass ein paar von diesen Herren mit ihren Ferrari-Brillen und Alligatorhemden auf diesen Muschikutschen Dope vertreiben?«

»Nun ja, letzten Winter habe ich in der *Times* gelesen, dass ein Hummerfischer von einer dieser Inseln hier in der Gegend etwa zwanzig Ballen Stoff unter dem Hafendock herausgezogen hat, der sich dann als ziemlich gutes Marihuana erwies.«

»Yeah. Yeah, das hab ich mir schon gedacht. Diese ganze Stadt riecht danach. Scheißamateure! Sie sollten lieber mit ihren tollen Booten rumsegeln und das Geschäft den Könnern überlassen. Kannst du das verstehen? Ich meine, manchmal kommen sie einem eben in den Weg, und dann müssen Maßnahmen ergriffen werden. Und dann treiben ein paar Leichen im Wasser, die so ein Fischer anstelle von ein paar Ballen voller Gras rausziehen kann. Zu dumm.«

Billy trank wieder einen großen Schluck Bier und musste husten.

»Aber das gehört nicht hierher. Ich habe einen langen Spaziergang gemacht und mir alle Boote angesehen, und dabei habe ich einen klaren Kopf gekriegt. Mir sind ein paar Dinge eingefallen, die wir tun könnten … das heißt, mir ist klar, wie wir anfangen können. Ich weiß auch schon, wie es dann weitergehen soll, aber ich habe noch keine Einzelheiten ausgearbeitet. Doch das kommt dann ganz von allein.

Ich bin zurück zur Hauptstraße und habe noch ein paar Anrufe gemacht – zum Nachfragen. Es ist noch kein Haftbefehl gegen dich unterzeichnet, William, aber deine Frau und dieser koksende Doktor, den du da hast, haben ein paar Papiere unterschrieben. Wart mal, ich hab's mir notiert.« Er zog einen Zettel aus seiner Brusttasche. »›Einweisung in absentia‹. Klingt das richtig?«

Billy klappte der Unterkiefer herunter, und aus seinem Mund schlüpfte ein Klagelaut. Zuerst war er total verblüfft, dann überspülte ihn die Wut, die jetzt zu einem ständigen, sich immer wieder mal in den Vordergrund schiebenden Begleiter geworden war. Er hatte ja schon *gedacht*, dass dies passieren würde, hatte *gedacht*, dass Houston es vorschlagen, und sogar *gedacht*, dass Heidi ihm zustimmen würde. Aber an etwas *denken*, und dann hören, dass es tatsächlich geschehen war – dass deine eigene Frau vor einen Richter getreten war und bezeugt hatte, dass du durchgedreht wärst, dass sie daraufhin einen Einweisungsbeschluss in die Nervenheilanstalt erhalten hatte, den sie dann unterschrieben hatte –, das waren zwei sehr verschiedene Dinge.

»Dieses feige *Miststück*«, murmelte er mit belegter Stimme. Dann sah er nur noch rot. Ohne nachzudenken hatte er die Hände zu Fäusten geballt. Er stöhnte auf und sah auf den Verband hinunter. Rote Blumen waren dort aufgeblüht.

Ich kann einfach nicht glauben, dass du das da gerade eben von Heidi gedacht hast, meldete sich eine Stimme in ihm vernehmlich.

Es liegt nur daran, dass ich keinen klaren Kopf habe, beruhigte er sich. Dann wurde die Welt für eine Weile grau.

Er war nicht ganz in Ohnmacht gefallen und kam schnell wieder zu sich. Ginelli war inzwischen dabei, den Verband zu wechseln und die Wunde neu zu desinfizieren. Er stellte sich etwas ungeschickt an, aber es klappte einigermaßen. Während er das tat, redete er.

»Mein Mann hat gesagt, dass es völlig bedeutungslos für dich ist, solange du nicht nach Connecticut zurückgehst, William.«

»Ja, das stimmt. Aber verstehst du denn nicht? Meine eigene *Frau* –«

»Vergiss es einfach, William. Es spielt keine Rolle. Wenn wir die Sache mit diesem alten Zigeuner geregelt kriegen, wirst du wieder zunehmen, und damit ist ihr Fall weg vom Fenster. Wenn es wirklich so läuft, wirst du noch eine Menge Zeit haben, zu entscheiden, was du mit deiner Frau machen willst. Vielleicht muss sie mal übers Knie gelegt werden, damit sie wieder weiß, wo der Hammer hängt, du verstehst? Aber vielleicht wirst du sie auch verlassen müssen. Den Scheiß kannst du dir überlegen, wenn wir die Sache mit dem Zigeuner geregelt haben – oder du kannst von mir aus einen Brief an die Liebe bekackte Abby schreiben, wenn du willst. Wenn wir die Sache nicht geregelt bekommen, stirbst du. So oder so, diese Einweisung braucht dich nicht zu jucken. Warum willst du dem also so viel Bedeutung beimessen?«

Billy brachte ein dünnlippiges Lächeln zustande. »Du gäbst einen großartigen Anwalt ab, Richard. Du besitzt dieses seltene Talent, die Dinge in die richtige Perspektive zu rücken.«

»Yeah? Findest du?«

»Das finde ich.«

»Na ja, danke. Als Nächstes habe ich Kirk Penschley angerufen.«

»Du hast mit Kirk gesprochen?«

»Ja.«

»Himmel, Richard!«

»Was ist? Denkst du etwa, dass Penschley mit so einem billigen Gangster wie mir nicht reden würde?« Ginelli brachte es fertig, gleichzeitig beleidigt und amüsiert zu klingen. »Glaub mir, er hat mit mir geredet. Selbstverständlich habe ich ihn auf meine Kreditkarte angerufen – er hätte es sicher nicht gern, wenn mein Name in seiner Telefonrechnung auftauchte, das ist klar. Ich hab im Laufe der Jahre eine Menge mit deiner Kanzlei zu tun gehabt, William.«

»Das ist mir neu«, sagte Billy. »Ich dachte, es wäre nur das eine Mal gewesen.«

»Dieses eine Mal konnte alles in der Öffentlichkeit ablaufen, und du warst genau der richtige Mann dafür«, sagte Ginelli. »Penschley und seine großen Staranwalts-Partner hätten dich nie an eine krumme Sache rangelassen, William – du warst ein viel versprechender Youngster. Andrerseits haben sie sich wahrscheinlich gedacht, dass du mir früher oder später sowieso begegnen würdest, wenn du lange genug in der Kanzlei bliebst, und diese erste Arbeit wäre eine gute Einführung. Was sie dann ja auch war – für dich genauso wie für mich, das kannst du mir glauben. Und falls etwas schief gegangen wäre, das heißt, wenn die Sache sich in die falsche Richtung entwickelt hätte, nun, dann hätten sie dich wohl geopfert. Sicher hätten sie es nicht gern getan, aber in ihren Augen ist es immer noch besser, einen Youngster aufs Spiel zu setzen als einen ausgefuchsten, erstklassigen Staranwalt. Diese Typen sind alle gleich – sie sind sehr berechenbar.«

»Welche anderen Geschäfte hast du noch mit meiner Kanzlei erledigt?«, fragte Billy fasziniert – dies war fast so, als ob man lange nach der Scheidung, die aus anderen Gründen erfolgt war, herausfand, dass man von seiner Frau betrogen worden war.

»Na ja, alle möglichen – und nicht genau mit deiner Kanzlei. Sagen wir mal, sie hat für mich und eine Anzahl meiner Freunde ein paar juristische Dinge ausgehandelt, und belassen wir's dabei. Jedenfalls kenne ich Kirk Penschley gut genug, um ihn anzurufen und um einen Gefallen zu bitten. Den er mir dann auch zugesagt hat.«

»Was für einen Gefallen?«

»Ich habe ihn gebeten, in der Barton-Agentur anzurufen und denen zu sagen, dass sie uns eine Woche lang in Ruhe lassen sollen. Sie sollen dich in Ruhe lassen, und sie sollen die Zigeuner in Ruhe lassen. Mir geht es dabei in erster Linie um die Zigeuner, wenn du's genau wissen willst. Wir können die Sache in die Hand nehmen, William, aber es wäre einfacher, wenn wir ihnen nicht von Pontius bis Pilatus und dann wieder zurück zum verdammten Pontius hinterherjagen müssen.«

»Du hast Kirk Penschley angerufen und ihm gesagt, er solle damit aufhören«, sagte Billy verwundert.

»Nein. Ich habe Kirk Penschley angerufen und ihm gesagt, er soll den Barton-Leuten sagen, dass sie damit aufhören«, korrigierte Ginelli. »Und ich habe es auch nicht gerade mit diesen Worten gesagt. Wenn's sein muss, kann ich schon ein bisschen diplomatisch sein, William. Trau mir doch *etwas mehr* zu.«

»Mann, ich traue dir eine ganze Menge zu. Und jede Minute mehr.«

»Na ja, vielen Dank. Vielen Dank, William. Ich weiß das zu schätzen.« Er steckte sich eine Zigarette an. »Jedenfalls erhalten deine Frau und ihr Arztfreund auch weiterhin Berichte, aber sie werden ein bisschen daneben sein. Ich meine, sie werden so viel mit der Wahrheit zu tun haben wie die Berichte im *National Enquirer* und im *Reader's Digest* – kapierst du, was ich damit sagen will?«

Billy lachte. »Yeah. Ich verstehe.«

»Jetzt haben wir also eine Woche. Und eine Woche sollte uns reichen.«

»Was wirst du tun?«

»Alles, was du mich tun lässt, nehme ich an. Ich werde ihnen Angst einjagen, William. Ich werde *ihm* Angst einjagen. Ich werde ihm solche Angst einjagen, dass er sich eine Delco-Traktor-Batterie für seinen Herzschrittmacher besorgen muss. Und ich werde den Grad des Schreckens allmählich steigern, bis eine von zwei Möglichkeiten eintritt: Entweder er gibt klein bei und nimmt das, womit er dich geschlagen hat, zurück, oder aber wir finden heraus, dass er sich nicht erschrecken lässt, der alte Mann. Wenn das der Fall ist, komme ich zu dir zurück und frage dich, ob du deine Meinung geändert hast, was das Verletzen von Menschen betrifft. Aber vielleicht kommt es ja nicht so weit.«

»Wie willst du ihm Angst einjagen?«

Ginelli tippte mit der Stiefelspitze an die Einkaufstüte und erzählte Billy, wie er anfangen wollte. Billy war entsetzt. Billy stritt sich mit Ginelli, wie er es vorausgesehen hatte. Dann versuchte er, vernünftig mit ihm zu reden, wie er es ebenfalls vorausgesehen hatte. Ginelli hob seine Stimme nicht einmal, aber das irre Licht sprühte aus seinen Augen, und Billy wusste, er hätte ebenso gut mit dem Mann im Mond sprechen können.

Und als der frische Schmerz in seiner Hand langsam zu dem gewohnten Pochen abklang, wurde Billy wieder schläfrig.

»Wann willst du fahren?«, fragte er resigniert.

Ginelli sah kurz auf die Uhr. »Jetzt ist es zehn nach zehn. Ich gebe ihnen noch vier, fünf Stunden. Die haben da draußen ein ganz schönes Geschäft gemacht, nach allem, was ich so in der Stadt gehört habe. Haben eine Menge Zukunft vorhergesagt. Und die Hunde! Gott der Allmächtige – ihre Pitbulls! Die Hunde, die du gesehen hast, waren keine Pitbulls, oder?«

»Ich habe noch nie einen Pitbull gesehen«, sagte Billy gähnend. »Die, die ich gesehen habe, sahen aus wie Jagdhunde.«

»Pitbulls sehen wie eine Kreuzung zwischen Terrier und Bulldogge aus. Sie kosten einen Haufen Geld. Wenn du einen Pitbull-Kampf sehen willst, musst du dich vorher einverstanden erklären, einen toten Hund zu bezahlen, bevor die Wetten überhaupt abgeschlossen werden. Ein übles Geschäft.

Die Leute in dieser Stadt stehen auf ganz schön exklusive Dinge, was, William? Ferrari-Sonnenbrillen, Drogenboote, Hundekämpfe. Oh, pardon – und Tarockkarten und I Ging.«

»Sei vorsichtig«, sagte Billy.

»Ich bin vorsichtig«, sagte Ginelli. »Mach dir keine Sorgen.«

Kurz darauf war Billy eingeschlafen. Es war zehn vor vier, als er aufwachte. Ginelli war weg. Ihn quälte die Gewissheit, dass Ginelli inzwischen tot sei. Doch um Viertel vor sechs trat Ginelli ins Zimmer, so voller Leben, dass er den Raum zu sprengen schien. Gesicht, Hände und Kleider waren mit Schlamm verschmiert, der nach Meersalz stank. Er grinste. Das irre Licht tanzte in seinen Augen.

»William«, sagte er. »Wir werden jetzt unsere Sachen packen und aus Bar Harbor wegziehen. Genau wie ein Kronzeuge, der in ein sicheres Haus gebracht wird.«

Beunruhigt fragte Billy: »Was hast du gemacht?«

»Bleib locker, bleib locker! Nur das, was ich dir vorher gesagt habe – nicht mehr und nicht weniger. Aber wenn man einen Stock ins Hornissennest gestochen hat, ist es normalerweise eine gute Idee, seine Hunde hinterher die Straße runterzutreiben, William, findest du nicht auch?«

»Ja, aber –«

»Wir haben jetzt keine Zeit. Ich kann deine Sachen packen und gleichzeitig erzählen.«

»Wohin?«, sagte Billy fast jammernd.

280

»Nicht weit. Ich sag's dir unterwegs. Jetzt komm auf die Füße, Junge. Vielleicht fängst du am besten damit an, dein Hemd zu wechseln. Du bist ein prima Kerl, William, aber du fängst an, ein wenig zu riechen.«

Als Billy mit seinem Zimmerschlüssel in der Hand zur Anmeldung gehen wollte, tippte Ginelli ihm auf die Schulter und nahm ihm den Schlüssel sanft wieder aus der Hand.

»Ich werde sie auf den Nachttisch legen. Du hast dich doch mit deiner Kreditkarte angemeldet, oder?«

»Ja, aber –«

»Sehr gut. Dann werden wir einen informellen Abgang machen. Schadet niemandem, und wir lenken möglichst wenig Aufmerksamkeit auf uns Jungs, richtig?«

Eine Frau, die die Straßenböschung entlangjoggte, warf ihnen einen Blick zu … und dann fuhr ihr Kopf noch einmal mit weit aufgerissenen Augen herum, was Ginelli bemerkte, Billy aber erfreulicherweise nicht sah.

»Ich werde dem Zimmermädchen sogar zehn Dollar dalassen«, sagte Ginelli. »Wir nehmen deinen Wagen. Ich fahre.«

»Wo ist deiner?« Er wusste, dass Ginelli einen gemietet hatte, und jetzt erst fiel ihm mit Verspätung auf, dass er kein Motorengeräusch gehört hatte, bevor Ginelli ins Zimmer gekommen war. Es ging ihm alles viel zu schnell – er kam nicht mehr mit.

»Alles in Ordnung. Ich habe ihn etwa drei Meilen von hier auf einem Feldweg abgestellt und bin den Rest gelaufen. Hab die Verteilerkappe rausgeschraubt und einen Zettel unter den Scheibenwischer geklemmt, auf dem steht, dass ich Schwierigkeiten mit dem Motor gehabt hätte und in ein paar Stunden zurückkäme. Nur für den Fall, dass jemand neugierig werden sollte. Aber ich glaube kaum. Der Weg ist mit Gras fast zugewachsen.«

Ein Wagen fuhr vorbei. Der Fahrer warf einen Blick auf Billy Halleck und wurde langsamer. Ginelli sah, wie er sich umdrehte und den Hals verrenkte.

»Nun mach schon, William, die Leute drehen sich nach dir um. Der Nächste, der vorbeikommt, könnte der Falsche sein.«

Eine knappe Stunde später saß Billy in einem anderen Motelzimmer vor dem Fernseher. Es war der Wohnraum einer schäbigen kleinen Suite im Blue Moon Motor Court and Lodge in Northeast Harbor. Sie waren weniger als fünfzehn Meilen von Bar Harbor entfernt, aber Ginelli schien damit zufrieden. Im Fernseher versuchte Woody Woodpecker gerade, einem sprechenden Bären eine Versicherung anzudrehen.

»Okay«, sagte Ginelli. »Ruh deine Hand aus, William. Ich werde den ganzen Tag unterwegs sein.«

»Du fährst *noch mal* dahin?«

»Was? Zurück zum Hornissennest, wenn die Hornissen noch fliegen? Nicht ich, mein Freund. Nein, heute werde ich ein bisschen mit Autos rumspielen. Heute Nacht ist immer noch früh genug für Phase zwei. Vielleicht habe ich noch Zeit, nach dir zu sehen, aber rechne nicht damit.«

Billy sah Richard Ginelli nicht vor dem nächsten Vormittag um neun wieder, als dieser mit einem dunkelblauen Chevy Nova aufkreuzte, den er ganz gewiss nicht bei Hertz oder Avis gefunden hatte. Der Lack war stumpf und fleckig. Durch das Fenster neben dem Beifahrersitz zog sich ein hauchdünner Riss, und der Kofferraumdeckel wies eine tiefe Beule auf. Aber er war hinten höher gelegt, und unter der Motorhaube zeichnete sich ein Turbolader ab.

Diesmal hatte er Ginelli schon seit sechs Stunden aufgegeben. Er begrüßte ihn zitternd und versuchte, nicht vor Freude und Erleichterung zu weinen. Er schien gemeinsam mit seinem Gewicht auch die Kontrolle über seine Gefühle verloren zu haben ... und an diesem Morgen hatte er bei Sonnenaufgang die ersten unregelmäßig rasenden Herzschläge verspürt. Er hatte tief Luft geholt und sich mit der Faust auf den Brustkorb geschlagen. Der Herzschlag hatte sich nach einer Weile wieder beruhigt, aber das war er gewesen, der erste Anfall von Herzrhythmusstörungen.

»Ich dachte schon, du bist tot«, begrüßte er Ginelli, als dieser zur Tür hereinkam.

»Das sagst du mir jedes Mal, und ich komme doch jedes Mal wieder. Ich wünschte, du würdest dir weniger Sorgen um mich machen, William. Ich kann schon auf mich aufpassen, ich bin ein großer Junge. Wenn du glaubst, dass ich den alten Scheißer unterschätzen würde, kann ich dich beruhigen. Ich tu's nicht. Er ist schlau, und er ist gefährlich.«

»Was willst du damit sagen?«

»Nichts. Ich erzähl's dir später.«

»Nein, jetzt!«

»Nein.«

»Warum nicht?«

»Aus zwei Gründen«, sagte Ginelli geduldig. »Erstens, weil du mich bitten würdest, sofort damit aufzuhören. Und zweitens bin ich schon seit zwölf Jahren nicht mehr so müde gewesen. Ich werde mich jetzt in das Schlafzimmer begeben und volle acht Stunden pofen. Danach werde ich aufstehen und drei Pfund von dem ersten Essen verputzen, das ich zu fassen kriege. Und danach werde ich wieder hinausfahren und in den Wind schießen.«

Ginelli sah tatsächlich müde aus – fast verhärmt. *Nur die Augen nicht*, dachte Billy, *die Augen leuchten und sprühen immer noch wie Wunderkerzen.*

»Und wenn ich dich nun tatsächlich darum bäte aufzuhören«, fragte Billy ruhig. »Würdest du es dann tun, Richard?«

Richard sah ihn lange an und dachte nach. Dann gab er Billy genau die Antwort, die dieser seit dem Augenblick kannte, als er zum ersten Mal dieses irre Licht in seinen Augen bemerkt hatte.

»Ich könnte es jetzt nicht mehr«, sagte er mit derselben Ruhe. »Du bist krank, William. Ich kann nicht darauf bauen, dass du weißt, wo im Augenblick deine Interessen liegen.«

Mit anderen Worten, du hast mich auf deine eigene Art entmündigt. Billy öffnete den Mund, um den Gedanken laut zu äußern, machte ihn aber sofort wieder zu. Ginelli meinte es nicht so, wie er es sagte; er hatte nur gesagt, was er für vernünftig hielt.

»Und weil es eine persönliche Angelegenheit geworden ist?«, fragte Billy.

»Yeah«, bestätigte Ginelli. »Inzwischen ist die Sache persönlich geworden.«

Er ging ins Schlafzimmer, streifte Hemd und Jeans ab, legte sich aufs Bett und war fünf Minuten später auf der Überdecke fest eingeschlafen.

Billy holte sich ein Glas Wasser und nahm eine Empirin. Dann stand er in der Schlafzimmertür und trank das restliche Wasser aus. Seine Augen wanderten von Ginelli zu seiner zusammengeknüllten Hose auf dem Stuhl neben dem Bett. Er war in einer tadellosen Baumwollhose hier eingetroffen, aber irgendwie hatte er wohl unterwegs eine Jeans aufgegabelt. Zweifellos steckten die Schlüssel für den Nova, der draußen parkte, in der Hosentasche. Er brauchte sie nur herauszuziehen und wegzufahren ... nur wusste er, dass er das nicht tun würde. Dabei spielte die Tatsache, dass er damit sein eigenes Todesurteil unterschriebe, wirklich nur eine sekundäre Rolle. Im Augenblick schien das Wichtigste zu sein, wie und wo das alles enden würde.

Gegen Mittag, während Ginelli immer noch schlief, hatte er seinen zweiten Herzanfall. Kurz darauf döste auch er ein und hatte einen seltsamen Traum. Es war ein kurzer, vollkommen profaner Traum, aber er erfüllte ihn mit einer komischen Mischung von Entsetzen und hasserfüllter Freude. Heidi und er saßen in ihrer Frühstücksecke im Haus in Fairview. Zwischen ihnen stand eine Torte. Heidi schnitt ein großes Stück heraus und reichte es ihm herüber. Es war Apfeltorte. »Das wird dich wieder etwas dicker machen«, sagte sie. »Ich will nicht mehr dick sein«, erwiderte er. »Ich habe festgestellt, dass es mir ganz gut gefällt, dünn zu sein. Iss du es.« Er gab ihr das Tortenstück zurück, und sein Arm, den er dabei über den Tisch streckte, war nicht dicker als ein Knochen. Er sah ihr zu, wie sie aß, und bei jedem Bissen, den sie in den Mund steckte, wuchsen sein Entsetzen und seine hämische Freude.

Ein weiteres Herzrasen riss ihn aus dem Schlaf. Er schnappte nach Luft, blieb ruhig sitzen und wartete, dass der Herzschlag sich wieder normalisierte. Ein seltsames Gefühl hatte ihn gepackt – dies war nicht nur ein Traum gewesen. Er hatte soeben eine Art prophetischer Vision erlebt. Doch viele lebensnahe Träume werden von solchen Visionen begleitet, und wenn der Traum langsam verblasst, verblasst auch das Gefühl. So war es auch bei Billy Halleck, obwohl er bald Grund genug dazu haben sollte, sich an diesen Traum zu erinnern.

Ginelli stand um sechs Uhr abends auf, duschte sich, zog die Jeans wieder an und streifte sich einen dunkelblauen Rollkragenpullover über.

»Okay«, sagte er. »Wir sehen uns morgen früh, William. Dann wissen wir Bescheid.«

Billy fragte ihn noch einmal, was er vorhabe, was denn bisher geschehen war, aber Ginelli weigerte sich wieder, darüber zu reden.

»Morgen«, sagte er. »Inzwischen werde ich sie von dir grüßen.«

»Wen willst du grüßen?«

Ginelli lächelte. »Die bezaubernde Gina. Die Hure, die dir die Stahlkugel durch die Hand geschossen hat.«

»Lass sie in Ruhe«, sagte Billy. Wenn er an ihre großen dunklen Augen dachte, kam es ihm unmöglich vor, etwas anderes zu sagen, egal, was sie ihm angetan hatte.

»Niemand wird verletzt«, wiederholte Ginelli, und dann war er verschwunden.

Billy hörte den Nova starten, lauschte dem rauen Klang des Motors – das Röhren würde erst bei fünfundsechzig Meilen pro Stunde aufhören –, als Ginelli den Wagen rückwärts aus dem Parkplatz setzte, und dachte unwillig, dass *Niemand wird verletzt* nicht dasselbe war wie ein Versprechen, das Mädchen in Ruhe zu lassen. Ganz und gar nicht.

Es wurde Mittag, bevor Ginelli zurückkam. Er hatte einen tiefen Schnitt an der Stirn und im rechten Arm – der Ärmel des Rollkragenpullovers hing in Fetzen.

»Du hast schon wieder Gewicht verloren«, sagte er zu Billy. »Isst du eigentlich?«

»Ich versuch's«, sagte Billy. »Aber die Sorge um dich regt nicht gerade meinen Appetit an. Du siehst aus, als hättest du Blut verloren.«

»Ein bisschen. Aber mir geht's gut.«

»Wirst du mir jetzt endlich erzählen, was zum Teufel du die ganze Zeit getrieben hast?«

»Ja. Ich werde dir alles ganz genau berichten, sobald ich geduscht und mich verbunden habe. Du wirst dich heute Abend mit ihm treffen, William. Das ist erst mal das Wichtigste. Du solltest dich innerlich darauf vorbereiten.«

Billy spürte einen Stich von Furcht und Erregung in der Magengrube wie von einer Glasscherbe. »Ihn? Lemke?«

»Lemke«, bestätigte Ginelli. »Nun lass mich aber erst duschen, William. Bin wohl doch nicht mehr so jung, wie ich dachte – die ganze Aufregung hat ganz schön Nerven gekostet.« Er rief über die Schulter zurück: »Und bestell bitte Kaffee. Eine Menge Kaffee. Sag dem Kellner, er soll das Tablett einfach draußen abstellen und die Rechnung unter der Tür durchschieben, damit du sie unterschreiben kannst.«

Billy stand da und sah ihm mit offenem Mund nach. Als er die Dusche rauschen hörte, machte er den Mund zu und ging zum Telefon, um den Kaffee zu bestellen.

22. Kapitel: Ginellis Geschichte

Er erzählte zu Anfang hastig und unterbrach sich dann öfters, um zu überlegen, was als Nächstes drankäme. Zum ersten Mal, seit er am Montagnachmittag im Bar Harbor Motor Inn aufgetaucht war, wirkte er wirklich total erschöpft. Die Verletzungen waren nicht allzu schlimm, eigentlich nur ein paar tiefere Kratzer, aber Billy merkte, dass er regelrecht erschüttert war.

Und trotzdem begann das irre Funkeln in seinen Augen allmählich wieder zu tanzen. Zuerst flackerte es wie eine Neonröhre, die man bei einbrechender Dunkelheit anschaltet. Dann leuchtete es beständig. Er zog einen Flachmann aus der Tasche und schüttete eine Kappe voll Chivas in seinen Kaffee. Dann bot er Billy die Flasche an. Billy lehnte ab – er wusste nicht, wie der Alkohol sich auf sein Herz auswirken würde.

Ginelli richtete sich in seinem Stuhl auf, strich mit beiden Händen die Haare zurück und fing in normalem Tempo zu erzählen an.

Am Dienstagmorgen um drei Uhr hatte er den Wagen in einem Waldweg geparkt, der in der Nähe des Zigeunerlagers von der Route 37-A abzweigte. Er hatte sich eine Weile mit den Steaks beschäftigt, die Einkaufstüte unter den Arm geklemmt und war zum Highway zurückgegangen. Große Wolken glitten wie Vorhänge vor dem Halbmond vorbei. Er hatte gewartet, bis sie weiterzogen, und als der Himmel für einen Augenblick klar war, hatte er die im Kreis aufgestellten Fahrzeuge ausmachen können. Er war über die Straße gegangen und dann querfeldein auf das Lager zugelaufen.

»Ich bin zwar ein Stadtmensch, aber mein Orientierungssinn ist nicht ganz so schlecht, wie er sein könnte«, sagte er. »Notfalls kann ich mich auf ihn verlassen. Und ich wollte nicht so ins Lager spazieren, wie du es getan hast, William.«

Er war also über die Felder gelaufen und dabei durch ein kleines Gehölz gekommen. Kurz darauf war er durch ein Stück Morast gewatet, das, wie er sagte, nach zwanzig Pfund Scheiße in einem Zehnpfundsack gestunken hatte. Außerdem hatte er sich mit dem Hosenboden in einem sehr alten Stacheldraht verfangen, der in der mondlosen Dunkelheit einfach nicht zu sehen gewesen war.

»Wenn das alles die Freuden des Landlebens sind, William, können die Bauerntölpel es von mir aus geschenkt haben«, sagte er.

Von den Hunden im Lager hatte er keine Schwierigkeiten erwartet. Dafür war Billy ein guter Beweis gewesen. Sie hatten nicht einen Laut von sich gegeben, bis er direkt ans Lagerfeuer getreten war. Aber sie mussten ihn mit Sicherheit schon vorher gewittert haben.

»Man sollte glauben, Zigeuner hätten bessere Wachhunde«, bemerkte Billy. »Wenigstens entspricht das ihrem Image.«

»Nee«, sagte Ginelli. »Die Leute finden schon genug Gründe, Zigeuner aus der Stadt zu jagen, ohne dass sie ihnen noch mehr Anlässe bieten müssen.«

»Wie Hunde, die die ganze Nacht lang bellen?«

»Yeah, so was in der Richtung. Wenn du noch viel klüger wirst, William, halten die Leute dich für einen Italiener.«

Ginelli war aber trotzdem kein Risiko eingegangen. Leise hatte er sich an den Wagen vorbeigeschlichen. Die Kleinbusse und Campingwagen, in denen Leute schlafen konnten, hatte er übergangen und nur in die Kombis und Limousinen hineingeschaut. Er hatte nur zwei, drei Wagen untersuchen müssen, bis er gefunden hatte, was er wollte: ein altes Jackett, das zusammengeknüllt auf dem Vordersitz eines Pontiac-Kombi lag.

»Der Wagen war nicht abgeschlossen«, sagte er. »Die Jacke passte gar nicht mal so schlecht, aber sie roch, als ob in jeder Tasche ein Wiesel gestorben wäre. Auf dem Boden im Fond fand ich noch ein Paar Turnschuhe. *Die* waren ein bisschen eng, aber ich hab mich trotzdem hineingezwängt. Zwei Autos weiter fand ich einen Hut, der aussah wie etwas, das von einer Nierentransplantation übrig geblieben ist. Den habe ich mir aufgesetzt.«

Er hätte wie einer der Zigeuner riechen wollen, erklärte Ginelli, aber nicht, um sich gegen einen Haufen wertloser, an der Glut des Lagerfeuers vor sich hindösender Köter abzusichern, nein, ihn interessierte die *andere* Meute. Die wertvollen Hunde. Die Pitbulls.

Als er zu dreiviertel um den Kreis herumgeschlichen war, hatte er einen Wohnwagen entdeckt, dessen kleines Rückfenster nicht mit Glas, sondern mit Maschendraht verschlossen war. Er hatte hineingespäht, aber nichts gesehen – der Wohnwagen war völlig leer gewesen.

»Aber es hat nach Hund gerochen, William. Ich ging um den Wagen herum und riskierte einen kurzen Strahl mit der Stablampe, die ich mitgebracht hatte. Das hohe Gras war zusammengedrückt und zu einem Pfad zertrampelt, der von der Rückseite des Wohnwagens wegführte. Man musste nicht Daniel Boone sein, um den zu finden. Sie hatten die verdammten Hunde aus ihrem rollenden Käfig geholt und irgendwo versteckt, wo der Jagdaufseher oder die Leute vom Tierschutzverein sie nicht finden konnten, falls jemand sich verplapperte. Nur, dass sie dabei einen Pfad getrampelt hatten, den sogar ein Stadtjunge durch ein sekundenschnelles Aufblitzen seiner Taschenlampe entdecken kann. Dämlich. In *diesem* Augenblick habe ich wirklich angefangen zu glauben, dass wir ihnen tatsächlich einige massive Steine in den Weg legen können.«

Ginelli war dem Pfad über einen Hügel bis zum Rand eines weiteren Gehölzes gefolgt.

»Und da habe ich mich verlaufen«, sagte er. »Ich habe ein, zwei Minuten blöd dagestanden und mir überlegt, was ich jetzt tun soll, und dann hab ich's gehört, William. Ich hab's laut und deutlich gehört. Manchmal geben die Götter dir einen Hinweis.«

»Was hast du gehört?«

»Einen Hundefurz«, sagte Ginelli. »Klang, wie wenn jemand Trompete mit Dämpfer bläst.«

Knapp zwanzig Meter weiter im Wald hatte er das Hundegehege auf einer Lichtung gefunden. Es war einfach ein Kreis aus abgeholzten Ästen, die in den Boden gerammt und mit Stacheldraht verbunden worden waren. Drinnen lagen sieben Pitbulls. Fünf schliefen. Die beiden anderen blickten benommen zu Ginelli hoch.

Sie sahen benommen aus, weil sie benommen *waren*. »Ich hatte mir schon gedacht, dass sie gedopt sind, aber es wäre ein zu großes Risiko gewesen, sich darauf zu verlassen. Wenn so ein Hund mal auf den Kampf abgerichtet ist, dann sucht er jede Gelegenheit, sich zu balgen. Sie sind die reine Pest und können deine ganzen Bemühungen zunichte machen, wenn du nicht aufpasst. Du steckst sie entweder in Einzelkäfige, oder du setzt sie unter Drogen. Drogen sind billiger und leichter zu verbergen. Abgesehen davon, wenn sie voll da gewesen wären, hätte so ein lächerlicher Drahtzaun sie nicht aufhalten können. Diejenigen, denen es im Kampf an den Kragen gegangen wäre, wären sofort durchgebrochen, selbst wenn sie damit in Kauf nehmen müssten, dass die Hälfte ihres Fells im Draht hängen bleibt. Man lässt sie nur vor dem Kampf ausnüchtern, wenn die Wettliste lang genug ist, um das Risiko zu rechtfertigen. Erst die Drogen, dann die Show, dann wieder Drogen.« Ginelli lachte. »Siehst du? Pitbulls führen das aufreibende Leben eines Rockstars. Sie gehen ziemlich schnell dabei drauf, aber solange du in den schwarzen Zahlen bleibst, findest du jederzeit neue Pitbulls. Sie hatten nicht mal eine Wache aufgestellt.«

Ginelli hatte die Einkaufstüte aufgemacht und die Steaks herausgeholt. Schon vorher im Wagen auf dem Waldweg hatte er sie aus der Folie gewickelt und in jedes eine Dosis von einer Mixtur hineingespritzt, die er Ginellis Pitbull-Cocktail nannte: braunes mexikanisches Heroin, das mit Strychnin versetzt war. Er schwenkte sie jetzt durch die Luft und beobachtete, wie langsam Leben in die schlafenden Hunde kam. Einer bellte heiser. Es klang wie das Schnarchen eines Mannes mit ernsthaften Nasenproblemen.

»Halt's Maul, oder es gibt kein Abendessen«, hatte Ginelli sanft gesagt. Der Hund setzte sich ruhig auf die Hinterpfoten, bekam plötzlich Schlagseite nach Steuerbord und schlief wieder ein.

Ginelli warf ein Steak in die Absperrung. Das zweite. Das dritte. Und das letzte. Die Hunde zankten sich um die Leckerbissen. Es gab noch mehr Gebell, aber auch das klang so sehr nach heiserem Schnarchen, dass Ginelli fand, er könne damit leben. Außerdem – wenn jemand vom Lager gekommen wäre, um nach dem Rechten zu sehen, hätte er sicher eine Taschenlampe vor sich hergetragen, so dass er Zeit genug gehabt hätte, sich in den Wald zu verdrücken. Es kam auch niemand.

Billy hörte mit fasziniertem Entsetzen zu, als Ginelli ihm in aller Ruhe schilderte, wie er sich neben den Zaun gesetzt, sich eine Camel in den Mund gesteckt und den Hunden beim Sterben zugesehen hatte. Die meisten waren ganz ruhig dahingeschieden, berichtete er (Billy fragte sich beklommen, ob er einen Anflug von Bedauern in Richards Stimme gehört hatte) – es hätte wohl an den Drogen gelegen, die sie vorher schon intus gehabt hätten. Zwei hätten leichte Krämpfe gehabt. Das wäre alles gewesen. Im Großen und Ganzen hatte er das Gefühl gehabt, dass die Hunde dabei gar nicht mal so schlecht weggekommen waren. Die Zigeuner hatten Schlimmeres mit ihnen vor. Es hatte eine knappe Stunde gedauert, dann war alles vorbei gewesen.

Als er sicher sein konnte, dass sie alle tot oder wenigstens völlig besinnungslos waren, hatte er eine Dollarnote aus seinem Portemonnaie und einen Füller aus seiner Hemdtasche gezogen. Auf die Dollarnote hatte er geschrieben: NÄCHSTES MAL KÖNNTEN ES DEINE ENKELKINDER SEIN, ALTER MANN! WILLIAM HALLECK SAGT: NIMM ES VON MIR. Die Pitbulls hatten aus Lumpen zusammengedrehte Stricke um den Hals, und Ginelli hatte den Dollar unter ein solches Halsband gesteckt. Danach hatte er die stinkende Anzugjacke über einen Pfosten gehängt und den Hut oben draufgesetzt. Er hatte seine Schuhe aus den eigenen Jackentaschen hervorgezogen und die Turnschuhe abgestreift, hatte die Schuhe wieder angezogen und war abgehauen.

Auf dem Rückweg, erzählte er, hätte er sich dann tatsächlich verlaufen und eine Weile überhaupt nicht mehr gewusst, wohin er sich wenden sollte. So war es auch passiert, dass er kopfüber in dem stinkenden Morast gelandet war. Aber schließlich hätte er die Lichter von ein paar Bauernhöfen entdeckt und die Orientierung wiedergefunden. Kurz darauf hatte er den Waldweg erreicht, war in den Wagen gestiegen und nach Bar Harbor zurückgefahren.

Als er den halben Weg hinter sich hatte, bekam er plötzlich das Gefühl, als ob mit dem Wagen etwas nicht in Ordnung sei. Er konnte es nicht anders ausdrücken, konnte es nicht deutlicher sagen – es schien einfach etwas nicht in Ordnung zu sein. Nicht, dass er jetzt anders ausgesehen oder gerochen hätte – etwas schien einfach nicht mehr in Ordnung. Er hatte solche Ahnungen öfters, und in den meisten Fällen hatten sie nichts zu bedeuten. Aber manchmal …

»Ich beschloss, es nicht darauf ankommen zu lassen«, sagte Ginelli. »Ich wollte nicht das geringste Risiko eingehen. Vielleicht litt einer der Kerle an Schlaflosigkeit, war nachts herumgewandert und hatte ihn gesehen. Ich wollte nicht, dass sie meinen Wagen kennen. Sie könnten mich ausfindig machen, sich auf die Lauer legen, mich zu fassen kriegen. Und dann dich. Siehst du? Ich *nehme* sie ernst. Wenn ich dich ansehe, William, dann kann ich gar nicht anders.«

Er hatte den Wagen also auf einem verlassenen Feldweg abgestellt, die Verteilerkappe abgeschraubt und war den Rest des Weges zu Fuß gegangen. Als er im Motel angekommen war, dämmerte es gerade.

Nachdem er Billy in seinem neuen Quartier in Northeast Harbor untergebracht hatte, war er mit einem Taxi nach Bar Harbor zurückgefahren. Dem Fahrer hatte er gesagt, er solle langsam fahren, er würde unterwegs nach etwas Ausschau halten.

»Was ist es denn?«, hatte der Fahrer ihn gefragt. »Vielleicht weiß ich, wo es ist?«

»Schon in Ordnung«, hatte Ginelli geantwortet. »Ich weiß es erst, wenn ich es sehe.«

Und so war es auch – er hatte zirka zwei Meilen außerhalb von Northeast Harbor einen Nova mit einem Verkaufsschild in der Windschutzscheibe entdeckt. Er stand neben einem kleinen Bauernhof. Ginelli stieg aus dem Taxi, sah nach, ob der Besitzer zu Hause war, ging zurück und bezahlte den Fahrer. Er kaufte den Wagen bar vom Fleck weg. Für zwanzig Dollar extra war der frühere Besitzer – Ginelli beschrieb ihn als jungen Burschen, dessen Intelligenzquotient niedriger zu sein schien als die Zahl der Läuse auf seinem Kopf – bereit, ihm die Maine-Nummernschilder zu überlassen. Ginelli versprach ihm, sie in einer Woche zurückzuschicken.

»Vielleicht tue ich das sogar«, sagte Ginelli nachdenklich. »Das heißt, wenn wir dann noch leben.«

Billy warf ihm einen scharfen Blick zu, aber Ginelli setzte seinen Bericht ungerührt fort.

Er war zurück Richtung Bar Harbor gefahren, hatte die Stadt aber links liegen lassen und war gleich auf die 37-A abgebogen und zum Lager hinausgefahren. Unterwegs hatte er kurz gehalten, um einen Mann anzurufen, den er Billy gegenüber nur als »Geschäftsfreund« bezeichnen wollte. Diesem »Geschäftsfreund« hatte er gesagt, dass er sich um halb zwölf an einer bestimmten Telefonzelle neben einem Kiosk in New Yorks Innenstadt einfinden sollte – dies war eine Zelle, die Ginelli häufig benutzte und die auf Grund seines Einflusses zu den wenigen in New York gehörte, die nur selten kaputt waren.

Er fuhr am Lager vorbei, entdeckte Anzeichen von fieberhafter Aktivität, kehrte etwa eine Meile hinter dem Lager um und fuhr noch mal zurück. Ein provisorischer Weg führte von der 37-A durch die Wiese zum Lager hinunter. Von dort kam ein Wagen heraufgefahren.

»Ein Porsche Turbo«, sagte Ginelli. »Spielzeug für das Kind reicher Eltern. Der Aufkleber in der Heckscheibe sagt Brown University. Zwei Kids auf den Vordersitzen, drei weitere hinten. Ich warte, bis der Wagen auf der Straße ist und frage den Jungen, der fährt, ob das da unten wirklich Zigeuner seien, wie ich gehört hätte. Er sagt, ja, es seien welche, aber wenn ich meine Zukunft wissen wolle, hätte ich kein Glück. Sie wären hinuntergefahren, um sich die Karten lesen zu lassen, wären aber ziemlich schnell abgewimmelt worden. Die Zigeuner waren am Packen. Nach den Pitbulls hat mich das nicht sonderlich überrascht.

Ich bin zurück nach Bar Harbor und zunächst mal zu einer Tankstelle gefahren – der Nova schluckt Benzin, William, unglaublich! Aber er marschiert los, wenn man das Gaspedal bis zur Matte durchtritt. Dort hab ich mir eine Cola geschnappt und ein paar Benzedrin reingezogen, denn ich fühlte mich allmählich ein bisschen erschöpft.«

Ginelli hatte mit seinem »Geschäftsfreund« vereinbart, sich nachmittags um fünf auf dem Flugplatz von Bar Harbor mit ihm zu treffen. Danach war er in die Innenstadt gefahren, hatte den Wagen auf einem öffentlichen Parkplatz abgestellt und war ein bisschen durch die Stadt geschlendert. Er hatte den Mann gesucht.

»Was für einen Mann?«, fragte Billy.

»*Den* Mann«, wiederholte Ginelli geduldig, als spräche er mit einem Idioten. »Diesen Mann eben, William. Du erkennst ihn sofort, wenn du ihn siehst. Er sieht aus wie alle anderen Sommerfrischler, so als ob er dich im nächsten Augenblick zu einer Ausfahrt auf Daddys Jacht einladen oder dir zehn Gramm gutes Kokain zustecken würde, oder als ob er ganz spontan beschließen könnte, der Bar-Harbor-Szene den Rücken zu kehren und in seinem Trans Am nach Aspen zu den Sommerfestspielen zu fahren. Aber er ist nicht so wie sie. Es gibt zwei Möglichkeiten, das ganz schnell rauszufinden. Die eine ist, dir seine Schuhe anzuschauen. Dieser Kerl trägt billige Schuhe. Sie sind auf Hochglanz geputzt, aber sie sind billig. Sie haben einfach keine Klasse, und wenn er geht, kannst du sehen, dass sie ihm an den Füßen wehtun. Dann siehst du ihm in die Augen. Das ist die zweite Möglichkeit. Diese Kerle scheinen niemals Ferrari-Sonnenbrillen zu tragen, und man kann ihre Augen immer sehen. Es sind die Typen, die immer vor sich hertragen müssen, wer sie sind, so wie manche Typen krumme Jobs an Land ziehen und hinterher zu den Cops rennen und ein Geständnis ablegen. Ihre Augen sagen dir: ›Wo kriege ich meine nächste Mahlzeit her?‹ – ›Wo kriege ich den nächsten Joint her?‹ – ›Und wo ist der Kerl, mit dem ich Kontakt aufnehmen wollte, als ich hier ankam?‹ Kapierst du, was ich meine?«

»Ja, ich glaube.«

»Aber vor allem stellen diese Augen dir eine Frage: ›Wie schneide ich ab?‹ Wie, sagtest du, hat der Barkeeper in Old Orchard die Dealer und die Typen genannt, die hinter dem schnellen Dollar her sind?«

»Treibgut«, sagte Billy.

»Yeah!« Ginelli freute sich. Das Licht in seinen Augen sprühte. »Treibgut. Das ist gut. Das ist sehr gut! Dieser Mann, den ich gesucht habe, ist Treibgut erster Klasse. Er treibt sich in Ferienorten herum wie eine Hure auf der Suche nach einem festen Kunden. Ihm fällt selten was Großes in die Hände. Er ist ständig in Bewegung und ziemlich schick angezogen... bis auf die Schuhe. Er trägt ein J.-Press-Oberhemd, ein Paul-Stuart-Sportjackett und Designer-Jeans. Aber dann guckst du auf seine Füße, und seine Schuhe sagen ›Caldor's, neunzehn fünfundneunzig‹. Seine Schuhe sagen: ›Du kannst mich haben. Für ein paar Dollar erledige ich jeden Job für dich.‹ Bei den Huren sind's die Blusen. Immer Viskose-Blusen. Man muss sie ihnen richtig abgewöhnen.

Schließlich habe ich ihn gefunden. Also hab ich ihn in ein Gespräch verwickelt und mich mit ihm auf eine Bank vor der Stadtbibliothek gesetzt. Hübscher Platz übrigens. Wir haben die ganze Sache durchgesprochen. Ich hab ihn etwas überbezahlt, weil, du weißt schon, ich hatte nicht viel Zeit, ihn runterzuhandeln. Aber er war ziemlich hungrig, und ich hielt ihn für vertrauenswürdig. Kurzfristig allemal. Langfristig existiert für diese Typen sowieso nicht. Die glauben, langfristig ist der Weg von einer Ecke des Dachs zur anderen.«

»Wie viel hast du ihm gezahlt?«

Ginelli winkte ab.

»Ich koste dich Geld«, sagte Billy.

»Du bist mein Freund«, sagte Ginelli ein bisschen angefasst. »Wir können das später regeln, aber nur wenn du unbedingt willst. Ich habe meinen Spaß. Das ist eine *wilde* Umleitung, William. ›Wie ich meine Sommerferien verbracht habe‹, wenn du dir das mal reintun kannst. Darf ich jetzt weitererzählen? Mein Mund wird langsam fusselig, und ich hab noch eine Menge zu sagen, und danach haben wir eine Menge zu erledigen.«

»Nur zu.«

Der Typ, den Ginelli aufgetan hatte, hieß Frank Spurton. Er sagte, dass er Studienanfänger an der University of Colorado sei, doch Ginelli meinte, dass er mindestens wie fünfundzwanzig ausgesehen habe – für einen Studienan-

297

fänger schon etwas alt. Nicht, dass ihm das etwas ausmachte. Er wollte, dass Spurton zum Feldweg hinausfuhr, in dem er den Ford abgestellt hatte, und den Zigeunern folgte, wenn sie loszogen. Ginelli glaubte sowieso nicht, dass sie weit fahren würden. Spurton sollte ihn im Bar Harbor Motor Inn anrufen, wenn er sicher war, dass sie sich für die Nacht niedergelassen hatten. Der Name, den er im Motor Inn verlangen sollte, wäre John Tree. Spurton schrieb ihn sich auf. Geld wechselte den Besitzer – sechzig Prozent der versprochenen Gesamtsumme. Auch der Zündschlüssel und die Verteilerkappe des Ford gingen in Spurtons Hände über. Ginelli fragte ihn, ob er wüsste, wie man die Verteilerkappe richtig einsetzt, und Spurton antwortete mit einem Autodieblächeln, er glaube schon, dass er damit zurechtkäme.

»Hast du ihn rausgefahren?«, fragte Billy.

»Für das Geld, das ich ihm gezahlt hatte, William, konnte er trampen.«

Stattdessen war Ginelli zum Bar Harbor Motor Inn gefahren und hatte sich unter dem Namen John Tree angemeldet. Obwohl es erst zwei Uhr mittags war, hatte er gerade noch das letzte Zimmer für die Nacht erwischt. Der Angestellte reichte ihm den Schlüssel mit einer Miene, als täte er ihm einen großen Gefallen. Die Hochsaison war jetzt so richtig in Gang gekommen. Ginelli ging auf sein Zimmer, stellte den Wecker auf dem Nachttisch auf halb fünf und schlief, bis er klingelte. Dann stand er auf und fuhr zum Flughafen.

Um zehn nach fünf landete eine kleine Privatmaschine – vermutlich dieselbe, die Fander aus Connecticut raufgebracht hatte. Der »Geschäftsfreund« stieg aus, und beide überwachten, wie vier Koffer aus dem Laderaum ausgeladen wurden, ein großer und drei kleinere. Ginelli und sein »Geschäftsfreund« stellten den großen Koffer auf den Rücksitz des Nova und verstauten die drei kleinen im Kofferraum. Dann kletterte der »Geschäftsfreund« wieder ins

Flugzeug. Ginelli wartete nicht, bis er abgeflogen war, sondern kehrte sofort ins Motel zurück, wo er bis acht Uhr schlief. Das Telefon weckte ihn.

Es war Frank Spurton. Er rief aus einer Texaco-Tankstelle in Bankerton, ungefähr vierzig Meilen nordöstlich von Bar Harbor, an. Gegen sieben, erzählte er, sei die Karawane von der Straße auf ein Feld eingebogen – es schien alles im Voraus arrangiert gewesen zu sein.

»Wahrscheinlich Starbird«, bemerkte Billy. »Er ist ihr Strohmann.«

Spurton hatte nervös geklungen – ängstlich. »Er glaubte, dass sie ihn entdeckt hätten«, sagte Ginelli. »Er war zu weit hinter ihnen zurückgeblieben, und das war ein Fehler. Einige Wagen waren wohl zum Tanken oder so von der Straße runter, und er hatte es nicht bemerkt. Er fährt ganz gemütliche vierzig Meilen pro Stunde und denkt sich nichts Böses, als er plötzlich von zwei alten Kombis und einem Wohnmobil überholt wird, peng-bumm-peng. Auf einmal befindet er sich mitten in der Scheißkarawane, anstatt hinter ihr herzufahren. Als der Wohnwagen an ihm vorbeifährt, schaut er aus dem Seitenfenster und sieht diesen alten Typ ohne Nase auf dem Beifahrersitz. Er starrt ihn an und wackelt mit den Fingern – nicht so, als ob er ihm winkte, sondern als ob er ihn verfluchte. Ehrlich, William, ich lege dem Jungen keine Worte in den Mund. Genau das hat er am Telefon gesagt: ›Er wackelte mit den Fingern, als ob er mich verfluchte.‹«

»Herrgott«, murmelte Billy.

»Möchtest du einen Schuss Whisky in deinen Kaffee?«

»Nein … ja.«

Ginelli schüttete eine Kappe voll Chiras in Billys Tasse und fuhr fort. Er hatte Spurton gefragt, ob der Wohnwagen auf der Seite bemalt gewesen wäre. Das war er. Ein Mädchen mit einem Einhorn.

»Herrgott«, sagte Billy wieder. »Glaubst du wirklich, dass sie den Wagen wiedererkannt haben? Dass sie die

Umgebung abgesucht und ihn auf dem Feldweg gefunden haben, nachdem sie die Hunde tot vorgefunden hatten?«

»Ich weiß, dass es so ist«, sagte Ginelli grimmig. »Spurton hat mir den Namen von der Straße gegeben, neben der sie ihr Lager aufgeschlagen haben – Finson Road. Und die Nummer der Staatsstraße, von der sie in die Finson Road abgebogen waren. Dann hat er mich gebeten, den Rest des Geldes in einem Umschlag mit seinem Namen drauf im Motelsafe zu deponieren. ›Ich mach mich lieber aus dem Staub‹, sagte er, und ich konnte es ihm nicht verdenken.«

Ginelli hatte das Motel um Viertel nach acht verlassen und war mit dem Nova losgefahren. Um halb zehn hatte er den Grenzstein zwischen Bucksport und Bankerton passiert. Zehn Minuten später hatte er die Texaco-Tankstelle gefunden. Sie war schon geschlossen. Eine Reihe Autos stand auf einem Schrottplatz neben der Garage. Einige warteten auf ihre Reparatur, andere waren zu verkaufen. Am Ende dieser Reihe stand der Ford. Ginelli fuhr vorbei und wendete ein Stück oberhalb der Tankstelle. Dann fuhr er wieder zurück.

»Das Manöver habe ich zweimal wiederholt«, sagte er. »Ich hatte nicht mehr dieses komische Gefühl vom letzten Mal. Ich bin ein gutes Stück die Straße hinaufgefahren und habe den Wagen auf dem Seitenstreifen geparkt. Dann bin ich zurückgegangen.«

»Und?«

»Spurton saß in dem Wagen«, sagte Ginelli. »Hinter dem Lenkrad. Tot. Ein Loch in der Stirn direkt über dem rechten Auge. Kaum Blut. Könnte eine Fünfundvierziger gewesen sein, aber das glaube ich nicht. Auf dem Sitz hinter seinem Kopf war kein Blut zu sehen. Was immer ihn getötet hatte, es hat nicht ganz durchgeschlagen. Eine Kugel aus einer Fünfundvierziger geht durch und hätte ein Austrittsloch von der Größe einer Campbell-Suppendose hinterlassen. Ich nehme an, dass ihn jemand mit einer Schleuder und einer Stahlkugel erledigt hat. Genau wie das Mädchen, das

300

auf dich geschossen hat. Vielleicht war sie es ja sogar selber.«

Er schwieg einen Augenblick nachdenklich.

»Er hatte ein totes Hühnchen im Schoß. Aufgeschnitten. Auf Spurtons Stirn stand ein Wort geschrieben. Mit Blut. Hühnerblut, nehme ich an, aber ich hatte nicht die Zeit, die vollständige Kriminallaboranalyse durchzuführen. Dafür hast du wohl Verständnis.«

»Welches Wort?«, fragte Billy, aber er wusste es schon, bevor Ginelli es aussprach.

»›NIEMALS‹.«

»Himmel«, sagte Billy und griff zu seinem Whiskykaffee. Er hatte die Tasse schon an den Lippen, da setzte er sie wieder ab. Wenn er einen Schluck davon getrunken hätte, hätte er sich sofort übergeben müssen. Das konnte er sich nicht leisten. Er sah Spurton vor sich, wie er hinter dem Lenkrad saß, den Kopf im Nacken, ein dunkles Loch auf der Stirn, einen weißen Federball im Schoß. Die Vision war so deutlich, dass er sogar den gelben Hühnerschnabel sah, halb aufgerissen, und die glasigen schwarzen Augen …

Die Welt verschwamm in Grautönen … dann gab es das glatte harte Geräusch eines Schlags und eine dumpfe Hitze in seiner Wange. Er machte die Augen auf und sah Ginelli, der sich wieder auf seinen Platz setzte.

»Tut mir Leid, William, aber – wie heißt es so schön in der Aftershave-Reklame? – das hast du gebraucht. Ich glaube, du machst dir Vorwürfe wegen diesem Typ Spurton, und ich will, dass du das sofort bleiben lässt, hörst du?« Seine Stimme war sanft, aber seine Augen blitzten wütend. »Du kannst es einfach nicht lassen, die Tatsachen zu verdrehen. Genau wie diese sentimentalen Richter, die jedem bis hinauf zum Präsidenten der Vereinigten Staaten die Schuld daran geben, dass ein Junkie eine alte Frau niedergestochen und ihr den Scheck von der Sozialhilfe geklaut hat – das heißt, jedem außer dem Junkiearsch, der es getan hat und nun vor ihm steht und mit einer Strafe auf

Bewährung rechnet, damit er wieder losziehen und es noch mal tun kann.«

»Das ergibt überhaupt keinen Sinn!«, fing Billy an, aber Ginelli schnitt ihm das Wort ab.

»Scheiße, William«, sagte er. »Du hast Spurton nicht getötet! Das hat einer dieser Zigeuner getan, und wer immer es gewesen ist, der Alte steht hinter ihm, das weißt du genauso gut wie ich. Und es hat auch niemand Spurton den Arm auf den Rücken gedreht. Er hat einen gut bezahlten Auftrag ausgeführt, das war alles. Ein simpler Job, William. Er ist zu weit zurückgefallen, und dadurch hat er sich selbst ausgetrickst. Jetzt sag mir ehrlich – willst du, dass der Fluch von dir genommen wird oder nicht?«

Billy seufzte schwer. Auf der Wange spürte er immer noch das Prickeln von Ginellis Ohrfeige.

»Ja«, sagte er. »Ich will immer noch, dass er ihn von mir nimmt.«

»Gut. Dann hören wir jetzt hiermit auf.«

»In Ordnung.« Er ließ Ginelli zu Ende erzählen, ohne ihn noch einmal zu unterbrechen. Er war auch viel zu fasziniert, als dass es ihm eingefallen wäre, ihn noch mal zu stören.

Ginelli war hinter die Tankstelle gegangen und hatte sich auf einen Stapel Autoreifen gesetzt, um, wie er sagte, den Kopf wieder klar zu kriegen. Zwanzig, dreißig Minuten hatte er einfach dagesessen, in den Abendhimmel geschaut – im Westen war gerade das letzte Tageslicht verloschen – und ernsthaft nachgedacht. Als er das Gefühl hatte, dass sein Kopf wieder richtig arbeitete, war er zum Nova gegangen. Er hatte ihn, ohne die Scheinwerfer einzuschalten, zurückgesetzt und neben dem Ford gehalten. Dann hatte er Spurtons Leiche herausgezogen und sie im Kofferraum des Nova verstaut.

»Vielleicht wollten sie mir nur eine Botschaft zukommen lassen, aber vielleicht wollten sie mich auch hängen sehen;

für den Fall, dass der Tankstellenwärter eine Leiche im Ford entdeckt hätte, der den von mir unterzeichneten Mietvertrag im Handschuhfach liegen hat. Aber das war dämlich, William, denn wenn Spurton tatsächlich mit einer Stahlkugel erschossen worden ist und nicht mit einer Pistolenkugel, hätten die Cops einmal kurz in meine Richtung geschnüffelt und sich dann sofort an sie gewendet – verdammt noch mal, das Mädchen ist für seine Vorstellung mit der Schleuder berühmt.

Unter anderen Umständen hätte ich nur zu gern miterlebt, wie sie sich auf diese Weise selbst in die Enge treiben, aber ich war in einer komischen Situation – diese Sache müssen wir ganz allein hinter uns bringen. Außerdem habe ich erwartet, dass die Cops am nächsten Tag sowieso im Zigeunerlager vorsprechen würden, allerdings aus völlig anderen Gründen, wenn die Dinge so liefen, wie ich es mir vorstellte. Spurton hätte die Sache nur komplizierter gemacht. Deshalb nahm ich die Leiche mit. Gott sei Dank lag die Tankstelle völlig abseits und verlassen, sonst hätte ich es kaum schaffen können.«

Mit Spurtons Leiche im Kofferraum zwischen den drei Koffern, die der »Geschäftsfreund« am frühen Abend abgeliefert hatte, war Ginelli weitergefahren. Eine knappe halbe Meile hinter der Tankstelle zweigte die Finson Road ab. Die Route 37-A, an der die Zigeuner vorher gelagert hatten, war eine gut befahrene Straße, die nach Westen aus Bar Harbor herausführte. Dort waren die Zigeuner an einer günstigen Stelle gewesen, an der sie offen ihr Geschäft betreiben konnten. Aber das Feld an der Finson Road – nicht asphaltiert, voller Schlaglöcher und mit Gras zugewachsen – war ein reichlich unangenehmer Lagerplatz. Sie waren untergetaucht.

»Es machte die Sache schwieriger, genauso wie der Umstand, dass ich zuerst an der Tankstelle hinter ihnen aufräumen musste, aber andererseits war ich auch absolut entzückt, William. Ich wollte ihnen Angst einjagen, und sie

303

verhielten sich genauso wie Leute, die Angst *haben*. Und wenn jemand erst mal Angst hat, wird es immer leichter, ihn in diesem Zustand zu halten.«

Ginelli schaltete die Scheinwerfer aus und fuhr noch eine Viertelmeile die Finson Road hinauf. Dort entdeckte er eine Einfahrt, die zu einer verlassenen Kiesgrube führte. »Hätte nicht perfekter sein können, wenn ich sie bestellt hätte«, sagte er.

Er öffnete den Kofferraum, zog die Leiche heraus und vergrub sie im Kies. Als er das erledigt hatte, ging er zum Nova zurück und öffnete den großen Koffer, der auf dem Rücksitz lag. Auf dem Deckel war ein Stempelaufdruck: WORLD BOOK ENCYCLOPEDIA. Drinnen befand sich ein Sturmgewehr Kalaschnikow AK-47, vierhundert Patronen, ein Springmesser, eine lederne Damenhandtasche für den Abend zum Zuziehen, die mit Bleikugeln gefüllt war, eine Rolle Klebeband und ein Topf voll Ruß.

Er färbte sich Gesicht und Hände schwarz, klebte das Messer mit einem Streifen Klebeband an der Wade fest, steckte die Rolle in die Jackentasche und machte sich auf den Weg.

»Den Totschläger habe ich zurückgelassen«, sagte er. »Bin mir sowieso schon wie der Superheld in einem beschissenen Comicstrip vorgekommen.«

Spurton hatte gesagt, dass die Zigeuner rund zwei Meilen unterhalb der Straße auf einer Wiese lagerten. Ginelli nahm den Weg durch den Wald, behielt aber immer die Straße im Auge. Er wollte sich nicht schon wieder verlaufen.

»Ich kam nur langsam voran. Immer wieder bin ich auf Zweige getreten oder gegen irgendwelche Äste gerannt. Ich hoffe bloß, dass ich nicht durch dieses beschissene Giftefeu gelaufen bin. Gegen Giftefeu bin ich sehr empfindlich.«

Nachdem er sich etwa zwei Stunden lang durch das fast undurchdringliche Unterholz gekämpft hatte, immer an der Finson Road entlang, sah er plötzlich oben auf der

Straße einen dunklen Schatten. Zuerst hielt er ihn für ein Straßenschild oder einen Pfosten. Eine Sekunde später merkte er, dass ein Mann dort stand.

»Er stand ganz cool da wie ein Metzger in einem Kühlhaus, aber ich glaubte, er wollte mich verarschen, William. Ich meine, ich hab *versucht*, leise zu sein, aber ich lebe normalerweise in New York. Ich bin kein beschissener Hiawatha, kapiert? Ich nahm also an, der Kerl tut so, als ob er mich nicht hört, um genau zu wissen, wo ich mich befinde, und sich im rechten Moment umzudrehen und sich auf mich zu stürzen. Ich hätte ihn da, wo er stand, sofort aus den Latschen blasen können, aber das hätte im Umkreis von anderthalb Meilen alle geweckt. Und außerdem hatte ich dir ja versprochen, niemanden zu verletzen.

Ich stand also da und stand noch was da. Fünfzehn Minuten stand ich da und dachte, wenn ich mich bewege, trete ich wieder auf so einen Stock, und der Spaß geht los. Auf einmal geht der Kerl an die Böschung, um zu pissen, und was sehe ich? Es ist kaum zu glauben. Ich weiß nicht, wo der Kerl seinen Unterricht als Wachposten absolviert hat, aber es war ganz bestimmt nicht in Fort Bragg. Er hat die älteste Flinte im Arm, die ich in den letzten zwanzig Jahren gesehen habe – die Korsen nennen sie einen *loup*. Und, William, er hat einen Walkman-Kopfhörer auf den Ohren! Ich hätte mich hinter ihn stellen, die Hände ins Hemd stecken und mit den Achselhöhlen ›Hail, Columbia!‹ furzen können, und er hätte sich nicht mal bewegt.«

Ginelli kicherte. »Eins kann ich dir sagen – der Alte hat mit Sicherheit nicht gewusst, dass der Typ Rock and Roll hörte, während er eigentlich nach mir Ausschau halten sollte.«

Als der Wachposten seine vorherige Stellung wieder bezogen hatte, schlich Ginelli sich von hinten an, wobei er sich allerdings keine große Mühe mehr gab, leise zu sein. Im Gehen zog er seinen Gürtel aus den Schlaufen. Etwas hatte den Wächter noch im letzten Augenblick gewarnt – ein Blick aus den Augenwinkeln. Der letzte Augenblick ist nicht immer zu spät, doch diesmal war er es. Ginelli schlang ihm blitzschnell den Gürtel um den Hals und zog fest zu. Es gab einen kurzen Kampf. Der junge Zigeuner ließ sein Gewehr fallen und krallte die Finger in den Gürtel. Der Kopfhörer rutschte ihm von den Ohren auf die Wangen, und Ginelli konnte die Rolling Stones, die zwischen den Sternen verloren klangen, »Under My Thumb« singen hören.

Der junge Mann stieß kurze, gurgelnde Laute aus. Sein Widerstand wurde schwächer und hörte schließlich ganz auf. Ginelli hielt ihn noch etwa zwanzig Sekunden lang im Würgegriff, dann ließ er los (»Ich wollte ihn nicht zum Idioten machen«, erklärte er Billy ernsthaft) und schleppte ihn ins Gebüsch. Er war ein gut aussehender, muskulöser Mann von ungefähr zweiundzwanzig Jahren. Nach Billys Beschreibung nahm Ginelli an, dass es sich um Samuel Lemke handelte. Billy nickte bestätigend. Ginelli fand einen Baum in der richtigen Größe und band den jungen Mann mit dem Klebestreifen daran fest.

»Klingt blöd, wenn man sagt, man hätte jemanden mit Klebeband an einen Baum geklebt, aber nur, solange es noch niemand mit dir selbst gemacht hat. Wenn du genug von dem Scheißzeug um dich rumgewickelt kriegst, kannst du gleich aufgeben. Du wirst so lange bleiben, wo du bist, bis jemand kommt und dich losschneidet. Klebeband ist zäh. Du kannst es nicht zerreißen und erst recht nicht aufknoten.«

Ginelli schnitt ein Stück von Samuel Lemkes T-Shirt ab und stopfte es in seinen Mund. Darüber klebte er noch einen Streifen.

»Und dann habe ich die Kassette in seinem Walkman umgedreht und ihm die Kopfhörer wieder aufgesetzt. Ich wollte nicht, dass er Langeweile kriegt, wenn er aufwacht.«

Ginelli lief jetzt auf der Straße weiter. Samuel Lemke und er waren ungefähr gleich groß, und er war bereit, das Risiko einzugehen, in die nächste Wache zu rennen, bevor er sie selbst bemerkte. Schließlich wurde es langsam spät, und er hatte in den letzten achtundvierzig Stunden bis auf zwei kurze Nickerchen keinen Schlaf gekriegt. »Wenn du nicht genug geschlafen hast, vermasselst du alles«, sagte er. »Wenn du Monopoly spielst, mag das ja noch angehen, aber wenn du es mit Scheißkerlen zu tun hast, die Leute erschießen und ihnen mit Hühnerblut unerfreuliche Worte auf die Stirn schreiben, bist du auf dem besten Weg ins Jenseits. Und ich hab *tatsächlich* einen Fehler gemacht. Mit viel Glück bin ich gerade noch mal davongekommen. Manchmal haben die Götter ein Einsehen.«

Der Fehler war, dass er den zweiten Wachposten erst sah, als er an ihm vorbeiging. Es lag daran, dass der zweite Mann sich in den tiefen Schatten der Bäume zurückgezogen hatte, anstatt, wie Lemke, offen am Straßenrand zu stehen. Zum Glück für Ginelli tat er das nicht, weil er sich verbergen wollte, sondern aus reiner Bequemlichkeit. »Dieser hat nicht nur einem Walkman gelauscht«, sagte Ginelli, »er hat tief und fest geschlafen. Lausige Wachen, aber was kann man von Zivilisten anderes erwarten? Sie hatten wohl noch nicht ganz begriffen, dass ich ein langwieriges, ernst zu nehmendes Problem für sie darstellen würde. Wenn man davon überzeugt ist, dass jemand einem ernsthaft an den Kragen will, bleibt man wach. Mann, das hält einen selbst dann wach, wenn man einschlafen möchte.«

Ginelli ging zu dem schlafenden Wachposten hinüber, suchte sich eine passende Stelle an dessen Schädel aus und schlug dann mit dem Kolben der Kalaschnikow ziemlich kräftig zu. Das machte ein Geräusch wie der Schlag einer schlaffen Hand auf einen Mahagonitisch. Der Wachposten, der bequem an einem Baumstamm gelehnt hatte, rutschte ins Gras. Ginelli beugte sich über ihn, um seinen Puls zu fühlen. Er war noch da, schwach zwar, aber nicht unregelmäßig. Er beeilte sich.

Fünf Minuten später erreichte er die Kuppe eines kleinen Hügels. Zu seiner Linken senkte sich ein flacher Hang aufs offene Feld hinunter. Etwa zweihundert Meter von der Straße entfernt entdeckte er die im Kreis abgestellten Fahrzeuge. Kein Lagerfeuer heute Nacht. Nur schwaches, durch Vorhänge gedämpftes Licht, das aus den Fenstern einiger der Campingwagen fiel, aber das war alles.

Ginelli robbte, das Sturmgewehr vor sich herschiebend, den Hügel bis zur Hälfte hinunter. Er fand einen Felsvorsprung, der ihm sowohl erlaubte, den Gewehrschaft fest aufzulegen, als auch den ganzen Hang hinunter bis ins Lager ins Visier zu nehmen.

»Der Mond ging gerade auf, aber ich hatte nicht vor, auf ihn zu warten. Für das, was ich mir vorgenommen hatte, konnte ich genug sehen – ich war jetzt nur noch etwa siebzig Meter von ihnen entfernt. Und es war ja nicht so, dass ich saubere Arbeit leisten musste. Dafür eignet die Kalaschnikow sich sowieso nicht. Ebenso gut könnte man versuchen, jemandem den Blinddarm mit einer Motorsäge herauszuschneiden. Die Kalaschnikow ist ein gutes Gewehr, um Leute zu erschrecken, und das ist mir auch gelungen. Ich wette, sie haben jetzt alle Limonade in ihre Bettwäsche gemacht. Allerdings nicht der alte Mann. Der ist so zäh, wie's nur geht, William.«

Als er das automatische Gewehr sicher aufgelegt hatte, atmete Ginelli tief durch und nahm den Einhorn-Wohnwagen aufs Korn. Er hörte Grillen zirpen und irgendwo in der Nähe einen Bach plätschern. Über dem dunklen Feld klagte ein Ziegenmelker sein Lied. Bei der Hälfte seiner zweiten Strophe eröffnete Ginelli das Feuer.

Der Donner der Kalaschnikow riss die Nacht entzwei. Feuer hing wie eine leuchtende Krone vor der Mündungsöffnung, als das Magazin – dreißig Geschosse Kaliber 7,62, alle in einer Hülse so lang wie eine Kingsize-Zigarette und alle mit einer Pulverladung von mehr als neun Gramm – sich leerte. Der Vorderreifen des Einhorn-Wohnwagens platzte nicht bloß, er explodierte. Ginelli bestrich mit dem bellenden Gewehr die gesamte Seitenlänge des Wohnwagens – aber tief. »Hab ihm nicht ein einziges Loch ins Blech gebrannt«, sagte er. »Aber dafür hab ich den Boden darunter regelrecht gepflügt. Und dabei hab ich nicht mal nah gezielt wegen des Benzintanks. Hast du schon mal einen Wohnwagen in die Luft gehen sehen? Ist genauso schlimm wie ein Knallfrosch, der in einer Konservendose explodiert. Ich hab das einmal auf dem New-Jersey-Turnpike erlebt.«

Der hintere Reifen des Wohnwagens platzte. Ginelli zog das erste Magazin raus und rammte das nächste rein. Unten hatte der Aufruhr begonnen. Stimmen brüllten durcheinander, einige wütend, die meisten nur ängstlich. Eine Frau kreischte.

Einige – Ginelli konnte beim besten Willen nicht feststellen, wie viele insgesamt – strömten hinten aus den Wohnwagen, die meisten in Pyjamas und Nachthemden. Sie blickten erschrocken und verwirrt nach allen Seiten. Und dann sah Ginelli zum ersten Mal Taduz Lemke. In seinem wehenden Nachthemd wirkte der alte Mann fast komisch. Unter seiner Zipfelmütze sahen ein paar vereinzelte wirre Haarsträhnen hervor. Er kam vorne um den Einhorn-Wohnwagen herum, warf einen kurzen Blick auf den platten, zerfetzten Vorderreifen und blickte dann direkt zu der Stelle hinauf, wo Ginelli lag. Dieser brennende Blick, erzählte er Billy, hätte gar nichts Komisches mehr gehabt.

»Ich wusste, dass er mich nicht sehen konnte. Der Mond war noch nicht draußen, und mein Gesicht und meine Hände waren mit Ruß geschwärzt. Ich war nichts als ein schwarzer Schatten in einem ganzen Feld voller Schatten. Aber … ich glaube, er *hat* mich gesehen, William, und es hat mir das Herz abgekühlt.«

Der alte Mann wandte sich zu seinen Leuten um, die sich jetzt langsam, immer noch schnatternd und mit den Händen wedelnd, um ihn versammelten. Er brüllte sie auf Romani an und zeigte mit dem Arm auf die Wagenreihe.

Ginelli konnte die Sprache zwar nicht verstehen, aber die Geste war deutlich genug. *Geht in Deckung, ihr Narren!*

»Zu spät, William«, sagte Ginelli genüsslich.

Den zweiten Feuerstoß ließ er genau über ihre Köpfe streichen. Jetzt kreischten nicht nur die Frauen, sondern auch die Männer. Einige ließen sich zu Boden fallen und versuchten wegzukriechen, den Kopf tief unten, den Hintern hoch in die Luft gestreckt. Der Rest rannte in alle Himmelsrichtungen, nur nicht in die, aus der die Schüsse gekommen waren.

Lemke wich nicht von der Stelle. Er brüllte sie mit Bullenstimme an. Seine Zipfelmütze fiel ihm vom Kopf. Die Läufer liefen weiter, die Kriecher krochen weiter. Lemke mochte sie ja unter normalen Umständen mit eiserner Hand regieren, aber jetzt hatte Ginelli sie in Panik versetzt.

Hinter dem Einhorn-Wohnwagen parkte der Pontiac-Kombi, aus dem er sich in der Nacht vorher das Jackett und die Turnschuhe geholt hatte. Ginelli schob den dritten Ladestreifen in das AK-47 und eröffnete das Feuer von neuem.

»In der Nacht vorher war niemand drin gewesen, und so, wie er gerochen hatte, nahm ich an, dass auch heute niemand drin sein würde. Ich hab diesen Kombi abgemurkst – ich meine, ich habe das Scheißding *vernichtet*.

Ein AK-47 ist eine sehr bösartige Waffe, William. Leute, die sich bloß Kriegsfilme angesehen haben, glauben, dass man mit einem Maschinengewehr oder einem Schnellfeuergewehr eine ordentliche Linie von sauberen, kleinen Löchern schießt, aber so ist es nicht. Sie schießen ungenau. Sie schießen hart. Und es geht *schnell*. Die Windschutzscheibe von dem alten Bonneville ist nach innen explodiert. Die Motorhaube wölbte sich etwas nach oben, wurde von den Kugeln erfasst und glatt weggerissen. Die Scheinwerfer zersplittern. Die Reifen platzen. Der Kühlergrill fällt herunter. Ich konnte das Wasser nicht aus dem Kühler fließen sehen, dazu war es zu dunkel, aber als das Magazin leer war, konnte ich es deutlich hören. Als das Magazin leer war, sah die Scheißkiste aus, als wäre sie mit Karacho gegen eine Mauer gefahren. Und während der ganzen Zeit, während die Chromteile und Glassplitter nur so durch die Luft geflogen sind, hat der alte Mann sich nicht gerührt. Er hat nur immer nach dem Mündungsfeuer geguckt, um mir seine Leute hinterherschicken zu können, wenn ich blöd genug gewesen wäre, so lange zu warten, bis er sie wieder eingesammelt hatte. Ich hab mich lieber aus dem Staub gemacht, bevor er Gelegenheit dazu hatte.«

Gebückt wie ein Soldat im Zweiten Weltkrieg, der unter feindlichem Feuer vorrücken musste, lief Ginelli zur Straße. Dort angekommen, richtete er sich auf und sprintete los. Er lief an dem zweiten Wachposten vorbei, den er mit dem Gewehrkolben erledigt hatte, ohne ihn mehr als eines Blickes zu würdigen. Aber als er die Stelle erreichte, an der er Mr. Walkman einkassiert hatte, blieb er stehen, um wieder zu Atem zu kommen.

»Selbst in der Dunkelheit war es nicht schwer, ihn zu finden«, sagte Ginelli. »Ich hörte das Gebüsch knacken und rascheln. Und als ich näher kam, konnte ich ihn selbst hören – *umpf, umpf, uuuh, uuuh, glump, glump.*«

Lemke hatte es tatsächlich fertig gebracht, sich ein Viertel um den Baum herumzuarbeiten, an dem er festgeklebt war – mit dem Ergebnis, dass er sich noch mehr verheddert hatte als vorher. Die Kopfhörer waren ihm dabei heruntergerutscht und hingen jetzt an den Kabeln um seinen Hals. Als er Ginelli erblickte, hörte er auf, sich zu winden, und starrte ihn nur an.

»An seinen Augen sah ich, dass er fest damit rechnete, dass ich ihn umbringen würde. Er hatte verdammt Schiss. Das war mir nur recht. Dem Alten war keine Angst einzujagen, aber ich kann dir sagen, dieses *Kid* hier bedauerte aufrichtig, sich je mit dir eingelassen zu haben, William. Leider konnte ich ihn nicht richtig unter Druck setzen – dazu reichte die Zeit nicht.«

Er kniete sich neben Lemke und hielt die Kalaschnikow so, dass er sehen konnte, um welche Waffe es sich handelte. Lemkes Augen gaben zu erkennen, dass er genau Bescheid wusste.

»Ich hab nicht viel Zeit, Arschloch, also hör mir gut zu«, sagte Ginelli. »Du sagst dem alten Mann, dass ich das nächste Mal weder zu hoch noch zu tief noch auf leere Wagen schießen werde. Richte ihm aus, William Halleck sagt: Nimm es von mir! Hast du kapiert?«

Lemke nickte, soweit das Klebeband es ihm erlaubte. Ginelli riss ihm den Streifen vom Mund und zog das Stück Stoff heraus.

»Bald wird es hier ziemlich unruhig werden«, sagte er. »Wenn du rufst, werden sie dich finden. Und vergiss die Nachricht nicht!«

Er wandte sich ab.

»Sie verstehen nicht«, sagte Lemke heiser. »Er wird es *niemals* von ihm nehmen. Er ist der letzte der großen Magyaren-Häuptlinge – sein Herz ist aus Stein. Bitte, Mister, ich werde es ihm ausrichten, aber er wird es *niemals* von ihm nehmen.«

Auf der Straße fuhr ein Pickup mit einem Affenzahn in Richtung Zigeunerlager vorbei. Ginelli sah ihm nach und dann wieder zu Lemke hinunter.

»Steine kann man zertrümmern«, sagte er. »Sag ihm das auch.«

Ginelli brach wieder aus dem Unterholz hervor, überquerte die Straße und lief zur Kiesgrube zurück. Ein weiterer Pickup fuhr an ihm vorbei. Ihm folgten drei Autos in einer Reihe. Diese Leute, die verständlicherweise neugierig waren, wer mitten in der Nacht in ihrer verschlafenen Kleinstadt mit einer vollautomatischen Waffe um sich schoss, stellten kein Problem für ihn dar. Ihre Scheinwerferstrahlen kündigten ihr Kommen frühzeitig genug an, so dass er jedes Mal schnell im Gebüsch untertauchen konnte. Als er die Kiesgrube erreicht hatte, hörte er eine näher kommende Sirene.

Er startete den Nova und ließ ihn ohne Licht bis zur Straße vorrollen. Ein Chevrolet mit einem Blaulicht am Armaturenbrett raste vorüber.

»Als er vorbei war, habe ich mir den Dreck aus dem Gesicht und von den Händen gewischt und bin hinter ihm hergefahren.«

»*Hinter ihm her?*«, unterbrach Billy.

»Ist sicherer. Wenn irgendwo geschossen wird, brechen unschuldige Leute sich fast die Beine, damit sie noch ein bisschen Blut zu sehen kriegen, bevor die Cops kommen und es vom Bürgersteig spülen. Leute, die in die entgegengesetzte Richtung gehen, machen sich verdächtig. In den meisten Fällen nehmen sie diese Richtung, weil sie Pistolen in den Taschen haben.«

Als er das Feld wieder erreicht hatte, stand mittlerweile gut ein halbes Dutzend Autos am Straßenrand. Scheinwerferstrahlen überkreuzten sich. Leute liefen aufgeregt hin und her und riefen sich etwas zu. Der Polizeiwagen parkte nahe an der Stelle, an der Ginelli den zweiten Wachmann ausgeschaltet hatte. Das Blaulicht flackerte hell über die Bäume. Ginelli kurbelte das Seitenfenster des Nova herunter: »Was ist passiert, Officer?«

»Nichts, worüber Sie sich Sorgen machen müssten. Fahren Sie weiter!« Und nur für den Fall, dass der Bursche in dem Nova zwar Englisch spräche, aber nur Russisch verstünde, schwenkte er seine Taschenlampe in die Richtung, in die die Finson Road weiterführte.

Ginelli schlängelte sich durch die parkenden Autos, die vermutlich Ortsansässigen gehörten. Es war · vielleicht schwerer, die Gaffer zu verjagen, wenn es sich dabei um Nachbarn handelte. Vor dem Pontiac-Kombi, den er zusammengeschossen hatte, standen zwei streng voneinander getrennte Gruppen. Die eine bestand aus Zigeunern in Pyjamas und Nachthemden, die sich wild gestikulierend unterhielten. Die andere bestand aus Männern, die von der Stadt hergefahren waren. Sie standen schweigend da, die

Hände tief in den Hosentaschen, und betrachteten verwundert das Wrack des Kombiwagens. Die beiden Gruppen ignorierten sich gegenseitig.

Die Finson Road führte noch sechs Meilen ins Land hinein. Ginelli hätte den Wagen nicht nur ein-, sondern zweimal beinahe in den Graben gefahren, weil ihm die Leute mit hoher Geschwindigkeit auf der schmalen Straße, die kaum mehr als ein ausgefahrener Feldweg zu sein schien, entgegenbretterten.

»Bloß ein paar Kerle«, sagte er, »die mitten in der Nacht aufgestanden waren, um noch ein bisschen Blut zu sehen zu kriegen, bevor die Cops es vom Bürgersteig spülen, William. Oder vom Gras, in diesem Fall.«

Er fand eine Zubringerstraße, die ihn bis nach Bucksport brachte. Von dort wandte er sich nach Norden. Um zwei Uhr in der Früh befand er sich wieder in seinem John-Tree-Motelzimmer. Er stellte den Wecker auf halb acht und schlief ein.

Billy starrte ihn an. »Willst du sagen, dass du die ganze Zeit, in der ich mir Sorgen gemacht habe, dass du tot seist, in dem gleichen Motel geschlafen hast, aus dem wir ausgezogen waren?«

»Nun ja, schon.« Ginelli guckte einen Augenblick beschämt. Dann zuckte er die Achseln und lachte. »Schreib es meiner Unerfahrenheit zu, William. Ich bin es nicht gewohnt, dass sich jemand Sorgen um mich macht. Außer meiner Mamma natürlich, aber das ist etwas anderes.«

»Du musst verschlafen haben – du bist erst um neun oder so hier gewesen.«

»Nein – ich bin aufgestanden, sobald der Wecker geklingelt hat. Dann habe ich kurz telefoniert und bin in die Stadt hinuntergelaufen. Hab mir einen neuen Wagen gemietet. Diesmal bei Avis. Mit Hertz habe ich irgendwie kein Glück.«

»Du wirst mit diesem Hertz-Wagen noch ganz schön Schwierigkeiten kriegen, nicht wahr?«, fragte Billy.

»Nee. Ist schon alles erledigt. Aber es hätte ganz schön haarig werden können. Darum ging es auch in dem Anruf – um den Hertz-Wagen. Ich habe meinen ›Geschäftsfreund‹ gebeten, noch mal von New York raufzufliegen. In Ellsworth gibt es einen kleinen Flughafen, dort ist er gelandet. Der Pilot ist sofort nach Bangor weitergeflogen, um dort auf ihn zu warten. Mein Bekannter ist nach Bankerton getrampt und hat –«

»Die Sache eskaliert allmählich«, sagte Billy. »Ist dir das klar? Das erinnert mich langsam an Vietnam.«

»Scheiße, nein – sei nicht blöd, William!«

»Nur, dass dein Hausverwalter noch mal extra von New York herfliegen musste.«

»Na ja, ich kenne eben niemanden in Maine. Der einzige Kontakt, den ich hier hatte, hat sich erschießen lassen. Auf jeden Fall hat es keine Probleme gegeben. Gestern Abend habe ich einen vollständigen Bericht erhalten. Mein Bekannter ist gegen zwei Uhr mittags in Bankerton eingetroffen. An der Tankstelle hat er nur einen Jungen vorgefunden, der so aussah, als hätte er nicht alle Tassen im Schrank. Wenn ein Wagen kam, ging der Knabe raus, um ihn aufzutanken, aber die meiste Zeit werkelte er in der Werkstatt rum und schmierte ein Auto ab oder so. Während er sich da drin aufhielt, hat mein Bekannter den Ford kurzgeschlossen und ist damit weggefahren. Direkt an der Werkstatt vorbei, aber der Junge hat sich nicht mal umgedreht. Mein Bekannter fuhr zum Bangor International Airport und stellte den Wagen auf dem Hertz Parkplatz ab. Ich hatte ihn gebeten, ihn auf Blutflecken hin zu untersuchen. Am Telefon hat er mir dann gesagt, dass er mitten auf dem Vordersitz ein paar Blutspritzer gefunden hat – ich bin mir fast sicher, dass es Hühnerblut war. Er hat sie mit einem von diesen Erfrischungstüchern rausgerieben. Dann hat er seine Angaben in den Mietvertrag eingetragen und den Vertrag in den Kasten für die Expressabfertigung geworfen. Danach ist er zurückgeflogen.«

315

»Was war mit den Schlüsseln? Du hast gesagt, er hätte ihn kurzgeschlossen.«

»Nun ja«, sagte Ginelli, »die Schlüssel sind die ganze Zeit schon das eigentliche Problem gewesen. Das war noch ein Fehler. Ich schiebe das auf meinen Mangel an Schlaf, genauso wie den anderen, aber vielleicht ist es tatsächlich schleichende Senilität. Sie waren immer noch in Spurtons Jackentasche. Ich hatte vergessen, sie rauszunehmen, bevor ich ihn zur Ruhe gebettet habe. Aber jetzt...« Er griff in seine Jacke, holte ein Schlüsselbund mit dem knallgelben Hertz-Anhänger hervor und ließ es vor Billys Nase klingeln. »*Ta-da!*«

»Du bist zurückgefahren«, sagte Billy. Seine Stimme war etwas heiser. »Großer Gott, du bist zurückgefahren und hast ihn wieder ausgegraben, um an die Schlüssel ranzukommen.«

»Also, früher oder später hätten die Murmeltiere oder die Bären ihn sowieso ausgebuddelt und in der Gegend herumgeschleift«, sagte Ginelli sachlich. »Oder die Jäger hätten ihn gefunden. Wahrscheinlich bei der Vogeljagd, wenn sie mit ihren Hunden unterwegs sind. Für die Hertz-Leute ist es jedenfalls nur ein kleineres Ärgernis, wenn sie einen Expressumschlag ohne die Schlüssel erhalten. Wie oft vergessen Leute, ihre Hotel- oder Mietwagenschlüssel abzugeben. Manchmal schicken sie sie zurück, meistens kümmern sie sich nicht drum. Dann wählt der Manager einfach eine achthunderter Nummer, liest die Seriennummer des betreffenden Wagens vor, und der Typ am anderen Ende – bei Ford oder GM oder Chrysler – gibt ihm das Schlüsselmuster durch. Presto! Schon hat er neue Schlüssel. Aber wenn jemand eine Leiche in eine Kiesgrube mit einer Stahlkugel im Kopf und einem Bund Hertz-Mietwagenschlüssel in der Hosentasche gefunden hätte, das zu mir zurückverfolgt werden könnte... nicht so gut. Sehr schlecht sogar. Hast du kapiert?«

»Ja.«

»Übrigens musste ich sowieso noch mal rausfahren«, sagte er leise. »Und diesmal konnte ich nicht den Nova nehmen.«

»Wieso nicht? Den hatten sie doch nicht gesehen.«

»Ich muss alles der Reihe nach erzählen, William. Dann wirst du es verstehen. Noch einen Schluck?«

Billy schüttelte den Kopf. Ginelli bediente sich.

»In Ordnung. Dienstag ganz früh die Hunde. Dienstag, später Vormittag der Nova. Dienstagabend, der Großangriff. Mittwochmorgen, auch ziemlich früh, der zweite Mietwagen. Hast du alles mitgekriegt?«

»Ich glaub schon.«

»Jetzt sprechen wir von einer Buick-Limousine. Der Kerl von Avis wollte mir einen Aries K andrehen. Hat behauptet, das wäre der einzige Wagen, den er noch übrig hätte; ich könne von Glück reden, dass ich ihn überhaupt noch bekäme. Aber ein Aries K war nicht das Richtige. Es musste eine Limousine sein. Unauffällig, aber ziemlich groß. Zwanzig Dollar waren nötig, um seine Meinung zu ändern, aber schließlich habe ich den Wagen bekommen, den ich wollte. Ich fuhr zum Bar Harbor Motor Inn zurück, stellte ihn ab und telefonierte in der Gegend rum, um festzustellen, ob alles so lief, wie ich es geplant hatte. Hierher bin ich dann im Nova gefahren. Der gefällt mir einfach, William – sieht aus wie eine Promenadenmischung und stinkt innen nach Kuhscheiße, aber er hat *Power*.

Ich bin also hierher gekommen und hab dich endlich beruhigen können. Doch war ich kurz vorm Zusammenbrechen, viel zu müde, um überhaupt nur daran zu denken, nach Bar Harbor zurückzufahren. Deshalb habe ich den ganzen Tag in deinem Bett verbracht.«

»Du hättest ja mal anrufen können. Das hätte dir mindestens eine Fahrt erspart«, sagte Billy.

Ginelli lächelte ihn an. »Ich weiß, ich hätte dich anrufen können, aber scheiß drauf! Ein Telefonanruf hätte mir nicht gezeigt, wie's dir geht. Du warst nicht der Einzige, der sich Sorgen gemacht hat, William.«

Billy senkte den Kopf und schluckte. Er hatte schon wieder einen Kloß im Hals. In letzter Zeit war er, wie es schien, immer kurz davor, in Tränen auszubrechen.

»So! Ginelli steht auf, erfrischt und ohne einen allzu großen Amphetaminkater. Er duscht, springt in den Nova, der nach einem Tag in der Sonne mehr denn je nach Kuhscheiße stinkt, und fährt nach Bar Harbor zurück. Dort holt er die kleineren Koffer aus dem Nova und öffnet sie in seinem Zimmer. In einem befindet sich eine achtunddreißiger Colt Woodsman mit Schulterholster. Was die beiden anderen enthalten, passt gut in seine Jackentaschen. Er verlässt das Zimmer und tauscht den Nova gegen den Buick. Eine Sekunde lang denkt er sich, wenn er zwei Personen wäre, bräuchte er nicht halb so viel Zeit darauf zu verschwenden, wie der Parkplatzwächter eines protzigen Restaurants in Los Angeles Wagen von einer Stelle an die andere zu fahren. Dann bricht er auf in das malerische Bankerton, wie er hofft, zum allerletzten Mal. Unterwegs hält er nur einmal an einem Supermarkt. Er geht hinein und besorgt sich zwei Dinge: ein großes Weckglas, in dem die Frauen Obst einmachen, und eine Zweiliterflasche Pepsi-Cola. Als er in Bankerton ankommt, bricht gerade die Dämmerung herein. Er fährt zur Kiesgrube und marschiert einfach rein. Er weiß, jetzt hat es keinen Sinn mehr, schüchtern zu sein – wenn man in der Aufregung der letzten Nacht die Leiche gefunden hat, sitzt er sowieso in der Tinte. Aber es ist niemand da. Und er findet auch keine Anzeichen, dass jemand dagewesen wäre. Also gräbt er nach Spurton, tastet ein bisschen herum und zieht den großen Preis heraus. Genauso wie bei der Wundertüte.«

Ginellis Stimme war vollkommen ausdruckslos, aber Billy sah vor seinem geistigen Auge einen Film ablaufen – keinen besonders angenehmen: Ginelli geht in die Knie, schiebt den Kies mit beiden Händen zur Seite, ertastet

Spurtons Hemd ... den Gürtel ... schließlich die Hosentasche. Greift hinein. Wühlt sich durch sandiges Kleingeld,
das wohl nie wieder ausgegeben wird. Und darunter ...
kaltes Fleisch, bei dem schon die Totenstarre eingesetzt
hat. Endlich – die Schlüssel. Und schnell wird das Loch
wieder zugescharrt.

»*Brrr*«, sagte Billy und schüttelte sich.

»Es ist alles eine Frage der Perspektive, William«, sagte
Ginelli gelassen. »Glaub mir, es ist so.«

Ich glaube, das ist es, was mir dabei Angst macht, dachte
Billy und hörte dann mit wachsendem Staunen zu, wie
Ginelli das Ende seiner bemerkenswerten Abenteuerge-
schichte erzählte.

Mit den Hertz-Schlüsseln in der Tasche ging er zu dem
Buick von Avis zurück. Er schraubte die Cola auf und
goss sie in das Weckglas, das er hinterher sorgfältig ver-
schloss. Dann machte er sich auf den Weg ins Zigeunerlager.

»Ich wusste, dass sie noch da sein würden«, sagte er.
»Nicht, weil sie den Wunsch hatten, noch zu bleiben, sondern weil die Cops ihnen mit aller Deutlichkeit erklärt haben würden, dass sie so lange an Ort und Stelle zu bleiben
hätten, bis die Untersuchung abgeschlossen sei. Hier haben wir einen Haufen von, na ja, Nomaden könnte man sie
wohl nennen, Fremde in einer Provinzstadt wie Bankerton, und ein anderer Fremder oder Fremde kommen mitten in der Nacht daher und schießen den Platz zusammen.
Die Cops neigen dazu, sich für diese Art von Geschichten
zu interessieren.«

Allerdings waren sie daran interessiert. Am Rand des
Feldes parkten ein Streifenwagen der Staatspolizei von
Maine und zwei nicht gekennzeichnete Plymouths. Ginelli
stellte die Limousine zwischen den beiden Plymouths ab
und ging den Hügel hinunter auf das Lager zu. Das Pon-
tiac-Wrack war schon abgeschleppt worden. Vermutlich

zu einem Ort, wo sich die Leute von der Spurensicherung darüber hermachen konnten.

Als er den Hügel halb hinuntergeschlendert war, kam ihm ein Staatspolizist in Uniform entgegen, der auf dem Rückweg zu seinem Wagen war.

»Sie haben hier nichts zu suchen, Sir«, sagte der Beamte. »Ich muss Sie bitten weiterzufahren.«

»Ich habe ihn davon überzeugt, dass ich doch etwas in dem Lager zu suchen hätte«, erzählte Ginelli grinsend.

»Wie hast du das geschafft?«

»Hab ihm das hier gezeigt.«

Ginelli griff in seine Brusttasche und warf Billy ein kleines Ledermäppchen zu. Billy öffnete es. Er wusste sofort, was er da in den Händen hielt; im Lauf seiner Tätigkeit als Anwalt waren ihm ein paar von diesen Dingern unter die Augen gekommen. Er hätte noch eine Menge mehr davon gesehen, wenn er sich auf Stafrecht spezialisiert hätte. Es war ein FBI-Ausweis mit Ginellis Foto. Ginelli wirkte darauf fünf Jahre jünger. Sein Haar war ganz kurz geschnitten, beinahe ein Bürstenhaarschnitt. Der Ausweis identifizierte ihn als Special Agent Ellis Stoner.

Plötzlich fiel alles in Billys Kopf an den richtigen Platz.

Er blickte von dem Ausweis hoch. »Du hast den Buick haben wollen, weil er mehr wie ein –«

»Wie ein Regierungsauto aussieht, klar. Eine große unauffällige Limousine. Ich wollte nicht in einer rollenden Thunfischdose daherkommen, wie der Avis-Kerl sie mir anbieten wollte, und ganz sicher wollte ich nicht in Farmer Johns Drive-in-Fickmaschine dort aufkreuzen.«

»Das hier – ist das eins von den Dingen, die dein Bekannter auf seiner zweiten Reise mitgebracht hat?«

»Ja.«

Billy warf den Ausweis zurück. »Sieht fast echt aus.«

Ginellis Lächeln verblasste. »Abgesehen vom Bild«, sagte er leise, »*ist* er das.«

320

Einen Augenblick herrschte Schweigen, während Billy versuchte, sich diesmal keine Gedanken darüber zu machen, was Special Agent Stoner passiert sein könnte und ob er vielleicht Kinder gehabt hatte.

Schließlich sagte er: »Du hast also zwischen den beiden Plymouths geparkt und dem Cop diesen Ausweis unter die Nase gehalten, nachdem du fünf Minuten vorher in einer Kiesgrube nach einer Leiche gegraben hattest, um ihr einen Wagenschlüssel aus der Tasche zu ziehen.«

»Nee«, sagte Ginelli, »es waren eher zehn.«

Auf seinem Weg ins Lager hinunter entdeckte er zwei Männer, die hinter dem Einhorn-Wohnwagen am Boden knieten. Sie waren leger gekleidet, aber ganz offensichtlich Cops. Beide hatten eine kleine Gartenkelle in der Hand. Ein dritter Beamter stand über ihnen und beleuchtete mit einer starken Taschenlampe die Stelle, an der sie die Erde umgruben.

»Halt, Moment, hier ist wieder eine«, sagte einer der beiden. Er holte mit der Kelle eine Kugel aus der Erde und ließ sie in einen Eimer fallen. *Pling!* Zwei Zigeunerjungen, offensichtlich Brüder, standen daneben und beobachteten sie.

Ginelli war eigentlich ganz froh, dass die Cops da waren. Niemand hier wusste, wie er aussah, und auch Taduz Lemke hatte nichts als einen dunklen Rußflecken gesehen. Außerdem war es völlig plausibel, dass ein FBI-Agent an einem Ort auftauchte, an dem eine Schießerei stattgefunden hatte, in der eine vollautomatische russische Schusswaffe die Hauptrolle spielte. Aber Ginelli hatte großen Respekt vor Taduz Lemke bekommen. Und dahinter steckte mehr als nur das Wort, das man Spurton auf die Stirn geschrieben hatte; es war die Art, wie der Alte nicht von der Stelle gewichen war, als die Kugeln vom Kaliber 7,62 aus der Dunkelheit auf ihn zugeflogen waren. Und dann war da natürlich noch das, was mit William geschah. Er spürte, dass es durchaus im Bereich des Möglichen lag, dass der alte Mann wusste, wer er war. Er könnte es an seinen Augen ablesen oder auf seiner Haut riechen oder was auch immer.

Unter keinen Umständen hatte er die Absicht, sich von dem alten Zigeuner mit der verfaulten Nase anfassen zu lassen.

Es war das Mädchen, auf das er es abgesehen hatte.

Er durchquerte den inneren Kreis und klopfte an die Tür eines abseits stehenden Wohnwagens. Er musste zweimal anklopfen, bevor die Tür von einer etwa vierzigjährigen Frau mit ängstlichem, misstrauischem Blick geöffnet wurde.

»Was immer Sie wünschen, wir haben es nicht«, sagte sie. »Bei uns gibt es große Probleme, Mister. Tut mir Leid, wir haben geschlossen.«

Ginelli zeigte ihr seinen Ausweis. »Special Agent Stoner, Ma'am. FBI.«

Ihre Augen weiteten sich. Sie bekreuzigte sich schnell und sagte etwas auf Romani, dann wieder auf Englisch: »O Gott, was kommt als Nächstes? Hier stimmt überhaupt nichts mehr. Seit Susanna tot ist, scheint ein Fluch auf uns zu liegen. Oder –«

Sie wurde von ihrem Mann zur Seite gestoßen, der sie anraunzte, sie solle den Mund halten.

»Special Agent Stoner«, fing Ginelli von vorne an.

»Yeah, ich hab gehört, was Sie gesagt haben.« Er kletterte schwerfällig aus dem Wagen. Ginelli schätzte ihn auf fünf-undvierzig, aber er sah älter aus. Er war ein extrem großer Mann, der aber seinen Rücken so krumm hielt, dass er bei-nahe missgestaltet wirkte. Über riesigen ausgebeulten Ber-mudashorts trug er ein Disney-World-T-Shirt. Er roch nach billigem Rotwein, und als müsse er sich bald übergeben. Er sah ganz so aus wie die Art von Männern, denen so etwas häufiger passiert. So drei- bis viermal die Woche. Ginelli glaubte, ihn von der vorherigen Nacht wiederzuerkennen –

es sei denn, es gäbe noch mehr ein Meter neunzig bis ein
Meter fünfundneunzig große Kerle unter den Zigeunern.
Billy erzählte er, dass der Mann einer von denen war, die
mit der Anmut eines blinden Epileptikers, der gerade einen
Herzanfall erlitt, die Flucht ergriffen hatten.

»Was wollen Sie? Wir haben die Cops schon den ganzen
Tag auf dem Hals. Wir haben die Cops *immer* auf dem Hals,
aber das hier ist … einfach … *lächerlich!*« Er sprach mit einer hässlichen, tyrannischen Stimme, und seine Frau redete eifrig in Romani auf ihn ein.

Er drehte den Kopf zu ihr um. »*Det krigiska jag-haller!*«,
sagte er und fügte sicherheitshalber hinzu: »Halt den
Mund, du Schlampe!« Die Frau zog sich zurück. Der Mann
in dem Disney-Hemd wandte sich wieder Ginelli zu. »Was
wollen Sie? Warum gehen Sie nicht zu Ihren Kumpels da
drüben, wenn Sie was wissen wollen?« Er nickte zu den
Leuten von der Spurensicherung hinüber.

»Dürfte ich bitte Ihren Namen erfahren?«, fragte Ginelli
mit gleichbleibender, ausdrucksloser Höflichkeit.

»Warum fragen Sie nicht die da?« Trotzig verschränkte
er seine dicken, schwammigen Arme. Unter seinem Hemd
wackelten seine enormen Brustansätze. »Wir haben denen
unsere Namen gegeben. Wir haben schon alles gesagt. Jemand hat mitten in der Nacht ein paar Schüsse auf uns ab-
gegeben. Mehr wissen wir auch nicht. Wir wollen einfach
nur in Ruhe gelassen werden. Wollen endlich weg aus
Maine, weg aus New England, weg von der beschissenen
Ostküste.« Und etwas leiser fügte er hinzu: »Und nie mehr
wiederkommen.« Der Zeigefinger und der kleine Finger
seiner linken Hand hatten unwillkürlich ein Zeichen gebildet, das Ginelli schon von seiner Mutter und seiner
Großmutter kannte – es war das Zeichen gegen den bösen
Blick. Er glaubte nicht, dass der Mann sich dieser Geste bewusst war.

»Es gibt zwei Möglichkeiten, wie unser Gespräch verlaufen kann«, sagte Ginelli, immer noch von Kopf bis Fuß

der höfliche FBI-Mann. »Entweder Sie beantworten meine Fragen, Sir, oder es besteht die Möglichkeit, dass Sie in eine staatliche Strafanstalt eingeliefert werden, wo Sie auf eine Entscheidung darüber warten, ob ein Verfahren wegen Behinderung der Justiz gegen Sie eröffnet wird. Sollten Sie für schuldig befunden werden, müssten Sie mit fünf Jahren Gefängnis und fünftausend Dollar Geldbuße rechnen.«

Eine neue Flut von Romaniwörtern schwappte aus dem Wohnwagen, die fast schon hysterisch zu nennen war.

»*Enkelt!*«, schrie der Mann heiser, aber als er sich zu Ginelli umwandte, war sein Gesicht merklich blasser geworden. »Sie sind verrückt.«

»Nein, Sir«, sagte Ginelli. »Was gestern Nacht hier passiert ist, war nicht nur eine Angelegenheit von ein paar Schüssen. Es sind mindestens drei Feuerstöße aus einer vollautomatischen Schusswaffe abgefeuert worden. Der Privatbesitz jeglicher Art von Maschinenpistolen und vollautomatischen Schnellfeuerwaffen ist in den Vereinigten Staaten illegal. In diesem Fall ist also das FBI zuständig, und ich muss Sie darauf hinweisen, dass Sie im Augenblick bis zur Hüfte in der Scheiße stecken und dass die Scheiße immer tiefer wird. Und ich nehme nicht an, dass Sie schwimmen können.«

Einen Moment lang sah der Mann ihn noch mürrisch an und sagte dann: »Ich heiße Heilig. Trey Heilig. Das hätten Ihnen die da auch sagen können.« Er wies mit dem Kopf in die Richtung.

»Die haben ihre Aufgabe zu erledigen, ich habe meine. Wollen Sie jetzt mit mir reden?« Der große Mann nickte resigniert.

Ginelli ließ sich von Trey Heilig berichten, was in der letzten Nacht geschehen war. Mitten in der Vernehmung kam einer der Detectives zu ihnen herüber, um festzustellen, wer er war. Er warf nur einen kurzen Blick auf Ginellis Ausweis und trabte mit besorgter und zugleich beeindruckter Miene schnell wieder davon.

324

Heilig behauptete, dass er schon bei den ersten Schüssen aus dem Wagen gesprungen wäre, den Schützen anhand des aufblitzenden Mündungsfeuers lokalisiert hätte und den Hügel an der linken Seite hinaufgerannt wäre, um ihm von der Flanke her in den Rücken zu fallen. Aber in der Dunkelheit wäre er über einen Baumstumpf oder so was Ähnliches gefallen, mit dem Kopf auf einem Stein aufgeschlagen und eine Weile bewusstlos gewesen – andernfalls hätte er den Scheißkerl mit Sicherheit zu fassen bekommen. Zur Unterstreichung seiner Geschichte deutete er auf einen blauen Fleck an seiner linken Schläfe, der mindestens drei Tage alt war und den er sich wahrscheinlich bei einem alkoholbedingten Sturz zugezogen hatte. *Aha*, dachte Ginelli und blätterte die Seite in seinem Notizbuch um. Er hatte genug von dem Hokuspokus. Es wurde langsam Zeit, dass er zur Sache kam.

»Vielen Dank, Mr. Heilig, Sie sind mir eine große Hilfe gewesen.«

Das Reden schien den Mann besänftigt zu haben. »Nun ja … das ist schon okay. Tut mir Leid, dass ich Sie vorhin so angefahren habe. Aber wenn Sie an unserer Stelle wären …« Er zuckte die Achseln.

»Cops«, sagte seine Frau hinter ihm. Sie lugte aus der Tür heraus, wie ein sehr alter, sehr müder Dachs, der nachsehen wollte, wie viele Hunde draußen waren und wie bösartig sie aussahen. »Überall Cops, wohin wir auch kommen. Das ist normal. Aber das hier ist anders. Die Leute haben Angst.«

»*Enkelt, Mamma*«, sagte Heilig, aber jetzt etwas freundlicher.

»Ich muss noch mit zwei anderen Leuten hier reden. Vielleicht könnten Sie mir zeigen, wo sie sind«, sagte er und betrachtete eine leere Seite in seinem Notizbuch. »Mr. Taduz Lemke und eine Mrs. Angelina Lemke.«

»Taduz schläft da drinnen«, sagte Heilig und zeigte auf den Einhorn-Wohnwagen. Das hielt Ginelli für eine wirklich gute Nachricht, falls es stimmte. »Er ist schon sehr alt, und die ganze Aufregung hat ihn doch sehr erschöpft. Ich glaube, Gina ist in ihrem Wohnwagen da drüben – aber sie ist noch keine Missus.«

Er zeigte mit seinem schmutzigen Zeigefinger auf einen kleinen grünen Toyota mit einem hübschen Holzaufbau auf dem Heck.

»Vielen Dank.« Ginelli klappte sein Notizbuch zu und steckte es in seine hintere Hosentasche.

Heilig zog sich erleichtert in seinen Wohnwagen (und vermutlich zu seiner Flasche) zurück. Im dämmernden Abendrot ging Ginelli noch einmal durch den inneren Kreis, diesmal zum Wohnwagen des Mädchens. Sein Herz schlug, wie er Billy gestand, schnell und heftig. Er atmete tief durch und klopfte an die Tür.

Es kam nicht gleich eine Antwort, und er hatte die Hand schon zum zweiten Klopfen erhoben, als plötzlich die Tür geöffnet wurde. William hatte ihm zwar gesagt, dass sie schön sei, aber auf das Ausmaß ihrer Schönheit war er nicht vorbereitet gewesen – diese dunklen, offen blickenden Augen, deren Hornhaut so weiß war, dass sie andeutungsweise ins Bläuliche überging, ihre klare olivfarbene Haut, die rosig schimmerte. Er blickte kurz auf ihre Hände und sah, dass sie sehnig und kräftig waren. Die Nägel waren nicht lackiert, sauber und so kurz geschnitten wie bei einem Bauern. In einer dieser Hände hielt sie ein Buch über statistische Soziologie.

»Ja?«

»Special Agent Ellis Stoner, Miss Lemke«, sagte er, und sofort verdunkelte sich das klare, helle Leuchten ihrer Augen, als wäre ein Vorhang darüber gefallen. »FBI.«

»Ja?«, fragte sie nochmals, aber jetzt war nicht mehr Leben in ihrer Stimme als in einem Anrufbeantworter.

»Wir untersuchen die Schießerei, die gestern Nacht hier stattgefunden hat.«

»Sie und die halbe Welt«, sagte sie. »Na, untersuchen Sie drauflos, aber wenn ich meine Fernstudiumslektion nicht bis morgen früh im Briefkasten habe, werden mir wegen Verspätung Punkte abgezogen. Wenn Sie mich also entschuldigen wollen –«

»Wir haben Gründe zu vermuten, dass ein Mann namens William Halleck hinter der Sache stecken könnte«, sagte Ginelli. »Sagt Ihnen der Name etwas?« Natürlich tat er das. Ihre Augen weiteten sich einen Moment lang und *glühten* regelrecht. Ginelli hatte sie für unglaublich schön gehalten. Das tat er immer noch, aber jetzt glaubte er auch, dass dieses Mädchen tatsächlich Frank Spurton getötet haben konnte.

»Dieses *Schwein!*« Sie spuckte auf den Boden. »*Han satte sig pa en av stolarna! Han sneglade pa nytt mot hyllorna i vild! Vild!*«

»Ich habe ein paar Fotos von dem Mann, den wir für William Halleck halten«, sagte Ginelli sanft. »Sie sind von einem unserer Agenten mit einem Teleobjektiv in Bar Harbor aufgenommen worden, und –«

»*Natürlich* ist es Halleck!«, sagte sie. »Dieses Schwein hat meine *tante-nyjad* – meine Großmutter – umgebracht! Aber er wird uns nicht mehr lange belästigen. Er …« Sie biss sich auf die volle Unterlippe, um ihre Worte bei sich zu behalten. Wäre Ginelli wirklich der Mann gewesen, für den er sich ausgab, hätte sie sich jetzt schon ein ausgiebiges, detailliertes Verhör dafür eingehandelt. Er tat jedoch so, als hätte er es überhört.

»Auf einer der Fotografien scheint Halleck einem anderen Mann Geld zu geben. Wenn Sie ihn tatsächlich als Halleck identifizieren können, dann ist der andere vermutlich der Heckenschütze, der gestern Nacht Ihrem Lager einen Besuch abgestattet hat. Ich hätte gern, dass Sie und Ihr Großvater sich die Bilder ansehen, um Halleck zu identifizieren, wenn Sie können.«

»Er ist mein Urgroßvater«, sagte sie zerstreut. »Ich glaube, er schläft gerade. Mein Bruder ist bei ihm. Ich

327

würde ihn nur ungern wecken.« Sie schwieg einen Augenblick. »Nein, ich würde ihn lieber in Ruhe lassen. Es würde ihn nur aufregen. Die letzten Tage sind furchtbar anstrengend für ihn gewesen.«

»Nun ja, dann schlage ich Folgendes vor«, sagte Ginelli. »Sehen Sie sich die Bilder an, und wenn Sie sicher sind, dass Sie Halleck erkannt haben, brauchen wir den alten Herrn nicht weiter zu belästigen.«

»Ja, das wäre gut. Wenn Sie dieses Schwein Halleck zu fassen kriegen, werden Sie ihn dann einsperren?«

»O ja. Ich habe einen Haftbefehl bei mir, in den ich nur seinen Namen einzusetzen brauche.«

Das überzeugte sie. Als sie aus dem Wohnwagen hüpfte, wobei ihr Rock einen atemberaubenden Blick auf ihre braunen Beine preisgab, sagte sie etwas, das Ginelli eine Gänsehaut über den Rücken jagte. »Ich glaube kaum, dass es von ihm noch viel einzusperren gibt.«

Sie kamen an den Leuten von der Spurensicherung vorbei, die in der tiefer werdenden Abenddämmerung immer noch den Sand nach Kugeln durchwühlten. Sie kamen an mehreren Zigeunern vorbei, einschließlich der beiden Zwillinge, die schon identische Schlafanzüge anhatten. Gina nickte ihnen zu und sie grüßten zurück, wahrten aber Abstand – der große italienisch aussehende Mann war vom FBI, und man mischte sich am besten in solche Dinge nicht ein.

Sie ließen das Lager hinter sich und kletterten den Hügel hinauf zu Ginellis Auto. Die Dunkelheit hatte sie verschluckt.

»Es war so einfach wie nur was, William. Die dritte Nacht hintereinander, und es war so einfach... warum auch nicht? Das Lager wimmelte nur so von Cops. Wäre der Kerl, der auf sie geschossen hatte, etwa gleich am nächsten Tag zurückgekommen, um wieder zuzuschlagen, während die Polizei noch den Tatort untersuchte? Das glaubten sie nicht, aber sie sind dumm, William. Von den anderen hatte ich das erwartet, aber nicht vom Alten – du lernst nicht dein ganzes Leben lang, den Cops zu misstrauen und sie zu hassen, um dann plötzlich zu glauben, dass sie dich gegen den Mann beschützen werden, der dir an den Kragen will. Aber der Alte schlief. Er ist erschöpft, und das ist gut so. Wir könnten ihn kriegen, William. Es könnte vielleicht klappen.«

Sie gingen zu dem Buick. Ginelli öffnete die Fahrertür, während das Mädchen neben ihm wartete. Als er sich hineinbeugte und mit einer Hand den .38er Colt aus dem Schulterholster zog, während er mit der anderen gleichzeitig den Deckel des Weckglases öffnete, spürte er, wie ihre Stimmung abrupt von hasserfülltem Jubel in Argwohn umschlug. Er selbst lief auf Hochtouren. Seine Emotionen und Intuitionen ließen ihn vibrieren, so dass seine Sinne sich förmlich nach außen kehrten. Er schien direkt zu spüren, wie ihr plötzlich das Zirpen der Grillen bewusst wurde. Dazu die Dunkelheit, die sie umgab, die Leichtigkeit, mit der sie sich von den anderen hatte weglocken lassen. Und das von einem Mann, den sie noch nie zuvor gesehen hatte, zu einem Zeitpunkt, in dem sie es besser hätte wissen müssen, in dem sie *keinem* Mann hätte vertrauen dürfen, den sie noch nie gesehen hatte. Jetzt kam ihr zum ersten Mal der Gedanke, warum dieser »Ellis Stoner« die Fotos nicht mit ins Lager genommen hatte, wenn er schon so scharf darauf war, Halleck identifizieren zu lassen. Aber da war es schon zu spät. Er hatte den einen Namen erwähnt, der garantiert eine Kurzschlussreaktion bei ihr auslöste und sie mit Hass und Rachgier verblendete.

»Da wären wir«, sagte Ginelli und drehte sich wieder zu ihr um, den Colt in der einen, das Einmachglas in der anderen Hand.

Wieder weiteten ihre Augen sich. Ihre Brust bebte, als sie tief Luft holte.

»Du kannst schreien«, sagte Ginelli, »aber ich garantiere dir, das wird der letzte Laut sein, den du je von dir hören wirst, Gina.«

Eine Sekunde lang dachte er, sie würde es trotzdem tun... doch dann atmete sie mit einem langgezogenen Seufzen aus.

»*Du bist* also derjenige, der für das Schwein arbeitet«, rief sie. »*Hans satte sig pa*-«

»Sprich Englisch, du Hure«, sagte er fast beiläufig, und sie zuckte zurück, als hätte er sie geschlagen.

»Du nennst mich nicht eine Hure«, flüsterte sie. »Niemand wird mich eine Hure nennen.« Ihre Hände – diese kräftigen Hände – verkrümmten sich zu Klauen.

»Du nennst meinen Freund ein Schwein, also nenne ich dich eine Hure, deine Mutter eine Hure, deinen Vater einen Arschlöcher leckenden Gossenköter«, sagte Ginelli. Er sah, wie sie die Zähne bleckte und knurrte – und grinste. Etwas in diesem Grinsen ließ sie stocken. Sie wirkte nicht ängstlich – Ginelli erzählte Billy später, dass er damals nicht so recht gewusst hätte, ob sie zu Angstgefühlen überhaupt fähig war – aber auf die heißen Wellen ihrer Wut schien sich dämpfende Vernunft zu legen. Ein Gespür dafür, mit wem und womit sie es zu tun hatte.

»Was denkst du eigentlich, was das hier ist?«, fragte er. »Ein Spiel? Ihr verflucht einfach einen Mann mit Frau und Kind und haltet das für ein Spiel? Glaubst du, dass er diese Frau – deine Großmutter – mit Absicht überfahren hat? Glaubst du, dass er den Auftrag hatte, sie umzubringen? Glaubst du, dass ihm die Mafia den Auftrag gegeben hatte, deine Großmutter zu töten? Scheiße!«

Sie weinte jetzt vor Hass und Zorn. »Er hat sich von seiner Frau einen runterholen lassen, als er sie auf der Straße überfahren hat! Und dann haben sie ihn... sie *han tog in pojken*, haben ihn freigesprochen. Aber wir haben ihn bestraft. Und du wirst der Nächste sein, du Freund eines Schweins. Es ist egal, was –«

330

Er schob den Deckel des Einmachglases mit dem Daumen zurück, und ihr Blick fiel zum ersten Mal auf dieses Gefäß. Und genau da wollte er ihn haben.

»Säure, du Hure«, sagte Ginelli und schüttete ihr den Inhalt ins Gesicht. »Jetzt wirst du sehen, wie viele Menschen du noch mit deiner Schleuder erschießen kannst, wenn du blind bist.«

Sie stieß einen hohen, lang gezogenen Schrei aus und schlug die Hände vors Gesicht. Zu spät. Sie fiel zu Boden. Ginelli drückte ihr den Fuß auf den Nacken.

»Schrei, und ich bringe dich um. Dich und die ersten drei deiner Freunde, die hergerannt kommen.« Er nahm den Fuß weg. »Es war Pepsi-Cola.«

Sie setzte sich auf die Knie und funkelte ihn durch ihre gespreizten Finger hindurch an. Seine außerordentlich feinnervigen, beinahe telepathischen Sinne verrieten ihm, dass er ihr das nicht hätte sagen müssen. Sie wusste es schon, hatte es in dem Augenblick begriffen, als das ätzende Beißen ausgeblieben war. Und einen winzigen Augenblick später – gerade noch rechtzeitig genug – spürte er, dass sie ihm an die Eier gehen wollte.

Ihrem Sprung – geschmeidig wie der einer Raubkatze – wich er aus und trat ihr voll in die Seite. Ihr Hinterkopf knallte an die Chromverzierung der offen stehenden Wagentür. Ein lautes Krachen, und sie fiel in sich zusammen. Blut lief ihre makellose Wange hinunter.

Ginelli beugte sich in der Gewissheit, dass sie bewusstlos sei, über sie, da warf sie sich fauchend auf ihn. Mit einer Hand zerkratzte sie seine Stirn, die Fingernägel der anderen rissen den Ärmel seines Pullovers auf und schnitten ihm tief ins Fleisch.

Ginelli knurrte und stieß sie wieder zu Boden. Er presste ihr die Pistole gegen die Nase: »Na los! Willst du es versuchen? Willst du das? Nur zu, du Hure! Mach schon! Worauf wartest du noch? Du hast mir das Gesicht zerkratzt! Es wird mir ein Vergnügen sein, wenn du es versuchen willst!«

Sie lag still und starrte ihn mit Augen an, die so dunkel wie der Tod waren.

»Du würdest es tun«, sagte er. »Wenn es allein um dich ginge, würdest du es tun. Aber das würde ihn umbringen, nicht wahr? Den alten Mann?«

Sie schwieg, aber ein mattes Leuchten flackerte kurz durch ihre dunklen Augen.

»Du denkst daran, was ich dem Alten angetan hätte, wenn im Weckglas wirklich Säure gewesen wäre. Dann denk erst recht mal darüber nach, wie er darunter leiden würde, wenn ich sie nicht dir, sondern den beiden Zwillingen in ihren GI-Joe-Pyjamas ins Gesicht schütten würde. Ich wäre dazu imstande, Hure. Ich könnte es tun, nach Hause fahren und mir ein gutes Abendessen gönnen. Du siehst mir ins Gesicht, und du weißt, dass ich dazu fähig wäre.«

Endlich sah er Unsicherheit und etwas, das Ähnlichkeit mit Angst hatte, in ihren Augen aufdämmern – aber nicht Angst um sich selbst.

»Er hat euch verflucht«, sagte Ginelli. »Der Fluch bin ich.«

»Scheiß auf seinen Fluch!«, flüsterte sie und wischte sich mit verächtlicher Geste das Blut von der Wange.

»Er hat mir aufgetragen, niemanden zu verletzen«, fuhr Ginelli fort, als ob sie nichts gesagt hätte. »Das habe ich auch nicht. Aber mit heute Abend ist das vorbei. Ich weiß nicht, wie oft dein alter Opa mit solchen Sachen bisher durchgekommen ist, aber diesmal wird es ihm nicht gelingen. Sag ihm das. Sag ihm, er soll es wegnehmen. Sag ihm, es ist das letzte Mal, dass ich darum bitte. Hier, nimm das.«

Er drückte ihr einen Zettel in die Hand, auf den er die Nummer der »sicheren« Telefonzelle in New York geschrieben hatte.

»Du wirst diese Nummer heute um Mitternacht anrufen und mir erzählen, was der alte Mann dazu zu sagen hat. Wenn du eine Antwort von mir brauchst, ruf zwei Stunden später noch mal dieselbe Nummer an. Dann kannst du deine Nachricht in Empfang nehmen… wenn es eine geben sollte. Und das war's. So oder so wird die Tür ins Schloss fallen. Niemand, der sich nach zwei Uhr unter dieser Nummer meldet, wird auch nur einen blassen Schimmer davon haben, wovon du redest.«

»Er wird es niemals wegnehmen.«

»Kann schon sein«, sagte Ginelli. »Das hat mir dein Bruder letzte Nacht auch schon gesagt. Aber das geht dich nichts an. Du wirst offen und ehrlich mit ihm reden und es ihm dann selbst überlassen, welche Entscheidung er treffen wird – aber achte darauf, ihm klarzumachen, dass der Boogie-Woogie erst *richtig* losgeht, wenn er nein sagt. Du bist als Erste dran. Dann die Zwillinge. Und danach jeder andere, den ich in die Finger kriege. Sag ihm das. Jetzt steig in den Wagen.«

»Nein.«

Ginelli verdrehte die Augen. »Wirst du endlich vernünftig werden? Ich will ja nur Zeit genug haben, hier rauszukommen, ohne dass sich zwölf Cops an meine Fersen heften. Wenn ich dich umbringen wollte, hätte ich dir dann eine Nachricht aufgetragen?«

Sie stand auf, ein wenig zittrig, aber sie schaffte es allein. Sie setzte sich hinters Lenkrad und rutschte auf den Beifahrersitz hinüber.

»Nicht weit genug.« Ginelli wischte sich etwas Blut von der Stirn und zeigte es ihr auf seinen Fingerspitzen. »Nach dieser Erfahrung will ich, dass du dich ganz nah an die Tür kauerst wie ein Mauerblümchen bei seiner ersten Verabredung.« Sie presste sich an die Tür. »Gut«, sagte er und stieg ein. »Da bleibst du jetzt!«

Er fuhr rückwärts zur Finson Road hinauf, ohne die Scheinwerfer einzuschalten. Die Reifen des Buick drehten ein bisschen auf dem trockenen Timotheus-Gras durch. Er wechselte den Colt von der Rechten in die Linke, um den Wagen lenken zu können, sah, dass sie sich bewegte, und richtete den Lauf sofort auf sie. »Falsch. Beweg dich ja nicht. Du darfst nicht mal blinzeln. Hast du mich verstanden?«

»Ja.«

»Gut.«

Er fuhr den Weg zurück, den er gekommen war, den Colt ständig auf sie gerichtet.

»So ist das immer«, sagte sie erbittert. »Für nur ein bisschen Gerechtigkeit müssen wir so viel bezahlen. Ist er dein Freund, dieses Schwein Halleck?«

»Ich hab dir gesagt, dass du ihn nicht so nennen sollst. Er ist kein Schwein.«

»Er hat uns verflucht«, sagte sie mit verwunderter Geringschätzung in der Stimme. »Sag ihm von mir, Mister, dass *Gott* uns schon verflucht hat, lange bevor er oder irgendjemand seines Stammes überhaupt existiert hat.«

»Spar dir das für deinen Sozialarbeiter auf, Baby.«

Sie schwieg.

Eine Viertelmeile vor der Kiesgrube, in der Frank Spurton ruhte, hielt Ginelli den Wagen an.

»Okay, das ist weit genug. Steig aus.«

»Sicher.« Sie sah ihn mit ihren unergründlichen Augen fest an. »Eins solltest du noch wissen, Mister – unsere Wege werden sich wieder kreuzen, und wenn das geschieht, werde ich dich töten.«

»Nein«, sagte er. »Das wirst du nicht tun. Weil du mir nämlich heute Nacht dein Leben verdankst. Und wenn dir das nicht reicht, du undankbare Schlampe, dann zähl das Leben deines Bruders von gestern Nacht mit dazu. Du redest und redest, aber im Grunde hast du von solchen Dingen keine Ahnung. Du begreifst einfach nicht, warum du in diesem Fall keine echte Chance hast, warum du in diesem Fall *nie* eine Chance haben wirst, solange du nicht aufgibst. Ich habe einen Freund, den man wie einen Drachen steigen lassen kann, wenn man eine Leine an seinem Hosengürtel festbindet. Und was hast du? Ich werde dir sagen, was du hast. Einen alten Urgroßvater, der meinen Freund verflucht hat und sich dann wie eine Hyäne in der Nacht weggeschlichen hat.«

Jetzt weinte sie, und sie weinte bitterlich. Die Tränen liefen ihr in Strömen über die Wangen.

»Willst du sagen, dass Gott auf deiner Seite steht?«, fragte sie ihn. Ihre Stimme war so belegt, dass er die Worte kaum verstehen konnte. »Ist es das, was du meinst? Für diese Gotteslästerung sollst du in der Hölle brennen. Sind wir Hyänen? Wenn wir es sind, dann haben uns Menschen wie dein Freund dazu gemacht. Mein Urgroßvater sagt, es *gibt* keine Flüche, nur Spiegel, die man den Seelen der Männer und Frauen vorhält.«

»Steig aus«, sagte er. »Wir können nicht miteinander reden. Wir können uns ja nicht einmal hören.«

»Das stimmt.«

Sie machte die Tür auf und stieg aus. Als er losfuhr, schrie sie ihm nach: »*Dein Freund* ist *ein Schwein, und er wird dünn sterben!*«

»Aber ich glaube nicht, dass du das wirst«, sagte Ginelli.

»Wie meinst du das?«

Ginelli blickte auf seine Uhr. Es war schon nach drei. »Das erzähl ich dir im Wagen. Du hast um sieben eine Verabredung.«

Wieder spürte Billy die scharfe, hohle Nadel der Angst im Bauch. »Mit ihm?«

»Genau. Lass uns losfahren.«

Als Billy aufstand, bekam er plötzlich wieder Herzrhythmusstörungen – den längsten Anfall, den er bisher gehabt hatte. Er schloss die Augen und fasste sich an die Brust – was von ihr noch übrig war. Ginelli griff ihm unter die Arme.

»Alles in Ordnung, William?«

Billy blickte in den Spiegel und sah Ginelli, der ein groteskes Raritätenmonster in schlotternden Kleidern auf-

335

recht hielt. Sein Herzschlag beruhigte sich wieder. Jetzt spürte er nur noch ein anderes, ebenso vertrautes Gefühl – die geronnene, milchige Wut, die sich gegen den alten Mann richtete ... und gegen Heidi.

»Geht schon wieder«, sagte er. »Wohin fahren wir?«

»Nach Bangor«, sagte Ginelli.

23. Kapitel: Das Tonband

Sie nahmen den Nova. Beides, was Ginelli ihm über den Wagen erzählt hatte, stimmte: Er roch ziemlich streng nach Kuhdung, und er fraß die Strecke zwischen Northeast Harbor und Bangor mit riesigen Happen. Gegen vier hielt Ginelli und kaufte eine große Tüte Klaffmuscheln. Sie parkten auf einem Rastplatz und teilten sich die Muscheln zusammen mit einem Sechserpack Bier. Die zwei oder drei Familien, die an den Picknicktischen saßen, warfen Billy Halleck einen verstohlenen Blick zu und verzogen sich dann ans äußerste Ende des Platzes.

Beim Essen erzählte Ginelli seine Geschichte zu Ende. Er brauchte nicht lange.

»Gestern Abend gegen elf Uhr war ich wieder in meinem John-Tree-Motelzimmer«, sagte er. »Ich hätte vielleicht früher wieder da sein können, aber ich habe ein paar Schleifen gedreht, Umwege gemacht, bin mal wieder zurückgefahren, um sicherzugehen, dass niemand mich verfolgt. Sobald ich im Zimmer war, rief ich in New York an und schickte jemanden zur Telefonzelle, deren Nummer ich dem Mädchen gegeben hatte. Ich sagte ihm, er solle einen Kassettenrekorder und einen Anzapfstecker mitnehmen – eben diese Apparatur, die Reporter gebrauchen, wenn sie Interviews übers Telefon machen. Ich wollte mich hier nicht aufs Hörensagen verlassen, William, das wirst du wohl verstehen. Er sollte mich anrufen und mir das Band vorspielen, sobald das Mädchen aufgelegt hatte.

Während ich auf den Rückruf wartete, habe ich meine Kratzer desinfiziert. Ich will nicht sagen, dass sie Tollwut hat oder so was, William, aber es steckte so viel Hass in ihr …«

»Ich weiß«, sagte Billy und dachte grimmig: *Ich weiß es wirklich. Denn ich nehme zu. In dieser einen Hinsicht nehme ich wirklich zu.*

Der Anruf kam um Viertel nach zwölf. Mit geschlossenen Augen und die Finger der linken Hand an die Schläfe gepresst, war Ginelli dazu in der Lage, Billy beinahe den exakten Wortlaut des Tonbandes wiederzugeben.

Ginellis Mann: Hallo?

Gina Lemke: Arbeiten Sie für den Mann, den ich heute Abend getroffen habe?

Ginellis Mann: Ja, das könnte man sagen.

Gina: Sagen Sie ihm, mein Urgroßvater sagt –

Ginellis Mann: Ich habe ein Tonband ans Telefon angeschlossen. Ich meine damit, was Sie sagen, wird aufgenommen. Ich werde es dem Mann, den Sie erwähnt haben, nachher vorspielen.

Gina: So etwas können Sie machen?

Ginellis Mann: Ja. Sie sprechen jetzt sozusagen direkt mit ihm.

Gina: Na gut. Mein Urgroßvater sagt, er wird es wegnehmen. Ich sage zu ihm, er ist verrückt, schlimmer noch, er hat Unrecht, aber er bleibt fest. Er sagt, es darf keine weitere Furcht und keine weiteren Verletzungen mehr für sein Volk geben – er wird es wegnehmen. Aber dazu muss er sich mit Halleck treffen. Er kann es nicht wegnehmen, wenn er ihn nicht sieht. Morgen Abend wird mein Urgroßvater um sieben Uhr in Bangor sein. Es gibt dort einen Park. Er liegt zwischen zwei Straßen: Union und Hammond Street. Er wird auf einer Bank sitzen, und er wird allein sein. Du hast also gewonnen, großer Mann, du hast gewonnen. *Mi hela po klockan.* Sieh zu, dass du deinen Freund, dieses Schwein, morgen Abend um sieben in den Fairmont Park in Bangor bringst.«

Ginellis Mann: Ist das alles?

Gina: Ja. Sagen Sie ihm nur noch, ich wünsche ihm, dass sein Schwanz schwarz wird und abfällt.

Ginellis Mann: Sie sagen es ihm gerade selbst, Schwester, aber das würden Sie nicht tun, wenn Sie wüssten, mit wem Sie sprechen.

Gina: Sie können mich auch am Arsch lecken.

Ginellis Mann: Sie sollten um zwei noch mal hier anrufen, um zu hören, ob eine Nachricht für Sie vorliegt.

Gina: Ich werde anrufen.

»Sie hat aufgelegt«, sagte Ginelli. Er stand auf, warf die leeren Muschelschalen in den Abfalleimer, kam an den Tisch zurück und sagte ohne jedes Mitleid: »Mein Mann hat gesagt, es hätte sich so angehört, als ob sie das ganze Gespräch hindurch geweint hätte.«

»Herr im Himmel«, murmelte Billy.

»Jedenfalls ließ ich den Mann das Tonband wieder ans Telefon anschließen und meine Nachricht aufnehmen. Sie lautete folgendermaßen: »Hallo, Gina. Hier ist Special Agent Stoner. Ich habe deine Nachricht erhalten. Sie klingt, als ob sie ernst gemeint wäre. Mein Freund William wird heute Abend um sieben im Park sein. Er wird allein sein, aber ich werde ihn beobachten. Ich nehme an, dass deine Leute ebenfalls da sein werden. Das ist in Ordnung. Lass uns beide nur zusehen und uns nicht in das einmischen, was die beiden untereinander auszumachen haben. Wenn meinem Freund irgendetwas passieren sollte, werdet ihr einen hohen Preis dafür zahlen.«

»Und das war's?«

»Das war's.«

»Der alte Mann hat nachgegeben.«

»Ich *glaube*, dass er nachgegeben hat. Es kann ja immer noch eine Falle sein.« Ginelli sah ihm nüchtern in die Augen. »Sie wissen jetzt, dass ich dabei sein werde. Sie könnten noch beschlossen haben, dass sie dich vor meinen Augen töten, um sich an mir zu rächen, und es dann darauf ankommen lassen, was als Nächstes geschieht.«

»Sie töten mich sowieso schon.«

»Das Mädchen könnte es sich sogar in den Kopf setzen, die Sache in die eigene Hand zu nehmen. Sie ist wahnsinnig, William. Wenn Leute vor Wut wahnsinnig sind, tun sie nicht immer das, was man ihnen sagt.«

Billy sah ihn nachdenklich an. »Nein, das tun sie wohl nicht. Aber so oder so habe ich keine andere Wahl, oder?«

»Nein ... ich glaube nicht. Bist du bereit?«

Billy blickte kurz zu den Leuten hinüber, die ihn anstarrten, und nickte. Er war seit langem auf diesen Augenblick vorbereitet.

Auf dem halben Weg zurück zum Auto fragte er: »Hast du eigentlich irgendwas bei dieser Sache für mich getan, Richard?«

Ginelli blieb stehen, sah ihn an und lächelte ein bisschen. Das Lächeln war fast nicht zu sehen ... aber das Funkeln und Sprühen in seinen Augen war so scharf wie noch nie – zu scharf für Billy. Er musste den Blick abwenden.

»Ist das so wichtig, William?«

24. Kapitel:
Purpurfargade
Ansiktet

Sie erreichten Bangor am späten Nachmittag. Ginelli lenkte den Nova in eine Tankstelle, ließ ihn voll tanken und sich von dem Tankwart den Weg beschreiben. Billy saß erschöpft auf dem Beifahrersitz. Als Ginelli zurückkam, musterte er ihn mit einem besorgten Blick.

»William, ist alles in Ordnung mit dir?«

»Ich weiß es nicht«, sagte Billy und revidierte seine Antwort. »Nein.«

»Ist es wieder deine Pumpe?«

»Yeah.« Er musste an die Worte von Ginellis Mitternachtsarzt denken – Kaliummangel… irgendetwas, woran Karen Carpenter gestorben sein könnte. »Ich müsste etwas essen, das Kalium enthält. Ananas. Bananen. Oder Apfelsinen.« Sein Herz brach in einen unregelmäßigen Galopp aus. Billy lehnte sich zurück, schloss die Augen und wartete auf den Tod. Doch der Aufruhr legte sich wieder. »Einen ganzen Sack voller Orangen.«

Ein Stück oberhalb der Tankstelle war ein Supermarkt. Ginelli parkte auf dem Bürgersteig. »Bin gleich wieder da. Halt durch, William.«

»Na klar«, sagte Billy schwach. Sobald Ginelli den Wagen verlassen hatte, döste er ein. Er träumte. Im Traum sah er sein Haus in Fairview. Ein Geier mit abfaulendem Schnabel ließ sich außen auf der Fensterbank nieder und spähte ins Haus hinein. Drinnen fing jemand an zu kreischen.

Jemand anderes schüttelte ihn unsanft. Billy schreckte hoch. »Was?«

Ginelli lehnte sich zurück und atmete erleichtert auf. »Mein Gott, William, jag mir nie wieder so einen Schrecken ein!«

»Wovon redest du?«

»Ich hab gedacht, du bist tot, Mann. Hier.« Er legte ihm ein Netz voller Apfelsinen auf den Schoß. Billy zog mit seinen dünnen Fingern am Verschluss – Finger, die jetzt wie weiße Spinnenbeine aussahen –, aber der Verschluss gab nicht nach. Ginelli schlitzte das Netz mit seinem Taschenmesser auf und zerlegte ihm eine Apfelsine in vier Teile. Billy aß zuerst langsam, wie jemand, der nur seine Pflicht tut, doch dann bekam er plötzlich Heißhunger. Zum ersten Mal seit mehr als einer Woche schien er wieder so etwas wie Appetit zu haben. Sein aufgeregtes Herz schien sich auch wieder zu beruhigen und seinen alten stetigen Rhythmus wiederzufinden ... aber das konnte auch nur seine Einbildung sein, die ihm etwas vorgaukelte.

Er aß die erste Apfelsine auf und borgte sich Ginellis Messer aus, um eine zweite zu zerteilen.

»Besser?«, fragte Ginelli.

»Ja. Viel besser. Wann kommen wir zum Park?«

Ginelli fuhr den Wagen an den Randstein. Am Straßenschild erkannte Billy, dass sie sich an der Ecke Union Street und West Broadway befanden – im vollen Sommerlaub der Bäume raschelte eine milde Abendbrise. Gesprenkelte Schatten bewegten sich lässig über den Asphalt.

»Wir sind da«, sagte Ginelli schlicht. Billy spürte, wie ihm ein kalter Finger über die Wirbelsäule fuhr. »Jedenfalls sind wir so nahe dran, wie ich es will. Ich hätte dich ja lieber in der Stadt abgesetzt, aber du hättest eine Wahnsinnsaufregung verursacht, wenn du hergelaufen wärst.«

»Ja«, sagte Billy. »Kinder wären in Ohnmacht gefallen, und Frauen hätten Fehlgeburten bekommen.«

»Du hättest es sowieso nicht geschafft«, sagte Ginelli freundlich. »Außerdem spielt es keine Rolle. Der Park ist

342

gleich da unten am Fuß des Hügels. Nur eine Viertelmeile. Such dir eine Bank im Schatten und warte.«

»Und wo wirst du sein?«

»Ich werde da sein.« Ginelli lächelte. »Ich werde dich beobachten, aber vor allem werde ich nach dem Mädchen Ausschau halten. Wenn sie mich noch einmal sieht, bevor ich sie sehe, William, brauche ich nie wieder das Hemd zu wechseln, verstehst du?«

»Ja.«

»Ich werde dich im Auge behalten.«

»Danke«, sagte Billy, wobei er nicht sicher war, wie – oder wie sehr – er es meinte. Er *empfand* Dankbarkeit für Ginelli, aber es war ein kompliziertes, seltsames Gefühl, wie der Hass, den er für Michael Houston und für seine Frau empfand.

»*Por nada*«, sagte Ginelli und zuckte die Achseln. Er beugte sich über den Sitz, umarmte Billy und küsste ihn fest auf beide Wangen. »Bleib hart mit dem alten Scheißkerl, William.«

Billy lächelte. »Das werde ich«, versprach er und stieg aus dem Wagen. Der zerbeulte Nova fuhr los, und Billy sah ihm nach, bis er um die nächste Häuserecke gebogen war. Dann ging er langsam den Hügel hinunter, das Apfelsinennennetz in einer Hand hin und her schwingend.

Er bemerkte den kleinen Jungen kaum, der ihm auf halbem Weg entgegengekommen war, sich abrupt umdrehte, über den nächsten Zaun der Cowans' sprang und durch ihren Hinterhof davonschoss. Dieser kleine Junge würde in dieser Nacht schreiend aus einem Albtraum hochfahren, in welchem sich eine über die Straße schlurfende Vogelscheuche mit stumpfen Haaren auf dem Totenschädel über ihn beugte. Seine den Flur zu seinem Zimmer entlanghastende Mutter hörte ihn schreien: »*Er will, dass ich die Apfelsinen esse, bis ich sterbe! Apfelsinen esse, bis ich sterbe! Esse, bis ich sterbe!*«

Der Park war weitläufig, schattig und schön. Eine Horde Kinder spielte auf einem Abenteuerspielplatz, wippte auf den Wippen, rutschte die Rutschbahn hinunter, ließ sich von den Klettergerüsten herunterhängen. Weiter hinten auf einer Wiese war ein Softballspiel im Gange – die Jungen gegen die Mädchen, wie es aussah. Dazwischen spazierten die Leute in der Abendsonne, ließen Drachen steigen, Frisbees durch die Luft segeln, aßen Kartoffelchips, tranken Cola, schlürften Milkshakes. Es war eine typisch amerikanische Mittsommer-Szenerie in der zweiten Hälfte des zwanzigsten Jahrhunderts, und einen Augenblick lang erwärmte sich Billys Herz dafür – für *sie.*

Alles, was hier noch fehlt, sind die Zigeuner, flüsterte eine innere Stimme ihm zu, und wieder lief ihm ein kalter Schauer über den Rücken, kalt genug, um ihm eine Gänsehaut auf die Arme zu jagen. Abrupt verschränkte er sie über seiner spindeldürren Brust. *Die Zigeuner sollten hier sein, nicht wahr? Ihre alten Kombiwagen mit den NRA-Aufklebern an den rostigen Stoßstangen, ihre Wohnwagen, ihre Kleinbusse mit den Wandbildern an den Seiten – und dann Samuel mit seinen Jonglierkegeln und Gina mit ihrer Schleuder. Und alle kämen sie angerannt. Sie kamen immer angerannt, wenn die Zigeuner da waren. Um ihnen beim Jonglieren zuzusehen, die Schleuder selbst mal auszuprobieren, ihre Zukunft zu hören, eine Salbe oder ein Pülverchen zu kaufen, um ein Mädchen aufs Kreuz zu legen – oder wenigstens davon zu träumen –, um zu beobachten, wie die Hunde sich gegenseitig zerfleischten. Sie kamen* immer *angerannt. Weil das alles so fremdartig war. Klar, wir brauchen die Zigeuner. Wir haben sie immer gebraucht. Denn wenn man niemanden hat, der immer mal wieder aus der Stadt verjagt werden kann, wie soll man dann wissen, dass man selbst dorthin gehört? Nun ja, sie werden bald kommen, stimmt's nicht?*

»Stimmt«, krächzte er und setzte sich auf eine Bank, die fast im Schatten stand. Seine Knie hatten plötzlich zu zit-

344

tern angefangen. Er fühlte sich schwach. Er holte eine Apfelsine aus dem Netz, und mit einiger Anstrengung gelang es ihm, sie zu schälen. Aber der Appetit war ihm wieder vergangen, und er konnte nur wenig davon essen.

Die Bank stand ein gutes Stück von den anderen entfernt, so dass Billy – so weit er sehen konnte – keine übertriebene Aufmerksamkeit auf sich zog. Aus der Entfernung konnte er gut als ein sehr dünner alter Mann gelten, der die letzten Strahlen der Abendsonne genoss.

Er saß einfach da. Als der Schatten langsam über seine Schuhe kroch, dann die Knie hinauf bis zu seinem Schoß, erfasste ihn eine fast phantastische Ahnung von Verzweiflung – ein Gefühl von Verschwendung und Flüchtigkeit, viel, viel dunkler als der unschuldige Abendschatten. Die Dinge waren zu weit gegangen. Nichts konnte mehr zurückgenommen werden. Nicht einmal Ginelli mit seiner schon fast psychotischen Energie konnte das, was geschehen war, noch verändern. Er konnte es nur noch schlimmer machen.

Ich hätte niemals ... dachte Billy, aber dann verblasste das, was er niemals hätte tun sollen, und wurde leise wie ein schlecht empfangenes Funksignal. Er nickte wieder ein. Und war wieder in Fairview, einem Fairview der Lebenden Toten. Überall lagen Leichen – verhungerte Menschen ... und etwas pickte an seiner Schulter.

Nein.

Pick.

Nein.

Aber es kam wieder. *Pick* und *pick* und *pick.* Es war der Geier mit dem verrotteten Schnabel. Natürlich, wer sonst? Er wollte den Kopf nicht umwenden aus Angst, dass der Geier ihm mit den schwarzen Überresten seines Schnabels die Augen aushackte. Aber

(pick)

der Geier pickte beharrlich weiter, und er

(pick! pick!)

wandte doch langsam den Kopf, allmählich aus dem Traum erwachend, und sah – ohne wirklich überrascht zu sein, dass Taduz Lemke neben ihm auf der Bank saß.

»Wach auf, weißer Mann aus der Stadt«, sagte er und zupfte ihn mit seinen gekrümmten, nikotinfleckigen Fingern kräftig am Ärmel. *Pick!* »Deine Träume sind schlecht. Ich rieche es am Gestank deines Atems.«

»Ich bin wach«, sagte Billy mit belegter Stimme.

»Bist du sicher?«, fragte Lemke mit einigem Interesse.

»Ja.«

Der Alte trug einen grauen Serge-Zweireiher und an den Füßen hochgeschnürte schwarze Schuhe. Das wenige Haar, das ihm noch geblieben war, war zu einem ordentlichen Mittelscheitel gezogen und weit aus der Stirn zurückgekämmt, die genauso faltig war wie das Leder seiner Schuhe. Ein goldener Reifen funkelte in seinem Ohrläppchen.

Billy sah, dass die Fäulnis sich weiter ausgedehnt hatte – dunkle Linien breiteten sich strahlenförmig von der Ruine seiner Nase aus und bedeckten den größten Teil seiner gefurchten linken Wange.

»Krebs«, sagte Lemke. Seine leuchtend schwarzen Augen – wahrlich die Augen eines Vogels – ließen keinen Augenblick von Billys Gesicht ab. »Freut dich das? Macht dich das glücklich?«

»Nein«, sagte Billy. Er versuchte immer noch, die restlichen Traumfetzen wegzuschieben, um sich an diese Realität hier zu klammern. »Nein, natürlich nicht.«

»Lüg nicht«, sagte Lemke. »Das hast du nicht nötig. Es macht dich glücklich. Natürlich macht es dich glücklich.«

»Nein, nichts davon freut mich«, sagte er. »Glaub mir, ich hab die Nase voll davon.«

»Ich glaube nie was, das ein weißer Mann aus der Stadt mir erzählt«, sagte Lemke. In seiner Stimme lag eine grauenhafte Art von Genialität. »Aber du bist krank. Oh yeah! Du denkst. Du *nastan farsk* – du stirbst daran, dünn zu sein.

Ich hab dir also was mitgebracht. Es wird dich wieder etwas dicker machen. Du wirst dich bald wohler fühlen.« Seine Lippen legten in einem abscheulichen Grinsen seine schwarzen Zahnstümpfe frei. »Aber nur, wenn jemand *anderes* es isst.«

Billy sah nach, was der Alte im Schoß hielt, und stellte mit einer schwebenden Art von *déjà vu* fest, dass es sich um eine Torte auf einem Wegwerfteller aus Aluminium handelte. Im Geiste hörte er wieder sein Traum-Ich zu seiner Traum-Frau sagen: *Ich will nicht mehr dick sein. Ich hab festgestellt, dass es mir gefällt, dünn zu sein. Iss du es.*

»Du hast Angst«, sagte Lemke. »Es ist zu spät für dich, Angst zu haben, weißer Mann aus der Stadt.«

Er holte ein Taschenmesser aus seiner Hosentasche und klappte es mit der schwerfälligen, erfahrenen Bedächtigkeit des Alters auf. Die Klinge war kürzer als die an Ginellis Messer, aber sie sah schärfer aus.

Der alte Mann stach mit der Klinge in die Tortenkruste und zog sie quer hinüber, wodurch er einen ungefähr acht Zentimeter langen Schlitz schuf. Dann zog er sie wieder heraus. Rote Tröpfchen fielen von ihr auf die Kruste. Er wischte die Klinge an seinem Anzugärmel ab, was dort einen dunkelroten Streifen hinterließ. Danach klappte er das Messer wieder zusammen und steckte es weg. Er legte seine krummen Daumen jeweils über den entgegengesetzten Rand des Tortentellers und zog sanft daran. Der Schlitz öffnete sich und gab eine viskose Flüssigkeit preis, in der dunkle Klumpen – Erdbeeren vielleicht – schwammen. Seine Daumen ließen den Teller los, und der Schlitz schloss sich. Darauf spannte er die Daumen wieder und öffnete den Schlitz. So fuhr er fort, ihn zu öffnen und wieder zugehen zu lassen, während er sprach. Billy war unfähig wegzusehen.

»So … du hast dich also davon überzeugt, dass es ein … wie hast du es genannt? … ein Puush wäre. Dass das, was mit meiner Susanna geschehen ist, deine Schuld nicht mehr gewesen sein soll als meine Schuld oder ihre Schuld oder Gottes Schuld. Du redest dir ein, man dürfe von dir nicht verlangen, dafür zu bezahlen – es gibt keine Schuld, sagst du. Sie gleitet von dir ab, weil deine Schultern gebrochen sind. Keine Schuld, sagst du. Das sagst du dir und sagst du dir und sagst du dir. Aber es gibt keinen Puush, weißer Mann aus der Stadt. Jeder bezahlt, sogar für Dinge, die er gar nicht getan hat. Kein Puush.«

Lemke verfiel einen Augenblick in nachdenkliches Schweigen. Seine Daumen spannten und entspannten sich, spannten und entspannten sich. Der Schlitz in der Torte öffnete und schloss sich.

»Weil du deine Schuld nicht auf dich nehmen wolltest – weder du noch deine Freunde –, habe ich euch dazu *gezwungen*. Ich habe sie euch angeheftet wie ein Mal. Für meine liebe tote Tochter, die du getötet hast, habe ich das getan, und für ihre Mutter und für ihre Kinder. Dann kommt dein Freund. Er vergiftet meine Hunde, schießt mitten in der Nacht mit seinem Gewehr um sich, legt Hand an eine Frau, droht damit, Kindern Säure ins Gesicht zu schütten. Nimm's weg, sagt er – nimm's weg und nimm's weg und nimm's weg. Und schließlich sage ich: In Ordnung, wenn du nur *podol enkelt* – wenn du von hier verschwindest. Nicht wegen der Dinge, die er getan hat, sondern wegen der Dinge, die er tun wird – er ist wahnsinnig, dieser Freund von dir. Er wird niemals aufhören. Sogar meine 'Gelina sagt, sie sieht es an seinen Augen, dass er niemals aufhören wird. Aber wir werden auch niemals aufhören, sagt sie. Und ich sage: Doch, das werden wir. Ja, wir werden aufhören. Denn wenn wir das nicht tun, dann sind wir genauso wahnsinnig wie der Freund des Stadtmenschen. Wenn wir nicht damit aufhören, müssen wir glauben, dass das, was der weiße Mann aus der Stadt sagt, richtig ist – Gott zahlt zurück, es gibt einen Puush.«

Spannen, entspannen. Spannen, entspannen. Auf und zu.

»›Nimm's weg‹, sagt er, und wenigstens sagt er nicht: ›Lass es verschwinden‹ oder ›Mach, dass es aufhört‹. Denn ein Fluch ist in gewisser Weise wie ein Baby.«

Seine alten dunklen Daumen zogen an dem Teller. Der Spalt dehnte sich.

»Niemand versteht diese Dinge. Auch ich nicht, aber ich weiß ein bisschen. ›Fluch‹ ist euer Wort. Aber unser Romaniwort ist besser. Hör zu: *Purpurfargade ansiktet*. Kennst du das?«

Billy schüttelte langsam den Kopf und fand, dass das Wort dunkel und bedeutsam klang.

»Es bedeutet so was wie ›Kind der Nachtblumen‹. Es ist genauso, als ob man ein Kind bekommt, das ein *varsel* – ein Wechselbalg – ist. Zigeuner sagen, *varsels* werden immer unter Lilien oder Nachtschattengewächsen gefunden. Diese Art, es zu sagen, ist besser, denn *Fluch* ist ein *Ding*. Was du hast, ist aber kein *Ding*. Was du hast, lebt.«

»Ja«, sagte Billy. »Es ist in mir, nicht wahr? Es ist in mir und frisst an mir.«

»Drinnen? Draußen?« Der Alte zuckte die Achseln. »Überall. Dieses Ding – *purpurfargade ansiktet* –, man bringt es auf die Welt wie ein Kind. Es wächst nur schneller und kräftiger als ein Kind. Und man kann es nicht töten, denn man kann es nicht sehen – man kann nur sehen, was es *tut*.«

Die Daumen entspannten sich. Der Schlitz schloss sich. Ein dunkelrotes Rinnsal rieselte über die leicht gewellte Tortenkruste.

»Dieser Fluch … du *dekent felt o gard da borg*. Sei zu ihm wie ein Vater. Willst du ihn immer noch loswerden?«

Billy nickte.

»Glaubst du immer noch an den Puush?«

»Ja.« Es war nur ein Krächzen.

Der alte Zigeuner mit der abfaulenden Nase lächelte. Die dunklen Linien der Fäulnis unter seiner linken Wange dehnten sich und zitterten. Der Park hatte sich geleert. Die Sonne neigte sich zum Horizont. Die Schatten bedeckten sie jetzt ganz. Plötzlich hielt er wieder das Taschenmesser mit offener Klinge in seiner Hand.

Er wird mich erstechen, dachte Billy verträumt. *Er wird mir ins Herz stechen und dann mit der Erdbeertorte unterm Arm wegrennen.*

»Nimm den Verband ab«, sagte Lemke.

Billy sah auf seine Hand hinunter.

»Ja – da, wo sie dich angeschossen hat.«

Billy entfernte die Klammern von der elastischen Binde und wickelte sie langsam ab. Seine Haut darunter war viel zu weiß – wie Fischfleisch. Im Kontrast dazu waren die Wundränder tiefrot. Die Farbe einer Leber. *Dieselbe Farbe wie diese Dinger da in der Torte,* dachte Billy. *Die Erdbeeren, oder was immer es ist.* Die Wunde hatte ihre fast vollendete Kreisform verloren. Die Ränder hatten sich zusammengezogen. Es sah jetzt fast genau so aus, wie …

Wie ein Schlitz, dachte Billy und ließ den Blick wieder zur Torte schweifen.

Lemke reichte ihm das Messer.

Wie soll ich wissen, ob du die Klinge nicht mit Kurare oder Zyankali oder Rattengift behandelt hast?, wollte er ihn schon fragen, aber dann unterließ er es. Der Grund war Ginelli. Ginelli und der Fluch des weißen Mannes aus der Stadt.

Der abgenutzte Handgriff des Messers passte bequem in seine Hand.

»Wenn du das *purpurfargade ansiktet* los sein willst, gibst du es zuerst der Torte … und dann gibst du die Torte mit dem Fluch-Kind darin jemand anderem. Aber das muss bald geschehen, sonst schlägt es doppelt auf dich zurück. Verstehst du mich?«

»Ja«, sagte Billy.

»Dann tu es, wenn du willst«, sagte Lemke. Seine Daumen spannten sich wieder. Der dunkle Schlitz in der Tortenkruste öffnete sich.

Billy zögerte, aber nur eine Sekunde lang. Dann sah er das Gesicht seiner Tochter vor sich, sah sie mit aller Deutlichkeit wie eine Fotografie, auf der sie ihm über die Schulter zulächelte, ihre Cheerleader-Pompons in den Händen wie große alberne purpurn-weiße Früchte.

Du hast Unrecht mit dem Push, alter Mann, dachte er. *Heidi für Linda. Meine Frau für meine Tochter. Das ist der eigentliche Push.*

Er stieß die Klinge von Taduz Lemkes Taschenmesser in die Wunde in seiner Handfläche. Der Schorf brach ganz leicht auf. Blut spritzte in den Schlitz der Torte. Undeutlich bemerkte er, dass Lemke sehr schnell in Romani sprach, wobei seine schwarzen Augen Billys weißes, hageres Gesicht keine Sekunde verließen.

Billy drehte das Messer in der Wunde und beobachtete, wie ihre geschwollenen Ränder sich teilten und sie ihre frühere Kreisform wieder annahm. Das Blut floss jetzt schneller. Er spürte keinen Schmerz.

»*Enkelt!* Genug.«

Lemke rupfte ihm das Messer aus der Hand. Plötzlich hatte Billy überhaupt keine Kraft mehr. Er sank rückwärts gegen die Parkbank. Er fühlte sich erbärmlich elend, erbärmlich *leer – so muss eine Frau sich fühlen, die gerade ein Kind geboren hat,* dachte er. Er blickte auf seine Hand hinunter und stellte fest, dass das Bluten aufgehört hatte.

Nein – das ist nicht möglich.

Dann sah er auf die Torte in Lemkes Schoß und entdeckte noch etwas, das unmöglich war – nur, dass es diesmal direkt unter seinen Augen geschah. Der alte Mann ließ den Teller los, und der Schlitz schloss sich wieder … und dann *gab* es einfach keinen Schlitz mehr. Die Kruste war völlig unversehrt bis auf zwei winzige Luftlöcher genau in der Mitte. Da, wo vorher der Schlitz gewesen war, zeichnete sich eine fast unsichtbare Zickzacklinie auf der Kruste ab.

Wieder sah er auf seine Hand, und das Blut, der Schorf, das offene Fleisch waren verschwunden. Die Wunde war vollkommen verheilt und hatte nur eine Narbe zurückge-

351

lassen – eine kleine, weiße Zickzacklinie, die sich mit seiner Herz- und seiner Lebenslinie überkreuzte.

»Das gehört dir, weißer Mann aus der Stadt«, sagte Lemke und stellte ihm die Torte auf den Schoß. Sein erster, beinahe unkontrollierbarer Impuls war, aufzuspringen und sie von sich zu stoßen, wie man sich einer großen Spinne entledigt, die einem jemand in den Schoß hat fallen lassen. Die Torte war abscheulich und pulsierte auf ihrem billigen Aluminiumteller, als wäre sie lebendig.

Lemke stand auf und blickte auf ihn hinab. »Fühlst du dich besser?«, fragte er.

Billy merkte, dass es ihm, abgesehen vom Ekel, den er vor dem widerlichen Ding auf seinem Schoß empfand, tatsächlich besser ging. Der Schwächeanfall war vorüber. Sein Herz schlug normal.

»Ein bisschen«, sagte er vorsichtig.

Der Alte nickte. »Ab jetzt wirst du wieder zunehmen. Aber in einer Woche, spätestens in zwei, wirst du einen Rückfall haben. Und dieses Mal wird es kein Halten mehr geben. Es sei denn, du findest jemanden, der das da isst.«

»Ja.«

Lemkes Augen wichen nicht von seinem Gesicht. »Bist du dir sicher?«

»Ja, ja«, rief Billy.

»Ich hab ein bisschen Mitleid mit dir«, sagte Lemke. »Nicht viel, aber ein bisschen. Vielleicht warst du einmal *pokol* – stark. Aber jetzt sind deine Schultern gebrochen. Es ist nicht dein Fehler ... es gibt Gründe ... du hast Freunde.« Er lächelte freudlos. »Warum isst du deinen Kuchen nicht selbst, weißer Mann aus der Stadt? Du wirst daran sterben, aber du stirbst stark.«

»Geh weg«, sagte Billy. »Ich habe nicht die geringste Ahnung, wovon du sprichst. Unser Geschäft ist erledigt, das ist alles, was ich weiß.«

»Ja. Unser Geschäft ist erledigt.« Sein Blick schweifte kurz zur Torte hinunter, dann wieder in Billys Gesicht zurück.

»Sei vorsichtig, wem du das Mahl zu essen gibst, das für dich gedacht war«, sagte er und ging fort. Als er einen der Joggingpfade zur Hälfte hinter sich gebracht hatte, drehte er sich noch einmal um. Es war das letzte Mal, dass Billy dieses unglaublich alte, unglaublich müde Gesicht sah. »Kein Puush, weißer Mann aus der Stadt«, sagte Taduz Lemke. »*Niemals.*« Damit drehte er sich um und ging weg.

Billy blieb auf der Parkbank und beobachtete ihn, bis er fort war.

Als Lemke in der Abenddämmerung verschwunden war, stand Billy auf und ging den Weg zurück, den er gekommen war. Er war schon zwanzig Schritte gegangen, bevor ihm einfiel, dass er etwas vergessen hatte. Er ging mit ernstem Gesicht und glasigen Augen zur Bank zurück und holte seine Torte. Sie war immer noch warm und pulsierte noch, aber davon wurde ihm jetzt nicht mehr schlecht. Er nahm an, ein Mensch konnte sich an alles gewöhnen, wenn man ihm genügend Anreiz bot.

Er machte sich auf den Weg zur Union Street.

Auf halbem Weg zu der Stelle, an der Ginelli ihn abgesetzt hatte, sah er den blauen Nova am Bordstein stehen. Zu diesem Zeitpunkt wusste er, dass der Fluch wirklich verschwunden war.

Er fühlte sich immer noch furchtbar schwach, und sein Herz zitterte in seiner Brust (wie bei einem Mann, der gerade auf etwas Fettiges getreten ist, dachte er), aber der Fluch war trotzdem weg. Und jetzt, da er nicht mehr da war, verstand er genau, was Lemke gemeint hatte: Ein Fluch ist etwas Lebendiges, ist wie ein blindes, unvernünftiges Kind. Ein Kind, das in ihm gesteckt und sich von ihm ernährt hatte. *Purpurfargade ansiktet.* Damit war es nun vorbei.

Aber er konnte die Torte, die er in den Händen trug, immer noch langsam, gleichmäßig pulsieren fühlen, und wenn er auf sie hinunterblickte, erkannte er ein rhythmi-

sches Pochen auf der Kruste. Und der billige Aluminiumteller bewahrte ihre schwache Wärme. Es schläft, dachte er
und erschauerte. Er kam sich vor wie jemand, der einen
schlafenden Teufel mit sich trägt.

Der Nova stand mit seinen höher gelegten Hinterrädern
und seiner nach unten gezogenen Schnauze am Bordstein.
Das Standlicht war eingeschaltet.

»Es ist vorbei«, sagte Billy, als er die Beifahrertür auf-
machte und einstieg. »Es ist vo...«

In dem Moment bemerkte er, dass Ginelli nicht im Wagen war. Wenigstens nicht sehr viel von ihm. In der tiefer
werdenden Dunkelheit hatte er nicht gesehen, dass er sich
nur wenige Zentimeter neben Ginellis abgetrennte Hand
gesetzt hatte. Das sah er erst jetzt. Es war eine körperlose
Faust, die am ausgefransten Handgelenk Spuren von Blut
und Fleischfetzen auf dem durchgescheuerten Sitz des
Nova hinterließ. Eine vom Körper losgelöste Faust voller
Stahlkugeln.

25. Kapitel: 122

»Wo bist du?« Heidis Stimme klang ärgerlich, ängstlich und müde. Billy war nicht sonderlich überrascht, dass er für diese Stimme überhaupt nichts mehr empfand – nicht einmal Neugier.

»Das tut nichts zur Sache«, sagte er. »Ich komme nach Hause.«

»Er ist vernünftig geworden! Gott sei Dank! Er ist endlich vernünftig geworden! Landest du in La Guardia oder auf dem Kennedy Airport? Ich hol dich ab.«

»Ich werde fahren.« Billy zögerte einen Moment. »Heidi, ich möchte, dass du Mike Houston anrufst und ihm sagst, du hättest deine Meinung hinsichtlich der Zwangseinweisung geändert.«

»Die was? Billy, wovon...?« Aber er erkannte an der plötzlichen Veränderung ihres Tons, dass sie genau wusste, wovon er sprach. Es war der schuldbewusste Tonfall eines Kindes, das beim Mopsen von Bonbons erwischt worden war. Auf einmal verlor er die Geduld mit ihr.

»Der Entmündigungsbeschluss«, sagte er. »In unserer Branche auch als Jagdschein bekannt. Ich habe hier alles, was ich mir vorgenommen hatte, erledigt und werde mich gern in jede Klinik einweisen lassen, in der du mich haben willst – die Glassman-Klinik, das Ziegendrüsen-Zentrum von New Jersey, das Midwestern College für Akupunktur. Aber wenn mich die Cops schnappen, sobald ich die Grenze nach Connecticut überschreite, und mich in Norwalk in die staatliche Irrenanstalt stecken, dann wird dir das sehr Leid tun, Heidi.«

Sie weinte. »Wir haben doch nur getan, was wir für das Beste hielten ... für dich, Billy. Eines Tages wirst du das einsehen.«

In seinem Kopf meldete sich Taduz Lemke zu Wort: *Es ist nicht dein Fehler ... es gibt Gründe ... du hast Freunde.* Er verdrängte die Stimme, aber sie hatte ihm doch eine Gänsehaut über die Arme und die Schultern gejagt. Langsam kroch sie ihm über den Hals ins Gesicht.

»Lass nur ...« Diesmal unterbrach Ginellis Stimme ihn: *Nimm's weg. Nimm's weg. William Halleck sagt, nimm es von ihm.*

Die Hand. Die Hand auf dem Sitz. Ein Weißgoldring mit einem roten Stein am Ringfinger – ein Rubin vielleicht. Feine schwarze Härchen zwischen den zweiten und dritten Fingerknöcheln. Ginellis Hand.

Billy schluckte. Er hörte ein Klicken in seiner Kehle.

»Lass nur das Papier für null und nichtig erklären«, sagte er.

»In Ordnung«, sagte sie rasch und kam dann zwangsläufig auf ihre Selbstrechtfertigung zurück. »Wir haben nur ... ich habe doch bloß ... ich dachte ... du bist auf einmal so *dünn* geworden, Billy. Und du hast so verrücktes Zeug geredet ...«

»*Okay.*«

»Das klingt, als ob du mich hasst.« Sie fing wieder an zu weinen.

»Sei nicht dumm«, sagte er – was nicht gerade ein Dementi war. Er wurde ruhiger. »Wo ist Linda? Ist sie zu Hause?«

»Nein. Sie ist für ein paar Tage zurück zu Tante Rhoda gefahren. Sie ist ... all das hat sie sehr aufgeregt, Billy.«

Jede Wette!, dachte er. Sie war inzwischen schon einmal von ihrer Tante nach Hause gekommen. Das wusste er, denn er hatte am Telefon mit ihr gesprochen. Und jetzt war sie wieder gefahren. Heidis Stimme verriet ihm, dass es diesmal aus eigenem Antrieb geschehen sein musste. *Hat sie etwa herausgefunden, dass du und der gute alte Mike Houston dabei wart, ihren Vater für verrückt erklären zu lassen, Heidi? Ist es das, was passiert ist?* Aber das war jetzt nicht so wichtig. Wichtig war nur, dass Linda nicht zu Hause war.

Seine Augen streiften die Torte, die er in seinem Zimmer im Northeast Harbor Motel auf dem Fernseher abgestellt hatte. Die Kruste bewegte sich immer noch ganz langsam auf und ab, wie ein Ekel erregendes Herz. Es war wichtig, dass seine Tochter keinesfalls auch nur in die Nähe von diesem Ding kam. Es war gefährlich.

»Ich fände es am besten, wenn sie so lange dort bliebe, bis wir beide uns ausgesprochen haben«, sagte er.

Heidi brach in lautes Schluchzen aus. Er fragte sie, was denn los sei.

»*Du* bist los – du klingst so kalt.«

»Ich werde schon wieder warm werden«, sagte er. »Mach dir keine Sorgen.«

Er hörte, wie sie die Tränen hinunterschluckte, wie sie sich bemühte, sich wieder in die Gewalt zu bekommen. Er wartete – weder geduldig noch ungeduldig. Er fühlte buchstäblich überhaupt nichts mehr. Das blanke Entsetzen, das ihn gepackt hatte, als ihm klar geworden war, dass das scheußliche Ding auf dem Sitz Ginellis Hand war, das war die letzte, starke Emotion gewesen, zu der er in dieser Nacht noch fähig war. Abgesehen von einem idiotischen Lachanfall, der ihn dann ein bisschen später überfallen hatte.

»In welcher Verfassung bist du jetzt?«, fragte sie schließlich.

»Es ist ein bisschen besser geworden. Ich wiege schon wieder hundertzweiundzwanzig Pfund.«

Sie zog hörbar die Luft ein. »Das sind sechs Pfund weniger als zu dem Zeitpunkt, an dem du weggefahren bist.«

»Aber es sind sechs Pfund mehr als gestern Morgen, als ich mich hier gewogen habe«, sagte er sanft.

»Billy … wir können das gemeinsam wieder in Ordnung bringen. Ich möchte, dass du das weißt. Ehrlich, das können wir. Das Wichtigste ist jetzt erst mal, dass du wieder gesund wirst, und danach können wir miteinander reden. Wir können auch einen Eheberater hinzuziehen, wenn du willst ... ich mache mit, wenn du mitmachst. Es ist nur ... wir ... wir ...«

O Gott, sie fängt schon wieder an zu heulen, dachte er gleichzeitig belustigt und schockiert von seiner eigenen Bosheit. Aber diese Gefühle waren nur sehr gedämpft. Dann sagte sie etwas, das ihn eigenartig berührte. Für einen kurzen Augenblick gab ihm das ein Gefühl für die alte Heidi wieder zurück ... und damit auch für den alten Billy Halleck.

»Ich gebe auch das Rauchen auf, wenn du möchtest«, sagte sie.

Billy blickte zur Torte auf dem Fernseher hinüber. Die Kruste hob und senkte sich gleichmäßig. Auf und ab, auf und ab. Er musste daran denken, wie dunkel sie gewesen war, als der alte Zigeuner sie aufgeschlitzt hatte; und an die halb enthüllten Klumpen, die allen physischen Jammer der Menschheit darstellen konnten oder nur Erdbeeren. Er dachte an sein Blut, das aus der Wunde in diesen Spalt geflossen war. Und er dachte an Ginelli. Der Augenblick der Wärme ging vorüber.

»Lieber nicht«, sagte er. »Wenn du das Rauchen aufgibst, wirst du fett.«

Später lag er, die Hände hinter dem Kopf verschränkt, auf dem Motelbett und blickte ins Dunkel. Es war Viertel vor eins, aber ihm war nie weniger nach Schlafen zumute gewesen. Erst jetzt in der Dunkelheit kam eine unzusammenhängende Erinnerung an die Zeit zwischen dem Moment, als er Ginellis Hand auf dem Beifahrersitz des Nova entdeckte, und dem, als er sich in diesem Zimmer wiederfand und mit seiner Frau telefonierte, zu Bewusstsein.

Er hörte ein Geräusch.

Nein.

Doch, da war eins. Es klang wie Atmen.

358

Nein. Das ist reine Einbildung.

Aber es war keine Einbildung; das war Heidis Religion, nicht die von William Halleck. Er wusste es inzwischen besser; er glaubte nicht mehr, dass gewisse Dinge nur in seiner Einbildung existierten. Wenn er es früher auch geglaubt hatte, jetzt glaubte er es nicht mehr. Die Kruste bewegte sich wie eine Schale aus weißer Haut über lebendem Fleisch. Und er wusste, wenn er jetzt hinüberginge und den Aluminiumteller berührte, würde er auch jetzt noch, sechs Stunden, nachdem er sie in Empfang genommen hatte, warm sein.

»*Purpurfargade ansiktet*«, murmelte er in die Dunkelheit, und es klang wie eine Beschwörungsformel.

Als er die Hand sah, sah er sie nur. Erst eine halbe Sekunde später begriff er, was er da sah, und er fuhr zurück und schrie laut auf. Durch die heftige Bewegung wippte die Hand zuerst nach links und dann nach rechts – es sah so aus, als ob Billy sie gefragt hätte, wie es ihr ginge, und sie darauf mit einer *Comme-ci-comme-ça*-Geste antwortete. Zwei Stahlkugeln schlüpften heraus und rollten bis zum Spalt zwischen Sitz und Rückenlehne.

Billy schrie noch einmal. Er hatte die Hände ans Kinn geschlagen und grub die Fingernägel in die Unterlippe. Seine Augen waren riesig und nass. Sein Herz veranstaltete ein großes schwaches Geschrei in seiner Brust. Die Torte rutschte gefährlich auf den Sitzrand zu. Um ein Haar wäre sie auf den Boden gefallen und zerplatzt.

Er griff schnell zu und stellte sie wieder richtig hin. Das Herzklopfen legte sich allmählich; er konnte wieder durchatmen. In dem Augenblick legte sich die Kälte, die Heidi später in ihrem Telefongespräch fühlen sollte, wie ein Stahlpanzer um ihn. Ginelli war vermutlich tot – nein, beim zweiten Nachdenken, streich das Vermutlich. Was hatte er zu ihm gesagt? *Wenn sie mich noch einmal sieht, bevor ich sie sehe, William, brauche ich nie wieder das Hemd zu wechseln.*

Dann sag es laut!

Nein, das wollte er nicht. Das nicht, und er wollte auch die Hand nie wieder ansehen. Also tat er beides.

»Ginelli ist tot«, sagte er. Er schwieg einen Augenblick, und dann, weil es zu helfen schien: »Ginelli ist tot, und es gibt nichts mehr, was ich dagegen tun kann. Außer, so schnell wie möglich von hier abhauen, bevor ein Cop...«

Er schaute zum Lenkrad und sah, dass der Schlüssel im Zündschloss steckte. Der Schlüsselring des Hinterwäldlers, der ein Foto von Olivia Newton John im Schweißband präsentierte, baumelte an einem Stück Rohleder. Es konnte sehr wohl das Mädchen – Gina – gewesen sein, das den Schlüssel ins Zündschloss zurückgesteckt hatte, als es die Hand im Wagen deponierte. Sie hatte Ginelli zwar erledigt, aber sie hätte sich niemals erdreistet, ein Versprechen zu brechen, das ihr Urgroßvater Ginellis Freund, dem berühmten weißen Mann aus der Stadt, gegeben hatte. Der Schlüssel war für ihn bestimmt. Plötzlich musste er daran denken, dass ja auch Ginelli schon einmal einem Toten die Autoschlüssel aus der Tasche gezogen hatte. Höchstwahrscheinlich hatte das Mädchen bei ihm jetzt genau dasselbe getan. Doch dieser Gedanke ließ ihn nicht erschauern.

Sein Verstand war jetzt sehr kalt, und er begrüßte diese Kälte.

Er stieg wieder aus dem Wagen, stellte die Torte vorsichtig auf den Boden vor dem Beifahrersitz, ging um den Wagen herum und setzte sich hinters Steuer. Und wieder wippte Ginellis Hand in dieser grauenhaften Geste. Er öffnete das Handschuhfach und fand eine sehr alte Landkarte von Maine. Er faltete sie auf und legte sie über die Hand. Dann endlich startete er den Nova und fuhr die Union Street hinunter.

Er war schon fünf Minuten gefahren, als er merkte, dass er die falsche Richtung eingeschlagen hatte. Anstatt nach Osten fuhr er nach Westen. Doch sah er gerade in dem Augenblick McDonald's goldene Rundbögen im Zwielicht aufflackern, und sein Magen knurrte. Er bog sofort ab und fuhr vor die Drive-in-Gegensprechanlage.

»Herzlich willkommen bei McDonald's«, begrüßte ihn die Stimme aus dem Lautsprecher. »Darf ich Ihre Bestellung entgegennehmen?«

»Ja, bitte – ich hätte gerne drei Big Macs, zwei Riesenportionen Pommes frites und einen Kaffee-Milchshake.«

Wie in den guten alten Zeiten, dachte er und lächelte. *Schling alles im Auto runter, wirf den Abfall weg und erzähl's Heidi nicht, wenn du nach Hause kommst.*

»Möchten Sie vielleicht noch einen Nachtisch dazu?«

»Klar. Einen Kirschkuchen bitte.« Er sah auf die ausgebreitete Landkarte. Bestimmt war die kleine Ausbuchtung westlich von Augusta Ginellis Ring. Ihm wurde schwarz vor Augen. »Und noch eine Schachtel McDonald Landkekse für meinen Freund hier«, sagte er und lachte.

Die Stimme las ihm die Bestellung noch einmal vor und sagte dann: »Das macht zusammen sechs Dollar neunzig, Sir. Fahren Sie bitte durch.«

»Und ob«, sagte Billy. »Das ist es, worauf es eigentlich ankommt, nicht wahr? Einfach nur immer durchfahren und versuchen, das Bestellte entgegenzunehmen.« Und wieder lachte er. Er fühlte sich gleichzeitig prima und zum Kotzen.

Das Mädchen am Schalter reichte ihm zwei warme weiße Tüten heraus. Er bezahlte, wartete auf sein Wechselgeld und fuhr weiter. An der Ecke des Gebäudes hielt er und nahm die alte Landkarte mit Ginellis Hand hoch. Er faltete die Ränder darunter zusammen, langte durchs offene Fenster und warf sie in die Mülltonne. Auf der Tonne tanzte ein Ronald McDonald mit einer Plastikgrimasse. Auf der Schwingklappe stand mit großen Buchstaben: ZEIG DEM ABFALL, WOHIN ER GEHÖRT.

»*Das* ist es auch, worauf es eigentlich ankommt«, sagte Billy. Er rieb seine Hand am Oberschenkel und lachte. »Einfach dem Abfall zeigen, wohin er gehört ... und dann dafür sorgen, dass er da auch bleibt.«

361

Diesmal bog er auf der Union Street in die richtige Richtung ein. Nach Osten. Nach Bar Harbor. Er lachte immer noch. Eine Zeit lang glaubte er, dass er nie mehr damit aufhören könnte – dass er einfach weiterlachen würde bis zu dem Tag, an dem er starb.

Weil ihn jemand dabei hätte beobachten können, wie er dem Nova zuteil werden ließ, was einer seiner Anwaltskollegen mal eine ›Fingerabdruckmassage‹ genannt hatte, wenn er dies auf einem verhältnismäßig öffentlichen Platz machte – dem Parkplatz des Bar Harbor Motor Inn zum Beispiel –, fuhr er den Nova auf einen verlassenen Rastplatz zirka vierzig Meilen hinter Bangor und machte sich an die Arbeit. Er hatte nicht die Absicht, in irgendeiner Weise mit diesem Wagen in Verbindung gebracht zu werden, wenn er es verhindern konnte. Er zog sein Jackett aus, drehte die Knöpfe nach innen und wischte sorgfältig jede Fläche ab, die er seiner Erinnerung nach berührt hatte oder berührt haben könnte.

Vor dem Büro des Motor Inn leuchtete das Alles-belegt-Schild, und Billy fand auch nur eine einzige freie Parklücke. Sie lag vor einer dunklen Wohneinheit, und Billy hatte wenig Zweifel, dass es sich um Ginellis John-Tree-Zimmer handelte.

Er ließ den Nova in die Lücke rollen, nahm die Torte, holte sein Taschentuch heraus, wischte Lenkrad und Gangschaltung damit ab und machte die Tür auf. Er wischte über den inneren Türgriff und steckte das Tuch wieder ein. Nachdem er ausgestiegen war, stieß er die Tür mit dem Hintern zu. Dann sah er sich um. Eine müde aussehende Mutter zankte sich mit einem noch müder aussehenden Kind. Zwei alte Männer standen vor dem Büro und unterhielten sich. Sonst entdeckte er niemanden. Er hatte auch nicht das Gefühl, beobachtet zu werden. Aus den Motelzimmern plärrten die Fernseher, und unten in der Stadt ging das Rock'n'Roll-Theater in den Bars wieder los, während Bar Harbors Sommergäste sich auf die nächtliche Party vorbereiteten.

Billy ging über den Vorplatz und in die Stadt hinunter. Er folgte seinen Ohren zu der Bar mit den lautesten Rockklängen. Sie nannte sich Salty Dog, und es standen, wie Billy gehofft hatte, Taxis davor – drei Stück, die auf den Lahmen, den Krummen und den Betrunkenen warteten. Er verhandelte mit einem der Fahrer, und für fünfzehn Dollar pries dieser sich glücklich, Billy nach Northeast Harbor fahren zu dürfen.

»Ich sehe, Sie haben Ihr Mittagessen dabei«, sagte er, als Billy einstieg.

»Oder das für einen anderen«, antwortete Billy und lachte. »Denn *das* ist es doch, worauf es wirklich ankommt, oder? Immer dafür sorgen, dass jemand sein Mittagessen bekommt.«

Der Fahrer warf ihm im Rückspiegel einen zweifelnden Blick zu. »Was immer Sie sagen, mein Freund – Sie bezahlen die Rechnung.«

Eine halbe Stunde später hatte er mit Heidi telefoniert.

Und jetzt lag er hier und lauschte auf etwas, das im Dunkeln atmete – etwas, das wie eine Torte aussah, in Wirklichkeit aber ein Kind war, das er und der alte Mann zusammen erschaffen hatten.

Gina, dachte er fast willkürlich. *Wo ist sie?* »Tu ihr nicht weh«, – *das hatte ich zu Ginelli gesagt. Aber wenn ich sie jetzt in die Finger bekommen könnte, würd ich selbst ihr wehtun ... ich würde ihr sehr wehtun für das, was sie mit Richard gemacht hat. Ihre Hand? Nein – ich würde dem alten Mann ihren Kopf hinterlassen ... ich würde ihr den Mund mit Stahlkugeln voll stopfen und ihm den Kopf liegen lassen. Und deshalb ist es auch sehr gut, dass ich nicht weiß, wo ich sie in die Finger bekommen könnte, weil niemand genau weiß, wie diese Dinge anfangen. Man streitet sich um etwas und verliert schließlich die Wahrheit aus den Augen, wenn sie unangenehm ist. Aber jeder weiß ge-*

363

nau, wie er es anstellt weiterzumachen: Erst steckt der eine einen
Schlag ein, dann der andere, der eine bekommt daraufhin zwei,
und teilt drei wieder aus ... der eine schießt einen Flughafen zusammen, der andere jagt eine Schule in die Luft ... und das Blut
fließt in der Gosse. Denn das ist es, worauf es wirklich ankommt, nicht wahr? Blut in der Gosse. Blut ...

Billy schlief, ohne zu merken, dass er schlief. Seine Gedanken gingen einfach in eine Reihe von grauenhaften,
verzerrten Träumen über. In einigen mordete er, in anderen wurde er ermordet. Und in allen atmete und pulsierte
etwas, doch er konnte dieses Etwas nie sehen, weil es in
ihm selbst steckte.

26. Kapitel: 127

MYSTERIÖSER MORDFALL –
MÖGLICHERWEISE BANDENKRIEG

Ein Mann, der gestern Nacht tot im Keller eines Apartmenthauses in der Union Street aufgefunden wurde, wurde als Angehöriger der New Yorker Unterwelt identifiziert. Richard Ginelli, in Gangsterkreisen auch als »Richie, der Hammer« bekannt, wurde dreimal – wegen Erpressung, illegalen Drogenhandels und Mordes – strafrechtlich verfolgt. Eine gemeinsam vom Staat New York und von Bundesbehörden durchgeführte Untersuchung von Ginellis Machenschaften wurde 1981 infolge des gewaltsamen Todes mehrerer Belastungszeugen fallen gelassen.

Aus einer dem Büro des Generalstaatsanwaltes von Maine sehr nahe stehenden Quelle verlautete gestern Nacht, dass der Gedanke an einen so genannten »Bandenmord« aufgrund der besonderen Todesumstände schon aufgetaucht sei, bevor das Opfer identifiziert worden war. Nach Aussage dieser Quelle sei Ginelli eine Hand abgenommen und auf seine Stirn mit Blut das Wort »Schwein« geschrieben worden.

Ginelli wurde vermutlich mit einer großkalibrigen Waffe erschossen, doch haben die Ballistiker der Staatspolizei es bisher abgelehnt, ihre Untersuchungsergebnisse zu veröffentlichen; ein Vorgang, den ein Beamter der Staatspolizei als »ebenfalls etwas ungewöhnlich« bezeichnete.

Die Nachricht stand auf der ersten Seite der *Bangor Daily News*, die Billy Halleck sich am Morgen gekauft hatte. Er überflog die Zeilen noch einmal, warf einen letzten Blick auf das Foto des Apartmenthauses, in dessen Keller sein Freund gefunden worden war, knüllte die Zeitung zusammen und stopfte sie in eine Mülltonne, die das Siegel des Staates Connecticut an der Seite trug und auf der Schwingklappe: ZEIG DEM ABFALL, WOHIN ER GEHÖRT.

»Das ist es wirklich, worauf es ankommt«, sagte er.

»Was ist, Mister?« Es war ein kleines, ungefähr sechsjähriges Mädchen mit Bändern im Haar und einem Schokoladefleck am Kinn. Sie führte ihren Hund spazieren.

»Ach, nichts«, sagte Billy und lächelte sie an.

»Marcy!«, rief die Mutter des kleinen Mädchens besorgt. »Komm hierher!«

»Tschüs«, sagte Marcy.

»Tschüs, Schätzchen.« Billy sah ihr nach, wie sie zu ihrer Mutter ging. Der kleine weiße Pudel stolzierte, an der Leine zerrend, vor ihr her. Seine Krallen kratzten auf dem Asphalt. Das Mädchen hatte die Mutter noch nicht erreicht, da ging das Geschimpfe schon los. Sie tat Billy Leid, denn sie hatte ihn an Linda erinnert, als Linda sechs Jahre alt gewesen war. Aber die Begegnung hatte ihn auch ermutigt. Auf der Waage zu stehen und zu sehen, dass man elf Pfund zugenommen hat, war eine Sache; eine ganz andere – und wesentlich bessere – Sache war es, wieder wie ein normaler Mensch behandelt zu werden, auch wenn das nur durch ein kleines Mädchen geschah, das den Familienhund auf dem Rastplatz spazieren führte und offenbar in dem Glauben lebte, dass es *massenhaft* Menschen auf dieser Erde gäbe, die wie wandelnde Baukräne durch die Gegend liefen.

Er hatte den gestrigen Tag in Northeast Harbor verbracht, nicht einmal so sehr, um sich auszuruhen, sondern eher, um ein Gefühl geistiger Normalität wiederzufinden. Er spürte es kommen … doch dann blickte er wieder zu der Torte, die immer noch auf ihrem billigen Aluminiumteller auf dem Fernseher stand – und schon war es ihm wieder entschlüpft.

Gegen Abend hatte er die Torte in den Kofferraum seines Wagens gestellt, was seine Stimmung erheblich verbessert hatte.

In der Dunkelheit, als jenes Gefühl von Normalität und zugleich das Bewusstsein seiner Einsamkeit am stärksten gewesen waren, hatte er sein altes zerfleddertes Adressbuch herausgesucht und Rhoda Simonson in Westchester County angerufen. Wenige Augenblicke später hatte er schon Linda am Telefon, die sich vor Freude kaum einkriegte, als sie seine Stimme hörte. Sie hatte in der Tat die Sache mit der Zwangseinweisung herausgefunden. Die Kette der Ereignisse, die dazu geführt hatte, war – soweit Billy dem folgen konnte oder wollte – ebenso schäbig wie vorhersehbar gewesen. Mike Houston hatte es seiner Frau erzählt. Seine Frau hatte es, vermutlich in betrunkenem Zustand, ihrer ältesten Tochter erzählt. Linda und das Houston-Mädchen hatten im letzten Winter eine Art Teenager-Zerwürfnis gehabt, und Samantha Houston hatte nichts Besseres zu tun gehabt, als zu Linda zu rennen und ihr zu erzählen, dass ihre liebe alte Mom gerade dabei wäre, ihren lieben alten Dad für verrückt erklären und in eine Korbflechterfabrik einweisen zu lassen.

»Was hast du ihr gesagt?«, fragte Billy.

»Ich hab ihr gesagt, sie soll sich einen Schirm in den Arsch stecken«, sagte Linda, und Billy lachte, bis ihm die Tränen kamen … aber es machte ihn auch traurig. Er war nur knapp drei Wochen von zu Hause weg gewesen, und seine Tochter hörte sich an, als wäre sie inzwischen drei Jahre älter geworden.

Linda war direkt nach Hause gegangen, um Heidi zu fragen, ob das, was Samantha Houston ihr erzählt hätte, tatsächlich wahr sei.

»Und?«, fragte Billy.

»Wir hatten einen riesigen Krach. Danach habe ich gesagt, ich würde lieber wieder zu Tante Rhoda ziehen, und sie hat gemeint, dass das vielleicht gar keine so schlechte Idee wäre.«

Billy zögerte einen Augenblick. Dann sagte er: »Ich weiß nicht, ob ich dir das sagen muss, Lin, aber ich bin nicht verrückt.«

»Oh, Daddy, das weiß ich doch«, sagte sie fast vorwurfsvoll.

»Und mir geht es wieder besser. Ich hab zugenommen.«

Sie jauchzte so laut, dass er den Hörer vom Ohr weghalten musste. »*Ehrlich*? Stimmt das *wirklich*?«

»Es stimmt. Wirklich.«

»Oh, Daddy, das ist ja *fantastisch!* Das ist … sagst du mir auch die Wahrheit? Nimmst du wirklich zu?«

»Bei meiner Pfadfinderehre!«, sagte er grinsend.

»Wann kommst du nach Hause?«

Und Billy, der Northeast Habor am nächsten Morgen in aller Frühe verlassen wollte, um spätestens abends um zehn durch seine Haustür in Fairview zu treten, antwortete: »Es wird wohl noch ein oder zwei Wochen dauern, Liebling. Ich will erst noch ein bisschen zunehmen. Ich sehe immer noch ziemlich abscheulich aus.«

»Oh«, sagte Linda enttäuscht. »Oh, okay.«

»Aber wenn ich komme, rufe ich dich früh genug an, dass du mindestens sechs Stunden vor mir da sein kannst«, sagte er. »Du kannst mir eine Lasagne machen, so wie damals, als wir aus Mohonk zurückgekommen sind, und mich wieder ein bisschen aufpäppeln.«

»Verflixter Mist«, sagte sie lachend und dann sofort: »Uups! Entschuldige, Daddy.«

»Schon vergessen. Bleib du so lange bei deiner Tante, Kätzchen. Ich will nicht, dass du dich noch weiter mit deiner Mutter zankst.«

»Ich hab sowieso keine Lust, nach Hause zu fahren, bevor du da bist.« Er hörte eine neue Festigkeit in ihrer Stimme. Hatte Heidi diese erwachsene Bestimmtheit an ihrer Tochter auch gespürt? Er nahm es an – das erklärte

zum Teil ihre Verzweiflung beim gestrigen Telefongespräch.

Er sagte Linda noch, dass er sie lieb habe, und legte auf.
Der Schlaf kam in dieser Nacht leichter, aber seine Träume
blieben schlecht. In einem hörte er Ginelli im Kofferraum
des Nova brüllen, man solle ihn endlich rauslassen. Doch
als er den Deckel öffnete, fand er nicht Ginelli, sondern
einen blutigen nackten Säugling, einen Jungen mit den al-
terslosen Augen von Taduz Lemke und einem funkelnden
Goldreifen im Ohrläppchen. Der Junge streckte seine blut-
befleckten Hände nach ihm aus und lächelte. Seine Zähne
waren silberne Nadeln.

»*Purpurfargade ansiktet*«, sagte er mit weinerlicher, un-
menschlicher Stimme, und Billy war zitternd in der kühlen, grauen Morgendämmerung der Atlantikküste aus dem
Schlaf hochgefahren.

Zwanzig Minuten später hatte er seine Motelrechnung
bezahlt und war in Richtung Süden unterwegs. Um Viertel
vor acht hatte er angehalten, um ein riesiges Bauernfrüh-
stück zu sich zu nehmen, hatte dann aber kaum etwas davon essen können, nachdem er die Zeitung aufgeschlagen
hatte, die er am Kiosk vor dem Restaurant gekauft hatte.

Hat mir jedoch nicht den Appetit aufs Mittagessen verdorben,
dachte er jetzt, als er zum Wagen zurückging. *Denn wieder
zuzunehmen ist auch etwas, worauf es wirklich ankommt.*

Die Torte stand neben ihm auf dem Beifahrersitz, warm
und pulsierend. Er warf ihr einen kurzen Blick zu, ließ
dann den Motor an und fuhr rückwärts aus der schrägen
Parklücke heraus. Als ihm klar wurde, dass er in weniger
als einer Stunde zu Hause sein würde, überkam ihn ein
seltsames, unangenehmes Gefühl. Er war zwanzig Meilen
gefahren, bevor er begriff, was es war: Aufregung.

27. Kapitel: Zigeunertorte

Er parkte den Wagen in der Auffahrt hinter seinem eigenen Buick, schnappte sich die Kluge-Tasche, das einzige Gepäckstück, das er mitgenommen hatte, und ging über den Rasen. Das weiße Haus mit den hellgrünen Fensterläden, das für ihn bis jetzt immer ein Symbol für Gemütlichkeit, Geborgenheit und Sicherheit gewesen war, sah jetzt fremd aus – so fremd, dass es ihm wie aus einer anderen Welt vorkam.

Hier hat der weiße Mann aus der Stadt gewohnt, dachte er. *Aber ich bin mir nicht sicher, ob es wirklich der ist, der jetzt endlich nach Hause kommt – der Kerl, der hier gerade über den Rasen geht, fühlt sich mehr wie ein Zigeuner. Ein sehr dünner Zigeuner.*

Die von zwei eleganten elektrischen Flambeaus flankierte Haustür öffnete sich, und Heidi trat auf die Veranda. Sie hatte einen roten Rock und eine ärmellose Bluse an, die Billy noch nie zuvor an ihr gesehen hatte. Außerdem hatte sie sich die Haare ganz kurz schneiden lassen, und eine Schrecksekunde lang glaubte er, dass es gar nicht Heidi sei, sondern eine fremde Frau, die ihr nur außerordentlich ähnlich sah.

Sie sah ihn an, das Gesicht zu weiß, die Augen zu dunkel, die Lippen zitterten.

»Billy?«

»Ich bin's«, sagte er und blieb stehen.

Sie standen sich gegenüber und sahen sich an. Heidis Gesicht strahlte eine Art erbärmliche Hoffnung aus. Billy hatte keinen Funken von Gefühl, aber sein Gesicht musste doch etwas ausgedrückt haben, denn sie brach sofort in Schluchzen aus. »Um Himmels willen, Billy, sieh mich nicht so an! Das kann ich nicht ertragen!«

Er spürte, wie ein Lächeln auf sein Gesicht trat – innerlich fühlte es sich an wie etwas Totes, das an die Oberfläche eines stillen Sees trieb. Doch musste es nach außen hin ganz passabel gewirkt haben, denn Heidi reagierte mit einem versuchsweisen, zitternden Lächeln. Tränen liefen ihr die Wangen hinunter.

Oh, aber du hast schon immer schnell geweint, Heidi, dachte er.

Sie kam die Treppe herunter. Billy stellte die Kluge-Tasche ab und ging ihr entgegen, wobei er das tote Lächeln auf seinem Gesicht fühlte.

»Was gibt es zum Essen?«, fragte er. »Ich bin am Verhungern.«

Sie hatte ihm eine gigantische Mahlzeit zubereitet – Steak, Salat, eine gebackene Kartoffel, die annähernd so groß wie ein Torpedo war, frische grüne Bohnen und zum Nachtisch Heidelbeeren mit Schlagsahne. Billy aß alles auf. Obwohl sie es nicht direkt in Worte kleidete, vermittelte jede Bewegung, jede Geste, jeder Blick, den sie ihm zuwarf, die gleiche Botschaft: *Gib mir eine zweite Chance, Billy – bitte, gib mir eine zweite Chance.* In gewisser Weise fand er das ausgesprochen komisch, auf eine Weise, die dem alten Zigeuner wahrscheinlich gefallen hätte. Sie war von der Weigerung, irgendeine Schuld zu akzeptieren, dazu umgeschwenkt, die gesamte Schuld zu akzeptieren.

Ganz allmählich, als Mitternacht näher rückte, spürte er etwas Neues in ihren Gesten und Bewegungen: Erleichterung. Sie hatte nun das Gefühl, dass er ihr vergeben hätte. Das war Billy nur recht. Denn eine Heidi, die glaubte, dass er ihr vergeben hätte, war *ebenfalls* das, worauf es wirklich ankam.

Sie saß ihm gegenüber, schaute ihm beim Essen zu und rauchte eine Vantage 100 nach der anderen, während er erzählte. Er erzählte ihr davon, wie er den Zigeunern die Küste hinauf gefolgt war, wie er die Fotos von Kirk Penschley erhalten hatte, wie er sie dann schließlich in Bar Harbor aufgespürt hatte.

An dieser Stelle trennten Billy Halleck und die Wahrheit sich.

Die dramatische Konfrontation, die er zugleich erhofft und gefürchtet hatte, wäre überhaupt nicht so verlaufen, wie er es sich vorgestellt hätte, erzählte er Heidi. Zunächst mal hätte der alte Mann ihn ausgelacht. Alle hätten gelacht. »Wenn ich dich wirklich verfluchen könnte, dann lägst du schon längst unter der Erde«, hätte der alte Zigeuner gesagt. »Ihr glaubt immer, dass wir zaubern können – all ihr weißen Leute aus der Stadt glaubt, wir hätten magische Kräfte. Wenn das wahr wäre, würden wir dann in alten, verrosteten Autos und Wohnwagen, bei denen die Auspuffe mit Draht festgebunden sind, über die Landstraßen ziehen? Wenn wir wirklich zaubern könnten, würden wir die Nächte dann auf Feldern verbringen? Dies ist keine Zaubershow, weißer Mann aus der Stadt, dies ist nur ein herumziehender Jahrmarkt. Wir machen unsere Geschäfte mit Bauerntölpeln, denen das Geld zu locker in der Tasche sitzt. Danach ziehen wir weiter. Jetzt mach, dass du von hier wegkommst, sonst hetze ich ein paar von diesen jungen Männern auf dich, und die kennen einen Fluch! Es ist der Fluch der Schlagringe.«

»Hat er dich wirklich so genannt? Weißer Mann aus der Stadt?«

Er lächelte. »Ja. So hat er mich wirklich genannt.«

Er sei also in sein Motelzimmer zurückgefahren, erzählte er Heidi weiter, und hätte zwei Tage und zwei Nächte nichts weiter getan als rumzuliegen. Er sei viel zu deprimiert gewesen, um etwas anderes tun zu können, außer ein bisschen zu essen. Am dritten Tag – vor drei Tagen – sei er auf die Waage gestiegen und hätte plötzlich überrascht festgestellt, dass er drei Pfund mehr wog, obwohl er so wenig gegessen hatte.

»Doch als ich genauer darüber nachdachte, fand ich es nicht seltsamer, als damals herauszufinden, dass ich schon wieder drei Pfund *abgenommen* hatte, obwohl ich alles, was auf dem Tisch stand, verputzt hatte«, sagte er. »Und *dieser* Gedanke hat mich schließlich aus dem geistigen Trott herausgerissen, in dem ich mich die ganze Zeit befunden hatte. Ich bin noch einen Tag im Motel geblieben und habe so intensiv nachgedacht wie noch nie in meinem Leben. Ganz allmählich bin ich mir darüber klar geworden, dass die drei Ärzte von der Glassman-Klinik doch nicht so ganz Unrecht hatten. Und auch Michael Houston konnte zumindest teilweise Recht haben, wenn ich ihn auch nicht ausstehen kann, diesen kleinen Wichser!«

»Billy ...« Sie berührte ihn am Arm.

»Vergiss es«, sagte er. »Ich werde ihn nicht zusammenschlagen, wenn ich ihn sehe.« *Könnte ihm allerdings ein Stück Torte anbieten,* dachte Billy und lachte.

»Darf ich mitlachen?« Sie lächelte ihm unsicher zu.

»Ach, es ist nichts. Das Problem war jedenfalls, dass Houston und die drei Typen aus der Glassman-Klinik – und auch du, Heidi –, dass ihr versucht habt, es mir in den Hals zu stopfen. Wahrheit per Zwangsernährung. Ich musste einfach von selbst darauf kommen. Eine simple Schuldreaktion plus – wie ich annehme – eine Kombination aus Verfolgungswahn und willentlicher Selbsttäuschung. Aber am Ende hatte ich auch zum Teil Recht, Heidi. Vielleicht aus den falschen Gründen, aber ich *hatte* zum Teil Recht – ich hatte gesagt, dass ich ihn wiedersehen müsse, und das hat dann den Umschwung bewirkt. Nur eben nicht auf die Weise, die ich erwartet hatte. Er war kleiner, als ich ihn in Erinnerung hatte. Er hatte eine billige Timex am Handgelenk und einen Brooklyn-Akzent. Er sagte zum Beispiel ›Flüch‹ statt ›Fluch‹. Das war es vor allem, glaube ich, was mich aus meiner Wahnvorstellung gerissen hat. Es hörte sich so an wie Tony Curtis in diesem Film über das arabische Imperium: ›Doda is mein Vadder sein Palass.‹ Also hab ich mir das Telefon geschnappt und –«

Die Uhr auf dem Kaminsims im Wohnzimmer schlug klangvoll.

»Es ist Mitternacht«, sagte er. »Gehen wir ins Bett. Ich helf dir noch schnell, das Geschirr in die Spüle zu stellen.«

»Lass nur, das mach ich schon allein.« Sie stand auf und legte die Arme um ihn. »Ich bin so froh, dass du wieder zu Hause bist, Billy. Geh schon mal rauf. Du musst erschöpft sein.«

»Mir geht's gut«, sagte er. »Ich will nur ...«

Plötzlich schnippte er mit den Fingern und setzte die Miene eines Mannes auf, dem gerade etwas Wichtiges eingefallen war.

»Fast hätt ich's vergessen. Ich hab noch was im Wagen liegen.«

»Was ist es denn? Kann das nicht bis morgen warten?«

»Klar, aber ich möchte es trotzdem noch schnell reinholen.« Er lächelte ihr zu. »Es ist für dich.«

Als er über den Rasen ging, klopfte sein Herz stürmisch. In der Aufregung ließ er die Schlüssel fallen und stieß sich den Kopf an der Karosserie, als er sich hastig bückte, um sie aufzuheben. Seine Hände zitterten so sehr, dass er es zunächst nicht schaffte, den Schlüssel in das Kofferraumschloss zu stecken.

Was, wenn sie immer noch so pulsiert?, jammerte sein Verstand. *Allmächtiger Herrgott, sie wird schreiend wegrennen, wenn sie das sieht.*

Er schlug den Kofferraumdeckel hoch und schrie nun selbst fast, als er nur den Wagenheber und den Ersatzreifen fand. Dann fiel es ihm wieder ein – er hatte sie ja auf dem Beifahrersitz abgestellt. Er knallte den Deckel zu und ging eilig um den Wagen herum. Die Torte war da, und die Kruste war vollkommen still. Im Grunde hatte er gewusst, dass es so sein würde.

Seine Hände hörten abrupt auf zu zittern.

Heidi stand wieder auf der Veranda und beobachtete ihn. Er ging zurück über den Rasen und legte ihr die Torte

374

in die Hände. Jetzt lächelte er wieder. *Ich liefere die Ware ab,* dachte er. Denn die Ware abzuliefern war eins von den vielen Dingen, auf die es ankam. Sein Lächeln wurde breiter.

»*Voilà*«, sagte er.

»Wow!« Sie beugte sich mit der Nase über die Torte und roch daran. »Erdbeertorte ... meine Lieblingstorte!«

»Ich weiß«, sagte Billy lächelnd.

»Und noch warm! Vielen Dank!«

»Ich bin in Stratford vom Turnpike abgebogen, um zu tanken«, sagte er. »Die Tankstelle lag gleich neben der Kirche, und der städtische Frauenverein oder was weiß ich hatte da gerade einen großen Kuchenverkauf ... und da dachte ich mir ... ich meine, falls du mich mit dem Nudelholz an der Haustür empfangen hättest ... bringe ihr doch ein Friedensangebot mit.«

»Oh, *Billy* ...« Sie fing wieder an zu weinen. Impulsiv umarmte sie ihn mit einem Arm, während sie die Torte gewandt wie ein Kellner auf der anderen balancierte. Als sie ihn küsste, kippte die Torte zu einer Seite. Billys Herz kippte zu einer Seite und begann, rasend zu schlagen.

»Vorsicht!«, rief er und erwischte sie gerade noch, als sie zu rutschen begann.

»Gott, was bin ich ungeschickt«, sagte sie lachend und wischte sich mit dem Zipfel ihrer Schürze, die sie umgebunden hatte, die Augen aus. »Du bringst mir meine Lieblingstorte mit, und ich lasse sie auch noch fa-fa ...« Sie verlor völlig die Fassung und lehnte sich schluchzend an ihn. Mit einer Hand strich er ihr über das kurz geschnittene Haar, mit der anderen hielt er den Tortenteller in sicherem Abstand, für den Fall, dass sie noch einmal irgendeine plötzliche Bewegung machte.

»Billy, ich bin so froh, dass du wieder hier bist. Versprich mir, dass du mich für das, was ich getan habe, nicht mehr hassen wirst. Versprichst du mir das?«

»Ich versprech's dir«, sagte er freundlich und strich ihr wieder übers Haar. *Sie hat Recht,* dachte er. *Die Torte ist immer noch warm.* »Jetzt lass uns aber reingehen.«

Sie stellte den Teller auf der Küchentheke ab und fing an, das Geschirr abzuspülen.

»Willst du nicht gleich ein Stück essen?«, fragte Billy.

»Vielleicht nachher, wenn ich das hier fertig habe«, sagte sie. »Aber nimm du dir ruhig eins, wenn du magst.«

»Nach der Mahlzeit, die ich vorhin verputzt habe?« Er lachte.

»Du wirst in nächster Zeit alle Kalorien brauchen, die du kriegen kannst.«

»Ja, aber im Augenblick ist es einfach ein Fall von: Kein Zimmer frei. Soll ich dir beim Abtrocknen helfen?«

»Ich möchte, dass du schon mal vorgehst und dich ins Bett legst. Ich komm gleich nach.«

»Na gut.«

Er ging hinauf, ohne sich noch mal umzusehen. Es war viel wahrscheinlicher, dass sie noch an der Torte naschen würde, wenn er nicht dabei war. Aber vielleicht würde sie heute Nacht doch nichts mehr davon essen. Heute Nacht wollte sie zu ihm ins Bett – vielleicht sogar mit ihm schlafen. Nun, da gab es ein gutes Abschreckungsmittel. Er brauchte sich nur nackt ins Bett zu legen. Wenn sie ihn so sah…

Und was die Torte betraf…

»›Fiedel-di-die‹, sagte Scarlett. ›Ich esse meinen Kuchen morgen. Morgen ist auch noch ein Tag.‹« Er lachte darüber, wie kläglich seine Stimme klang. Inzwischen stand er im Bad auf der Waage. Als er in den Spiegel blickte, sah er Ginellis Augen.

Die Waage sagte, dass er schon wieder bis auf 131 rauf war, aber das erfüllte ihn nicht mit Glück. Immer noch empfand er überhaupt keine Gefühle, nur Müdigkeit. Er war unglaublich müde. Er ging über den Flur, der ihm seltsam und unvertraut vorkam, ins Schlafzimmer und stolperte in der Dunkelheit über irgendetwas. Fast wäre er gefallen. Heidi hatte die Möbel umgestellt. Sie hatte sich die Haare schneiden lassen, eine neue Bluse gekauft und den Stuhl und die kleinere Kommode im Schlafzimmer umgestellt – aber das war nur der Anfang der Fremdheit in diesem Haus. Sie musste, während er weg gewesen war, irgendwie gewachsen sein, als ob Heidi auch verflucht worden wäre, nur eben auf viel subtilere Weise. War das wirklich so ein törichter Gedanke? Billy glaubte das nicht. Linda hatte die Fremdheit im Haus jedenfalls erkannt und war vor ihr geflohen.

Langsam zog er sich aus.

Er lag im Bett und wartete, dass sie heraufkam. Doch stattdessen hörte er gedämpfte Geräusche, die ihm eine bekannte Geschichte erzählten. Das Quietschen einer der oberen Schranktüren – die linke, hinter der sie ihre Dessertteller aufbewahrten. Heidi hatte sie offenbar geöffnet. Dann das Rasseln der Schublade und das Scheppern von Besteck, als sie ein Messer herausnahm.

Mit klopfendem Herzen starrte Billy ins Dunkel.

Ihre Schritte durchquerten die Küche – sie ging zur Theke, auf der sie die Torte abgestellt hatte. Er hörte es an einem der mittleren Bodenbretter, das schon seit Jahren knarrte.

Was wird es aus ihr machen? Mich hat es dünn gemacht. Cary Rossington ist zu einer Art Tier geworden, aus dessen Haut man nach seinem Tode ein paar Schuhe macht. Und Duncan Hopley hat es zu einer menschlichen Pizza werden lassen. Was wird es aus ihr machen?

Das Bodenbrett knarrte noch einmal, als sie durch die Küche zurückging – er konnte sie sehen, den Teller in der rechten Hand, Zigaretten und Streichhölzer in der linken. Er konnte das Tortenstück sehen. Die Erdbeeren, die Pfütze aus dunkelrotem Saft.

377

Er wartete auf das leise Quietschen der Schwingtür, die ins Esszimmer führte, aber es blieb aus. Das überraschte ihn nicht wirklich. Sie stand an der Theke, schaute in den Garten und aß die Torte mit kleinen, sparsamen Heidi-Bissen. Eine alte Gewohnheit. Fast konnte er die Gabel auf dem Teller kratzen hören.

Er merkte, dass er langsam fortschwebte.

Einschlafen? Nein, unmöglich. Doch nicht, während man gerade einen Mord begeht.

Doch das tat er. Er wartete wieder auf das Knarren des Bodenbretts. Sie musste noch einmal drauftreten, wenn sie zur Spüle hinüberging. Wartete auf das Rauschen des Wasserhahnes, wenn sie den Teller abspülte. Die vertrauten Geräusche, wenn sie noch einmal vor dem Zubettgehen die Runde durchs Haus machte, alle Lichter ausschaltete, die Thermostate herunterdrehte und nachsah, ob die Lichter der Alarmanlage neben den Türen brannten – all die Rituale der weißen Leute aus der Stadt.

Er lag im Bett und lauschte auf das Knarren des Bodenbretts ... und dann saß er an seinem Schreibtisch in seinem neuen Haus in Big Jubilee, Arizona, der Stadt, in der er seit sechs Jahren als Anwalt praktizierte. Es war ganz einfach. Er lebte dort mit seiner Tochter und praktizierte genug von der Sorte Recht, die er »Unternehmensscheiße« nannte, damit das Essen auf dem Tisch stand; der Rest bestand aus Rechtshilfesachen. Sie führten ein einfaches Leben. Die alten Zeiten – zwei Wagen in der Garage, dreimal in der Woche jemand, der sich um den Garten kümmerte, fünfundzwanzigtausend Dollar Vermögenssteuer im Jahr – waren längst vorbei. Er vermisste sie nicht, und er glaubte, Lin ging es genauso. Er arbeitete, wenn er arbeitete, in der Stadt, manchmal auch in Yuma oder Phoenix – allerdings selten genug –, und sie wohnten weit genug außerhalb, um das Land um sie herum zu genießen. Linda würde nächstes Jahr aufs College gehen, und er würde dann vielleicht doch in die Stadt ziehen – aber nur, wenn die Leere ihm auf die Nerven ginge, und das konnte er sich nicht vorstellen.

Sie hatten sich ein schönes Leben gemacht, und das war gut so. Denn dir und den Deinen ein schönes Leben zu machen war es doch, worauf es wirklich ankam.

Es klopfte an der Bürotür. Er schob sich vom Schreibtisch zurück und drehte sich um, und Linda stand da, und Lindas Nase war verschwunden. Nein; nicht verschwunden. Sie war in ihrer rechten Hand anstatt in ihrem Gesicht. Blut strömte aus dem dunklen Loch über ihrem Mund.

»Ich verstehe das nicht, Daddy«, sagte sie mit einer nasalen Nebelhorn-Stimme. *»Sie ist einfach abgefallen.«*

Er wachte mit einem Ruck auf und schlug wild mit den Armen um sich, als könne er dadurch diese Vision verjagen. Heidi grunzte neben ihm im Schlaf, drehte sich auf die linke Seite und zog sich die Decke über den Kopf.

Stück für Stück wurde ihm die Realität wieder bewusst. Er war zurück in Fairview. Strahlender Frühmorgensonnenschein fiel durch die Fenster hinein. Er sah auf der Digitaluhr, die auf der Frisierkommode am anderen Ende des Zimmers stand, dass es 6:25 war. Sechs rote Rosen standen in einer Vase neben der Uhr.

Er stieg aus dem Bett, durchquerte den Raum, nahm seinen Bademantel vom Haken und ging ins Badezimmer. Er stellte die Dusche an, hängte den Bademantel an die Tür und bemerkte, dass Heidi sich außer einer neuen Bluse und einer neuen Frisur auch einen neuen Morgenrock zugelegt hatte – einen hübschen blauen.

Er stieg auf die Waage. Er hatte noch ein Pfund zugenommen. Danach ging er unter die Dusche und wusch sich mit einer Gründlichkeit, die schon zwanghaft zu nennen war. Er seifte jede Stelle an seinem Körper ein, spülte sich ab und fing noch mal von vorne an. *Ab jetzt werde ich auf mein Gewicht achten*, versprach er sich. *Wenn sie weg ist,*

*werde ich wirklich auf mein Gewicht achten. Ich werde niemals
wieder so fett werden, wie ich war.*

Er trocknete sich ab, zog sich seinen Bademantel wieder über und ertappte sich dabei, dass er vor der geschlossenen Tür stand und Heidis neuen Morgenrock anstarrte. Er griff in eine Falte und rieb den Nylonstoff zwischen den Fingern. Er war weich und glatt. Der Morgenrock sah zwar neu aus, aber irgendwie kam er ihm bekannt vor.

*Sie ist hingegangen und hat sich einen Morgenrock gekauft,
der so aussieht wie einer, den sie schon mal hatte,* dachte er. *Die
menschliche Kreativität geht eben nicht sehr weit, Kumpel – am
Ende fangen wir alle an, uns zu wiederholen. Am Ende sind wir
alle Zwangsneurotiker.*

Houston meldete sich zu Wort: *Die Leute, die keine Angst
haben, sterben jung.*

Heidi: *Um Himmels willen, Billy, sieh mich nicht so an! Das
kann ich nicht ertragen!*

Leda Rossington: *Er sieht jetzt wie ein Alligator aus ... wie
etwas, das aus einem Sumpf gekrochen ist und Menschenkleidung angezogen hat.*

Hopley: *Du lungerst herum und denkst dir, vielleicht dieses
eine Mal, nur dieses eine Mal, muss es doch ein wenig Gerechtigkeit geben ... ein Augenblick Gerechtigkeit, der ein Leben
voller Scheiße aufwiegen soll.*

Während er den blauen Nylonstoff befühlte, beschlich ihn ein fürchterlicher Gedanke. Der Traum fiel ihm wieder ein. Linda an seiner Bürotür. Das blutende Loch in ihrem Gesicht. Dieser Morgenrock ... er kam ihm nicht bekannt vor, weil Heidi mal einen ähnlichen besessen hatte. Er kam ihm bekannt vor, weil Linda *jetzt* einen ähnlichen besaß.

Er drehte sich um und öffnete die obere Schublade rechts neben dem Waschbecken. Da war eine Bürste mit der Aufschrift LINDA auf dem roten Plastikgriff.

Schwarze Haare hingen zwischen den Borsten.

Wie ein Mann in einem Traum ging er durch den Flur zu ihrem Zimmer.

Die Fahrenden sind immer bereit, diese Dinge zu arrangieren, mein Freund – das ist ja eins der Dinge, wofür die Fahrenden da sind.

Ein Arschloch, William, ist ein Mensch, der nicht glaubt, was er sieht.

Billy Halleck stieß die Tür am Ende des Gangs auf, und sah seine Tochter Linda schlafend in ihrem Bett, einen Arm quer über ihrem Gesicht. Ihr alter Teddybär Amos lag in der Beuge ihres andern Arms.

Nein. Oh, nein. Nein, nein.

Er hielt sich an den Türpfosten fest und wiegte sich verträumt hin und her. Was immer er auch sein mochte, er war kein Arschloch, denn er sah alles. Ihre graue Wildlederjacke hing über der Rückenlehne ihres Stuhls. Der Samsonite-Koffer stand mit offenem Deckel mitten im Zimmer. Jeans, Unterwäsche, Blusen und Shorts quollen aus ihm hervor. Er sah das Greyhound-Schildchen am Griff. Und er sah noch mehr. Er sah die Rosen neben der Uhr in seinem und Heidis Schlafzimmer. Als er sich ins Bett gelegt hatte, waren die Rosen noch nicht dagewesen. Nein… Linda hatte die Rosen mitgebracht. Als Friedensangebot. Sie war früher nach Hause gekommen, um sich mit ihrer Mutter zu vertragen, bevor Billy nach Hause kam.

Der alte Zigeuner mit der abfaulenden Nase: *Keine Schuld, sagst du. Das sagst du dir und sagst du dir und sagst du dir. Aber es gibt keinen Puush, weißer Mann aus der Stadt. Jeder bezahlt, sogar für Dinge, die er gar nicht getan hat. Kein Puush.*

Er drehte sich um und rannte zur Treppe. Panische Angst hatte ihm Gummiknie verliehen, und er schwankte wie ein Matrose auf hoher See.

Nein, nicht Linda!, schrie sein Verstand. *Nicht Linda! Mein Gott, bitte, nicht Linda!*

Jeder bezahlt, weißer Mann aus der Stadt – sogar für Dinge, die er nicht getan hat. Denn das ist's, worauf es wirklich ankommt.

Der Rest der Torte stand auf der Theke, säuberlich mit Klarsichtfolie zugedeckt. Ein ganzes Viertel war verschwunden. Auf dem Küchentisch stand Lindas Handtasche – eine Reihe von Rockstar-Buttons steckte am Riemen: Bruce Springsteen, John Cougar Mellancamp, Pat Benatar, Lionel Richie, Sting, Michael Jackson.

Er ging zur Spüle.

Zwei Teller.

Zwei Gabeln.

Sie haben hier gesessen und Torte gegessen und sich miteinander versöhnt, dachte er. *Wann? Gleich nachdem ich eingeschlafen bin? Muss wohl so gewesen sein.*

Er hörte den Zigeuner lachen, und ihm knickten die Knie ein. Er musste sich an die Theke klammern, um nicht umzufallen.

Als er wieder Kraft gewonnen hatte, ging er durch die Küche und hörte das Bodenbrett in der Mitte unter seinen Füßen knarren, als er darauf trat.

Die Torte pulsierte wieder – auf und ab, auf und ab. Ihre obszöne, beharrliche Wärme hatte die Folie von innen beschlagen lassen. Er hörte ein schwaches glucksendes Geräusch.

Er öffnete den Hängeschrank und nahm sich einen Dessertteller, öffnete die Schublade darunter und nahm sich Messer und Gabel heraus.

»Warum nicht?«, flüsterte er und zog die Folie von der Torte. Jetzt war sie wieder still. Jetzt war sie nur eine Erdbeertorte, die selbst zu dieser frühen Morgenstunde äußerst verlockend aussah.

Und, wie Heidi selbst gesagt hatte, er brauchte immer noch alle Kalorien, die er bekommen konnte.

»Hau rein«, flüsterte Billy Halleck in der sonnigen Stille der Küche und schnitt sich ein Stück ab von der Zigeunertorte.

Stephen King

*Die monumentale Saga vom
»Dunklen Turm«*

*Eine unvergleichliche Mischung
aus Horror und Fantasy.*

Hochspannung pur!

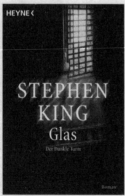

01/10799

Schwarz
01/10428

Drei
01/10429

tot
01/10430

Glas
01/10799

HEYNE